Über das Buch

Von der Tragikomödie der Sexualität und den aus ihr entstehenden Illusionen, Verrücktheiten, Lächerlichkeiten und Leidenschaften erzählen die Geschichten dieses Bandes.

»Dieter Wellershoff führt in seinem bemerkungswerten Erzählungsband die Angst vor dem Leiden als Krankheit unserer Zeit exemplarisch vor.« Werner Fuld, *Frankfurter Allgemeine Zeitung*

»Vom Sog dieser Prosa einmal erfaßt, sieht man sich bald den eigenen Verstörungen gegenübergestellt.« Holger Schlodder, *Süddeutsche Zeitung*

»Wellershoffs neue Geschichten sind spannendes Lesefutter, animierend im besten Sinne.« Hans Stempel, *Frankfurter Rundschau*

Der Autor

Dieter Wellershoff, 1925 in Neuss geboren, schrieb Romane, Essays, Filmdrehbücher, Hörspiele. Heinrich-Böll-Preis 1988. Lebt in Köln.

Weitere Titel bei k & w

Der Gleichgültige, Versuche über Hemingway, Camus, Benn und Beckett, 1963; *Literatur und Lustprinzip*, Essays, 1973; *Doppelt belichtetes Seestück*, 1974; *Die Schönheit des Schimpansen*, Roman, 1977; *Etwas geht zu Ende*, 13 Autoren variieren ein Thema, 1979; *Glückssucher*, Vier Drehbücher u. begleitende Texte, 1979; *Das Verschwinden im Bild*, Essays, 1980; *Die Arbeit des Lebens*, Autobiographische Texte, 1985; *Gottfried Benn*, Phänotyp dieser Stunde, Eine Studie über den Problemgehalt seines Werkes; 1986; *Wahrnehmung und Phantasie*, Essays zur Literatur, KiWi 123, 1987; *Der Roman und die Erfahrbarkeit der Welt*, 1988; *Pan und die Engel*, Ansichten von Köln, 1990; *Studien zu seinem Werk*, 1990; *Blick auf einen fernen Berg*, 1991; *Das geordnete Chaos*, Essays zur Literatur, 1992; *Die Sirene*, Eine Novelle, KiWi 285, 1992; *Einladung an alle*, Roman, KiWi 298, 1993.

DIETER WELLERSHOFF

Die Körper und die Träume

ERZÄHLUNGEN

KIEPENHEUER & WITSCH

Umschlag Manfred Schulz, Köln
Druck und Bindearbeiten Clausen & Bosse, Leck
ISBN 3 462 02316 0

Sie haften wie Efeu, pressen sich aufeinander wie Austernschalen, schnäbeln wie Tauben, beißen einander die Lippen …

Robert Burton
Schwermut der Liebe

Es ist ein bedrohliches Symptom dafür, daß wir den Verstand verloren haben, wenn wir einen kleinen, schwer einschätzbaren Sachverhalt schlicht für weiß halten und als günstig für unsere Liebe ansehen und kurz darauf, wenn wir erkannt haben, daß er in Wirklichkeit schwarz ist, wieder davon überzeugt sind, er stimme mit unserer Liebe überein.

Stendhal
Über die Liebe

Inhalt

Anordnung der Texte in der Reihenfolge ihrer Entstehung.

Die Augen

1981

Er fühlte sich ruhig, seiner selbst und seiner Kraft sicher. Schon beim Hereinkommen hatte er die Selbstgewißheit seiner Bewegungen gespürt und war an ihr vorbeigegangen ohne einen Blick. Er wußte, sie war da, sie sah ihn durch die Tür kommen und in den hinteren Teil des Raumes gehen, wo er sich an den gewohnten Tisch setzte. Und dies allein genügte, seine stumme Anwesenheit genügte, um sie in Bann zu schlagen. Er war sich dessen so sicher, daß er nicht einmal den Kopf hob, um in ihre wehrlosen Augen zu blicken. Er würde erst damit beginnen, wenn sie an seinen Tisch kam und nach seinen Wünschen fragte.

Immer, sobald er hier saß, verfiel er in diese Bewegungslosigkeit vollkommener Absonderung, in der er der unberührbare Regent der Szene war. Er befand sich im Inneren seiner kostbaren, düster glimmenden Höhle, zu der niemand Zugang hatte, der nicht durch seine lautlosen Willensäußerungen dahin befohlen wurde. Nur sie durfte sich ihm nähern, und sie mußte einen weiten Weg gehen, einen schmalen, einsamen Pilgerpfad, den er überblicken konnte, scharf begrenzt, als schaue er durch eine Schießscharte, habe sie so ständig in seiner Gewalt.

Sie kam. Sie stand dicht vor ihm am Tisch, als er aufblickte und in ihre Augen sah. Sie waren dunkel, weit geöffnet, völlig preisgegeben seinem ruhigen Blick. Doch seltsam, wenn sie so nah kam, konnte er sie nicht erfassen. Sein Blick verlor sich in diesen Augen, die nicht mehr die Augen dieser Frau waren. Sie waren viel zu groß, zu inständig, zu schimmernd, und er mußte erst wieder Abstand schaffen, um der Blendung zu entgehen, die er schon als einen Druck auf den Augäpfeln fühlte, einen Druck, der von innen kam, aus ihm und aus ihr zugleich, und der sie ineinander übergehen ließ und für einander unsichtbar machte.

Es war ihre Stimme, die ihn rettete, die Stimme der Kellnerin, die sie hier spielte. Denn die Frau, die er anschaute und die sich seinem Blick darbot und von ihm berühren ließ, hatte keine Stimme, hatte jedenfalls noch nicht gesprochen, obwohl er sie seit zwei Wochen fast täglich sah.

Er ging immer gegen Abend in dieses Café, sobald er seinen Dienst in der Bibliothek beendet hatte. Es war eine Filiale der Städtischen Bücherei, die ihm unterstellt war, aber eigentlich in stummer Selbstverständlichkeit von seinen zwei Mitarbeiterinnen geleitet wurde, denn er hatte sich auf seine Vorlieben zurückgezogen. Mit der Begründung, daß die Filiale in der Nähe des Geologischen Instituts der Universität lag, hatte er eine kleine Fachbibliothek über Mineralien aufgebaut, war aber, von wenigen Ausnahmen abgesehen, ihr einziger Benutzer geblieben. Dabei wahrte er die Gewohnheit des Bibliothekars, nicht in die Materie einzudringen, sondern sie nur zu überblicken. Die farbigen Schautafeln der Lehrbücher betrachtete er als das Inventar einer kaum besuchten Schatzkammer, deren melancholischer Wächter er war. Er kannte die Steine, die er langsam in den Seiten blätternd betrachtete, wenn er ein neues Buch seiner Sammlung einreihte, er wußte Einzelheiten über ihr Vorkommen, ihre Entstehung, ihre Chemie, doch war sein Umgang mit den Büchern begrifflos und zerstreut und ohne den Reiz der Anschauung, die ihm ein

Besuch der nahegelegenen Sammlung des Geologischen Instituts hätte verschaffen können, in die er aber nie ging. Zu Hause auf seiner Fensterbank lagen ein paar Steine – eine Druse aus Bergkristall, die aus dem Böhmerwald stammte, ein glitzernder Pyrit aus Mexiko, ein nierenförmig gebuckelter Malachit aus dem Ural, ein Kugeldiorit aus Korsika – doch er hatte sie schon lange nicht mehr angesehen, als wolle er ihnen lassen, was er vor allem an ihnen würdigte, ihr unangefochtenes Für-sich-Sein im Inneren der Berge.
In einem Berg, einer Berghöhle lebte er auch. Er kam aus einem Berg. Seine Kindheit schien das Innere eines Berges gewesen zu sein, ein gewundenes labyrinthisches Versteck, in dem er vor den anderen und sich selbst verborgen gewesen war und die Zeit in einer Art Halbschlaf verbracht hatte. Er erinnerte sich kaum an diese Jahre, nur daß er seinen Vater nicht gekannt und lange in der Obhut einer Tante gelebt hatte, weil seine Mutter an einer Krankheit litt, über die nicht gesprochen wurde. Manchmal, wenn er sie lange und inständig herbeigewünscht hatte, war sie, begleitet von einer anderen Frau, gekommen, um ihn anzusehen, und hatte ihre Hand auf seinen Kopf gelegt. Möglicherweise hatte er das nur geträumt, denn es blieb ein verschattetes Bild im Dunkel seiner Erinnerungslosigkeit, umgebungslos, schwebend, nirgendwo festzumachen. Es verband sich kein Gefühl damit, eher das Gegenteil von Gefühlen, diese Leere und nebelhafte Stille, in deren Mitte er lebte und die, wenn er es richtig verstand, seine Musik war. Es war nicht nichts, was er hörte, es war nur lautlos. Und die Lautlosigkeit konnte anschwellen und sich vermindern, sie konnte sich aufwölben und ausdehnen und wieder einschrumpfen genau wie seine Träume.

Konnte man von nichts träumen? Oder verschwand nur alles, während er im hinteren Winkel der Bibliothek saß und plötzlich die Zeit vergangen war, die er hier verbringen mußte? Wieso konnte es auf einmal Nacht sein, wenn er abends ans

Fenster trat, um einen Augenblick den Verwandlungen des Abendhimmels zuzusehen?
Die Zeit verging nicht, sie wurde aufgehoben, und wenn er, aufgeweckt durch ein Geräusch oder oft auch nur durch eine eingebildete leise Berührung, sich wieder vorfand, schien er eine Zeitlang nicht gelebt zu haben.
Es gab nur ein Mittel gegen dieses spurlose Verschwinden: das Rauchen. Jede Zigarette war eine kleine herausgehobene, befristete Gegenwart, die, wenn er wollte, an eine andere befristete kleine Gegenwart grenzte. Er konnte sich diese kleinen Portionen Zeit nach Belieben zumessen, wenn er nur dafür sorgte, daß er immer einen beruhigenden Vorrat bei sich trug. Jede Zigarette, die er anzündete, gab ihm das Gefühl eines Anfangs, auch wenn er schon wußte, daß dieser Anfang zu nichts führen würde und er danach wieder einen Anfang machen mußte, um dieses schwebende Gefühl wachzuhalten, diese unruhige Ruhe des Bereitseins, mit der er nach vorne blickte, wo nichts zu sehen war, noch nichts. Die Gegenstände standen herum auf den gewohnten Plätzen und verhinderten, daß sich etwas anderes zeigte. Obwohl er sich oft nahe von fremdartigen Verwirklichungen fühlte. Etwas zog durch die Luft wie der Faltenwurf eines unsichtbaren Vorhangs, der sich im Öffnen schon wieder verlor. Er wartete. Er war ein Wartender, während er rauchte und dieses kleine ausgefeilte und beruhigende Spiel des vorläufigen Anfangens wiederholte: den Griff in die Packung nach dem leichten, zarten Papierleib, das Greifgefühl in den Lippen, die ihn in Empfang nahmen, das Klicken des Feuerzeugs und die herausspringende Flamme, die das weiße Stäbchen in Brand setzte, der erste, jedesmal tiefe Zug. Alles war vorläufig. Jeder ausgerauchte, verschwelende Stummel, den er im Ascher zerdrückte, sagte ihm, daß diese eben vergangene Zeitspanne noch leer geblieben war. Doch häuften sich in seiner geheimen Rechnung alle diese nichtigen Anfänge zu einem riesigen Etwas auf, das plötzlich wie ein Umspringbild aus ihnen her-

vortreten würde. Irgendwann, wenn die Zeit reif war, würde er mit derselben Selbstverständlichkeit, mit der er sich seine Zigaretten anzündete, den ersten Satz eines neuartigen, die ganze zeitgenössische Literatur überbietenden Werkes schreiben und es mit der ungeheuren aufgestauten Kraft seines Wartens wie in einem einzigen Schaffenszug hervorbringen. Es würde fertig in ihm bereitliegen als ein bisher verborgener, plötzlich lesbar werdender Text, und das Schreiben würde ein staunendes Erkennen sein. Doch damit es so kam, wie er es vorausträumte, durfte er sich nicht von falschen Signalen täuschen lassen und zu früh damit beginnen, sondern mußte den Zeitpunkt abwarten, der ihm dafür bestimmt war.

Woran er ihn erkennen konnte, wußte er nicht. Der Augenblick mußte eine sich selbst bezeugende Gewißheit haben, wie steigendes Wasser in einem Gefäß, das den Rand erreicht und überläuft. Ja, es gab einen Zusammenhang zwischen Überfülle und Leere. Es galt ein äußerstes Maß an Leere zu ertragen, um nicht wie alle anderen in kleinen Verwirklichungen, lächerlichen Realitäten festzusitzen, auf Grund derer sie glaubten, einen Anspruch auch auf seine Aufmerksamkeit oder gar Bewunderung zu haben, nicht wissend, daß er sie längst überholt hatte, sie alle längst überragte, weil er sich im Unterschied zu ihnen aller mittelmäßigen Befriedigungen enthielt. Er mußte ihn pflegen, diesen höhnischen Vorbehalt gegen die Tagesgrößen, die die Szene beherrschten, und so erschien er oft auf Empfängen und Vernissagen, bei öffentlichen Lesungen und Diskussionen als eine wortlose Gestalt am Rande, umgeben von dem Geschwirr der anderen, die ihn inzwischen kannten, aber nicht wußten, wer er wirklich war.

Er war ein großer Mensch mit einem schweren Schädel und einem hungrigen Blick. Meist stand er mit dem Rücken zur Wand, rauchend und ein Glas in der Hand haltend, in das vorbeikommende Ober ihm Wein eingossen, ohne daß er das zu bemerken schien. Er sah leicht verwahrlost aus und wie zufällig mit schlecht zueinander passenden Kleidungsstücken behangen. Um ihn herum blieb meistens ein leerer Raum, eine Art Sicherheitsabstand, den die Leute wahrten, die in seine Nähe gerieten und sein abweisendes, von einem verächtlichen Lächeln überfrorenes Gesicht sahen. Doch manchmal wurde er von einem Neugierigen auch in eine Unterhaltung gezogen. Dann konnte es geschehen, daß er zu reden begann in weitausladenden, dunklen Sätzen, die alle für sich standen und ihren Zusammenhang nur in der Verachtung hatten, mit der er seine Umgebung bedachte, und nicht selten nahm das Gesicht des Neugierigen, der sich an ihn herangemacht hatte, einen ernst-beflissenen Ausdruck an, in den sich Unbehagen mischte und der dringende Wunsch, zu entkommen und wieder an dem harmlosen Geplauder ringsherum teilzunehmen. Bei ihm wurde man in eine düstere Verschwörung gezogen, ohne doch glauben zu können, man gehöre wirklich dazu.

Auch Frauen bemerkten ihn. Und er sah, daß sie ihn bemerkten, machte aber gewöhnlich keinen Versuch, sie anzusprechen. Es genügte ihm zu wissen, daß er ihre Aufmerksamkeit auf sich zog. Kam er doch mit einer Frau, die seinen Blick aufgenommen und erwidert hatte, ins Gespräch, dann stellte er ein Verhör mit ihr an, das immer unüberhörbarer auf die Forderung zulief, sie solle sich ihm ausliefern. »Ich sehe«, sagte er, »Sie sind unruhig. Sie langweilen sich. In Ihren Augen ist eine Sehnsucht, die Sie nicht zugeben. Was tun Sie hier? Was suchen Sie?«

Dabei schaute er sie an, ohne sich eine Sekunde von ihr abzuwenden. Er stand dicht vor ihr und versperrte ihr den Blick auf die Gesellschaft, die hinter seinem Rücken weitermachte, aber nun ausgesperrt war, fortgeschoben von dem Platz, wo er mit ihr stand und sie festhielt mit seinen bedrängenden Fragen. War sie allein oder in Begleitung? Wie lebte, wo wohnte sie? Was waren ihre verborgenen Wünsche? Sobald sie versuchte, auszuweichen oder unverbindliche Antworten zu geben – nichts suche sie hier, nichts Besonderes, sie langweile sich auch nicht, sie sei hier wie alle anderen –, bezweifelte er das sofort mit einem strafenden Unterton. Dies sei keine wahre Antwort. Sie wisse das genau. Sie wisse selbst, daß sie lüge. Wovor hatte sie Angst, daß sie ihm nicht die Wahrheit sagte? Wenn er so auf sie einredete, glaubte er beobachten zu können, wie die Gesichter der Frauen von seinem Blick verwandelt wurden, als verschöbe sich etwas in ihrem Inneren, und eine andere, von ihm gerufene Person dränge sich an die Oberfläche, schutzlos noch und taumelnd, wie aus langer Betäubung erwacht. Diese Person suchte ihn, sie kam auf ihn zu, sie hatte ihn nur noch nicht gefunden – und einen Augenblick lang, solange er sich noch sicher fühlte, hüpfte sein Herz vor Freude.

Doch fast im gleichen Atemzug begann er zurückzuweichen. Jemand kam dort auf ihn zu, der ihn erraten wollte, der ihn zwingen wollte, jetzt hier zu bekennen, wer er war, und seine Forderungen zu stellen, die ihm alle erfüllt werden sollten von dieser plötzlichen, gierigen Bereitschaft, und sofort fühlte er, wie er sich zusammenzog unter einem zunehmenden Druck, gegen den er sich nicht anstemmen konnte, weil das, was ihm Halt gab, sein Ich, seine Person, sich zu verflüchtigen begann. Es war ein Taubwerden, innen, eine Spaltung. Denn natürlich stand er noch hier in dieser selbstgeschaffenen Szene und versuchte, sich zu behaupten mit Gesten und Worten, die, das ahnte er, immer unbestimmter wurden, je leerer und ungenauer er sich fühlte. Er verlor die Verbindung zu seinen Worten. Sie schienen sich zu entfernen wie ein Vogelschwarm. Sein Blick irrte ab von dem ratlosen Gesicht vor ihm und begann den Boden zu suchen, wo weit unter ihm seine und ihre Füße standen. Je zusammenhangloser er sprach, um so undeutlicher wurde seine Aussprache. Man verstand ihn nicht mehr, fragte

unsicher, was er gemeint habe. War es etwas Bedeutendes, oder war es nur sonderbar, verrückt?
»Ich muß gehen«, murmelte er.
»Warum denn?« wurde er gefragt.
Er antwortete mit einem Achselzucken.
»Was denn? Sie wissen es nicht?«
Er zuckte wieder mit den Achseln. Sein Gesicht verfinsterte sich. Oft verschwand er mit einer brüsken Drehung seines Körpers ohne ein weiteres Wort.

Seit drei Wochen hatte er nun eine Beziehung zu einer Frau, die er in der Bibliothek kennengelernt hatte. Sie war ihm aufgefallen, weil sie ungewöhnlich lange zwischen den Regalen stand und wahllos in den verschiedensten Büchern blätterte, so als wolle sie ihn auf sich aufmerksam machen, ohne ihn anzusehen. Schließlich hatte sie ihn angesprochen, mit ein paar vorgeschobenen Fragen, und sie hatten sich für den Abend verabredet.
Sie war Lehrerin, verheiratet, lebte aber kaum noch mit ihrem Mann zusammen, der zu einer anderen Frau gezogen war und sie nur noch manchmal besuchte. Sie erzählte ihm das alles bereitwillig, als er sein gewohntes Fragespiel mit ihr begann. Er löste damit einen Redestrom in ihr aus, als griffe sie begierig nach einer Möglichkeit, in den Augen eines anderen eine Existenz zu gewinnen. Doch obwohl er ihr zuhörte, konnte er sich nicht vorstellen, wie sie mit ihrem Mann zusammengelebt hatte und was es ihr bedeutete, daß er zu einer anderen Frau gezogen war. Gerade in ihrer Ausführlichkeit kam ihm ihre Erzählung unvollständig und falsch vor und eher wie eine überstürzte Bemühung, alles, was sie hervorholte, sofort wieder beiseite zu schaffen, als sei sie es nicht mehr, sondern eine neue, vergangenheitslose Frau, die jetzt mit ihm zusammen war, eine leere Form mit einem weißen Inneren, das noch ausgemalt werden konnte nach seinen Wünschen.
Von Anfang an versuchte sie, in allem mit ihm übereinzustim-

men, eilfertig bemüht, seine Ansichten und Urteile schnell zu erfassen, und mit einem ängstlichen Ausdruck im Gesicht, wenn sie ihn nicht verstand und glaubte, ihn zu verfehlen und von ihm mißbilligt zu werden. Er war der Weise in ihren Augen, sie seine willfährige Bewunderin, er der Schweigsame, sie die Aufmerksame, die es ihm recht machen sollte. Doch gab ihm gerade ihre Anstrengung, ihm auf den Grund zu kommen, das befriedigende Gefühl, daß sie ein Wesen der Peripherie war, genauso nah und so fern, wie er es brauchte. Manchmal, wenn sie in der eifrigen Bemühung, mit ihm übereinzustimmen, sich wieder auf dem falschen Weg glaubte und mitten im Reden ruckartig ihren Kopf zurückwarf, als schüttele sie etwas ab oder weise sich selbst ärgerlich zurück, empfand er eine freundliche Zustimmung für sie, eine abstrakte Billigung dieser fremden Existenz, die sich zu seiner Verwunderung neben ihm eingefunden hatte, so falsch sie dort auch war.

Nein, sie war nicht völlig falsch für ihn. Sie war sogar in mancher Hinsicht das beste, was ihm passieren konnte: eine Begleiterin, die sich ihm anpaßte und ihn respektierte, die da war zur verabredeten Zeit, aber offenbar nicht glaubte, ihn ganz für sich beanspruchen zu können. Keineswegs war sie eine schöne Frau. Sie war ziemlich groß und blaß und hatte eckige Schultern. Ihre Erscheinung war so durchschnittlich wie ihre Intelligenz, und wenn sie am Treffpunkt auf ihn zukam, erschien sie ihm zwischen allen anderen Menschen so unauffällig und namenlos, daß es ihn nicht gewundert hätte, wäre sie wie alle anderen an ihm vorbeigegangen. Aber sie kam zuverlässig auf ihn zu und machte jedesmal einen Vorschlag: »Wollen wir im Stadtpark spazierengehen und die Schwäne füttern?« »Sollen wir uns die rumänische Ausstellung ansehen?« Und jedesmal stimmte er zu, weil er selbst keinen Vorschlag hatte. Er war unfähig gewesen, sich vorzustellen, was sie zusammen unternehmen könnten, er und sie, zwei Leute, die sich verabredet hatten, um miteinander ihre freie Zeit zu verbringen. Er hatte gar nicht darüber nachgedacht.

So war sie es auch, die den Vorschlag machte, in ihre Wohnung zu gehen. Er hatte sie nach Hause begleitet und wollte sich verabschieden, da lud sie ihn ein, zu ihr raufzukommen und noch etwas zu trinken. Er sagte sofort ja, seiner Gewohnheit entsprechend, und sie ging schnell voraus, als wolle sie jedem Bedenken zuvorkommen und ihn hinter sich herziehen.
Es gab keinen Aufzug wie in seinem Hochhaus, sie wohnte im zweiten Stock. Aber die Wohnung glich im Schnitt seiner eigenen, war nur etwas kleiner oder wirkte so, weil sie dicht möbliert war, während er nur das Nötigste um sich herum duldete und in fast kahlen Räumen lebte. Vor allem seine Wände waren kahl, sie dagegen hatte die freien Flächen, die Schränke und Regale ihr ließen, mit Bildern übersät. Es waren Landschaftsaquarelle und alte Stadtstiche und vor allem viele Fotos in Wechselrahmen. Als sie in die Küche gegangen war, um Tee zu kochen, stand er auf und betrachtete die Fotos, versuchte mehr über sie zu erfahren, fand aber keine Beziehung dazu. Die vielen fremden Gesichter, die posierenden Männer und Frauen und auch sie selbst in verschiedenen Lebensaltern – als junges Mädchen mit gesenktem Kopf, als Braut im weißen Kleid am Arm eines starr blickenden Mannes, als Lehrerin inmitten einer Schulklasse – gaben ihm das Gefühl, ein Eindringling zu sein.
Sie saßen sich steif gegenüber, als sie mit dem Tee zurückgekehrt war, und er merkte wieder ihr Bemühen herauszufinden, wie sie ihn behandeln müsse. Aber irgendwann, als ihre schleppende Unterhaltung zum Stillstand gekommen war, hatte sie den Versuch, ihn zu verstehen, anscheinend aufgegeben und sich neben ihn gesetzt, um zärtlich zu werden. Sie hatten sich geküßt und gestreichelt, und nach einer Weile hatte sie geflüstert: »Wollen wir uns nebenan ein wenig hinle-

gen?« Sie brachte das heraus wie einen Vorschlag, den sie an seiner Stelle machte, ohne Zwang, aber als eine Selbstverständlichkeit, und er merkte, daß er darauf wie zwei verschiedene Personen reagierte, weil er sowohl erregt wie ernüchtert war.

Auch sie schien aus zwei verschiedenen Personen zu bestehen. Er sah die Verwandlung von der einen in die andere, als sie sich auszog und aus der Lehrerin, die ihm in Rock und Bluse gegenübergesessen hatte, sich der kräftige nackte Körper einer Frau hervorschälte, die gebückt vor ihm stand und mit ein paar zielstrebigen Griffen das Bett aufdeckte und sich zu ihm umdrehte und langsam mit der geöffneten Hand erst über ihr, dann über sein Geschlecht strich und sich erschauernd dagegen preßte. Er hatte den ganzen Vorgang wieder zweifach erlebt – einhüllend und traumhaft und zugleich als eine präzise und simple Mechanik, die an ihm ablief und über mehreren Veränderungen ihren Körper unter seinem auf das Bett brachte, wo alles in einem heftigen Wogen zu Ende kam.
Sie waren nebeneinander liegengeblieben, und nach einiger Zeit hatte sie wieder angefangen mit ihren Zärtlichkeiten. Er hatte sie höflich gewähren lassen, aber nicht auf die kleinen fragenden und seufzenden Laute geantwortet, die sie dabei von sich gab. Schließlich, als sei eine gebührende Frist verstrichen, hatte er sich aufgesetzt und erklärt, daß er jetzt gehen müsse. Sie hatte genickt und ihm nicht widersprochen. Rasch brachte sie an sich die Lehrerin hervor, eine Frau in Rock und Bluse, mit Armbanduhr und Halskette und geordneten Haaren, die den wilden, animalischen Geruch ihres Körpers mit Eau de Toilette unterdrückt hatte. Als sie so beim Abschied auf ihn zukam, fühlte er sich noch fremder und gab vor, daß er sie in den nächsten Tagen nicht sehen könne, weil er schreiben wolle. Er schriebe nämlich ein Buch, ja, er schriebe ein Buch.

Das hätte er nicht sagen dürfen. Es war ein Verrat, ein Mißbrauch seines Traumes. Er hatte daraus eine Lüge gemacht, und nun würde er immer tiefer in die Lüge hineingeraten, wenn er diese Frau jemals wiedersah. Nein, das durfte er nicht. Er mußte bei sich selbst bleiben und auf etwas warten, das er nicht einmal benennen konnte. Es würde der Anfang sein. Die Gewißheit.

Er trat in seine Wohnung und ging auf das große Fenster des Wohnraums zu. Dort unten, viele Stockwerke tiefer, lag die erleuchtete Stadt und die Lichtader der großen Ausfahrtsstraße, auf der sich auch mitten in der Nacht noch die Scheinwerfer der Autos begegneten. Auf dem Fenster klebte die schwarze Silhouette eines stürzenden Bussards, die die Vögel davon abhalten sollte, gegen die Scheibe zu fliegen. Der Bussard war sein Wappentier, mit dem er den Blick seiner Erhabenheit teilte. Doch jetzt machte der schwarze Vogel ihm angst.

Er wich zurück und setzte sich. Ein spöttelndes Getuschel war in seinem Kopf, ein Zischeln fremder Stimmen. Plötzlich glaubte er zu verstehen, daß dauernd sein Name gerufen wurde: Stefan Rodert, Rodert Stefan, Stefan Rodert, Rodert Stefan, in schneller Umkehrung. Es war wie das rasche Umblättern leerer Seiten, zwischen denen sich ein einzelner Finger bewegte. Nichts stand dort. Alles war durchgestrichen, und die Stimme, es konnte auch eine andere sein, sagte null und nichtig, null und nichtig.

Er schaukelte auf seinem Platz.

Ja ja, dachte er, nein nein.

Er schaukelte. Kroch im Dunkeln herum. Er saß im Versteck. Da kam jemand, der sich über ihm ausbreitete, ein Schatten. Er wußte, daß es seine Tante war, denn er war jetzt klein, ein kleiner Junge, der im Dunkeln an sich herumspielte und sich zu trösten versuchte.

Was machst du da, Stefan? Steh auf!

Sie zeigte ihm sein Schulheft. Alles war durchgestrichen. Von ferne sah seine Mutter zu, ohnmächtig, mit weit geöffneten Augen, wurde wieder weggeführt.

Wieder verstärkte sich das Flausengestöber in seinem Kopf, das Flattern der Worte. Der schwarze Bussard breitete knakkend seine Schwingen aus und schwoll plötzlich auf die doppelte Größe an.

Nein! dachte er und schaukelte heftiger auf seinem Stuhl, um es abzuwehren. Nein nein! Nein nein!

Auf einmal straffte sich der Gedanke und nahm einen klaren Sinn an: Nein, ich will nicht verrückt werden!

Sofort sah er alles in zuverlässiger Klarheit. Der Raum um ihn herum war ihm bekannt, und er konnte alle Dinge mit seinen Blicken einsammeln und benennen.

Ich will nicht verrückt werden, sagte er noch einmal.

Mit der Behutsamkeit eines Genesenden, der alles wieder lernen muß, zog er eine Zigarette aus der Packung und begann zu rauchen.

Zwei Tage später, als von dem Anfall nicht mehr übriggeblieben war als manchmal ein dünnes Wehen im Hintergrund, machte er sich nach Dienstschluß auf den Weg, um die Lehrerin zu besuchen. Er wußte nicht genau, was er wollte, aber er hatte das Gefühl, daß dies zu seiner Genesung gehörte. Er mußte sie sehen, ihr gegenüberstehen und ihre Existenz unter Kontrolle bringen.

Er hatte seit dem Abend in ihrer Wohnung nicht mehr mit ihr gesprochen. Heute nachmittag hatte sie in der Bibliothek angerufen, aber er hatte sich verleugnen lassen. Danach erst hatte er den Entschluß gefaßt, zu ihr zu gehen.

Als er an der Haustür auf die Klingel drückte, meldete sie sich nicht, auch nicht, als er es nach kurzer Pause energischer wiederholte. Sie war wohl nicht da. Es blieb ihm nichts anderes übrig, als umzukehren. Doch an der nächsten Querstraße bog er von seinem Weg ab, umkreiste den Häuserblock und stand wieder vor ihrer Haustür. Diesmal knackte es kurz nach sei-

nem Klingeln im Türlautsprecher, und er hörte ihre unwirsche Stimme:
»Ja bitte?«
Er nannte seinen Namen.
»Ach du«, sagte sie, »wo kommst du her?«
Er sagte, daß er sie sprechen wolle.
»Das paßt schlecht«, sagte sie, »ich habe Besuch.«
»Besuch?« fragte er verständnislos.
»Ja, ein Kollege von mir. Aber das macht nichts. Komm rauf.«
Er hörte das Summen des Türöffners. Mit dem sicheren Gefühl, auf dem falschen Weg zu sein, lehnte er sich gegen die Haustür und stand im Flur. An ihrer Wohnungstür erwartete sie ihn, umwölkt von dem frischen Duft, den er kannte, in Rock und Bluse, mit geordneten Haaren.
»Komm rein«, sagte sie.
Ihre Hand berührte seine Schulter, und er fühlte sich fast ungeduldig von ihr über seinen inneren Widerstand hinweggeschoben. Mit unaufhaltsamer Mechanik vorwärts schreitend, trat er ein in die Wiederholung der Szene: Da war das Zimmer, vollgestellt mit Möbeln, die vielen Bilder an den Wänden, der Teetisch, noch nicht abgeräumt, doch auch nicht mehr benutzt, und ein Mann, der sich dort erhob und ihm die Hand reichte.
»Herr Rodert, Herr Weinert«, sagte sie.
Steif saßen sie sich gegenüber und tauschten Worte aus. Verwandte Berufe hatten sie: Lehrer und Bibliothekar. Nein, doch sehr verschiedene. Man konnte es so oder so sehen. Nun, er war zufällig vorbeigekommen und hatte geklingelt. Er hatte auf keinen Fall stören wollen. Er würde jetzt gehen.
»Wegen mir müssen Sie nicht«, sagte der Mann.
In dem Gesicht mit dem rötlichen Schnurrbart stand ein unangenehmes Lächeln.
»Bleib doch noch«, sagte sie, und er verstand, daß er noch

durchhalten müsse, noch wenige Minuten. Übertrieben laut hörte er neben sich das Reibegeräusch, das ihre Strumpfhose machte, als sie die Beine übereinanderschlug. Sie sagte etwas von einem Buch, das sie ausgeliehen hatte und bald zurückbringen würde. Es hatte ihr gut gefallen, sie hatte einiges daraus lernen können. Ja, sagte er, er erinnere sich, ja. Seine Gedanken stürzten ohnmächtig auf ein Ende zu, das er nicht erreichen konnte und von dem er vorausfühlte, daß es leer war, blind, ein betäubtes Sichentfernen und Weitergehen.
Schließlich stand er zwischen Stuhl und Tisch, hatte sich entschlossen erhoben. Sie brachte ihn zur Tür. Der Mann hinter ihm blieb dunkel im Raum stehen, beherrschte ihn ganz allein.
»Ruf mich bitte an«, sagte sie leise, während sie ihm die Tür aufhielt. Er nickte und ging vorbei.

Es gelang ihm zu verschwinden, als sie am nächsten Nachmittag in der Bibliothek auftauchte. Seine Mitarbeiterinnen, die er instruiert hatte, sagten, er sei nicht da. Am folgenden Tag sah er sie auf der Straße, deutlich, doch wie ein Bild der Vergangenheit, eng umgrenzt von einem unsichtbaren Rand.
Bevor sie ihn erkannte, verschwand er in einer Nebenstraße. Und dort, befreit weiterschlendernd, entdeckte er das neue Café. Er trat ein und setzte sich an einen der hinteren Tische. Hier würde sie ihn nicht finden. Dieser von einem weichen, rosafarbenen Licht erfüllte Raum mit der blinkenden Kuchentheke, den kleinen runden Tischen mit Platten aus falschem Marmor, über denen seidene Lampenschirme mit glitzernden Fransenborten aus kleinen Glasperlen hingen, erschien ihm als ein Schutzbereich, in dem er behütet und unangreifbar war, denn im Moment, als er eintrat, hatte sich eines seiner kindlichen Traumspiele erfüllt: Man ging um die Ecke und war in einer anderen Welt.
Das hatte er oft geübt, wenn er allein war, und mit verschwiegener Freude, wenn er umgeben war von Menschen. Er hatte

sich durch eine Wand geträumt, hinter eine verschlossene Tür. Er hatte einen unsichtbaren Strich über den Boden gezogen, und auf der einen Seite war er in Gefahr, auf der anderen in Sicherheit. Die Sicherheit war ein Versteck mit schwierigen Zugängen, die er allein kannte. Von innen konnte er beobachten, wie seine Verfolger daran vorbeiliefen.

Während er ausatmete und in der Tasche nach seinen Zigaretten suchte, löste sich draußen seine Verfolgerin auf. Sie war so ohnmächtig wie der dünne Regen, der die Fensterscheiben näßte, während er hier im Trocknen saß.

Hübscher Raum, dachte er, man sitzt gut hier.

Zur Seite gebeugt, suchte er in der Tasche seines Mantels nach seinem Feuerzeug, als eine Serviererin an seinen Tisch kam und fragte, was sie ihm bringen dürfe. Sie trug ein teefarbenes Kleid aus einem glänzenden Stoff und darüber eine in der Taille gebundene kleine Schürze. Er bestellte Kaffee und ein Stück Obsttorte und sah, als sie sich entfernte, daß die gestärkten Schürzenbänder zu einer großen schmetterlingshaften Schleife gebunden waren. Dieses steife weiße Stoffinsekt saß auf der Mitte ihres schmalen Rückens und ließ sie sehr zart erscheinen, so daß er bedauerte, ihr Gesicht nicht bewußt gesehen zu haben. Doch als habe dieser Gedanke eine Wirkung, drehte sie drüben an der Theke ihren Kopf und blickte kurz in seine Richtung. Auch jetzt gewann er keinen deutlichen Eindruck von ihrem Gesicht, nur daß es oval war und zart wirkte, umrahmt von einer dunkelblonden Ponyfrisur. Doch daß dieser Seitenblick ihm gegolten hatte, dessen war er sich vollkommen sicher, und er spürte, wie ihn eine Welle von Wärme übergoß.

Bald danach kam sie mit einem kleinen silbernen Tablett, auf dem das bestellte Tortenstück und weißes Kaffeegeschirr standen. Sie trug es mit gesenktem Kopf wie eine Anfängerin und stellte alles wortlos auf den Tisch, rückte es mit ein paar Handgriffen, denen er in stummer Lähmung zusah, noch ein wenig zurecht. Dann richtete sie sich auf, und bevor sie ging, fing er ihren vollen Blick auf.

Das war mehr, als er erwartet hatte. Es war ein Zeichen. Sie hatte ihn wahrgenommen und wollte es ihn wissen lassen. Sie hatte seine Aufmerksamkeit gespürt und gab sie ihm zurück, aus dunklen Augen, ausdrücklich und geheimnisvoll und so überraschend nah.

An diesem Tag gelang es ihm nicht mehr, einen Blick von ihr zu erhaschen. Und er wußte auch, daß er das nicht verlangen durfte. Sie hatte ihm schon so viel gesagt. Das durfte nicht durch ein flüchtiges Hin und Her von Blicken verspielt werden. So zog er, als er bezahlen wollte, schon den Mantel an und verhielt sich ein wenig zerstreut, damit sie wußte, daß er sie nicht bedrängen wollte. Zu Hause versuchte er sich zu erinnern, wie sie aussah, brachte aber nur unklare Bilder ihres schlanken Körpers, ihrer behutsamen Hände, ihres Gesichtes hervor. Deutlicher war ein Gefühlston, der ihm geblieben war, ein gleichmäßiger körperloser Strom, den er manchmal zu spüren glaubte als ein ganz leises Vibrieren in seinem Inneren, kaum unterscheidbar von vollkommener Ruhe. Das mußte ein Zeichen sein, daß der Austausch zwischen ihnen fortdauerte, und sie, wo immer sie jetzt sein mochte, an ihn dachte.

Am nächsten Tag ging er wieder in das Café und fühlte, ohne sie schon angeschaut zu haben, wie er durch ihren Blick ging, als er sich an denselben Tisch an der Wand setzte. Etwas hatte sich verändert. Sie kam nicht an seinen Tisch, sondern stand hinter der Kuchentheke und nahm dort die Bestellungen ihrer Kolleginnen entgegen. Aber das enttäuschte ihn nicht, denn so stand sie, wenn auch entfernt, seinem Blick gegenüber, und er sah sie dort hantieren und manchmal in seine Richtung blicken, während er seinen Kaffee trank und rauchte, in der ruhigen und doch auch erregenden Gewißheit, daß sie wußte, weshalb er hier saß, und daß er wußte, daß sie es wußte, und

sie beide nicht nur miteinander verständigt, sondern sich auf eine geheimnisvolle Weise auch einig waren.
Nachdem er eine halbe Stunde so gesessen hatte, unverwandt zu ihr hinüberblickend, ging er nach Hause und verlor sich in seinen Träumen, die die Gestalt unvollständiger Geschichten annahmen: sie, die in ein Zimmer trat, in dem er sie erwartete, sie, auf einem Balkon stehend, und er undeutlich hinter ihr. Es waren vorsichtige Annäherungen, blasse, wieder vergehende Bilder, in denen losgelöst, als ein leuchtendes Geheimzeichen, auch ihre Augen erschienen und ihm ein unbestimmtes Versprechen machten.
Er ging nun regelmäßig nach Dienstschluß in das Café und wurde wieder von ihr bedient, fast auf dieselbe stille und scheue Weise wie am ersten Tag. Ihr Gesicht zeigte kaum Bewegung, aber in ihrem Körper war eine witternde Aufmerksamkeit und Spannung, wenn sie in seine Nähe kam. Bediente sie an anderen Tischen, ließ er sie nicht aus den Augen und konnte an der Schlaftrunkenheit ihrer Bewegungen erkennen, daß sie ihm schon ganz zu eigen war. Sie vermied es jetzt meistens, ihn anzusehen, aber manchmal sammelte sie sich in einem langen Blick, den sie ihm schickte, fast immer aus einigem Abstand, aus einer anderen Ecke des Raumes, wo sie gerade bediente und sich auch gleich wieder zurückzog in ihre verschiedenen Tätigkeiten, doch für zwei, drei Sekunden spürte er, wie der Raum zwischen ihnen schrumpfte und sie miteinander allein waren. Schwierig war nur der Augenblick der Nähe, wenn sie an seinem Tisch stand. Dann gewannen alle Bewegungen eine gefährliche Ausdrücklichkeit, was sie zu traumhaften Wiederholungen veranlaßte und ihn in eine atemlose Starrheit bannte. Sie sprachen fast nichts, nur das Allernötigste, das zum Ablauf des Geschehens gehörte. Er wußte, daß er ihr durch seine Stummheit zu verstehen gab, wie vollkommen er sich mit ihr verbunden fühle, und daß er sicher war, noch warten zu können, mit allem, was es eines Tages zwischen ihnen zu sagen gab.

Eines Tages würde er sein Werk schreiben, eines Tages würde sie seine Geliebte sein. Beide Gewißheiten begannen zu einer einzigen zu verschmelzen, und er fühlte oft, daß er von ihrer kommenden Verwirklichung schon umgeben war wie von einer unsichtbaren Aureole. Wenn er dort im Café saß, schien in träumerischer Vorwegnahme alles, was geschehen mußte, schon geschehen zu sein, obwohl die Szene immer die gleiche blieb und allmählich zu einer irritierenden Täuschung wurde. Er schwebte, er sank in sich hinein, saß gleichwohl regungslos auf seinem Platz und sättigte sich an den Blicken, die sie ihm manchmal schenkte. Doch er verstand auch, wenn sie sich von ihm abwandte und weiter geschäftig und ohne ihn zu beachten zwischen ihren Tischen umherging, weil das, was geschehen mußte, noch nicht so weit war. Auf keinen Fall durfte er der verzögerten Wirklichkeit dieser Szene neues Gewicht verleihen, indem er sie ansprach und eines der trivialen Gespräche begann, mit denen Bekanntschaften sich anknüpfen. Es wäre ein Rückfall gewesen, ein Verrat an der längst aufgeblühten Wahrheit ihrer täglichen Nähe. Es hätte das feine Gespinst ihres wortlosen Einverständnisses verletzt. So schien es ihm immer weniger möglich zu sein.

Wieder war er ins Warten geraten: auf ein Zeichen eines anderen Anfangs, auf eine sich selbst hervorbringende Erfüllung. Zuerst hatte er sich, wenn er es vorausträumte, entrückte, zauberhafte Orte vorgestellt: ein altmodisches Hotel im Süden mit Marmorsäulen und Kristallüstern, wo er ihr im Speisesaal gegenübersaß, oder einen verwilderten, sommerlichen Garten, durch dessen hintere Pforte sie eintrat und ihn suchte, ihn mit leiser Stimme rief. Doch er hatte diese Inszenierungen bald aufgegeben, weil er sie darin nicht begreifen konnte. Er wollte sie anders sehen, leibhaftiger und näher, hier bei sich, wo er in seinem Sessel saß.

Also ließ er sie kommen. Sie war müde von der Arbeit. Sie schloß hinter ihm die Wohnungstür auf. Er konnte hören, wie sie aus den Schuhen schlüpfte und den Reißverschluß des

Kleides aufzog. Sie ließ es an sich herabgleiten und näherte sich ihm, ohne Licht zu machen. Als sie von hinten an ihn herantrat, spürte er ihre Wärme und den frühlingshaften Geruch ihres Körpers. Ganz sanft berührte sie seinen Kopf oder seine Schulter, um sich zu ihm herabzubeugen und seinen ihr zugewandten Mund zu küssen.

Doch geschah das nie. Es entzog sich seinem Willen. Kurz vor der Berührung, die er schon als einen lauen Schatten über sich spürte, verging das Bild, und ihre traumhafte Gegenwart flutete zurück. Er war allein, er rauchte, saß in seinem dunklen Zimmer, wo der schwarze Schatten des Bussards auf der Scheibe schwebte. Konnte sie nicht wiederkommen, jetzt gleich, jetzt für immer? Wollte sie noch nicht zugeben, wie sehr sie ihn brauchte? Er war sich dessen sicher, fühlte, daß er heimlich gerufen wurde. Sie wollte zu ihm, suchte seinen Schutz. So ließ er sie einen weiten, schwierigen Weg machen. Sie stand lange an Haltestellen und wartete ungeduldig, drängte sich erschöpft in überfüllte Busse. Jemand beschimpfte sie. Sie war dem Weinen nahe, als sie zu ihm hereinkam. Aber nun war sie bei ihm, alles war gut.

Während er dies träumte, lernte er immer besser, wer sie war. Er erfuhr ihre Zartheit, ihre Erschöpfbarkeit, er kannte ihre Angst vor körperlicher Bedrängung, ihre Neigung zu Kopfschmerzen und Schwindel und wußte, daß der Schmerz ihre Augen noch dunkler machte. Ihr Lidschlag gab ihm ein Zeichen ihrer Empfindlichkeit, und wenn sie den Kopf senkte, konnte er sehen, ob sie sich nur ein wenig zurückzog oder ganz nach innen wandte. Er wußte, daß sie kaum merklich, aber anhaltend zitterte, wenn sie vor etwas Angst hatte, und daß sie dann ihre Arme näher an ihren Körper heranzog und, ohne daß sie es merkte, ihre Hände zu Fäusten ballte. Er kannte ihr Ungeschick, ihren Eigensinn und verstand sie als Zeichen einer leichten Verstörtheit, die sofort verschwand, wenn sie sich in seinem Schutz fühlte und sich wohlig in seinen Armen ausstreckte. Sie war sanft, geschmeidig, von einer langsamen, fließenden, kindlich vertrauensvollen Zärtlichkeit. Er konnte ihr lange entzückt in die Augen blicken. Er liebte sie.

Jetzt, da er gelernt hatte, ihr so nahe zu sein und sie sich immer mehr zu eigen zu machen, blieb er nicht mehr lange in dem Café sitzen. Es genügte ihm, sie eine Weile versunken anzusehen und einen Blick von ihr zu erhaschen. Dann brach er auf, um sie zu Hause zu erwarten. Er winkte ihr, daß er bezahlen wolle, und während sie an seinem Tisch stand und ihm das Wechselgeld herausgab, sagte er ihr in seiner Gedankensprache: Ich gehe schon vor. Komm bald nach, mein Liebling. Ich warte zu Hause auf dich.

Danach fuhr er ohne jeden weiteren Aufenthalt zu seiner Wohnung. Unterwegs schloß er sich ab gegen die Außenwelt, die er unberührt als ein Feld nichtiger Ablenkungen und Reize durchqueren wollte, hielt aber auch in sich das Drängen seiner Gedanken zurück. Um nichts von ihrer Kostbarkeit zu verlieren, durfte er ihnen erst nachgeben, wenn er an ihrem Erfüllungsort war, dem verabredeten Platz, in seinem Sessel am Fenster, in den er sich sofort nach seiner Heimkehr hineinstreckte, neben sich einen Vorrat von Zigaretten, die er rauchen würde, während es allmählich dämmerte und dunkel wurde und er immer tiefer in seine Traumspiele hineinglitt.

Gleich kommt sie, sagte er sich, gleich wird sie hinter mir die Tür öffnen und leise eintreten.

Doch er befand, daß er noch warten müsse. Sie kam nicht. Es war schon eine halbe Stunde über die erwartete Zeit. Es war unmöglich, daß sie nicht versuchte, auf schnellstem Wege zu ihm zu kommen. Also mußte etwas passiert sein. Er zögerte. Dunkel sah er vor sich einen Mann, der auf der Straße hinter ihr herging, und er spürte sein Herz klopfen. Es war eine große Gestalt mit hochgezogenen Schultern, deren Gesicht er nicht erkennen konnte, aber deren ausgreifenden Schritt er aus sich herauslaufen fühlte wie Wellen einer düsteren Energie, denen sie nicht entkommen konnte. Noch immer ging sie, doch fast schon laufend, mit überstürzten Schritten und hilfesuchenden, gejagten Blicken. Sie würde fallen, wenn sie nicht aufpaßte, sie würde vor ihrem Verfolger auf der Straße liegen. Und niemand war da, der ihr helfen konnte. Sie schien sich verlaufen zu haben, hatte irgend etwas falsch gemacht, und auch er konnte sie nicht erreichen, weil er nicht wußte, wo sie war, wo sich diese Szene abspielte: der Mann, der sie ansprach und ihren Arm festhielt, ihr kurzes starres Kopfschütteln, mehrmals, immer nur kurz, auf seine unaussprechlichen Vorschläge und Forderungen, und jetzt der überwältigende Schrecken, der sich in ihrem Gesicht ausbreitete, weil der Mann sie in einen dunklen Torweg schob und gegen eine Mauer preßte. Oh, nun sah er es ganz deutlich: ihr fassungsloses Gesicht, ihre geweiteten Augen und hörte ihren stummen Hilfeschrei, und er sammelte seinen Willen und löste die Szene auf, und hatte sie schon in den Armen, bebend und schluchzend und geöffnet seiner Zärtlichkeit.

Er liebte sie noch inniger, noch zärtlicher, seit er diesen Rivalen und dunklen Zutreiber erfunden hatte, der ihr jeden Abend auflauerte und sie immer zudringlicher und gewaltsamer in den Augenblick ihrer Unterwerfung zwang, aus dem er sie jedesmal errettete, meistens schon eine nackte, wehrlos gemachte Frau, die schmelzend in seinen Armen verging und der er alles sagen konnte, was er nie gesagt, aber auch nie gehört hatte, Koseworte, erfundene Namen und beruhigende, einhüllende Beschwörungen einer inwendigen, körperlosen Liebe, die ohne Scham und Angst war.
Danach kamen Stunden schwieriger Übergänge. Seit sich sein Traumspiel immer mehr zugespitzt hatte, konnte er es nicht wiederholen, sondern mußte sie erst wiedersehen und in ihrer gierig aufgesaugten Nähe einen neuen Anlauf beginnen zu seiner nächsten geisterhaften Vereinigung mit ihr. Bis dahin mußten eine Nacht und mehr als ein halber Tag vergehen, in

denen er sich oft von dunklen Stimmungen bedroht fühlte. Sie schienen ihm aufzulauern, ihm den Weg verlegen zu wollen. Minutenlang durchquerte er wie blind den Ausläufer einer noch fernen, aber erdrückenden Angst. Sie sickerte in die Gegenstände ein, und er fühlte sich von ihrer gefährlichen Lautlosigkeit beschlichen. Er sah sich allein, wie immer schon verlassen. Doch er wedelte diese Einflüsterungen fort. Das war nichts, nichts! Er war ja auf dem Weg zu ihr, und es ging ihm schon wieder besser. Er hörte Musik, er rauchte, er holte aus dem Kühlschrank Wurst oder Käse, um sich ein Brot zu streichen, und ging selbstvergessen kauend in der Wohnung herum. Später trank er Wein oder Bier, was er gerade vorfand, manchmal von grundlosen Euphorien geschüttelt, die er als einen Drang zu lautem Reden erlebte, obwohl er nichts Bestimmtes zu sagen hatte. Schließlich, ein wenig betrunken und schwer geworden, fand er den Übergang in den Schlaf.

Einschlafend und erwachend erneuerte er in sich den Gedanken, daß seine Phantasien eine geheime Wirkung auf sie ausübten und sie bald wirklich seine Geliebte sein würde. Der unvorstellbare Augenblick war wahrscheinlich schon ganz nahe gerückt. Nur planen konnte er ihn nicht. Alle vorgestellten Anfänge erschienen ihm so plump und schwerfällig und waren so weit weg von ihren traumhaften Vereinigungen, daß er sie sich alle sofort verbot. Und doch konnte das Wunderbare jetzt täglich geschehen, jeden Abend, wenn er das Café betrat. Es würde leicht und selbstverständlich sein und von ihr ausgehen, weil der Traum, mit dem er sie umgab, sie endgültig erreicht hatte und nun, übermächtig geworden, auch in ihren Augen stand. So würden sie sich gegenseitig ansehen, in endlich eingestandener Gewißheit.

Tagsüber, wenn er in der Bibliothek saß und die Stunden bis zum Abend sich dahinschleppten, dachte er daran und ließ vorsichtig, mit der langen Erfahrung seines Wartens, die ihm riet, nichts durch Ungeduld zu verscheuchen, ihr Gesicht vor sich auftauchen. Es war nicht deutlich, aber ihm zugewandt, und er dachte sich ein Lächeln hinein. Ein Lächeln, das ohne sein Wissen auf seinem Gesicht stand, wenn er bald danach die Spuren seiner Arbeit wegräumte und zu ihr ging.

Er näherte sich dem Café immer auf der anderen Seite der Straße, die er dann so überquerte, daß er direkt auf den Eingang zuschritt. Das hatte er sich angewöhnt, weil er am Bordstein wartend den Augenblick der Verzögerung genoß und sich manchmal einbildete, er könne hinter den Scheiben schon ihren bewegten Schatten sehen.

Diesmal aber sah er sie plötzlich in greller Schärfe, als er schon auf der Mitte der Fahrbahn war. Sie kam zusammen mit einem Mann aus dem Café heraus und hängte sich lächelnd an dessen Arm. Es war eine unverwechselbare und bei ihr völlig neue, beinahe stürmische Geste, denn sie griff den Arm des sehr viel größeren Mannes mit beiden Händen und legte dabei kurz ihre Stirn gegen seine Schulter, dann paßte sie sich mit einem kurzen Hüpfschritt seinen Schritten an. So gingen sie, eng aneinandergeschmiegt, die Straße hinunter. Gleichzeitig hatte er, ohne zu zögern oder seinen Blick zu wenden, die Straße überquert, nicht weil er begriff, daß man ihn nicht sah, und auch das nichts bedeutet hätte, sondern weil sich in ihm eine Kälte ausgoß, die ihn zwang, starr auf den Schrecken zuzugehen. Doch jetzt waren sie nach links abgebogen, und er wandte sich nach rechts. Schreckhaft belichtet sah er ihr Lächeln, das alle seine Einbildungen überboten hatte, aber auch gar nicht zu ihr paßte, und schon faßte er den Zipfel seiner Rettung: Sie war es nicht! O doch, sie war es, aber sie war eine andere. Diese lebhafte junge Frau, die er am Arm des fremden Mannes gesehen hatte, war nicht die Frau, die er liebte. Sie war die Serviererin eines kleinen Cafés, das er nie mehr zu besuchen brauchte und das aus seinem Plan der Stadt getilgt werden mußte. Wie sie, die dort bediente. Sie würde es auch nicht mehr geben. Sie entfernte sich hinter seinem Rük-

ken immer weiter. Er aber besaß ja längst unverlierbar die andere, die er in sich trug und mit sich heimnehmen konnte, um sie ganz allein zu lieben. Ja, er liebte sie so sehr, es machte ihn glücklich. Er wußte nur nicht, wie er sie erreichen sollte, ohne daß die Serviererin sich einmischte und ihr Lachen, ihr zärtlich geneigter Kopf, ihr Hüpfschritt sich dazwischendrängten. Nein, seine Liebe hatte noch kein Gesicht. Sie war jetzt tief in ihm verborgen.
Auch zu Hause merkte er, daß er nicht an sie denken konnte. Es war niemand da, der hinter ihm die Tür öffnete und sich leise durch die Dunkelheit näherte. Dafür sah er im Halbschlaf das aufgetürmte Mauer- und Straßengewirr einer fremden Stadt und den dunklen Mann seiner Traumspiele, der sie darin suchte. Nein nein, hier ist sie nicht mehr, sagte er. Denn der Mann, mit dem sie fortgegangen war, als sie aus dem Café trat, war ein anderer, den er niemals hätte erfinden können. Ein anderer mit einer anderen, die sich lachend entführen ließ, ohne daß er Einspruch erhob. Sie war es ja nicht, die er meinte, er empfand nicht einmal Schmerz. Alles war still, außen und innen, und er vermied es, unnötige Bewegungen zu machen, um dieses Gleichgewicht nicht zu stören.

Am nächsten Tag in der Bibliothek, während die Stunden weiterrückten, mußte er sich eingestehen, daß er nicht wußte, wo er hingehen sollte, wenn sein Dienst zu Ende war. Dennoch räumte er wie immer rechtzeitig seinen Schreibtisch auf und verabschiedete sich von seinen Kolleginnen mit einem kurzen Gruß. Draußen schlug er den direkten Weg zu seiner Wohnung ein, der ihn nicht an dem Café vorbeiführte. Er hatte unbewußt einen raschen, energischen Schritt gewählt, der ihm eine gewisse Festigkeit gab. Aber als er sich dem Hochhaus näherte, in dem er wohnte, überfiel ihn lähmende Mutlosigkeit. Ich kann nicht, dachte er. Doch um sich eine Chance der Rückkehr zu lassen, fügte er hinzu: noch nicht. Wieder verfiel er in seinen raschen, stetigen Schritt und wanderte durch düstere Straßen eines Stadtteiles, den er kaum kannte, kam aber nach einer Stunde wieder bei dem Hochhaus an. Es stand vor ihm als eine atemverschlagende Wand, übersät mit Fenstern und Balkonen, und es erschien ihm unmöglich hineinzukommen. Eine Weile hielt er sich in der Nähe des Einganges auf und sah zu, wie Leute in das Haus hineingingen oder es verließen, ohne daß eine dieser Bewegungen auf ihn übersprang. Dabei klopfte sein Herz, als strenge es sich an, ihn aufrechtzuhalten mitten in der schweren Benommenheit, die sich über ihn stülpte und an den Platz fesselte. Sobald ihm das bewußt wurde, setzte er sich ruckartig in Gang und bewegte sich von dem Hochhaus fort. Wohin, dachte er, was mache ich? Dann sah er die Telefonzellen, und es fiel ihm ein, die Lehrerin anzurufen.

Sie war befremdet, daß er anrief, verärgert über sein langes Schweigen und ein wenig verwirrt. Doch half ihm gerade das, sich auf sie einzustellen. Jaja, er mußte sich entschuldigen, er war in eine Arbeit versunken gewesen, er hatte eine Dienstreise gemacht. Während er dies sagte, wußte er schon, sie würde nachgeben, denn sie wollte ihn sehen, weil sie allein war wie er. Er mußte sich nur ein paar Vorwürfe anhören, schon vermischt mit schmollender Versöhnlichkeit.

Diesmal nahm er entgegen der Gewohnheit der letzten Wochen sein altes Auto, das er auf einem unbebauten Gelände in der Nähe des Hochhauses abgestellt hatte. Er befürchtete, es würde nicht anspringen, aber der Motor kam stotternd in Gang, und eine Viertelstunde später parkte er vor ihrem Haus. Er stieg aus und klingelte, und im Türlautsprecher sagte ihre Stimme, sie käme gleich herunter. Er stieg wieder ein und machte die Seitentür auf. Das schien ihm einfacher zu sein, als ihr an der Haustür gegenüberzustehen. Und da kam sie auch, schnell, im hellen Mantel, mit einer kleinen Handtasche, und schlüpfte zu ihm herein, umgeben von dem Geruch ihres Toilettenwassers, mit dem sie sich üppig übersprüht hatte.

»Na, du alter Verräter«, sagte sie.
Wie verabredet fuhren sie aus der Stadt hinaus, um in einem ländlichen Restaurant, das sie ihm vorschlug, zu Abend zu essen. Er war dankbar, daß sie ihn leitete. Ein Gefühl der Gefügigkeit erfüllte ihn. Nicht er war hier. Er war gestorben und lebte zum Schein weiter. Alles war wunderbar gleichwertig: was man tat und was man nicht tat. Die Unterschiede hatten sich aufgelöst.

Beim Abendessen betrachtete sie ihn. Er sähe schlecht aus und unglücklich. Was sei los mit ihm? War er krank? Wahrscheinlich arbeite er zuviel.
»Kann sein«, sagte er.
Auf einmal spürte er die ganze Anstrengung seiner wochenlangen Phantasien. Er hatte eine schwere Arbeit getan, hatte sich daran verbraucht. Es war, als hätte er ein Buch geschrieben, ein Buch, das vom Glück handelte, mit einem unerwarteten, zerstörerischen Ende, das ihm gegen seinen Willen diktiert worden war.
Alles klaffte nun wieder auseinander, die Träume, das Leben. Er hatte das nicht zusammengebracht, obwohl er seine ganze Kraft darangegeben hatte, und nichts war übriggeblieben als Erschöpfung. Nein, er fühlte sich nicht traurig, nur weniger deutlich, als habe die Schärfe seiner Gedanken und seiner Sinne nachgelassen. War das eine schleichende Krankheit oder der Beginn der Heilung? War er vielleicht schon geheilt, so teilnahmslos, wie er hier saß, mit dem Besteck hantierend, ein Glas zum Mund hebend, während gegenüber, auf der anderen Seite des Tisches, in einer spiegelbildlichen Pantomime die Frau ihr Glas hob und lächelte?
»Ich freue mich«, sagte sie.
»Ja?« fragte er.
Mit einem kleinen Nicken stellte sie ihr Glas ab. Ihre Hand kam über den Tisch und hielt seine Hand fest.
»Hör zu«, sagte sie, »ich weiß, weshalb du nicht mehr ge-

kommen bist. Du hast dir eine ganz falsche Vorstellung von meinem Kollegen gemacht, den du bei mir getroffen hast. Zwischen uns war nichts, glaub mir, nur eine Freundschaft. Ich bin nicht mit ihm im Bett gewesen. Er hat mich besucht, weil wir eine Arbeitsgemeinschaft vorbereiten, einen gemeinsamen Kurs.«

Sie begann davon zu erzählen, ausführlich, verlogen, Geplapper, dem er nicht zuhören konnte und das plötzlich sehr weit weg zu sein schien. Wieder sah er das Paar, das glücklich lächelnd aus dem Café trat, sie, die ihre Stirn zärtlich gegen die Schulter des Mannes drückte, ihr kurzer Hüpfschritt, das gemeinsame beschwingte Weiterschreiten, mit dem sie sich entfernt hatte.

Wo war sie? Was blieb ihm? Wovon lebte er?

»Glaub mir bitte«, sagte die Frau auf der anderen Seite des Tisches, »es war wirklich nichts. Der Mann interessiert mich nicht. Du hast dir das alles nur eingebildet.«

»Was?« fragte er.

»Alles«, sagte sie, »es war nichts.«

»Sicher, es war nichts«, sagte er. »Was soll es sonst gewesen sein?«

»Was meinst du?«

»Nichts.«

Verwirrt schaute sie ihn an. Eine wütende Heiterkeit befiel ihn. »Nichts oder ein bißchen: Was macht das schon?«

Natürlich war sie mit diesem Mann und mit vielen anderen Männern in ihrem Bett gewesen, das sie so schnell, mit ein paar geübten Griffen, auch vor ihm aufgedeckt hatte. Natürlich war jetzt er wieder an der Reihe. Gleich, in einer Stunde vielleicht. Es war das übliche. Es war nichts. Sie ahnte ja nicht, wie recht sie hatte.

»Ich werde jetzt zahlen«, sagte er.

Sie wirkte eingeschüchtert und ratlos, sagte fast nichts mehr, auch nicht, als sie zum Parkplatz gingen und in seinen Wagen stiegen. Sie fuhren. Er würde sie nach Hause bringen und

dort absetzen, mußte versuchen, wieder allein zu sein, einen neuen Anfang zu finden. Mußte anfangen womit? Anfangen, um nicht am Ende zu sein. Mußte versuchen, allein zu sein. Vorsichtig streckte sie die Hand nach ihm aus.
»Laß dich beruhigen«, sagte sie.
Er schüttelte den Kopf und vertrieb sie damit. Allein sein, dachte er. Ich muß es versuchen. Da war wieder das Lächeln, die zutrauliche Bewegung, mit der sie ihre Stirn an der Schulter des Mannes barg, das kurze, muntere Hüpfen, mit dem sie den Gleichschritt suchte, um so mit ihm zu verschwinden, irgendwo in der Straße, durch die jetzt nur fremde Menschen gingen.
»Glaub mir, es war nichts.«
Aber jetzt sind sie zusammen, wollte er sie anschreien. Jetzt und immer schon, die ganze Zeit!

Sie fuhren durch die Vororte, auf der Zufahrtsstraße zu einer der Flußbrücken. Neben ihm drehte sie sich auf ihrem Sitz und sah ihn von der Seite an. Mit einem kurzen Blick erfaßte er sie, ihre angezogenen Knie, den gespannten Rock. Den Mantel hatte sie abgestreift. Sie saß auf dem Innenfutter wie auf einem glänzenden Vließ.
»Fahren wir zu mir?« fragte sie leise.
Er zuckte die Achseln, blickte geradeaus.
»Ja, laß uns zu mir fahren, damit du all den Unsinn vergißt.«
Seltsam, daß da etwas vor ihm lag. Etwas Erwartbares, Selbstverständliches.
»Wirst du alles tun?« fragte er.
»Ja, alles.«
Sie fuhren im Autostrom der Brückenrampe. Er erhaschte ein dunkles Leuchten in ihren Augen, als er sie kurz ansah.
»Zieh die Bluse aus«, sagte er.
Ohne zu zögern, knöpfte sie die Bluse auf und streifte sie von den Schultern.
»Auch den Rock.«

Sie drehte sich etwas auf dem Sitz, zog den Reißverschluß auf und schob den Rock an sich herunter, stellte achtlos die Füße darauf.
»Was noch?«
»Den Büstenhalter.«
Sie beugte sich vor, um eine Öse zu öffnen. Ihre Brüste waren nackt, schwere Brüste mit großen Warzenhöfen.
Jetzt waren sie auf der Brücke, hoch über dem dunklen Fluß, in dem sich die Lichter der Promenaden und der anderen Brücken spiegelten. Dahinter lag die erleuchtete Stadt, deren Widerschein die Nachtwolken entzündete. Während sie langsam darauf zufuhren, sah er sie aufgerichtet neben sich sitzen.
»Was noch?« fragte sie.
»Durch die Stadt fahren?«
»Ja, fahr durch die Stadt!«
Aber er wollte es nicht mehr. Er hatte nichts mit dieser Frau zu tun. Er war ihr in die Falle gegangen. Sie sollte verschwinden. Er mußte sie verschwinden lassen.
»Duck dich«, sagte er schnell, als sie auf eine Ampel zufuhren, an der sie halten mußten.
»Warum? Ich will dich küssen.«
Er schob sie weg, hörte hinter sich eine Hupe und fuhr weiter, an starrenden Gesichtern vorbei.
»Duck dich«, schrie er, »zieh dich an!«
Sie lehnte sich zurück und lächelte, schien nicht zu wissen, wo sie war. Er war von der Hauptstraße abgebogen, auf der Suche nach einem dunklen Parkplatz in der Nähe des Flusses. Während er zwischen Reihen geparkter Autos fuhr, schaukelnd über holprigen Boden, legte sie ihren Kopf in seinen Schoß.
»Wo sind wir?« wollte sie wissen.
Er antwortete nicht, hörte hinter sich das Brausen einer Autostraße und fühlte sich wegtreiben, fühlte sich ausgelöscht. Das Getuschel begann in seinem Kopf, die Stimme, die null

und nichtig sagte. Er hatte etwas verloren, das wichtig war, das einzig Wichtige, das Richtige, das Wichtige. Wo war sie? Wo war er? Wo bist du, murmelte die Frau, deren Kopf in seinem Schoß lag. Er riß sie hoch und stieß sie zur Seite, sah ihr aufgerissenes Gesicht. Weg weg! Es war das Falsche, das ihn immer von sich selbst abbrachte. Wenn er das Falsche abschüttelte, hier, würde es vielleicht überall in der Welt verschwinden. Alles würde sich umkehren, und die richtige Geschichte konnte beginnen, deren Anfang er kannte und deren Erfüllung noch ausstand. Jetzt jetzt! Er stieß sie von sich, sprang aus dem Wagen und lief. Das Laufen schien ein anderer für ihn zu tun. Er selbst mußte noch geboren werden. In dem Dunkel, das ihn umgab, lief er darauf zu.

Komm wieder, murmelte er, komm wieder!
Er saß in seinem Sessel am Fenster, und die Nacht dauerte an, punktiert von den Sternen und der dünnstimmigen Musik, die sie machten, jeder auf seinem Ton. Ich liebe sie, dachte er, deshalb bin ich glücklich. Sie war in der Welt und er, und so waren sie verbunden. Diese Nacht umschloß sie als ein einziges großes Gewähren, in dem auch die Trostlosigkeit mit dem Trost verschwamm. Nichts konnte verlorengehen, solange er sich sicher war. Ruhe, Stille und die trostliche Untröstlichkeit kamen nach dem Aufruhr, dem wüsten Schlagen seines Kopfes, dem Schmettern der Stirn gegen den Fußboden: Ich will sie sehen, ich will sie sehen! Nein, er mußte erst still werden, dann würde sie kommen. Man würde sie heranführen, und sie würde ihre Hand leicht auf seinen Kopf legen.
Ruhig, still, er spürte ihre Annäherung, obwohl die Verhinderungen noch herrschten. Er wußte, sie kam, wenn er sich nicht rührte. Er mußte die äußerste Form des Wartens lernen, mußte da sein und nichts verlangen. Da war sie, hinter dem Fenster, von seinem Lidschlag wieder weggewischt. Nein nein, das war nicht, weil er weinte, es kam davon, daß seine Augen brannten vom vielen Rauchen. Er würde mit dem

Rauchen aufhören, wenn es nichts mehr zu erwarten gab. Morgen, wenn es hell wurde. Er würde die Lehrerin anrufen und ihr sagen, daß er beschlossen hatte, damit aufzuhören. Ja, er war brav, er würde der gute Junge sein, um den man sich sorgte. Er hatte seine Schulaufgaben gemacht.
Wieder war da die fremde Einmischung, die seinen Traum durchkreuzte. Dieser Geschmack der Enttäuschung, der Riß in der Welt. Nein, sie würde nicht mehr kommen. Er hatte nachgelassen, und sie war noch weiter fortgerückt. Unkennbar geworden in der Gegenströmung, die sie von ihm forttrug. Ohne zu wissen, wohin er noch denken sollte, mußte er sich abwenden und das älteste Mittel der Beschwörung versuchen.
Er glitt aus dem Sessel und krümmte sich langsam auf dem Boden zusammen, zog seine Knie ans Kinn, beugte und umschloß mit den Armen seinen Kopf. Fest in sich zusammengekauert, konnte er den Schmerz in sich erdrücken, und allmählich verschwand auch die Schwere aus der Welt. Er war nirgendwo, er schwebte. Und fühlte, daß sie in seiner Nähe war und ihn betrachtete mit ihren fremden Augen.

In Erwartung der Gäste

1981

Sie war fertig mit ihren Vorbereitungen, über eine Stunde zu früh, und seit Minuten kämpfte sie gegen das Gefühl, sie müsse weglaufen. Es saß unter dem Brustbein und stieg in den Hals hoch. Ihr ganzer Leib wuchs zu einem starren Block zusammen. Was war das nun wieder? Was war los mit ihr? Sie blickte auf den gedeckten Tisch, die Damastdecke, das Berliner Porzellan, den silbernen Kerzenleuchter und dachte: Ich kann nicht! Ich muß weg! Weit weg von hier! Weg! Weg! Aber sie stand wie festgeleimt, und nur ihre Gedanken schnellten weg und schienen sich aufzulösen. Für Sekunden war ihr Kopf leer, und sie suchte herum nach dem verlorenen Fadenende: Ich habe mich doch gefreut.

Sie war heute früh voller Unternehmungslust aufgewacht und hatte den ganzen Tag mit ihren Vorbereitungen verbracht. Und noch vorhin, während sie den Tisch deckte, hatte sie das stärkende, bestätigende Gefühl gehabt, etwas Schönes herzustellen, mit dem sie übereinstimmte und worin sie sich zu erkennen gab. Es war der erste festlich gedeckte Tisch seit ihrer Scheidung, und obwohl sie das niemandem verraten wollte, bedeutete er für sie ihren sichtbar gemachten, neuen Anspruch auf Glück. Doch als sie zurückgetreten war, um das Arrangement noch einmal zu

überblicken, war ihr der Tisch wie eine Täuschung erschienen: übertrieben feierlich und fremd. Und eine blinde Angst hatte sie überschwemmt.
Wenn sie doch schon da wären, dachte sie. Alles würde sofort ganz einfach sein. Die Sanders waren alte Kollegen und Wolfgang und Juliane ihre engsten Freunde. Es würde ein gelungener Abend werden. Man würde ihr Essen loben, und Juliane würde das Gespräch in Schwung bringen. Mit ihr wurde jede Gesellschaft ein Erfolg.
Sie rückte eine Gabel, einen Löffel zurecht und zog ihre Hand zurück. Allmählich wurde sie wieder ruhig. Juliane war eine zuverlässige Freundin, die immer alles verstanden hatte. Sie hatte sich immer mit allen Problemen zu ihr flüchten können. Das durfte sich nicht ändern, trotz allem, was sich verändert hatte. Sie wollten doch beide, daß es so blieb.

Wenn sie doch schon da wären! An diesem Tisch gab es nichts mehr herumzurücken. Die Gläser standen paarweise nebeneinander, das Besteck lag griffbereit geordnet neben den Tellern, die zarten Blumenmuster jedes Tellers waren dem Blick des Gastes zugedreht. In einer halben Stunde mußte sie das Filet Wellington mit Eigelb überstreichen und in den Backofen schieben. Und sie konnte auch noch duschen und schnell bei Frau Klausmann anrufen und ein paar Worte mit David sprechen.
Nein, das war überflüssig. Er war ja gerne dort. Die beiden hatten sich aneinander angeschlossen. In den Monaten ihrer Ehekrise und auch in der schrecklichen Zeit nach ihrer Scheidung waren Frau Klausmanns kleine gemütliche Wohnung und ihr Garten für David ein zweites Zuhause geworden. Frau Klausmann hatte ein Recht auf ihn erworben. Sie wollte ihn für sich haben, wenn er bei ihr schlief. Wahrscheinlich las sie ihm gerade eine Geschichte vor, und dabei durfte sie nicht stören. Flüchtig sah sie die Szene: David, schon im Schlafanzug, saß im Sessel oder auf der Couch, und sein aufmerksa-

mes Gesicht, in dem der Mund ein wenig offen stand, schaute unverwandt zu Frau Klausmann hoch, die groß und mächtig in einem ihrer dunklen Kleider bei ihm saß und langsam, mit gleichmäßigem Nachdruck, aus einem Buch vorlas. Sie durfte sich da jetzt nicht einmischen, sie wurde nicht gebraucht. Vielleicht wäre es leichter gewesen, das Kind bei sich zu haben, morgen jedenfalls, beim Aufwachen, wenn Wolfgang wieder mit Juliane gegangen war. Dann wahrscheinlich würde sie Davids kleinen, zutraulichen Körper vermissen, der sie schon so oft getröstet hatte.

Sie ging in die Küche, um alles noch einmal zu überprüfen: das Filet, umhüllt von dem hellen Blätterteig, die Gläser mit den Krabbencocktails, den Obstsalat, den sie noch einmal abschmeckte und mit einem weiteren Spritzer Calvados übergoß. Die neuen Sherrygläser für den Aperitif standen frisch gespült und blinkend auf dem Tablett bereit. Die konnte sie eigentlich gleich nach drüben tragen.

Obwohl es draußen noch hell war, hatte sie in Gedanken das Licht angemacht. Sie brauchte immer viel Licht um sich herum. Sie fühlte sich dann besser verbunden mit dem Raum. Doch da war noch etwas anderes, eine Szene, die sie wegzuschieben versuchte, während sie das Tablett ins Wohnzimmer trug: Mitten im hellen Licht lag sie mit Wolfgang zusammen. Sie liebten sich. Etwas abseits stand Juliane und sah ihnen zu. Sie mußte das Tablett schnell auf die Anrichte stellen, weil ihr die Hände bebten. Sie hatte nicht daran denken wollen, heute schon gar nicht. Das Bild überfiel sie immer wieder, wenn Wolfgang sie zu lange alleine ließ. Es war auch seine Schuld, wenn sie so hysterisch war.

Er hatte am Nachmittag nicht angerufen, obwohl er versprochen hatte, es zu versuchen, und sie ihn so dringend darum gebeten hatte. Sie hätte noch einen Augenblick der Vertrautheit gebraucht, bevor er zusammen mit Juliane zur Wohnungstür hereinkam. Doch sie hätte gleich davon

ausgehen können, daß »versuchen« bedeutete, er würde es nicht tun.
Nein, sie durfte nicht bitter sein. Heute war Sonnabend, und er war nicht in seinem Büro. Er hätte unter einem Vorwand rausgehen oder heimlich von der Wohnung aus sprechen müssen, und vielleicht war ihm das zu schwierig gewesen und nicht wichtig genug. Ihr allerdings hätte es genügt, wenn er schnell einen einzigen Satz gesagt hätte: »Ich freue mich auf dich!« Oder: »Bis heute abend, Liebling!« Ein einziger Satz von ihm hätte sie sicher gemacht. Es enttäuschte sie, daß er so wenig darüber nachdachte, wie er sie stützen und beruhigen konnte. Er wollte sich einfach nicht vorstellen, wie schwierig alles für sie war, vor allem, wenn sie auf ihn warten mußte, ohne zu wissen, wann oder ob er kommen würde und wann er dann wieder ging. Es war ein dauerndes Sichanstemmen gegen die eigene Kraft, eine Fesselung von Armen und Beinen, eine Augenbinde, die ihr alles Licht wegnahm.
Er hätte wirklich anrufen müssen. Wie sollte sie Juliane entgegentreten, ohne dieses kleine heimliche Pfand? Es mußte doch ein paar unbewachte Sekunden geben, in denen er schnell ihre Nummer wählen und ein Wort zu ihr sagen konnte. Oder war er pausenlos mit Juliane zusammen? Auch im Badezimmer, und während sie sich umzogen? Sie konnte sich die beiden nicht vorstellen in solchen alltäglichen Situationen. Sprachen sie miteinander, berührten sie sich oder vermieden sie es? Sprachen sie vielleicht über diesen Abend und über sie? Und würde sich das Gespräch noch in ihren Gesichtern ausdrücken, wenn sie gleich hereinkamen? Mein Gott, was für ein Vorteil war es, zusammen in einer Wohnung zu leben! Wie viele Möglichkeiten der Verständigung hatten sie. Obwohl sie nach Wolfgangs Geständnissen eigentlich keinen Grund zur Eifersucht hatte, fragte sie sich oft, was die beiden noch verband.
Fort damit! Nicht jetzt darüber nachdenken. Das machte sie nur unsicher. Sie neigte dazu, alles zu bezweifeln und dann

wieder neue, überzeugendere Beweise seiner Liebe von Wolfgang zu verlangen. Sie überforderte ihn damit. Das war nicht klug. Gleich, wenn die beiden kamen, durfte sie nicht verkrampft wirken. Sie mußte gute Laune ausstrahlen. Sie wollte ihm gefallen und Julianes prüfendem Blick standhalten. Beide sollten sie sehen, daß sie glücklich war.

Alles stand bereit, auch die neuen Sherrygläser. Erst als sie auf dem Dachparkplatz des Kaufhauses ihren Wagen abschloß, war ihr eingefallen, daß sie vielleicht keine mehr besaß, und hatte für alle Fälle sechs neue gekauft. Seit sie sich von Ralf getrennt hatte, übersah sie ihren Haushalt nicht mehr. Denn zunächst hatte sie alles, was sie mitgenommen hatte, notdürftig in Schränke und Kommoden gestopft und dort vergessen, wie etwas, das sie nie wieder brauchen würde. Und erst, als sie begonnen hatte, Schritt für Schritt ins Leben zurückzukehren, stieß sie überall auf Lücken in ihrem Besitz. Neulich, als Wolfgang ihr die blühenden Zweige brachte, hatte sie die braunglasierte chinesische Vase gesucht, die ein Geschenk ihres Vaters war. Aber sie hatte sie nicht gefunden. In dem Schrank im Wohnzimmer, in dem oben rechts die Gläser, links die Vasen, unten die Flaschen ihrer Hausbar und altes, nicht mehr benutztes Porzellan standen, war noch allerhand Krempel zum Vorschein gekommen, Tabletts verschiedener Größe, eine angelaufene Silberschale, kunstgewerbliche Keramikaschenbecher, Weihnachtsbaumschmuck, ein Windlicht für den Garten, den sie nun nicht mehr hatte, nicht aber die Vase, deren etwas abgeflachte kugelige Form sie so sehr liebte.
War es möglich, daß Ralf sie beiseite geschafft hatte, als sie beschlossen, ihren gemeinsamen Hausstand aufzuteilen? Sie hatte jetzt manchmal Gedanken, deren sie sich früher geschämt hätte, die aber plötzlich eine einschneidende Wahrheit für sie enthielten. So konnte es gewesen sein: Ralf hatte die Vase an sich genommen und versteckt, nicht, weil er etwas

von ihr behalten wollte, sondern um sie zu verletzen. Es war für ihn eine Genugtuung zu denken, daß ihr später etwas fehlen würde, woran sie hing.

Es konnte natürlich auch anders gewesen sein. Die Vase war vielleicht bei ihrem fluchtartigen Umzug zu Bruch gegangen, oder schon vorher, in dem letzten chaotischen Jahr ihrer Ehe, an das sie sich nur unzusammenhängend erinnerte. Sie hatte auffallende Erinnerungslücken, als sei ihr inneres Leben noch nicht wieder zusammengewachsen. Wenn sie sich jetzt danach umschaute, erblickte sie nur zwei Unglücksdarsteller, die in einem zermürbenden, sich dauernd wiederholenden Stück auftraten, zwei boshaft miteinander vertraute Menschen, von denen der eine, sie selbst, den anderen unerträglich reizte, indem sie immer wieder behauptete, daß ihre Liebe oder ihre Harmonie oder ihre Verbundenheit, oder wie immer sie es genannt hatte, noch unzerstört sei, und sie sich nur vorübergehend in einem fürchterlichen Wahn befänden.

Gelegentlich hatte sie auch getrunken, wenn sie aus dem Dienst nach Hause kam und mit versiegenden Kräften versuchte, Ordnung in ihren Haushalt zu bringen, wenn sie schon keine Ordnung mehr in ihren Gedanken hatte, und vor allem nachts, wenn Ralf ohne Erklärung wegblieb und sie das Fernsehprogramm bis zu den letzten Nachrichten angestarrt hatte, oder wenn sie allein in dem großen Doppelbett lag und gegen ihren Willen auf sich nähernde und wieder abflauende Motorgeräusche in der friedlichen Nachtstille ihres Wohnviertels lauschte, bis sie sich die Finger in die Ohren bohrte.

Das alles hatte sich geändert, seit sie mit Wolfgang zusammen war. In jedem Zimmer konnte sie nun neue Erinnerungen beschwören. Manchmal, wenn er gerade gegangen war, drückte sie ihr Gesicht in das Kissen, auf dem sein Kopf gelegen hatte, und stellte sich vor, sie könne so eine nachträgliche Nähe herstellen, die er vielleicht noch spürte.

Sie hatte auch jetzt mit den Fingern über die Decke gestrichen und erst Sekunden später begriffen, daß das eine Zärtlichkeit war. Hier würde Wolfgang sitzen, schräg gegenüber von ihr. Neben sich wollte sie Frau Sanders plazieren und Herrn Sanders zwischen sich und Juliane, die dann links von Wolfgang saß. Beide würden ihr schräg gegenüber sitzen, was vielleicht gut war, weil sie sich so gegenseitig weniger beobachten konnten. Aber sie konnte sie anschauen, beide. Für sich selbst hatte sie keinen Tischnachbarn eingeladen. Der Tisch war zwar groß genug, doch sie wollte allein sein. Sie wollte nicht verschleiern, daß sie allein war.

Sie überlegte, was sie anziehen sollte. Am besten ihr langes rotes afghanisches Gewand mit den vielen Stickereien, weil es ein Kontrast zu Julianes damenhafter Garderobe war. Kaum jemand trug noch so etwas, aber sie sah schön darin aus. Und heute abend hatte Wolfgang lange Zeit, sie anzusehen. Sie würde das Essen auftragen und hin und hergehen, o ja, und sie würde ihn bitten, die Weinflasche zu öffnen, so daß sie sich einbilden konnte, sie beide lebten zusammen und bedienten die Gäste.

Während sie sich auszog, um unter die Dusche zu gehen, spielte sie mit der Vorstellung, sie wären verheiratet und dies sei ihre gemeinsame Wohnung. Jetzt zum Beispiel war er im Wohnzimmer oder in der Küche. Sie konnte ihn rufen, und er würde kommen und sie abtrocknen und ihr vielleicht sagen, daß er sie so am schönsten fände. Und sie würde antworten, daß sie heute nichts unter dem Kleid anziehen wolle, damit er den ganzen Abend daran denken könne. Später, bei Tisch, inmitten ihrer Gäste, würde sie den Gedanken in seinen Augen aufblitzen sehen und ihm mit einem winzigen Zeichen, einem kaum merklichen Zucken ihrer Lippen vielleicht, darauf antworten.

Sie stieg aus der Dusche und frottierte sich, zog den Bademantel über und ging in die Küche. Das Filet mußte in den Backofen. Zehn Minuten nach Ankunft der Gäste konnten sie sich zu Tisch setzen. Sie wollte nackt sein unter dem Kleid.

Wenn er noch anrief, würde sie es ihm sagen. Sie brauchten solche kleinen gemeinsamen Geheimnisse als Gegengewicht zu all dem Unausgesprochenen, das sie trennte. Sie wußte nicht, worüber er mit Juliane sprach. Er sagte nie etwas darüber, genauso wie sie ihm ihre verfänglichen Gespräche mit Juliane verschwiegen hatte.

Sie dachte ungern daran zurück. Es kam ihr jetzt wie eine Einmischung in ihr Leben vor, daß sie durch Julianes Erlaubnis und Regie mit Wolfgang verbunden war. Und doch war es so gewesen, zunächst einmal. Julianes verwirrende Reden waren der Anfang gewesen, und ihre eigenen Phantasien waren erst allmählich in diese Spur getreten.

Sie hatten über Sympathie gesprochen. Juliane hatte leichthin gesagt: »Wolfgang mag dich. Und ich mag euch beide. Ich würde ihn dir glatt ausleihen für eine Nacht. Das muß zwischen Freundinnen möglich sein.« Darüber hatte sie gelacht, hatte es zur leeren Theorie erklärt. Doch war ihr damals wohl eine Hemmung genommen worden, obwohl sie noch nicht daran gedacht hatte, es zu versuchen.

Juliane hatte weiter diese lässige Toleranz gepflegt und Bemerkungen darüber gemacht, wie ähnlich Wolfgang und sie ihr erschienen – wie Geschwister, so unbewußt einstimmig, so im voraus verständigt. Es hatte ihr offenbar Vergnügen gemacht, lauter Ähnlichkeiten zu entdecken. Sie hatte dann »ihr beide« gesagt und sich auf diese Weise selbst abseits gestellt, oder nicht abseits, eher über sie. Oft, wenn es spät geworden war, hatte sie Wolfgang aufgefordert: »Fahr doch Claudia nach Hause.« Sie selbst gab meistens vor, schon zu müde zu sein und ins Bett zu wollen. Einmal war sie auch übers Wochenende verreist, und das hatte sie ihr gegenüber angekündigt mit der Bemerkung: »Du könntest dich ein bißchen um Wolfgang kümmern.«

Der Schock war ihr in die Beine gefahren, als wäre sie entlarvt worden. Vor allem erschrak sie darüber, daß es sie so plötzlich packte. Steif und förmlich hatte sie zugesagt. Ja, sie würde ihn zum Essen einladen. Sobald Juliane gefahren war, hatte sie Wolfgang angerufen. Er war gekommen und über Nacht geblieben.

Wußte Juliane das alles nicht? Konnte sie es nicht ahnen? Sie mußte doch sehen, wie anders er jetzt aussah, wie sein Ausdruck, seine Haltung sich verändert hatten. Er konnte wieder lächeln, und es war ein Lächeln, das sein Gesicht öffnete, nicht die beflissene Maske höflicher Zustimmung, die er früher getragen hatte.
Er war in einer schlimmen Verfassung gewesen, gespannt, mit unsicheren Händen, unruhigen, ausweichenden Augen, so konventionell in allem, was er sagte und wie er sich benahm, so zurückgenommen auf unanfechtbare Korrektheiten, ein Mensch, der anderen kleinlaut beipflichtete und sich häufig räuspern mußte, um noch ein wenig Ton in der Stimme zu haben, ein halb ausgelöschter Mensch, der sich am Rand einer Depression bewegte und angestrengt, mit einer verzweifelten Tapferkeit aufrechthielt.
So hatte sie es gesehen, damals, als sie noch zusammen mit Ralf zu Julianes intellektuellen Abendgesellschaften kam, bei denen Wolfgang sich auf die Rolle eines fürsorglichen und unauffälligen Gastgebers beschränkte, während Juliane in der Runde das Wort führte, mit ihren weitgespannten, herrscherlichen Sätzen. Später, als sie nachmittags allein zu Juliane ging, um sich bei ihr auszusprechen, hatte sie Wolfgang meistens nur kurz gesehen. Er schaute herein, wenn er aus seinem Büro nach Hause kam, begrüßte sie und Juliane und zog sich nach ein paar Worten zurück. Seine ganze Haltung drückte aus, daß er sich nicht aufdrängen wolle. Er kam schon mit diesem Ausdruck herein: Hier bin ich, ich geh gleich wieder. Habt ihr alles, fehlt euch nichts? Und ihr, Claudia, ging es gut? Sie wußte nicht, ob Juliane ihm von ihren Problemen erzählt hatte und konnte nur abwehrend antworten – jaja, es ginge gut – womit sie ihm ungewollt das Wort abschnitt.

Damals, als sie zu Juliane ging, um mit ihr über die fortschreitende Auflösung ihrer eigenen Ehe zu sprechen, schienen ihr alle Menschen um sie herum weniger vom Unglück betroffen zu sein als sie selbst. Sie hatte Juliane so gesehen, wie sie sie brauchte und wie sie wohl auch gesehen werden wollte, mit diesem überlegenen Stil, den sie pflegte: Juliane, sportlich und teuer gekleidet, den Kragen der Bluse über den Kragen des Kostüms geklappt, im Halsausschnitt ein locker geschlungenes Chiffontuch, die kleine italienische Tasche an einem Tragriemen über die Schulter gehängt, so kam sie daher, umgeben von einem frischen Lemonenduft, Juliane, die Schicksallose, die Unangreifbare, deren Augen meistens von den getönten Gläsern einer großen, kühngeformten Brille verdeckt waren, wenn sie durch die Straßen ging, Juliane, die Praktische und Sachliche, die im Lehrerkollegium genauso dominierte wie zu Hause, und für sie, die Jüngere, die sich schwer hineinfand in den neuen Beruf, eine beschützende Mentorin war.

Hatte sie denn nie etwas anderes gesehen, bevor sie von Wolfgang erfuhr, daß es mit ihm und Juliane im Bett nicht klappte, daß sie beide ganz verzweifelt waren? War sie so blind gewesen, daß er sie erst darauf stoßen mußte?
Er hatte es ihr gestanden, als er zum erstenmal über Nacht bei ihr blieb und es zwischen ihnen klar war, daß sie miteinander schlafen würden. Er hatte ihr seine Hemmungen erklären wollen, die ihr, so befangen, wie sie sich selbst fühlte, viel weniger bewußt gewesen waren als ihm. Und vielleicht wollte er beängstigende Erwartungen abwehren, die er bei ihr vermutete. Jedenfalls sagte er: »Hab ein bißchen Geduld mit mir.« Und als sie antwortete – »Geduld? Wieso denn? Das ist doch dumm. Ich brauche keine Geduld, wenn du bei mir bist« – als sie ihm das sagte, sich ihm ganz zuwendend, seinem gespannten, verletzbaren Gesicht, das sie mit kleinen, beruhigenden Küssen zu lösen versuchte, hatte er erklärend hin-

zugefügt: »Ich habe seit über einem Jahr nicht mehr mit Juliane geschlafen.«
Wieso fühlte sie sich so erleichtert und glücklich, als er das sagte? Hatte er sie ins Recht gesetzt? Glaubte sie, nun alles zu verstehen? In diesem Augenblick empfand sie, daß er ganz ihr gehörte, und Juliane, die Bewunderte, Erwachsene, die ihnen beiden so überlegen war, keine Macht über sie hatte. Juliane wurde nicht entthront, nur war sie nicht mehr anwesend, sie verschwand im Hintergrund, und sie beide waren unerreichbar für alle, so eng umschlungen, wie sie hier lagen auf dem aufgedeckten Bett, gestreift vom Lichtschein der Stehlampe, über die sie, das wußte sie noch, irgend etwas hängen wollte, ein Tuch, ein Kleidungsstück, um nicht geblendet zu werden. Statt dessen hatte sie die Lampe nur ein Stück beiseite geräumt, so daß sie in einem weichen, verschatteten Halblicht lagen. Es geschieht mit uns, hatte sie gedacht. Sie hatte sich so wirklich gefühlt. Sie konnten sich jetzt heilen aneinander. Alles war richtig.
Als er ihr dieses unerwartete Geständnis gemacht hatte, war der Druck von ihr genommen worden, das Gewicht einer verborgenen Niederlage, ihre Unterlegenheit. Sie hatte nicht mehr an Juliane gedacht, sondern nur sich selbst gespürt. Sie war auf einmal dieser pulsende, sich öffnende Körper, warm, fleischlich, atmend, naß, gegen den es keinen Einspruch und kein verbrieftes Recht gab. Das hatte er ihr ins Ohr geflüstert, als sie zusammenlagen und sich sanft bewegten. Dauernd sprach er zu ihr in beiden Sprachen, mit diesem langsamen Gleiten in ihr und den geflüsterten Worten an ihrem Ohr, in ihrer Halsbeuge, während sie stumm blieb und alles in sich einschloß, um es zu behalten. Dann erst hörte sie, daß sie antwortete. Aber es waren nur Laute, die sich aus ihr lösten, eine heller werdende Stimme, die wie wachsendes Erstaunen klang und ihr nicht mehr wie ihre eigene erschien. Für Augenblicke taute alles weg, und sie fanden sich wieder, beieinander liegend, als hätten ihre Körper endlich ihren Platz in

der Welt gefunden und nichts brauchte mehr getan, nichts mehr geändert zu werden. Das Lächeln auf ihren Gesichtern hatte bedeutet: Wir sind da, wo wir immer schon sein mußten, du und ich. Sie hatte das nie zuvor erlebt, und sie wußte, daß es ihm auch so ging. Sie hatte gedacht, dies sei ein unverlierbares Pfand, eine Gewißheit, die sie immer behalten würden. Sie hatte es gedacht.

Er war dann neben ihr eingeschlafen, und sie hatte sich wachgehalten, um ihn zu betrachten. Ein wenig hatte sie sich wie ein Kind gefühlt, dem ein wunderbares Geschenk gemacht worden ist und das nun, in einer Glückslähmung versunken, davor sitzt, um es ununterbrochen anzuschauen. Sein Gesicht schien jünger geworden zu sein. Es war entspannt und glatt und warm durchblutet. An der Halsader hatte sie seinen ruhigen Pulsschlag beobachtet, und vorsichtig, um ihn nicht zu wecken, hatte sie sich neben ihn gelegt und die Decke an sich hochgezogen. Sie lag ausgestreckt auf dem Rücken und wollte noch einmal den Kopf drehen, um ihn von der Seite zu betrachten, da kam ihr Juliane vor Augen, wie sie sie gesehen hatte, einige Tage zuvor im Lehrerzimmer in einem kurzen, unbewachten Moment.

Sie war dort in einer Freistunde allein gewesen und hatte in der Ecke bei den Lexika gesessen, um ein paar historische Daten nachzuschlagen. Plötzlich war Juliane hereingekommen, hatte ihre Mappe auf den Tisch gelegt und sich gesetzt, den Kopf in beide Hände vergrabend. Sie hatte einen Augenblick reglos dagesessen, dann hatte sie den Kopf ein wenig gehoben und mit den Fingerspitzen vorsichtig die Schläfen massiert. Gleich danach war die Bewegung wieder erstarrt, und sie hatte aufgestöhnt.

»Mein Gott, was ist, Juliane?« hatte sie gefragt und in ein aufgerissenes, aufgewühltes Gesicht geblickt.

»Sag doch, daß du hier bist«, hatte Juliane sie angefahren.

»Ich habe gedacht, du hast mich gesehen«, hatte sie sich ver-

teidigt, und Juliane hatte gleich eingelenkt und gesagt, sie habe Kopfschmerzen. Das hatte sie sofort geglaubt.
Doch nun, während sie dort lag, noch gesättigt und berauscht von der Liebe mit Julianes Mann, war ihr die Szene anders erschienen. Sie waren auf einmal zu dritt in einem einzigen Raum, und Julianes schönes, aufgewühltes Gesicht blickte direkt zu ihnen herüber. Trotzdem hatte sie keine Angst empfunden, nur eine aufwallende Zärtlichkeit für ihre Freundin. Sie hätte sie umarmen mögen, um ihr zu sagen: Siehst du, so ist das nun mal. Das ist nicht mehr zu ändern. Leide bitte nicht so fürchterlich.

Aber konnte Juliane überhaupt leiden? Ließ sie es zu? Waren es nicht doch nur Kopfschmerzen und beruflicher Ärger gewesen, die sie momentweise so verwandelt hatten? Sie war sofort bereit gewesen, es so zu sehen, weil es ihren Wünschen entsprach. Ja, Juliane erfüllte ihre Wünsche, indem sie sich so wunderbar hielt. Stimmte vielleicht auch die Umkehrung, daß Juliane immer Schwächere brauchte, von denen sie sich unterscheiden konnte und von deren Bewunderung sie lebte?
In ihrer Vorstellung war sie es gewesen, die Julianes Freundschaft suchte. Sie hatte in ihr alles gesehen, was ihr fehlte, diese anscheinend anstrengungslose Überlegenheit, mit der Juliane alles in der Hand hatte, ihren Beruf, ihren Haushalt und vor allem auch sich selbst. Während sie Angst hatte, eine in ihr bereitliegende Angst, zu versagen und sich zu verlieren, die sie immer wieder heimsuchte. Sie konnte sie manchmal hören, etwas entfernt, eine falsche Musik, eine zittrige Geigenstimme, die immer weiter spielte und sich immer aussichtsloser in einen Irrtum verlor, ohne daß sie etwas dagegen tun konnte, obwohl sie selbst es war, die spielte, vor einem entsetzten Publikum und außerhalb ihres eigenen Verstandes, der sich verzweifelt bemühte, sich ins Gedächtnis zu rufen, wie das Stück weiterging.

So war es gewesen, damals. Der Dirigent hatte abgeklopft, es war ein Augenblick brausender Leere um sie herum gewesen, und das fragende Gesicht des Dirigenten war vor ihr erschienen. Sie hatte genickt, aber sie wußte, daß das nur die Einwilligung in die Katastrophe war. Denn als das Orchester erneut einsetzte, hatte sie nach wenigen Takten wieder die Melodie verloren und war hinausgerannt.
Sie hatte geglaubt, daß ihr Leben zu Ende sei, und sich in eine schwer faßbare Krankheit fallen lassen, einen Nervenzusammenbruch mit jähen Schweißausbrüchen und wiederkehrenden Wellen hohen Fiebers. In der trockenen Hitze brannte die Angst weiter, aber es gab auch tranceartige Halbträume, in denen ihr eine vergessene Glücksgestalt erschien, der Schneemann, den ihr Vater – auch damals war sie krank gewesen – auf dem Balkon ihres Zimmers für sie gebaut hatte und ihr eines Morgens zeigte. Die kleine, weiße Gestalt bewachte die Grenze, über die sie nicht hinaus durfte. Eine Zeitlang blieb sie dort, in der Nähe des kleinen, weißen Idols mit den schwarzen Augenpunkten, dann hatte sie sich der Welt vorsichtig wieder zugewandt.
Neben ihrem Bett standen die Blumensträuße von Ralf, der zu dieser Zeit noch ein fürsorglicher Freund war. Sie hatte ihn geheiratet, weil er da war, als sie ihn brauchte. Sie liebte ihn als eine beruhigende Notwendigkeit und mit einem Verlangen nach Übereinstimmung, das ihn wahrscheinlich überfordert hatte. Zur Musikhochschule war sie nicht mehr zurückgekehrt. Statt dessen ging sie zur Universität, um Lehrerin zu werden. Alles hatte sie getan, um wegzukommen von der Angst.
Doch eines Tages war die Angst wieder da. Vielleicht weil sie schwanger war und ahnte, noch nicht begriff, daß ihre Ehe sich aufzulösen begann. Plötzlich war sie wieder laut geworden, die falsche Geigenstimme, die sich entfernte und sie zurückließ mit leergeräumtem, rasendem Verstand, der nichts mehr zu fassen bekam. Unfähig zu sprechen, stand sie in

einem Klassenzimmer vor einer Wand von starrenden Gesichtern, die ihr keinen Ausweg ließen. Sie stand da, ohnmächtig, und verlor ihr Ich, fühlte körperlich ihr immer rascheres Auseinanderinnen, ihre Verflüchtigung. Auf einmal war Juliane da gewesen, der Lemonenduft, ihre ruhige Stimme. Juliane hatte sie untergehakt und war mit ihr nach draußen gegangen. In einem kleinen Café in der Nähe der Schule, wo sie sich in einer Ecke gegenübersaßen, war sie allmählich aus ihrer Erstarrung herausgekommen und hatte vor sich das schöne, kluge Gesicht ihrer neuen Freundin gesehen. Dieses Gesicht, das sie anlächelte, hatte sie Mut fassen lassen. Aber ihr Mut war abhängig von diesem Gesicht geblieben.

Mut war das wichtigste, was man im Leben brauchte. Sie hatte ihr Kind David genannt, weil der Name Mut versprach. Monatelang schien das Kind ihrer Ehe einen neuen Sinn zu geben. Doch allmählich hatte sie begreifen müssen, daß das eine Täuschung war.

Zuerst war sie noch zusammen mit Ralf zu Julianes abendlichen Gesprächsrunden gegangen. Er hatte dort fremd gewirkt, so ausfallend und zynisch verstockt, daß sie sich seinetwegen vor Juliane schämte. Immer häufiger wurde Juliane zum Anlaß ihrer Streitereien. Er nannte sie die »Dame Perfekta« und bedauerte wortreich den »armen Wolfgang«, der an »diese kalte Prestigefrau, diese Dompteuse« geraten sei. Sie hörte aus diesen Schmähungen eine wütende Bewunderung für Juliane heraus. Vielleicht hatte er nicht ertragen können, daß Juliane ihm keine Beachtung schenkte. Vielleicht flößte sie Menschen wie ihm ein Gefühl von Minderwertigkeit ein. Jedenfalls verzerrte er sich mehr und mehr.

In dieser Krisenzeit war sie immer häufiger zu Juliane gegangen und hatte sich von ihr neue Kräfte geliehen. Juliane war ihr besseres Ich, an dem sie sich aufrichtete. Schon wenn Juliane ihr die Tür öffnete und den Arm um ihre Schulter legte und, mit der lässigen Bestimmtheit ihrer Gastfreundschaft, ihr Tee machte oder einen Schnaps anbot, und auch schon, wenn sie bloß daran dachte, wie Juliane sich ausdrückte und bewegte, wenn sie in der Erinnerung den Klang ihrer Stimme hörte, hatte sie sich gestärkt gefühlt.

Seltsam sich vorzustellen, daß sie nicht allein die Bedürftige gewesen war. Während sie fürchtete, an der Großmut ihrer Freundin zu schmarotzen, hatte Juliane sie immer enger an sich herangezogen und sich durch Ratschläge und freundschaftliche Umarmungen unentbehrlich gemacht. Verständnisvoll und geduldig hatte Juliane ihr zugehört, wenn sie von ihrem Unglück erzählte, denn das hatte ihr geholfen, ihr eigenes Unglück zu ertragen oder es jedenfalls vor allen zu verbergen, bis es in einem unbewachten Augenblick so unverhüllt in ihrem Gesicht erschien, daß sie, die ungewollte Zeugin, erschrocken zurückgewichen war und es gleich wieder aus ihrem Bewußtsein getilgt hatte. Es war ein aufgerissenes, ein schreiendes Gesicht gewesen, entstellt von einer Qual, für die es keinen Ausweg gab, außer dem einen, heimlichen, in verborgenen Momenten zum Vorschein zu kommen und Julianes in die Hände vergrabenes Gesicht zu verwüsten, bis sie es schnell, mit einer Anspannung ihres Willens, wieder unter Kontrolle brachte.

Alles das hatte sie erst später verstanden, nach Wolfgangs unerwartetem Geständnis, daß er und Juliane schon lange nicht mehr miteinander schliefen und nichts mehr zu tun wußten, als darüber hinwegzuleben. Sie liebte Juliane nur noch mehr, wenn sie sich vorstellte, wie sie litt und ihren ununterbrochenen Kampf um ihre Haltung ausfocht. Juliane war so tapfer in ihrer Einsamkeit, in die sie sich selbst verbannte durch irgendein selbst auferlegtes Gebot, nie eine Schwäche oder einen Schmerz zu zeigen. Was zwang sie dazu? Weshalb mußte sie sich vor allen Menschen verschließen? Konnte sie nicht glauben, man würde sie verstehen? Sie hätte sie gerne umarmt, um sie fühlen zu lassen, daß sie nicht allein war. Doch als sie es begriff, als ihr Julianes verstörtes Gesicht wieder vor Augen kam, lag sie an Wolfgangs Körper geschmiegt in ihren Bett, und nun war sie es selbst, die Juliane verletzte, Wolfgang und sie, die auf ihre Kosten glücklich waren.

Wußte es Juliane? War es möglich, daß sie nichts wußte, weil irgendein Schutzmechanismus sie davor bewahrte wahrzunehmen, was um sie herum geschah? Wie sollte sie Julianes unverminderte Freundlichkeit deuten, ihre häufigen Anrufe, die Kunstpostkarte mit dem erotischen Motiv, die sie ihr aus einer Ausstellung schickte: ein nacktes, sich küssendes Paar, das leidenschaftlich umschlungen am Fenster eines düsteren Zimmers stand? Juliane hatte nichts zu dem Bild geschrieben, nur daß sie mit Wolfgang in dieser Ausstellung gewesen sei, die ihnen bloß teilweise gefallen habe. Ihre Schrift war energisch und klar wie immer. Sie sah nicht nach Lüge und Verstellung aus. Und doch waren gerade Julianes Klarheit und gleichbleibende Freundlichkeit eine undurchdringliche Mauer, vor der sie stand. Es war die Mauer, hinter der auch Wolfgang immer wieder verschwand, wenn er bei ihr gewesen war und sie sich heftig und fast verzweifelt geliebt hatten, wie dieses Paar auf der Kunstpostkarte, die sie oft betrachtete, als könne sie davon eine Antwort bekommen auf Fragen, die sie ihm nicht zu stellen wagte und die er immer verwischte und die danach, wenn er gegangen war, wieder in ihr auftauchten, wie Sand unter abfließendem Wasser, bedeckt mit sterbenden oder sich verkriechenden Meerestieren, vielfältig gezeichnete Fläche voller Spuren einer heimlichen Angst.
Was war es? Was verschwieg er ihr?
Sie hatte sich mit ihm über Juliane zu verständigen versucht, doch kleine Zeichen von Abwehr oder Unwillen, die sie bei ihm bemerkte, hatten sie verstummen lassen. Zunächst hatte sie sogar gedacht, sie seien sich einig, Juliane für Stunden völlig zu vergessen. Aber Juliane blieb nur unantastbar und wartete im Hintergrund. Das machte sie schon einsam, wenn er noch bei ihr war. Sie spürte schon im voraus, wann

er gehen würde. Seine Hand, die auf ihr lag, verlor ihr Interesse, wurde schlaff und reglos, zog sich zurück. Sein Körper streckte sich und grenzte sich von ihr ab. Bald danach würde er seufzend auf seine Uhr blicken und sie verlassen.

Sie blieb dann liegen und sah ihn weggehen mit einem Lächeln und einer kurzen kraulenden Bewegung seiner Fingerspitzen in der Luft, ein Zeichen von Zärtlichkeit, das sie erwiderte, obwohl es für sie ein Ausdruck von Traurigkeit war. Sobald er sich abwandte und aus der Zimmertür verschwand, hielt sie die Luft an. Denn gleich mußte das leise Geräusch folgen, mit dem die Wohnungstür ins Schloß fiel, ein kurzes Knacken oder Schnappen, mit dem er sie nicht nur verließ, sondern auch für ihre Gedanken vollkommen unsichtbar wurde. Er verschwand hinter der Mauer, wo Juliane auf ihn wartete.

Manchmal allerdings hatte sie sich aufgebäumt gegen dieses Verschwinden, das immer selbstverständlicher zu werden drohte, als sei es zwischen ihnen ausgemacht, daß sie immer nur warten müsse, wann er kam und ging. Sie hatte auf einmal begriffen, daß dies schon ein Vertrag war, der ihr unterschoben wurde, damit sie ohne nachzudenken unterschrieb, ein Vertrag nicht nur mit ihm, sondern eben auch mit Juliane, der stillen Partnerin dieser Kompromisse. Juliane beanspruchte Wolfgang weiterhin für sich, zu einem Teil, den sie nicht überschauen und bewerten konnte, so daß sie auch unsicher wurde, was denn ihr Teil sei, was diese stundenweisen Zärtlichkeiten, diese Seufzer und Beteuerungen überhaupt bedeuteten, die immer abgebrochen und gelöscht wurden mit dem Schnappgeräusch der Wohnungstür.

Als Wolfgang sich wieder einmal lächelnd mit dem kleinen Handzeichen zum Gehen wandte, hatte sie dieses kurze, knackende Geräusch schon im voraus gehört. Da war sie aufgesprungen und hatte ihn in der Tür festgehalten. Wie einen Verirrten, fast schon Verlorenen hatte sie ihn an sich gerissen und mit wilden, ziellosen Küssen überschüttet, um ihm einzureden, daß er ihr gehöre, daß sie ihn nicht mehr loslasse, nie mehr, niemals! Und während sie ins Zimmer und zu ihrem Bett zurückgingen, hatte sie sich vorgestellt, Juliane sei anwesend und müsse alles mit ansehen, was sie und Wolfgang miteinander machten. Das hatte sie sofort in eine kalte, hysterische Raserei getrieben, in ein verzweifeltes Klammern und Bäumen, in dem sie ihn und auch sich selbst immer mehr verloren hatte. Je fordernder sie den anderen Körper an sich riß, um so mehr fühlte sie, daß Julianes Blick ungerührt blieb, als verfüge sie über ein geheimes Wissen, gegen das nichts auszurichten war. Und auf einmal war ihre Umarmung zu einem wüsten Gerüttel geworden, mit dem sie sich gegenseitig abschüttelten, um weit voneinander entfernt zu sein, jeder ein einsamer Überlebender, ausgelöscht, sprachlos und vielleicht, dank der barmherzigen Verdunklung ihrer Sinne, auch ohne Gedanken.

Allein konnte sie sich nicht auflehnen. Auch ihre Phantasien mündeten in Demütigungen und Niederlagen. Und Wolfgang war dabei nicht auf ihrer Seite. Sie hatte ihm nie von ihren Phantasien erzählt, weil sie fürchtete, daß sie ihm fremd seien, und er sich nicht mit ihr verbünden würde bei diesen heimlichen Anschlägen auf Julianes Übermacht. In letzter Zeit hatte sie oft Angst, seine Erwartungen nicht zu erfüllen, weil sie sich nicht auf ihn einstellen konnte, wenn er unangekündigt kam. Wie in der vergangenen Woche, als er am späten Abend bei ihr klingelte und, ohne ihr Zeit zu lassen, mit ihr schlafen wollte. Sie hatte ihn erst am nächsten Abend erwartet. Aber da konnte er nicht, weil Juliane etwas vorhatte. So war er einen Tag früher gekommen, nur für eine Stunde, und wollte ungeduldig seine Ration Liebe von ihr einfordern, ohne die er sich in seinem Gleichgewicht gefährdet fühlte.
Während sie noch getrennt in zwei Sesseln saßen, weil sie lieber erst mit ihm reden wollte, wußte sie schon, er würde gleich aufstehen, um sie zu umarmen und unter Küssen nach ihren

Brüsten und Beinen zu tasten. Und indem sie das dachte, hatte der Film auch schon begonnen. Er war bei ihr, noch heftiger und fordernder als sonst, und sie hatte, in sich zusammenschrumpfend und erstarrend, seinem Drängen nachgegeben. Sie war in eine Grube gefallen, war wie ein Stein gewesen, der im Wasser versank und auf dem Grund eine modrige Wolke aufwühlte. Dort, in ihrem inneren Dunkel, hatte sie verborgen gelegen, unterhalb des Tumults ihrer gespielten Leidenschaft, mit der sie ihn angestrengt zu täuschen versuchte. Doch das schien er gespürt zu haben. Denn als er bald danach ging, kam er ihr ernüchtert vor und schien nun selbst bemüht zu sein, das mit den üblichen Zärtlichkeiten vor ihr zu verbergen.

In zehn Minuten kamen die Gäste, und sie fühlte sich unfähig, ihnen entgegenzutreten. Wie sollte sie die wohlgelaunten Scherze von Kurt Sanders ertragen und die Geschwätzigkeit seiner Frau? Und Julianes Freundinnenlächeln, das sie nicht mehr verstand, und daneben Wolfgang, zweideutig und ein wenig hölzern, ein wenig auf der Hut, weil er sich von ihr bedroht fühlte?

Warum hatte er nicht angerufen, um ihr zu helfen? Konnte es überhaupt einen Grund geben, sie so im Stich zu lassen? Ruhig, dachte sie. Sie mußte die Ruhe in sich selber finden. Dies hier war ihre Wohnung, hier mußte sie sich behaupten. Konnte sie noch irgend etwas tun? Sie ging zum Fenster und schaute hinaus. Die Straße war menschenleer, und es standen weniger Autos als sonst in den Parktaschen. Viele Leute waren übers Wochenende weggefahren. Das hätten sie und Wolfgang auch tun sollen: wegfahren, weg aus dieser Stadt, aus der Nähe von Juliane, weg von all den Zwängen und Rücksichten, in denen sie hier lebten. Dann vielleicht hätten sie einen Entschluß fassen können, eine mutige, alle Zweideutigkeiten beendende Entscheidung. Aber Wolfgang hatte nie einen solchen Vorschlag gemacht, und sie hatte nicht daran zu denken gewagt.

Beinahe heftig drehte sie sich um: die Blumen, die übermäßig vielen Blumen! Sollte sie zwei Sträuße in Davids Zimmer schaffen und den Kerzenleuchter wegnehmen? Nein, das wäre nur eine neue Täuschung, um die erste zu verleugnen. Es brachte sie nicht näher an die Wahrheit heran. Sie mußte hinsehen. Sie mußte die Spur finden. Da war etwas, das sich schon den ganzen Tag zeigen wollte. Es verbarg sich in ihrer Unruhe. Es kam und ging. Immer wieder entglitt es ihr.

Heute morgen auf dem Dachparkplatz des Kaufhauses hatte es begonnen, als sie aus dem Auto stieg. Schon während sie die Tür abschloß, hatte sie bemerkt, daß sie hier oben zwischen den Reihen geparkter Autos ganz allein war. Da war ein großer dunkelblauer Ford die Rampe hochgekommen und hatte hinter ihr gehalten. Zwei dunkelhaarige Männer mit Schnauzbärten, wohl Ausländer, hatten zu ihr herübergeblickt. Wahrscheinlich warteten sie darauf, daß die Parktasche frei wurde. Denn als sie den Kopf schüttelte, fuhren sie weiter. Sie hatte sich unbehaglich gefühlt und statt des Treppenhauses die Rolltreppe im Inneren des Kaufhauses benutzt. Doch die Beklemmung hatte nicht nachgelassen, sondern sich nur verändert. Die langsame Sinkbewegung durch die weiten, lichterfüllten Stockwerke voller Menschen und Warenangebote hatte ihr eine Empfindung von Unwirklichkeit und künstlicher Ruhe gegeben. Es war wie ein Luftanhalten, ein langes Untertauchen. Und dann kam es. Eine Gruppe von Schaufensterpuppen, Männer und Frauen in Ferienkleidung, die sich lachend, mit ausgreifenden Gebärden zu begrüßen schienen, stieg gleichmäßig neben ihr hoch, während sie tiefer sank. Das ist es, hatte sie gedacht. Genauso! Genauso! Aber sie konnte nicht sagen, was sie meinte. Es blieb eine leere Offenbarung, als mache ihr jemand einen Trick vor, der ganz einfach zu sein schien und den sie doch nicht verstand. Unwillkürlich hatte sie nach dem rollenden Handlauf gegriffen, unter dem sie ein Rumpeln spürte, kleine Unebenheiten, über die er hinwegglitt. Alles verflüchtigte sich schon wieder.

Dann kam das Ende des Treppenlaufs, und sie hatte ihre Gedanken wieder ihren Einkäufen zugewandt.

Noch einmal hatte sie sich geweigert zu erkennen, was sie längst wußte: Alles war Verstellung und Täuschung. Doch zugleich lag alles auf der Hand. Sie mußte nur den Mut haben hinzublicken, um den Zusammenhang der Szenen zu verstehen, in denen sie alle spielten: Juliane und Wolfgang waren sich einig. Sie hatten alles miteinander abgesprochen, um ihre kaputte Ehe zu retten. Alles war nach Julianes Regie gelaufen. Julianes angebliche Reise und Wolfgangs erster abendlicher Besuch bei ihr waren der Anfang einer Ehekur, die Juliane ihm und sich verordnet hatte und deren Verlauf sie im Hintergrund verfolgte. Denn natürlich erzählte Wolfgang ihr von seinen kurzen Liebesstunden, und über dieses Erzählen waren sie wohl allmählich selbst wieder hinübergeglitten in eigene Zärtlichkeiten, eigene Umarmungen, in denen sich alles wiederholte, was sie und Wolfgang miteinander machten. Alles geschah jetzt doppelt, die Worte, die Seufzer, die Berührungen. Und vielleicht wußte inzwischen niemand mehr, was die ursprüngliche Wirklichkeit und was ihr Spiegelbild war, oder vielleicht war alles Wirkliche längst verflogen, und es handelte sich nur noch um Spiegelungen von Spiegelbildern, und jedes Paar sah dem anderen zu. So wie sie es von Juliane träumte, mochte die es auch von ihr träumen. Vielleicht kamen Wolfgang und Juliane heute abend hierher, um sich in ihrer Wohnung besonders verbunden zu fühlen und verstohlene Zeichen auszutauschen, wie sie es selbst phantasiert hatte, und um dann, nach Stunden freundschaftlicher Plauderei, in erregter Einigkeit wegzugehen. War es so? Wer war der Betrogene? Gleich, wenn sie kamen, würde sie es sehen können. Sie mußte nur standhalten, dann würde sie es sehen!

Nein, sie würde nichts sehen. Julianes Lächeln würde alles verbergen. Ihr ruhiges, klares Gesicht war das Zentrum der

Verworrenheit. Denn vielleicht war alles anders. Wirklich war vielleicht nur die Fratze des verborgenen Leidens, die sie einen Augenblick lang gesehen hatte. Juliane konnte nicht mehr lieben. Vielleicht wollte sie es auch nicht, konnte es nicht hoffen, wollte so bleiben, wie sie war. Doch sie hatte Wolfgang für sich behalten wollen und für ihn eine Ersatzfrau gesucht, eine passende, willfährige Stundengeliebte, bei der er sich holen konnte, was sie ihm nicht geben wollte, und die sie beeinflussen und kontrollieren konnte, weil sie ihre Freundin war. Das war die beste Lösung auf die Dauer. Sie entsprach ihrem kühlen Verstand. Sie wollte alles in der Hand behalten. Wollte dabeisein und darüberstehen. Sie hatte alles eingefädelt wie eine Kupplerin. Alles, was geschah, sollte noch von ihr kommen. Wolfgangs Umarmungen waren von ihr gewährte Zärtlichkeiten. Sie ließ alles zu, sie konnte es zurücknehmen. Nein, das würde sie nicht tun. Alles war gedacht als eine dauerhafte Einrichtung, eine Routine, die ihre Ehe stützte. Juliane hatte sie als das Flickstück eines Bündnisses benutzt, von dem sie offenbar nichts verstand.

Was war es? Was hielt die beiden zusammen und war stärker als das, was sie und Wolfgang miteinander erlebt hatten, so stark, daß alles andere daran zunichte wurde?

Denn das hatte doch schon angefangen, sein unauffälliger aber stetiger Rückzug aus dem gemeinsamen Traum auf Gewohnheiten, die sie immer mehr eingrenzten und die allmählich die Leidenschaft herabzogen auf die reizvolle Abwechslung einer erotischen Extratour, einer gelegentlichen Fickstunde. Sie waren vielleicht schon dort angekommen. Alles war nur noch eine Spielerei, die nichts bedeutete, weil sie ein Arrangement unter aufgeklärten Freunden war, die sich danach ohne Schwierigkeiten zu einem gemeinsamen Essen trafen. Man wußte alles, und es störte nicht. Man konnte darüber hinweglächeln. Es war das, was alle machten, um sich zu erfrischen und in Balance zu halten. Vielleicht war Juliane, als sie Wolfgang zu ihr schickte, zu einem anderen Mann gefahren, um sich dort zu holen, was sie brauchte, und ihm zu geben, was er vermißte. Nicht alles, nicht das Ganze, sondern immer nur eine Abschlagszahlung, gerade so viel, um nicht hineinzugeraten. Denn darunter, im Dunkeln, gab es das Leiden, dem gegenüber man hilflos und ratlos war. Man mußte vorsichtig sein. Man kam nur kurz aus seinen Festungen heraus, um sich zu berühren wie Blinde mit ausgestreckten Händen. Da war der andere, das andere Leben, erschreckend fühlbar und deutlich. Man zog sich klug davon zurück.

War es so? Sah sie es richtig? Sie konnte alles so oder so sehen, als sei das Ganze ein Suchbild, das sich ständig veränderte und in dem auch sie sich verzerrte und ihren Umriß verlor. Wie sollte sie ihre Gäste empfangen? Wer war sie? Was wußte sie? Heute morgen war sie mit einem Gefühl von Gewißheit erwacht. Sie war glücklich gewesen und stark. Das würde sie nun nicht mehr wiederfinden. Es war ihr genommen worden, oder sie selbst hatte es zerstört. Sie hatte es nicht festhalten können und wieder ihre Stimme verloren, wie damals auf dem Podium, als die Lähmung sie ergriff. Wieder spürte sie den ersten Schatten dieser Dunkelheit, die von innen kam, und konnte es schon hören: Es klang krank und falsch und zog sie von sich fort. Gleich, wenn die Gäste kamen, würde sie verwandelt sein. Starr und unkenntlich würde sie in der Tür stehen, unfähig zu sprechen. Kommt, kommt schnell, dachte sie, helft mir! Nein, kommt nicht!

Sie hörte das Klingeln. Doch sie konnte nicht mehr öffnen. Sie klingelten anhaltend, als wäre es ein Alarm. Wer waren sie? Was wollten sie von ihr? Sie konnte nicht mehr öffnen. Sie mußte unsichtbar werden, sich in einen Winkel verkriechen. Aber die dort draußen würden hereinkommen, früher oder später, und man würde sie finden.

Also gut, sie stand hier. Das waren ihre Gäste, die kommen und wieder gehen würden. Mehr würde es nicht sein.

Sie hatte auf den Türöffner gedrückt. Im Treppenhaus ging

das Licht an, und unten waren jetzt ihre munteren Stimmen. Sie kamen schnell die Treppe hoch, mit Blumen und kleinen Geschenken, zuerst die beiden Sanders, dann Juliane, ihr Lemonenduft und leichte Küsse auf beide Wangen, und Wolfgang gleich danach, der heimlich ihre Hand drückte.
Alle lächeln sie in diesem Augenblick. Und man wird so leicht, man könnte davonfliegen. Vielleicht sollte sie sich festhalten, sollte sich an Wolfgangs und Julianes Arme hängen, um etwas zu spüren, sich selbst, die anderen, ihre Körper, die auch nur Lügen und Täuschungen waren, die man aber anfassen, die man berühren konnte, ohne daß sie einfach verschwanden.
Kommt herein! Kommt herein!

Der schöne Mann

1983

Halb im Traum hörte sie das Klingeln und dachte, es sei das Telefon, mit dem Harald sich meldete, um schnell zu sagen, daß er jetzt komme, und noch im selben Augenblick glaubte sie, er träte schon in ihr Zimmer. Mit einem piepsigen Laut rollte sie im Bett herum und zog sich zusammen. Nein, ich will nicht, sagte eine Stimme, die im Traum sowohl ihr wie einer anderen, unsichtbaren Frau gehörte, die immer schon vor ihr ihre Gedanken wußte und keine Angst hatte, sie auszusprechen. Ich will nicht, will nicht! Was sie abzuwehren versuchte, war etwas Umfassendes, Bedrohliches, Nebelhaftes, das wieder auf sie zukam. Nein. Sie war viel zu müde, um das Telefon abzuheben und Haralds bettelnde Stimme zu hören, gegen die es ihr nie gelang aufzubegehren.

Es nicht zulassen, ein einziges Mal!

Es klingelte wieder. Diesmal an der Haustür, lang kurz lang, das vereinbarte Zeichen. Waren schon drei Stunden vergangen? Sie hatte überhaupt nicht gemerkt, daß sie geschlafen hatte. Unterdessen war Harald auf der Autobahn nach Süden gerast und stand jetzt unten vor ihrer Haustür. Oder hatte er schon beim ersten Klingeln, das sie im Schlaf gehört hatte, unten auf den Knopf gedrückt?

Taumelig richtete sie sich auf und schaltete die Nachttischlampe an. Sie war im Hauskleid, hatte nur auf dem Bett gelegen. Ja, sie erinnerte sich. Harald hatte angerufen, er komme, müsse sie sehen. Er könne ohne sie nicht weiter. Er hatte auf seine undeutliche Art mit Selbstmord gedroht, und sie hatte wie üblich geantwortet: »Dann komm her.« Danach hatte er sich wohl sofort in seinen Wagen gesetzt und war losgerast, und sie hatte sich, noch angezogen, auf dem Bett ausgestreckt, hatte das störende Nachtlicht ausgeschaltet und war sofort, wie in einer vorweggenommenen Erschöpfung, eingeschlafen.

Wieder klingelte er. Diesmal nur kurz. Als wisse er, daß sie dabei war aufzustehen, um ihn hereinzulassen, und als wolle er sie antreiben, sich zu beeilen. Wenn sie jetzt nicht bald die Haustür aufschloß, wurde er ungeduldig und schellte das ganze Haus zusammen, wie er es schon einmal getan hatte.

Aber sie kam ja schon. Sie war ja schon auf der Treppe.

»Da bist du ja schon«, sagte sie.

»Ja«, antwortete er, »ich bin gefahren wie 'ne Rakete.«

Sie drehte den Kopf ein wenig zur Seite, als er sich zu ihr herabbeugte und sie auf die Wange küßte. Jedesmal empfand sie wieder, wie groß und schlank er war und wie hölzern und enttäuschend er sie anfaßte. Er war nun Mitte Dreißig, aber immer noch ein Junge, nicht seinem Aussehen nach, aber in der Art, wie er sich gab.

»Rekord«, sagte er und tippte auf das Zifferblatt seiner Armbanduhr. »Zwei Stunden vierundfünfzig Minuten, von Tür zu Tür. Das ist mein Rekord.«

»Dummkopf«, sagte sie und schüttelte den Kopf, »wie alt bist du eigentlich?«

Er grinste unverschämt und selbstgefällig, wie auf vielen Fotos, die sie von ihm kannte. Er wußte, daß ihm das stand. Und immer, gegen ihre Absicht, gab sie ihm Gelegenheit, sich ihr so zu zeigen.

»Zehn Jahre«, sagte er. »Oder drei. Oder hundert. Ich weiß es nicht.«
»Du weißt gar nichts«, sagte sie.
Gereizt ging sie vor ihm die Treppe hoch und wußte, daß er sich hinter ihr mit dem Taschenkamm durch seine blonde Mähne fuhr. Mit seinen langen Beinen machte er nur einen Schritt, wenn sie zwei machte. Sie fühlte sich plump in seiner Nähe. Das war noch wie in ihren gemeinsamen Kindertagen, als sie ein dickes, pummeliges Mädchen war und Harald der hübsche, freche, verwöhnte Nachbarjunge, der jeden Tag zu ihr kam, um mit ihr zu spielen. Schon damals hatte er die gemeinsamen Streiche ausgeheckt, großsprecherische Phantasien meistens nur, in denen er die heldenhafte Hauptrolle spielte und sie seine Helferin und Verbündete war, die Schmiere stand, die ihn deckte, ihm applaudierte und die, obwohl sie ein Jahr jünger war als er, immer schon an seiner Stelle Übersicht und Vernunft bewahren mußte, wenn er sich allzusehr verstieg. Später hatte sie ihm sogar manchmal seine Aufsätze geschrieben. Denn obwohl er viel mehr Phantasie hatte als sie, brachte er oft nichts zustande, weil ihm alles auseinanderflog. Seltsamerweise hatte ihm das nie etwas ausgemacht, als ob sie ein Anhängsel seiner Person wäre, über das er problemlos verfügen konnte. Er hatte die Anerkennung kassiert, die er für ihre Aufsätze bekam, und sie hatte ihm nie ihre Bewunderung entzogen.

»Komm rein«, sagte sie und schloß hinter ihm die Wohnungstür.
Ihre Stimme klang müde und ein wenig resigniert. Das schien er nicht gehört zu haben, oder es beeindruckte ihn nicht. Mit großer Geste sagte er in den Flurspiegel hinein: »Wieder daheim!« Und zu ihr gewandt: »Du bist mein Schatz, Barbara.«
»Ich weiß nicht, was ich bin«, sagte sie wütend.
»Du bist der Sinn meines Lebens, mein Hafen und meine

Schutzhütte. Ich flüchte mich zu dir vor den rauhen Stürmen.«

Deklamierend schlenderte er ins Schlafzimmer und ließ sich auf das große französische Bett fallen. Nach ihrer Scheidung hatte sie das Bett zunächst abschaffen wollen, es aber dann aus Trägheit und Sparsamkeit behalten. Jetzt genoß sie den Luxus, so viel Platz zu haben, und verbrachte manchmal einen halben Sonntag damit, im Bett zu lesen oder sich nur darin zu rekeln und zu träumen. Sie hatte sich sogar angewöhnt, ihre Briefe im Bett zu schreiben. Es war unbequem, und doch empfand sie es als einen Komfort, den sie sich während ihrer Ehe nicht hatte leisten können.

Harald nannte das Bett »Die große Spießerliege« und liebte es, sich in seinen Kleidern darauf herumzufläzen. Das Bett, das Schlafzimmer und die ganze Wohnung mit der Vielzweckschrankwand, den schwerfälligen Sesseln und der Fototapete in der Wohnküche entsprachen noch dem Geschmack ihres geschiedenen Mannes und ihrer eigenen Bereitschaft, sich anzupassen, die sie jahrelang zu einer Art Musterfrau gemacht hatte, bis sie ahnte, daß ihr Mann sie mit einer anderen Frau hinterging. Harald hatte viel dazu beigetragen, daß sie das jetzt alles sah. Für ihn war ihre Wohnung »Das Horrorheim«, das Horrorheim mit seiner »brutalen Gemütlichkeit«.

Aber anscheinend zog ihn das an. Er entspannte sich in ihrer Wohnung, und es machte ihm Spaß, »die wilde Spießersau rauszulassen«, indem er die Beine von sich streckte, mit der offenen Bierflasche gestikulierte und Schaum verspritzte, in langen Zügen trank, sich mit dem Handrücken den Mund abwischte und rülpste. Jetzt lag er wieder quer über dem Bett und hatte seine Mokassins anbehalten. Sie mußte ihm erst sagen »Man geht nicht mit Schuhen ins Bett, mein Herr«, worauf er sie abstreifte und durch das Zimmer schleuderte.

Er rückte zur Seite, um ihr neben sich Platz zu machen,

klopfte einladend mit der flachen Hand auf die Oberdecke.
»Komm zu Harald«, sagte er, »Harald ist ganz verloren ohne seine Barbara.«
Plötzlich richtete er sich auf und blickte sie herrisch an.
»Komm her, Weib, mich gelüstet's nach dir und den wonniglichen Gefilden deines Leibes.«
Wieder wechselte seine Miene. Als käme ihm ein furchtbarer Verdacht, starrte er ihr Kopfkissen an, ergriff es hastig und schnupperte daran.
»Riecht's hier wieder nach fremdem Mann? Wenn ich einmal einen dieser Schufte erwische, schmeiß ich ihn die Treppe hinunter.«
Knurrend zauste und boxte er das Kissen, als kämpfe er mit einem Feind, ließ sich nach hinten fallen und bedeckte sein Gesicht damit.
Die Arme vor der Brust gekreuzt, stand sie neben dem Bett und schaute auf ihn herab, betrachtete seine langen Beine in den Luxusjeans, den teuren Blouson aus Hirschleder, das italienische Seidenhemd, die goldene Rolex an seinem Handgelenk und fühlte sich abgestoßen von seinem Getue. Wozu machte er das? Was wollte er damit erreichen? Sie mochte ihm nicht sagen, wie sehr er ihr manchmal auf die Nerven ging. Denn sie fühlte sich schuldig wegen dieser wachsenden Abneigung. Es war, als kündige sie einen Vertrag, den sie mit ihm geschlossen hatte, als er ihr nützlich war. Damals, nach ihrer Scheidung, war sie dankbar gewesen, daß Harald, ihr alter Kinder- und Jugendfreund, wiederaufgetaucht war und sie mit seinen Albernheiten aufmunterte. Sie war sofort bereit gewesen, sich ihm anzupassen und alles, was sie unternahmen, in ein Spiel zu verwandeln, in dem ihre gemeinsame Kindheit fortlebte. Das hatte ihr geholfen, ihre Lähmung zu überwinden. Zusammen mit Harald war ihr alles weniger ernst erschienen.
Aber merkte er nicht, wann er es überzog? Spürte er nicht

ihre Ungeduld? Das Kissen lag immer noch auf seinem Gesicht, und er tat jetzt, als ob er schliefe. Nun wedelte er mit beiden Händen, was wohl bedeutete, sie solle näher kommen.
»Was fang ich bloß mit dir an?« sagte sie.
»Denk dir was Schönes aus«, sagte er unter seinem Kissen.
Plötzlich flog das Kissen in eine Zimmerecke. Harald hatte sich aufgesetzt.
»Wie wäre es mit einem kleinen Kußduett zur Begrüßung?«
Sie sah ihn an und setzte sich zu ihm auf die Bettkante, faßte seine Schultern. Langsam näherte sie sich seinem Gesicht. Sie gaben sich ein paar schmatzende Kinderküsse mit vorgestülpten Lippen.
»Hm«, sagte er, »wunderbar. Deine Küsse sind die reinste Götterspeise.«
Er neigte den Kopf zur Seite und schloß die Augen. Sein schönes, ebenmäßiges, braungebranntes Gesicht, das auf vielen Reklamefotos als das Gesicht eines modernen Traummannes abgebildet war, nahm einen kindisch verwöhnten, hingebungsvollen Ausdruck an, der ihr ein ersticktes Lachen in die Kehle trieb. Er war das schlafende Dornröschen und sie der Prinz. Sie mußte ihn wecken.
War auch das ein Spiel, das er ihr nahelegte?
Während sie fortfuhren, sich diese kleinen tauben Küsse zu geben, spürte sie ein leises Interesse in sich aufglimmen und legte ein wenig mehr Nachdruck in ihre getupften Berührungen, ein kleines, kaum merkliches Zögern, wie die vorsichtige Frage: Magst du das?
»Hm«, machte er, »hm.«
»Sei still, du Dummkopf«, flüsterte sie.
Sie rückte näher an ihn heran, schlang ihren Arm um seinen Nacken und suchte ihn mit ihren Lippen. Da war wieder diese Hölzernheit, eine sperrige Abgrenzung. Plötzlich hatte er ihr mit einer künstlichen Herzhaftigkeit einen raschen abschließenden Kuß gegeben und war aufgestanden.

»Bevor du mich vergewaltigst, muß ich erst mal Kaffee trinken.«
Sie starrte auf den Boden und versuchte die Gekränktheit zu verbergen, die ihr Gesicht verspannte. Warum hatte sie sich überhaupt wieder auf Zärtlichkeiten eingelassen, obwohl sie wußte, wie das zu enden pflegte? Jedesmal, wenn sie sich ein wenig vorwagte, wies er sie auf diese flapsige Weise ab. Er stellte sie regelrecht in die Ecke, tat aber so, als ob nichts geschehen sei. Gerade das kränkte sie, diese ausgestellte gute Laune und Lustigkeit, mit der er über sie hinwegging. Ahnte er wirklich nicht, wie er sie verletzte? Sie fühlte sich sowieso unsicher und wußte nicht, was die Komplimente wert waren, die manche Männer ihr machten. Es waren meistens derbe, handgreifliche Komplimente über ihren vollen Busen, ihre Hüften, ihre Schenkel, die sie mit zwiespältigen Gefühlen hörte. In Haralds Augen waren das bestimmt keine Qualitäten. Wenn sie an die extravaganten Frauen dachte, die seine Kolleginnen waren, dann kam sie sich schwerfällig und vulgär vor.
Nein, sie konnte nicht sein Geschmack sein, obwohl er immer wieder zu ihr kam und ganz offensichtlich an ihr hing. Sie war für ihn wie eine Schwester und eine Mutter, und daß sie auch eine Frau war, schien ihm eher Angst zu machen oder peinlich zu sein. Jedenfalls ging er leicht und scherzhaft darüber hinweg.
»Kaffee, Kaffee«, sang er in der Küche. Er spielte ihr gute Laune vor, und sie, seine Mitspielerin, sollte es hören und sich darauf einstellen. Sein ganzes Verhalten war eine Darbietung. Man kam nicht dahinter, wie er sich wirklich fühlte. Wahrscheinlich wußte er es selber nicht.
Jetzt trällerte er das alte Liedchen, das ihm immer einfiel, wenn er damit rechnete, von ihr wegen seines vielen Kaffeetrinkens kritisiert zu werden:
C A F F E E trink nicht so viel Caffee,
nicht für Kinder ist der Türkentrank,
schwächt die Nerven, macht dich blaß und krank …

Wasser lief, eine Schranktür wurde zugeklappt. Gedankenlos zog sie die zerwühlte Bettdecke glatt. Sie fühlte sich flau, in einer unangenehmen Spannung von Müdigkeit und Nervosität schwebend, und merkte, wie sie das gereizt machte. Harald erschien in der Tür, den roten Meßlöffel in der Hand.

»Willst du auch einen Kaffee?«

»Nein, ich möchte schlafen gehen. Mir steht heute im Geschäft ein anstrengender Tag bevor.«

Es war nicht fair, sich darauf zurückzuziehen, wenn sie ihm schon erlaubt hatte herzukommen. Aber sie hatte das Bedürfnis, ihn abzuweisen.

»Ach, der graue Tag«, maulte er, »was ist schon der Tag gegen diese Sommernacht. Die Nacht ist unser, der Tag gehört allen.«

»Ich bin berufstätig. Begreif das bitte.«

»Berufstätig«, wiederholte er, das Wort in die Länge ziehend, und fiel wieder ins Deklamieren. »Es ist die Nachtigall und nicht die Lerche, die eben jetzt dein banges Ohr durchdrang.«

»Hör bitte jetzt mal mir zu«, sagte sie, »ein einziges Mal. Ich habe gesagt, daß ich müde bin und ins Bett möchte, weil ich einen anstrengenden Tag vor mir habe. Kannst du das mal in dich reinlassen?«

»Kann ich«, sagte er. »Was nun?«

Er ließ die Arme hängen.

»Warum bist du überhaupt hergekommen? Bloß um mich am Schlafen zu hindern?«

Er sah sie an, verständnislos und verwundert.

»Es ist absolut lebensrettend, Barbara. Weißt du das nicht?«

»Übertreib bitte nicht«, sagte sie. »Was ist daran lebensrettend, mitten in der Nacht herzubrausen und den Affen zu spielen?«

»Entschuldige, ich meine das nicht so«, fügte sie hinzu, »aber siehst du nicht, wie affig wir uns manchmal benehmen?«

»Doch«, sagte er, »natürlich.«

»Aber wir sind erwachsene Leute.«

»Ich nicht«, sagte er.
War sie gerührt? War sie wütend? Immer rief er diese widersprüchlichen Gefühle in ihr hervor, ein Bedürfnis, ihn schützend in die Arme zu nehmen und ihn ärgerlich zu rütteln. Warum hing sie so an ihm und ließ sich von ihm ausnutzen? Warum machte sie alles mit?
»Ich weiß immer noch nicht, weshalb du hergekommen bist«, begann sie wieder, »wenn du mich schon nicht schlafen läßt, will ich wenigstens deine Gründe wissen.«
»Die ganze Welt ist mein Grund. Die abgründige Finsternis der Welt.«
»Zu allgemein, Harald.«
»Was willst du noch hören? Ich hatte eine Klaustrophobie. Ich erkannte plötzlich, daß meine Wohnung ein Sarg war. Und ich begann auch schon kalt zu werden, an Händen und Füßen. Die Kälte marschierte auf mein Herz zu.«
Sie sah ihn an, unsicher, wie sie es auffassen sollte. Es war ihr immer unheimlich, wie leichtfertig er solche Dinge sagte, mit diesem jungenhaften, gewinnenden Lächeln im Gesicht.
»Erzähl nicht solchen Quatsch«, sagte sie. »Wenn du wenigstens einmal ehrlich zu dir selbst sein würdest, könnte man dir auch besser helfen.«
»Du hilfst ja, Barbara. Du bist mein strahlender Stern in der Nacht und führst mich durch Finsternis und Barbarei.«
»Bitte hör auf, Harald, ich kann's nicht mehr hören. Was ist eigentlich nicht barbarisch für dich?«
Er blickte auf seine Hand und begann langsam an den Fingern abzuzählen. »Die Kunst«, sagte er und schob den Daumen beiseite. »Die Schönheit. Die große Notlüge. Das große Erbarmen.«
Er schien nicht weiter zu wissen und zupfte an seinem kleinen Finger.
»Fehlt noch was?« fragte sie.
»Fällt eigentlich noch unter Punkt vier: Das große Erbarmen.«

»Und das wäre?«
»Eine Tasse Kaffee für einen müden Autofahrer.«
Sie hatte sowieso schon aufgegeben, sich zu wehren. Er war ein eigensinniges Kind, das sich in den Kopf gesetzt hatte, die Nacht zum Tag zu machen. Man konnte ihm das nicht ausreden, er brauchte es. Brauchte es, daß sie sich opferte und ihre Müdigkeit überwand und willig mitmachte bei seinen Inszenierungen. Sie mußte ihm ab und zu solche verrückten Wünsche erfüllen als Ausgleich für irgend etwas anderes, das er nicht zu bekommen schien. Und wenn sie ehrlich war, wie sie es immer von ihm verlangte, dann mußte sie zugeben, es schmeichelte ihr auch, daß er sie als seine Kumpanin, seine Freundin erwählt hatte, daß sie seine Zuflucht war.
»Also gut, machen wir Kaffee. Und was hast du dann vor?«
»Alles, was dir Spaß macht.«
»Das ist ja gerade die Schwierigkeit. Ich weiß es nicht.«
»Du, wir machen eine Nachtfahrt die Mosel rauf. Und dann fahren wir in die Weinberge. Ich habe Wein in der Kühltasche und zwei Gläser. Und ich habe tolle neue Kassetten bespielt.«
»Hört sich alles sehr festlich an. Was feiern wir denn?«
»Was feiern wir, was feiern wir?« murmelte er. Plötzlich hatte er eine Eingebung. »Wir verloben uns. Was hältst du davon?«
»Deine Lederjacke stört mich. Du siehst zu wenig klassisch aus.«
»Schau auf mein Herz, Barbara. Vergiß das Äußere.«
»Fällt mir schwer bei dir«, lächelte sie. »Ich werde mich jedenfalls mal ein bißchen umziehen. Verlobungsmäßig.«
»Du bist die Königin der Nacht«, sagte er hinter ihr her.
Ein wenig torkelig stand sie am Kleiderschrank und wühlte in ihren Sachen, kam sich dabei wie ein Kind vor, das sich für ein Spiel kostümierte, in dem es eine schöne, geheimnisvolle Frau sein wollte. Oh, alles war zum Lachen, alles war Spielerei, außer ihrer Müdigkeit. In der Küche brodelte das Kaffeewas-

ser. Harald pfiff etwas vor sich hin, was sie kannte, aber nicht benennen konnte, eine geläufige Melodie aus einer Oper, die auch jeder kannte. Es ärgerte sie, daß sie nicht darauf kam. Das war, als fehlte einem das entscheidende Stück aus einem Puzzle. Sie war so blutleer im Kopf und nicht richtig anwesend. Total verschneit, wie ihr neues Lehrmädchen immer sagte. Sie war wirklich verrückt, sich auf diese Nachtfahrt einzulassen, obwohl sie heute in der Buchhandlung wichtigen Vertreterbesuch hatte und die Herbstbestellung fällig war. Aber es war auch gut, daß Harald diese kleinen Verrücktheiten in ihr Leben brachte, das sonst so nüchtern, so realistisch war. Nebenan pfiff er zum dritten Mal die verflixte Melodie. Und während sie ihre tunesische Galabia aus dem Schrank nahm – denn gegen Morgen konnte es kalt werden – fiel ihr ein, daß die Melodie aus Carmen war, und sofort stellten sich die Worte dazu ein: »Die Liebe vom Zigeuner stammt. Sie fragt nach Rechten nicht Gesetz noch Macht. Liebst du mich nicht, bin ich entflammt ...« Sie wußte nicht mehr weiter, und auch Harald hörte kurz danach auf. Kaffeeduft breitete sich in der Wohnung aus. Der Kaffee ist meine Rettung, dachte Barbara. Die grau und orangerot gemusterte Galabia gegen Brust und Bauch gepreßt, stand sie vor ihrem Spiegelbild. Diese rundliche, kaum mittelgroße Frau mit dem blassen Gesicht und den kurzgeschnittenen braunen Haaren, das war sie.

Während sie über die nächtliche Uferstraße nach Westen fuhren und durch die kleinen Winzerorte kamen, in denen nicht ein einziges Licht brannte, schwelgte Harald wieder in seinen »Weißt-du-noch-Geschichten«. Weißt du noch, wie wir mit dem Kahn gekentert sind und ich mich unter dem Kahn versteckt habe, weil da noch eine Luftblase war? Und wie du gedacht hast, ich wäre ertrunken. Und weißt du noch, wie uns der Bauer beim Äpfelstehlen erwischt hat und mit uns schimpfte. Und wie du dem Mann geantwortet hast: »Sie sprechen in Rätseln«?

Weißt du noch, es gab eine Zeit, das war unsere Kindheit und erste Jugend, und damals waren wir glücklich. Nichts stand zwischen uns. Wir waren unzertrennlich. Du warst meine Schwester, meine Braut, der einzige Mensch, an den ich mich gehalten habe. Weißt du, daß das ein Vermächtnis ist, das mich gestärkt hat in all meinen Niederlagen?
Es ist seltsam, dachte Barbara in ihrem Halbschlaf, ich kann seine Gedanken hören. Oder nein, es sind nicht seine bewußten Gedanken, es ist das, was er fühlt, ohne es zu wissen. Vielleicht träume ich, was er träumt, wenn wir zusammen Musik hören, wenn wir durch die Nacht fahren und kein Mensch zu sehen ist. Er spricht nicht mehr. Er ruht sich aus von der Anstrengung des Lügens und des Selbstbetrugs, und wir hören Musik. Und plötzlich sind wir uns nah und verstehen uns. Ich weiß, was er fühlt, was in ihm vorgeht. Er ist ein einsamer Verrückter. Aber im Augenblick verstehe ich ihn. Obwohl vielleicht auch das eine Einbildung ist. Etwas, das ich mir ausdenke, weil er auf einmal so schweigsam ist und völlig unerreichbar in Wirklichkeit, ja.

Nun wurde es bald Morgen. Sie saßen in den Schalensitzen von Haralds Porsche und hörten die Ouvertüre zu Lohengrin. Otto Klemperer dirigierte die Londoner Philharmoniker, und neben ihr arbeitete Harald selbstvergessen mit weich schwingenden Händen, als forme er die Töne aus der dunklen Luft und winke beschwörend und grüßend den bewaldeten Bergrücken auf der anderen Seite des Flußtales zu, die allmählich aus der Dunkelheit auftauchten. Das ruhige, schimmernde Fließen der Streichermusik, in die sich die warmen Töne der Hörner mischten, erschien Barbara wie das langsame, unmerkliche Einströmen des Lichtes in den Luftraum über den Bergen. Es war das Hörbarwerden des Lichtes, seine unaufhaltsame Ausbreitung. Bald würden die Farben erwachen, das duftige Blau eines wolkenlosen Sommerhimmels, von dem sich schon eine erste leuchtende Vorahnung zeigte, und dann auch die grünen, braunen und steingrauen Farben der Erde. Unten im Tal stand dichter Frühnebel und verbarg das Fließen des Wassers. Aber für sie war auch das in der Musik hörbar. Der beginnende Tag war in ihr zusammengefaßt.

Die Musik war auch die Stimme ihrer Müdigkeit und flüsterte ihr ein, sich wegtreiben zu lassen und sich etwas zuzugestehen, was sie niemals billigen konnte, wenn sie mehr Kraft hatte als jetzt. War es das Recht auf eine Niederlage? Die Versöhnung, die in der Resignation lag? Ein Verzicht auf Zukunft? Würde sie immer mit diesem Mann zusammensein, der nie erwachsen wurde und versuchte, sie in eine künstliche Kindheit zurückzuziehen? Sie war immer in eine andere Richtung gegangen, nicht feige, wie sie glaubte, und mit all ihrer Kraft. Trotzdem war sie wieder hier gelandet, unversehens und zwangsläufig, gegen ihren Willen. Steckte darin eine Belehrung?

Alle ihre Beziehungen zu anderen Männern waren nach kurzer Zeit gescheitert und hatten wohl nie eine Aussicht gehabt. Die Männer waren verheiratet gewesen und hatten sich, nachdem sie einmal oder zweimal mit ihr im Bett gewesen waren, eilig wieder zurückgezogen. Manchmal hatten sie noch angerufen und gefragt, was sie so mache, wie es ihr ginge. Oder es war ein kurzer Brief gekommen mit dem vagen Versprechen eines Wiedersehens. Sie hatte sich eine Weile daran geklammert, obwohl sie längst wußte, daß auch ein Wiedersehen nichts bedeutete. Man verbrachte wieder eine Nacht zusammen und trennte sich am nächsten Morgen so hastig, als würde man auseinandergesprengt. Der letzte dieser durchreisenden Besucher, ein bärtiger Literaturdozent, der in der Stadtbücherei einen Vortrag gehalten hatte und ihr ein wenig anders erschienen war, hatte gleich damit begonnen, ihr zu erklären, daß er seine Frau und seine Kinder liebe und niemals verlassen würde. Dann aber hatte er von ihr erwartet, daß sie es vorübergehend vergaß.

Offenbar war sie für all diese Männer eine Frau, die man bedenkenlos im Stich lassen konnte. Sie würde schon zurechtkommen. Sie war ja selbständig und erwachsen. Es kam nur darauf an, rechtzeitig alle Illusionen in ihr zu ersticken. Das war die Art, wie die Männer sie zurichteten für den schnellen Sex und die aufbauenden Zärtlichkeiten, die sie sich bei ihr holten, um erfrischt an ihren Schreibtisch und in ihr Ehebett zurückzukehren. Es war üblich, daß die alleinstehenden Frauen dazu benutzt wurden. Sie waren die Nothelfer der verheirateten Männer, kostenlose Nutten und Trösterinnen. Wie viele Ehen konnte sie wohl retten, wenn sie lebenslang so weitermachte?
Aber nicht immer lief es so. Ihre eigene Ehe war an einer anderen Frau gescheitert, und ihr Mann schien in seiner zweiten Ehe glücklich zu sein.
Lag also alles nur an ihr? Konnte sie die Männer nicht halten, außer diesem einen, der sich wie eine Klette an ihr festhielt? Harald, der schöne Harald, dieser von lang her vertraute und immer wieder fremde, kindische Mann, war das ihr Anteil am Leben? Und mußte sie lernen, es anzunehmen?
Müde, mit diesem kuscheligen Kinderbedürfnis nach Zärtlichkeit lehnte sie ihren Kopf an seine Schulter und schloß die Augen, merkte, wie er vorsichtig, um sie nicht zu stören, den Rest des Weins in ein Glas goß.
»Möchtest du noch einen Schluck Wein, Barbara?«
Nein, nein, dachte sie. Aber es war besser, wenn sie den Rest trank, weil er fahren mußte.
»Ja, gib ihn mir«, sagte sie mit schläfriger Stimme.
Mit geschlossenen Augen drehte sie ihm den Mund zu und öffnete die Lippen, um den Rand des Glases in Empfang zu nehmen. Behutsam flößte ihr Harald den Wein ein, und sie trank gehorsam, hörte, wie er »brav« sagte, »brav«. Dann wurde das Glas wieder weggezogen. Erneut legte sie ihren Kopf an seiner Schulter zurecht, döste am Rand einer behaglichen Traurigkeit, die einen undeutlichen Trost enthielt.

Nichts war wirklich schlimm, nichts war wirklich gut in dieser dämmrigen Schwere, in der sie an ihm lehnte. Die Wagner-Kassette war noch nicht zu Ende. Tristan und Isoldes Liebestod erklang, der Trauermarsch aus der Götterdämmerung, und hinter ihren geschlossenen Lidern stellte sie sich wieder vor, wie die Klänge das Licht heraufwälzten. Es mußte jetzt fast hell sein. Sie spürte das an ihren Lidern. Es war das unausweichliche Licht des anstrengenden Tages, der ihr bevorstand. Sie mußte in der Buchhandlung mit Verlagsvertretern verhandeln und Kunden bedienen, und Harald würde in ihrem Bett liegen und sich seinem acht- bis neunstündigen Schönheitsschlaf hingeben. Warum auch sollte er das nicht tun? Er mußte ja nicht wach bleiben, weil sie müde war.

»Müssen wir jetzt fahren?« fragte sie.

»Allmählich ja. Du willst ja noch duschen, dich umziehen und frühstücken, nehme ich an.«

»Ja, will ich«, sagte sie.

Sie löste den Kopf von seiner Schulter und legte ihn gegen die Rückenlehne.

Er startete den Wagen, und sie fuhren. Aus schmalen Augenschlitzen sah sie die Weinberge. Grüner, unwahrscheinlicher Spuk der Landschaft. War es vielleicht noch Nacht, und träumte sie nur, daß es Tag war?

»Du siehst ja vielleicht müde aus«, sagte ihre Kollegin, »was hast du getrieben?«

»Harald ist da«, sagte sie, während sie weiter in dem Verlagsprospekt blätterte, ohne eine klare Vorstellung von den angezeigten Büchern gewinnen zu können.

»Muß ja stürmisch gewesen sein«, sagte die Kollegin. »Sieht er immer noch so toll aus?«

»Ich glaub schon«, sagte sie abweisend.

»Du glaubst?«

»Ich weiß nicht.«

»Was ist los? Habt ihr euch gezankt?«
»Überhaupt nicht«, sagte sie.
Sie spürte die Neugier, mit der sie betrachtet wurde, und sagte wegwerfend: »Er ist manchmal ziemlich stressig.«
»Kann ich mir denken«, sagte die Kollegin und ging mit dem Stoß Bücher, den sie im Arm trug, zum Auslagetisch für die Neuerscheinungen hinüber. Es handelte sich vor allem um sogenannte Sommerbücher: illustrierte Reisebeschreibungen, Fotobände und leichtere Romane, von denen man glaubte, daß die Leute sie gerne mit in die Ferien nähmen. Doch wahrscheinlich kauften sie das nur, weil man es ihnen unter die Nase hielt.
Heute vormittag war es still in der Buchhandlung. Bei Psychologie und Lebenskunde stand eine ältere Frau, die oft kam, um endlos in den Büchern zu stöbern, und den Laden gewöhnlich mit zwei Taschenbüchern verließ. Gerade war ein grauhaariger Mann hereingekommen, den sie noch nie gesehen hatte. Das Lehrmädchen nahm sich seiner an. In einer halben Stunde kam der Vertreter des Verlages, dessen Herbstprospekt sie studierte, und noch immer war sie unschlüssig, was sie von seiner Liste bestellen sollte. Ohne Überzeugung schrieb sie eine Zahl an den Rand des Prospektes und blätterte weiter, sah Autorenfotos, Titel, Buchumschläge, als blicke sie auf eine Wand, die mit fremden Zeichen und Inschriften beschmiert war. Ich bin ganz draußen, dachte sie und las zum zweitenmal einen Satz, den sie schon wieder vergessen hatte: »Der geradlinige Verlauf der Handlung verleiht dem Roman einen derartigen Drive, daß es in ihm keine überflüssigen Worte gibt.«
Plötzlich kam ihr Harald vor Augen, der jetzt in ihrem großen Bett lag und schlief. Er schlief meistens mit offenem Mund, weil er eine schiefe Nasenscheidewand hatte und nicht genug Luft bekam. Das gab ihm das Aussehen eines Ertrunkenen. Harald, der an der Oberfläche des Lebens dahinplätscherte und nicht wußte, daß er in Wirklichkeit ertrunken

war. Irgendwann, bei den vielen Schiffbrüchen, die er erlitten hatte, als er versuchte, die Erwartungen seines Vaters zu erfüllen, und während ihrer Ehejahre, als sie nichts mehr von ihm gehört hatte, war seine Seele untergegangen, und vielleicht wußte er es nicht einmal.

Er hatte ihr gegenüber behauptet, er träume nie, könne sich jedenfalls an keinen Traum erinnern, und als sie ihm entgegengehalten hatte, jeder Mensch träume, hatte er geantwortet, er sei nicht jeder, sondern niemand. Ärgerlich hatte sie gesagt, er solle nicht so dummes Zeug reden. Aber er war sofort wieder in einen Witz ausgewichen und hatte darauf bestanden, jeder habe das Recht, so dumm zu sein, wie es ihm möglich sei.

Harald jedenfalls hätte diesen Klappentext nicht geschrieben. Für ihn gab es nur überflüssige Worte. Und dieses hier, diese Bücherwände, das war der Überfluß des Überflüssigen. Sie versuchte den Überfluß des Überflüssigen zu verflüssigen. Es war nicht besser und nicht schlechter als das, was er machte.

Aus dem Hintergrund schlenderte die Kollegin heran und zeigte ihr einen Bildband über Spanien. Sollte der auch auf den Auslegetisch?

»Wenn noch Platz da ist.«

Ja, Platz gab es noch.

Warum stand sie noch da und musterte sie mit dieser nachdenklichen Neugier? Wahrscheinlich war sie so interessant, weil Harald bei ihr wohnte. Harald, der alle Frauen haben konnte und trotzdem immer zu ihr kam. Durch Harald wurde sie ein Geheimnis.

»Ist Harald noch viel unterwegs?« fragte die Kollegin.

»Das geht schubweise, je nach Bedarf. Und bei ihm auch nach Laune.«

»Ich habe ihn vergangene Woche in einer Illustrierten gesehen, auf einer Werbeaufnahme für ein japanisches Geländeauto. Harald und noch ein Mann und eine Frau in einer wilden Felsenlandschaft.«

»Das waren die Cañadas auf Teneriffa.«
»Ach, du kennst das Foto. Die Schauplätze sind ja immer toll. In der Nummer davor habe ich ihn auch gesehen. Auf dem Markusplatz in Venedig. Er im Smoking und zwei Mannequins in Wahnsinnsabendkleidern beim Taubenfüttern.«
»Ja, Harald kommt viel herum. Aber er besucht mich immer noch hier in diesem Nest.«
»Du bist wohl die Heimat für ihn?«
»Kann schon sein. Ich weiß es nicht. Ach, ich wünsche ihn manchmal weiß Gott wohin.«
Sie hatte das Bedürfnis weiterzureden und etwas von ihrem inneren Druck loszuwerden. Aber sie konnte doch nicht sagen, daß Harald sie mit all seinen Lebensniederlagen erpreßte. Sein abgebrochenes Medizinstudium, die nicht bestandene Pilotenprüfung bei der Marine und die Verachtung seines Vaters, der in ihm, dem einzigen Sohn, keinen geeigneten Erben für seine Fabrik sah – immer mußte sie alles ausgleichen. Immer mußte sie für ihn da sein, Tag und Nacht, obwohl er ihr nichts gab, was für sie wichtig war. Sie ging immer leer aus.
»Er ist einfach ein Traumtänzer«, sagte sie.
»Ich finde ihn toll«, sagte die Kollegin. »Er war auch so lustig, als er einmal hier war. Er ist bestimmt ein netter Kerl.«
»Er ist der bezauberndste Mensch, den ich kenne«, sagte sie heftig.
Sie erschrak über die Erregtheit ihrer Stimme, und jetzt traten ihr auch noch die Tränen in die Augen. Mit einer schroffen Bewegung wandte sie sich ab, stützte den Kopf in beide Hände und starrte auf den Prospekt.
»Was ist los, Barbara? Was hast du?« fragte die Kollegin.
»Nichts! Laß mich!« stieß sie hervor.
Tatsächlich, jetzt liefen ihr die Tränen über das Gesicht, obwohl sie überhaupt keinen Grund hatte. Es war dumm und beschämend, aber sie konnte es nicht niederkämpfen. Sie mußte schnell mit abgewandtem Gesicht rausgehen, bevor

die Kunden etwas merkten. Ich muß mich sofort beruhigen, dachte sie. In wenigen Minuten kam der Verlagsvertreter, dann mußte sie sich gefangen haben. Ich muß, ich muß! Warum eigentlich? empörte sich eine Stimme. Wer fragt denn nach mir? In der Enge und Unordnung ihres kleinen Büros schluchzte sie laut auf und schlug sich mit den Fingern auf den Mund, als könne sie das Gefühl zurücktreiben, das auf einmal aus ihr herauswollte.

Als sie am Abend erschöpft nach Hause kam und die Wohnungstür aufschloß, tönte ihr das Tonband mit den Seemannsliedern aus dem Schlafzimmer entgegen. Harald schwelgte in Erinnerungen an seine Marinezeit. Er ist also da, sagte sie sich, natürlich ist er da. Sie hatte nicht ernsthaft damit gerechnet, er könne abgereist sein, aber hinter dem Nebel ihrer Müdigkeit war er ein wenig unwirklich geworden, und nun war durch die laute Musik die ganze Wohnung von ihm erfüllt.

Hatte er sie kommen hören? Oder warum sang er jetzt mit und übertönte den Chor der Tonbandstimmen? Er wußte doch, daß sie diese Musik nicht leiden konnte. Vielleicht fühlte er sich wirklich allein.

Wenn er bloß schon wieder weg wäre, dachte sie.

Sie überwand sich und trat ein. Zuerst sah sie seine Mokassins und seine Socken, die mitten im Zimmer auf dem Teppichboden herumlagen, dann ihn, nackt auf dem Bett ausgestreckt, nur mit einem schmalen dunkelblauen Slip bekleidet.

»Hallo«, sagte er.

»Was tust du denn hier?« fragte sie von der Tür aus.

»Hab's mir ein bißchen bequem gemacht.«

Er lächelte, verschränkte die Arme hinter seinem Nacken, winkelte ein Knie. Er sah sehnig und braungebrannt aus, ein Körper, der fitgehalten wurde durch Gymnastik, Sauna, Höhensonne und Massagen, und plötzlich durchfuhr es sie

mit schreckhafter Gewißheit, daß er sich dort hingelegt hatte, um sich ihr zu zeigen.
»Mach bitte mal dieses Gedudel aus«, sagte sie und setzte sich in den nächsten Sessel.
Er rollte sich zur Seite, um das Tonbandgerät neben dem Bett zu erreichen, und drückte auf die Taste, rollte sich dann wieder zurück und schaute sie an.
»Willst du dich nicht auch ein bißchen hinlegen?«
»Nein«, sagte sie, »dann schlaf ich gleich ein.«
»Ich hab frischen Tee gekocht. Steht in der Küche auf dem Rechaud.«
»Danke«, sagte sie und stand auf, froh, einen Vorwand zu haben, um aus dem Zimmer zu gehen.
»Aber dann kommst du gleich und legst dich auch hin?« fragte er hinter ihr her.
»Ja, gleich«, sagte sie.
Während sie in der Küche Tee trank und zwei Cracker mit Butter und Honig aß, überlegte sie, was sie tun sollte, war aber zu müde, irgendeinen Entschluß zu fassen. Sie brauchte jetzt einen Mann, der sie in die Arme nahm, bei dem sie sich entspannen und mit dem sie zärtlich sein konnte, um dann vielleicht zusammen einzuschlafen. Sie brauchte etwas Einfaches, Menschliches, ein wenig körperliche Nähe und Anziehung, wie es zwischen Mann und Frau selbstverständlich war. Müdigkeit und körperliche Erschöpfung machten sie immer besonders süchtig nach Zärtlichkeiten. Jeder normale Mann, der es verstand, auf sie einzugehen, hätte sie jetzt sofort liebestrunken gemacht, aber an Haralds hölzerne Umarmungen und schmatzende Kinderküsse mochte sie nicht denken.
Oder war es diesmal vielleicht anders? Konnten sie über die Hürde hinwegkommen?
Sie war betäubt und schwer von Müdigkeit, so bereit, sich fallenzulassen. Vielleicht mußte sie sich nur nachgeben. Sie ging ins Badezimmer, um sich auszuziehen. Harald hatte den

Duschvorhang wohl nicht richtig zugezogen, denn auf dem Boden stand eine Wasserpfütze. Auf dem Wäschekorb lag feucht und zusammengeknüllt das rosa Badetuch. Sie duschte kurz und frottierte sich. Angenehme Wärme und Frische durchströmten ihre Haut. Im Schlafzimmer lag Harald auf ihrem Bett, aber das wußte sie nur nebenbei, sie wollte sich das jetzt nicht vorstellen. Auch gleich, wenn sie neben ihm liegen würde, wollte sie vermeiden, es genau zu wissen, und sich einbilden, daß es irgendein Mann sei, einer der vielen Männer aus den letzten Jahren. Auf dem beschlagenen Spiegel mußte sie eine Stelle trockenreiben, um ihr blasses, nichtssagendes Gesicht zu sehen. Ohne die hochhackigen Schuhe war sie ziemlich klein. Sie besprühte sich mit Maiglöckchenduft und zog den Morgenmantel an, band den Gürtel zu.

Harald lag da und rauchte, eine schlanke, bronzebraune Gestalt mit blonden Haaren. Sie streckte sich neben ihm aus, mit dem Blick zur Zimmerdecke.

»Möchtest du auch eine rauchen?« fragte er.

»Nein, laß mich einmal ziehen.«

Er rollte heran, hielt ihr die Zigarette an die Lippen, sie zog daran. Harald ließ sich wieder auf den Rücken fallen. Wenn er mich berührt, schreie ich, dachte sie. Aber sie wußte schon, er würde es nicht tun. Niemals, niemals würde er es tun.

Wie schön war das! Sie war in einen blühenden Baum geklettert und konnte das ganze weite, sonnenbeschienene Land überblicken. Und unter dem Baum stand jemand und breitete die Arme aus. Es war ein Mann, der ihr zurief, sie solle springen. Ja, gleich, sagte sie glücklich. Es war unmöglich, den Mann zu erkennen, weil er eigentlich kein Gesicht hatte, aber sie wußte, daß sie sich auf ihn verlassen konnte. Nun schwebte sie auch schon zu Boden, langsam und leicht, als sei sie eine Wolke. Und auf einmal drehte sich alles um. Sie lag auf dem Rücken, und über ihr war Haralds Gesicht im Lichtschein der Bettlampe. Er saß angezogen auf der Bettkante und betrachtete sie.

»Warum weckst du mich?« fragte sie kläglich. »Hab gerade so schön geträumt.«

»Ich muß fahren, Barbara. Ist schon fast Mitternacht.«

Sie schloß wieder die Augen.

»Wieso mußt du fahren?« fragte ihre schläfrige Stimme.

»Ich fliege morgen zu Aufnahmen nach Tunis.«

»Nach Tunis«, wiederholte sie mit einem matten Staunen.

»Ja. Von da aus fliegen wir nach Kairo.«

»Du hast es gut«, sagte sie, ohne aus dem Halbschlaf herauszukommen. Sie konnte im Augenblick nur die Hand nach ihm ausstrecken und seinen Unterarm fassen.

»Mach's gut, Harald. Schön, daß du hier warst.«

Er saß bei ihr und rührte sich nicht, und sie wurde ein wenig wacher.

Plötzlich sagte er leise, als beschäme ihn dieses Eingeständnis: »Ich komme immer weniger klar, Barbara.«

Sie antwortete nicht sofort, blieb ruhig liegen, merkte auf einmal, wie sie wegglitt, und schlug schnell die Augen auf. Er saß da, unbewegt, und schaute auf sie runter. Sein verschattetes Gesicht sah betrübt und weich aus, ein wenig aufgelöst. Es fiel ihr nicht schwer, ihren Arm zu heben und freundschaftlich seine Wange zu streicheln.

»Du darfst nicht immer vor dir wegrennen«, sagte sie. »Such dir doch irgendein Mädchen. Eins von diesen schönen Mannequins.«

Sie wußte, daß das Unsinn war und nichts mit ihm zu tun hatte und daß sie nur versuchte, ihn loszuwerden. Und um sich zu korrigieren und doch weiterzukommen in diesem Versuch, sagte sie: »Häng dich nicht so an mich. Das ist nicht gut für dich.«

»Wieso, Barbara? Das finde ich nicht gut, was du sagst. Das seh ich ganz anders.«

Sie hatte die verborgene Angst in seiner Stimme gehört und schloß die Augen.
»Du kannst mich ja jederzeit besuchen«, sagte sie ergeben.
»Warum willst du, daß ich mir eine Freundin anschaffe? Ich hab doch dich. Warum soll ich mich um diese dummen Weiber kümmern?«
»Aber mit uns ist das doch anders«, sagte sie sanft. »Wir sind doch wie Bruder und Schwester. Und das ändert sich auch nicht mehr. Ich möchte auch gar nicht, daß es sich ändert.«
Er antwortete nicht.
Nach einer Weile sagte er leise: »Okay. Okay, Barbara.«
Sie faßte seine Hand und sagte: »Schreib mir bitte aus Tunis und aus Kairo.«
»Mach ich«, sagte er.
Sie ahnte, daß er abwesend war und seine Gedanken sich auf ungewohnten Wegen verloren. Ihr machte es nichts aus, still zu liegen und zu schweigen. Die Müdigkeit schützte sie und das sichere Gefühl, etwas Entscheidendes gesagt zu haben, das nicht mehr zu leugnen und zu ändern war.
»Okay«, sagte er wieder, »dann geh ich jetzt.«
Er drückte ihre Hand.
»Bleib bitte ruhig liegen. Ich verziehe mich.«
Ich muß aufstehen, ihn zur Tür begleiten, sagte sie sich, aber in ihr war ein plumper, wortloser Widerstand. Sie spürte an der Bewegung der Matratze, daß er aufstand, und sah ihn zur Tür gehen. Er wirkte unentschlossen und nachdenklich, wie jemand, der fürchtet, etwas vergessen zu haben. An der Tür drehte er sich nach ihr um. Sie winkte ihm vom Bett zu. Er nickte und ging schnell hinaus. Die Wohnungstür fiel ins Schloß. Einige Sekunden verharrte sie vollkommen reglos, stand dann auf, zog ihren Morgenmantel aus, knipste die Lampe aus, schlüpfte nackt unter die Bettdecke und zog sich zusammen. Den Kopf in das weiche Kissen vergraben, versuchte sie, ihren Traum wiederzufinden, die weite, sonnenbeschienene Landschaft und den blühenden Baum. Aber da

waren nur graue Formen, undeutliche Bewegungen, eine Straße vielleicht, auf der etwas davonschoß und kleiner wurde, um sie irgendwo zurückzulassen in der tröstenden Nichtigkeit des Schlafes.

Nach einer Woche kam eine Ansichtskarte aus Tunis, nach zwei Wochen eine weitere aus Kairo. Harald schien es gutzugehen. Seine Karten klangen heiter und witzig und endeten wie gewohnt mit tausend Grüßen und Küssen. Danach hörte sie wochenlang nichts mehr von ihm, bis sie eines Tages im Briefkasten einen Brief mit seiner steilen, ausgeschmückten Schrift fand, in dem er ihr mitteilte, daß er sich verlobt habe. An einem der nächsten Wochenenden wolle er vorbeikommen, um ihr seine Verlobte vorzustellen. Inge, schrieb er, sei Sekretärin in der Agentur, für die er arbeite. Er kenne sie schon länger. Sie sei ein liebes, verständnisvolles Mädchen, auch ziemlich hübsch, und zwölf Jahre jünger als er. Er habe ihr natürlich gleich von seiner alten Freundin Barbara erzählt, und sie sei sehr gespannt, sie kennenzulernen. Aber sie habe wohl auch ein wenig Angst davor. »Ich hoffe, sie gefällt dir«, schloß er, und darunter stand, mit einem raschen Schriftzug hingesetzt: »Du bist sowieso die Einzige, Dein Harald.«
Was ist jetzt zu tun? dachte Barbara, als sie sich von ihrer ersten Überraschung erholt hatte. Wenn an dieser Beziehung irgend etwas dran war, wollte sie Harald auf jeden Fall darin bestärken. Sie setzte sich hin und schrieb eine herzliche Einladung für das übernächste Wochenende.

Es gelang ihr nicht, sich ein Bild davon zu machen, was geschehen war. Harald hatte sich verlobt. Er hatte ihren Rat befolgt, und sie war nun gewissermaßen die Stifterin dieser Beziehung. Eigentlich mußte sie zufrieden sein. Doch sie wußte nicht, wie sie sich verhalten sollte und was diese überraschende Nachricht für sie bedeutete. Vielleicht würde sie etwas über sich selbst erfahren, was sie nicht gewußt hatte.

Eine unruhige Heiterkeit erfaßte sie. Die Kollegin in der Buchhandlung fragte, was in sie gefahren sei. Sie wirke so aufgedreht.

»Harald hat sich verlobt«, antwortete sie.

»Wie, und das macht dir nichts aus?«

»Überhaupt nicht. Es erleichtert mich.«

Ja, das war es vielleicht, was sie empfand: Erleichterung. Erleichterung und eine gewisse Leere. Alles regelte sich, außer ihr eigenes Leben. Auch ohne die Belastung durch Harald würde alles wie immer weitergehen. Nein, nein, sie wollte etwas ändern, umziehen vielleicht oder sich neue Möbel anschaffen. Das war eine Idee, die sie sofort begeisterte. Ja, sie wollte ihre Wohnung umgestalten. Es war nur schade, daß das bis zu Haralds Besuch nicht mehr zu schaffen war.

Es war früher Samstagnachmittag, als die beiden ankamen. Barbara hatte länger als geplant beim Friseur gesessen, so daß ihr kaum noch Zeit geblieben war, den Kaffeetisch zu decken und sich umzuziehen. Während sie den Sitz ihres Kleides im Flurspiegel überprüfte, fühlte sie sich in der Rolle einer Frau, die zum erstenmal ihre Schwiegertochter empfängt. Vielleicht hatte sie deshalb dieses madamige blaugoldene Seidenkleid angezogen, das zwar gut saß, in dem sie sich aber auf einmal fremd vorkam. War sie das? Sie sah so gerüstet, so feierlich, so frisch frisiert aus, etwas, das Harald an ihr gemocht, aber auch verspottet hatte. Sie hatte ihm seinen Spott nie übelgenommen. Es war eine Form von Vertrautheit gewesen. Das würde jetzt anders sein.

Das gewohnte Klingelzeichen schreckte sie auf. Lang kurz lang. In vielen vergangenen Tages- und Nachtstunden hatte sich Harald damit angekündigt, und nun hörte sie unten im Treppenhaus seine und eine fremde weibliche Stimme leise miteinander sprechen und das Gestöckel hochhackiger Schuhe, das zusammen mit seinen Schritten die Steintreppe heraufkam und die andere, neue Frau in Haralds Leben ankündigte, die sie selbst herbeibeschworen und doch offenbar

nie für eine wirkliche Möglichkeit gehalten hatte. Da kam sie schon das letzte Treppenstück hoch.
Sie war blond, mädchenhaft mager und auffallend gekleidet mit einer roten Bluse und einer schillernden Pumphose im Odaliskenstil. Neben ihr Harald im dunkelblauen Blazer mit hellgrauer Flanellhose, sein weißes Hemd, das er offen trug, unterstrich, wie braungebrannt er war. Noch nie war er seinen Fotos so ähnlich gewesen wie jetzt.
»Hallo, Barbara!«
Er beugte sich zu ihr herunter und küßte sie auf beide Wangen, bevor er ihr seine Begleiterin vorstellte.
»Das ist Inge.«
Erst jetzt sah Barbara die andere genauer. Sie hatte eckige Schultern und ein kindliches Gesicht, dem sie durch blaugrüne Lidschatten und getuschte Wimpern ein wenig Erfahrung angeschminkt hatte. Der Blick war unbestimmt, wie bei starker Kurzsichtigkeit. Ihr Lächeln, mit dem sie schon die Treppe hochgekommen war, entblößte starke, etwas vorstehende Schneidezähne. Sie stand da mit vorgeschobenem Bauch und leicht gekrümmten Schultern. Ihre kleine Tasche, die sie mit beiden Händen am Bügel hielt, hing wie ein Schutzschild vor ihren Schenkeln. Ich will gut von ihr denken, dachte Barbara und streckte die Hand aus.
»Schön, daß Sie mich besuchen«, sagte sie, »ich freue mich, Sie kennenzulernen.«
»Ich auch«, sagte Inge.
Ihre Stimme klang klein und gezähmt und erinnerte Barbara an eine Puppenstimme.
Das ist sie also, dachte Barbara.
Sie raffte sich auf und ließ beide herein.

Die Unterhaltung zu dritt war mühsam. Harald erzählte, von ihr animiert, Anekdoten von seiner letzten Reise durch Nordafrika und geriet dann in Erinnerungen an seine Marinezeit hinein, die er wie immer glorifizierte. Zwischendurch wandte er sich an Inge und flocht huldigende Kommentare über seine alte Freundin Barbara in die Unterhaltung ein. »Barbara hat natürlich wieder eine ganz andere Meinung«, sagte er. »Aber sie darf mir alle Bosheiten sagen. Sie hat alte Sonderrechte bei mir. Die kann ich leider nicht mehr zum zweitenmal vergeben.« Er glitt sofort in seine Lieblingsanekdoten aus der Kindheit hinüber, denen Inge mit einem halb gelähmten Lächeln zuhörte. Sie schien das alles längst zu kennen und mit unerschöpflicher Geduld hinzunehmen. »Glaube ich«, sagte sie manchmal, »kann ich mir vorstellen« und lächelte höflich zu Barbara hinüber. Hinter dieser Höflichkeit verbarg sich ein Urteil, das sie über diesen Nachmittag und vielleicht auch über das ganze Leben hatte: Sie langweilte sich. Aber sie hatte gelernt, daß man das verbergen mußte. Sie hatte gelernt zu lügen, auf eine selbstverständliche, gelangweilte Art, um irgendwelche Vorteile, die sie sich verschafft hatte, behalten zu können. Und wahrscheinlich wußte sie nicht einmal, daß sie log. Sie war einfach so, eine kalte Krabbe, ein dummes, gleichgültiges Biest, wie Barbara dachte, unreif und ungeformt, halb eingeschüchtert, halb oberflächlich, mit einem Kern von Egoismus und Eigensinn, aus dem heraus sie die Welt und die Menschen einschätzte. Phantasten wie Harald hatten ihrer praktischen Vernunft nichts entgegenzusetzen. Harald war ein Kind neben ihr. Sie war auf ihre Weise erwachsen, obwohl sie zwischen ihnen beiden als ein Mensch erschien, der nicht zu ihrer Generation gehörte und sich wahrscheinlich auch unterlegen fühlte.

Ja, sie litt. Es war ein bißchen zu viel für sie. Ich muß ihr zu Hilfe kommen, dachte Barbara und wandte sich ihr zu: »Ich will Sie schon die ganze Zeit fragen, woher Sie die hübschen Sachen haben, die Sie tragen. Steht Ihnen wirklich gut.«

»Ja?« fragte Inge.

Sie sah an sich herunter. Ihr Gesicht hatte sich schlagartig aufgehellt und belebt.

»Hat mir alles Harald geschenkt. Er verwöhnt mich mit Klamotten.«
»Bekomm ich ja alles billiger nach unseren Modeschauen«, erklärte er.
»Zufällig passen mir die Sachen«, sagte Inge. »Ich habe die gleiche Figur wie die Mannequins. Ich muß nur immer die Nähte nachnähen. Ist ja alles hoppla hopp mit der heißen Nadel genäht.«
Sie begann zu erzählen, daß sie gelernte Schneiderin sei und sich später umgeschult habe auf Sekretärin, und während sie zuhörte und Harald zurückgelehnt auf seinem Stuhl wippte und eine Zigarette rauchte, versuchte Barbara das Gefühl der Kränkung herunterzuschlucken, das ihr die Kehle zuzog. Mir hat er nie etwas Besonderes geschenkt, dachte sie. Schon gar keine Kleider. Ich kam nicht in Frage dafür. Er hat nie daran gedacht, daß ich eine Frau bin. Er hat mich so mies behandelt, so gedemütigt mit seinen Kinderküssen. Aber der Körper dieses Flittchens inspiriert ihn. Soll er doch mit ihr verschwinden. Ich bin froh, wenn ich ihn nicht mehr sehen muß.
»Ich glaube, ich räume mal ab«, sagte sie und stand auf.
»Ich helfe Ihnen«, sagte Inge und folgte ihr in die Küche.
Auch Harald schlenderte heran, seinen Teller mit Untertasse und Tasse in einer Hand.
»Wie geht's weiter im Programm?« fragte er. »Wollen wir rausfahren zum Essen? Oder was wünschen die Damen?«
»Sollen wir uns vielleicht zu dritt in deinen Porsche quetschen?« fragte Barbara mit einem Versuch von Widerstand.
»Ich bin umgestiegen auf BMW«, sagte Harald, »Inge mochte den Porsche nicht.«
»Ich fand ihn unbequem«, sagte Inge. »Man saß so tief darin.«
»Fand ich auch«, stimmte Barbara zu.
»Wie«, sagte Harald und schaute sie an, »das wußte ich ja gar nicht.«

»Du hast manches nicht gewußt«, sagte sie herablassend. Und um jeder Erörterung vorzubeugen, fügte sie hinzu: »Also gut, fahren wir zum Essen.«
Sie ließ die beiden in der Küche stehen und ging ins Wohnzimmer, um den Rest des Geschirrs zu holen und sich zu beruhigen. Es war ja eigentlich alles in Ordnung, kein Grund zur Aufregung, überhaupt nicht. Bald würden die beiden verschwinden. Diesen Abend mußte sie noch hinter sich bringen.
Sie hörte, daß jemand ins Badezimmer ging. Das war Inge, denn Harald erschien gleich danach in der Tür.
»Wie fühlst du dich, Barbara?« fragte er. »Alles klar?«
»Natürlich. Danke für die Nachfrage.«
Sie ging mit dem Geschirr an ihm vorbei in die Küche. Er drehte sich und kam unentschieden hinter ihr her.
»Wie findest du sie?« fragte er leise.
»Sehr nett«, sagte sie kurz, »und ziemlich hübsch.«
»Ich möchte, daß mit uns alles so bleibt wie es war, Barbara. Das ist mir das Wichtigste.«
»Wirklich?«
»Ja, ich hoffe, du glaubst mir das.«
»Darauf kommt es nicht an«, sagte sie. »Du mußt vor allem mit ihr zurechtkommen.«
»Ich habe gedacht, wir könnten sie einbeziehen.«
»Wie meinst du das?« fragte sie überrascht.
Er zuckte die Achseln, als ob er es nicht wüßte. Schließlich sagte er: »Ich fände es schön, wenn ihr euch duzen würdet.«
»Ja, gut. Von mir aus. Ich werde es ihr anbieten.«
»Vielleicht könnten wir auch mal zu dritt verreisen. Jetzt, wo ich den großen Wagen habe.«
»Nein«, sagte sie, »das bitte nicht.«
»Warum nicht, Barbara? Das versteh ich nicht. Wir sind doch Freunde.«
»Ich verstehe vor allem dich nicht«, sagte sie.

Schon wieder wallte die Erregung in ihr auf. Sie wollte sich doch nicht mehr aufregen. Wozu denn? Plötzlich kam ein kurzes Lachen in ihr hoch.
»Du bist ein Idiot«, sagte sie.
Dann hörten sie Inge zurückkommen und begannen wie auf Verabredung darüber zu sprechen, in welches Restaurant sie fahren wollten.

Die Fahrt an die Mosel erschien Barbara wie ein Spiegelbild ihrer vielen anderen abendlichen und nächtlichen Fahrten mit Harald, nur daß auf dem Rücksitz noch Inge saß, mit der sie sich jetzt duzte, die aber momentweise im Hintergrund verschwand. Es war, als hätten sie eine Autostopperin in ihren Wagen einsteigen lassen: Man bezog sie ein in die Unterhaltung, man lud sie zum Abendessen ein, aber das alles betonte nur die eigenen Gemeinsamkeiten. Barbara wußte nicht, ob auch Harald es so empfand. Er wirkte gelöst und heiter. Vielleicht hing das auch damit zusammen, daß sein seltsamer Wunschtraum, mit ihr und mit Inge gemeinsam zu verreisen, im Augenblick erfüllt schien.
Nach dem Essen fuhren sie in die Weinberge, auf ihren alten Platz oberhalb einer Flußbiegung. Sie saßen auf einer Mauer aus Bruchsteinen, über die Harald eine Decke gebreitet hatte, und hörten der Musik zu, die aus den geöffneten Türen des Wagens kam. Harald hatte sich von dem Geschäftsführer des Restaurants, den er gut kannte, zwei in feuchte Tücher eingewickelte Weinflaschen und ein Glas mitgeben lassen, das vor allem zwischen Barbara und ihm hin und her wanderte, denn Inge hatte sich entschlossen zu fahren. Die Nacht war kühl und sternklar. Inge rückte zitternd an Barbara heran und ließ sich von ihr in den Arm nehmen, während Harald vor ihnen herumstolzierte und alberne Trinksprüche von sich gab. Er war ziemlich beschwipst und wollte nicht zurückfahren, ehe er nicht mit seinem letzten Schluck das erste Morgenlicht begrüßt hatte, und es gab eine kleine Balgerei, als die beiden

Frauen ihn gemeinsam in das Auto und auf den Rücksitz schubsten. Inge zog eine Brille aus der Handtasche und startete. Sie sah jetzt erwachsener aus. Hinter ihnen hatte sich Harald auf dem Rücksitz ausgebreitet und sang eines seiner Seemannslieder.

»Frag doch das Meer,
ob's die Liebe kann scheiden,
frag doch das Herz,
ob's die Treue brechen kann.«

Sein Kopf erschien zwischen Barbaras und Inges Schultern.

»Ich liebe euch beide«, sagte er dumpf und ließ sich zurückfallen. Er murmelte im Hintergrund, schien einzuschlafen, beugte sich wieder vor.

»Wißt ihr überhaupt, wie viele Frauen nach mir lechzen?« fragte er schwerfällig.

»Zwei genügen«, sagte Barbara.

»Jawohl«, sagte er.

Sein Kopf blieb eine Weile zwischen ihnen, sank dann zurück.

»Frag doch das Meer ...«, sang er leise wie ein Schlaflied vor sich hin.

»Nach der Brücke rechts«, sagte er plötzlich laut und verfiel wieder in seinen Singsang.

Er spielt, dachte Barbara. Er ist betrunken, aber er gefällt sich darin und übertreibt es, und er will dafür beklatscht werden. Inge reagierte allerdings überhaupt nicht darauf und blickte schweigsam geradeaus. Sie fuhr sehr gut Auto und mußte nicht übermäßig aufpassen auf der leeren Straße. Das war nicht der Grund, weshalb sie so still war. Offenbar war sie mit ihren Gedanken woanders.

Armer Harald, dachte Barbara, sie wird dich ausbeuten und um den Finger wickeln. Aber du hast es ja nicht anders verdient.

Als sie vor dem Haus parkten und ausstiegen, wirkte Harald wieder nüchterner.

»Vergiß unser Gepäck nicht«, sagte Inge und gab ihm den Schlüssel für den Kofferraum. Anscheinend war es für sie ausgemacht, daß sie beide bei ihr schlafen würden. Aber mit ihr hatte Harald nicht darüber gesprochen. Vielleicht sah er darin ein altes Recht.

»Wie ist denn die Schlafordnung?« fragte Barbara, als sie in die Wohnung traten, und Harald antwortete sofort: »Ich kampiere im Wohnzimmer auf der Couch und ihr beide nehmt die große Spießerliege.«

»Soll ich nicht lieber auf der Couch schlafen?« fragte sie.

Aber beide widersprachen ihr, und sie gab ihren Widerstand auf. Während sie Bettzeug für Harald herauslegte, war Inge im Badezimmer, und als sie selbst im Nachthemd ins Schlafzimmer kam, lag Inge mit aufgelösten Haaren im Bett und lächelte sie an.

»Ich habe nicht gewußt, wie man das Deckenlicht ausmacht.«

»Mit dem Zugschalter«, sagte Barbara.

Sie schlüpfte unter die Decke, griff hinter sich, und sie lagen im Dunkeln. Inge bewegte sich neben ihr, schien sich ihr zuzudrehen. Sie konnte ihr Parfüm riechen und spürte ihre fremdartige Nähe. Seit ungefähr zwanzig Jahren hatte sie keinen weiblichen Bettgenossen mehr gehabt. Es war anders als mit einem Mann, weniger eindeutig. Ein Mann hätte jetzt tastend und fordernd den Arm nach ihr ausgestreckt und wäre an sie herangerückt. Und mit Harald hatte sie immer nur auf dem Bett gelegen. Dies hier schien einfach zu sein, selbstverständlich. Wenn sich die Körper berührten, konnte man es ohne Erklärung genießen. Aber sie scheute sich noch etwas und versuchte es zu vermeiden.

»Gemütlich, nicht?« sagte Inge.

»Ja«, sagte sie.

»Warum nennt Harald dein Bett die große Spießerliege?«

»Weil es mein Ehebett war. Ist eine Marotte von ihm.«
»Ich find's blöd«, sagte Inge. »Er spinnt manchmal.«
»Das kann man wohl sagen.«
»Ich weiß nicht, wie dein Verhältnis zu ihm war. Sexuell ist er ja eine Niete.«
»Ich habe nie etwas mit ihm gehabt«, sagte Barbara. »Ich habe mich schon gefragt, ob er homosexuell ist.«
»Er hat nichts mit Männern«, sagte Inge, »das wüßte man in der Branche. Ich hab keine Ahnung, was mit ihm los ist. Vielleicht könnte man ihn kurieren. Aber ich habe keine Lust dazu.«
»Was suchst du bei ihm?«
»Genau weiß ich das nicht mal. Er ist immer freundlich. Und er ist spendabel, schenkt mir immer hübsche Sachen. Man kann sich ja auch gut mit ihm sehen lassen.«
»Ist dir das wichtig?«
»Ja, schon, weil ich eitel bin. Ich fahre auch gerne mit einem schicken Auto rum und wohne in tollen Hotels. Weißt du, wir waren fünf Geschwister zu Hause, und es war nie Geld da. Ich mußte immer die abgelegten Sachen von meinen älteren Schwestern tragen.«
Sie machte eine Pause, wahrscheinlich weil sie sich an ihre Kindheit erinnerte. Dann sagte sie: »Harald muß ja einen stinkreichen Vater haben.«
»Ja, er ist Fabrikbesitzer. Er hat eine Maschinenfabrik. Aber er und Harald sind völlig auseinander. Sie verachten sich gegenseitig.«
»Dumm von Harald«, sagte Inge. »Jetzt verdient er ja gut. Aber in ein paar Jahren ist er zu alt für den Job. Dann muß er kleine Brötchen backen.«
Barbara antwortete nicht. Sie hatte sich nie richtig vorgestellt, daß Harald alt werden könnte. Doch jetzt stand es ihr plötzlich vor Augen wie ein lange verleugnetes Wissen, das sich nicht mehr wegschieben ließ. Sie kannte das Gesicht schon, das er in einigen Jahren haben würde. Wenn sie die Nacht

durchgemacht hatten, war es schon sichtbar, schlaff und grau, mit Augensäcken und Falten um den Mund herum, und vor allem dann, wenn er sich unbeobachtet fühlte oder ihn die Kraft seiner dauernden heiteren Selbstdarstellung momentweise verließ, in solchen Augenblicken hatte sie es schon gesehen: ein enttäuschtes, ratloses, erschöpftes Gesicht, das seine Niederlage eingestand. Aber sie hatte es bisher nicht wirklich wahrgenommen, sondern sich auf die schönen Täuschungen verlassen, mit denen er sein Geld verdiente, dieses schicke Paradies von Schönheit, Leichtlebigkeit und ewiger Jugend, das er auf allen Fotos repräsentierte und auch sich selber vorspielte, während er immer beharrlicher zurückblickte, sich zurückträumte und sich allmählich mit allem, was er tat, sagte und vielleicht auch empfand, nur noch wiederholen konnte und in ein Gespenst verwandelte. Ja, sie wußte es jetzt mit einem hellsichtigen Erschrecken: Harald würde alt werden, ohne erwachsen geworden zu sein. Er kämpfte auf verlorenem Posten, und auch sie hatte ihn längst aufgegeben. Wenn überhaupt jemand ehrlich mit ihm umging, dann war es Inge, die sich auf ihn einließ, weil es ihr Vorteile brachte, Inge, die in ihrem Kopf eine Rechnung gemacht hatte, auf was sie verzichten mußte und was sie dafür bekommen konnte, und die wahrscheinlich auch bereit war, ihn zu heiraten, wenn er ihrem praktischen Verstand folgte und sich mit seinem reichen alten Vater versöhnte. Vermutlich hatte sie schon genaue Vorstellungen, was man mit der Erbschaft anfangen konnte. Vielleicht würde sie ein Modegeschäft eröffnen, einen Salon, in dem sie ihre Vorliebe für teure, schöne Kleider ausleben konnte. Was dann aus Harald wurde, wie er sich neben ihr behaupten wollte, war nicht vorstellbar, als gäbe es keine mögliche Zukunft für ihn, außer einem allmählichen Wenigerwerden, einem unmerklichen, doch unaufhaltsamen Schwinden. Wahrscheinlich ahnte er das, spürte es manchmal. Seine untergründige Angst mußte gewachsen sein, seit er mit Inge zusammen war, und deshalb

war es ihm so wichtig, daß sie, seine alte Freundin, ihm nicht verlorenging. Er suchte bei ihr Schutz.
Sie hörte, wie er aus dem Badezimmer kam und nebenan im Zimmer rumorte. War er noch betrunken oder wollte er sich bemerkbar machen? Sie ahnte, daß er sich noch mal zeigen würde, und da ging auch schon die Tür auf. Haralds Silhouette erschien vor dem matten Lichtschein des Wohnzimmers.
»He, schlaft ihr schon?«
»Verschwinde!« sagte Inge.
»Moment, Moment. Ich muß das fotografisch dokumentieren: meine beiden Frauen traulich vereint.«
Er stand im Türrahmen in einem kurzbeinigen gelben Schlafanzug mit offener Jacke, vor den Augen einen Fotoapparat. Das Blitzlicht zuckte. Er nickte und lächelte, kam zwei Schritte näher und hob wieder den Apparat. Aber Inge hatte die Bettdecke hochgerissen, so daß sie beide in einem Versteck saßen. Als sie daraus hervorlugten, stand Harald auf einem Stuhl und fotografierte sie von oben. Inge schleuderte ihr Kopfkissen nach ihm, und obwohl sie ihn verfehlte, stieß er einen Schrei aus und wankte, als ob er getroffen sei. Er floh ins Wohnzimmer.
»Blöder Pascha!« rief Inge.
Sie stand auf, um ihr Kissen zu holen. Kurz darauf erschien Harald wieder. Er hatte sich mit einem Bettlaken als Beduine verkleidet und verneigte sich vor ihr mit vor der Brust gekreuzten Armen, verschwand aber sofort mit komischen, entsetzten Sprüngen, als sie drohend ihren Arm hob. Energisch stieß sie die Tür hinter ihm zu. Er klopfte.
»Verschwinde«, sagte Inge. »Geh ins Körbchen.«
Er jaulte auf wie ein junger Hund. Dann hörten sie ihn leise singen.
»Frag doch das Meer,
ob's die Liebe kann scheiden ...«
Wahrscheinlich hatte er sich hingelegt.

Inge knipste das Licht aus und kam ins Bett zurück.
»Immer muß der Kerl seine Schau abziehen«, beschwerte sie sich. »Ich könnte ihn manchmal auf den Mond schießen.«
Barbara hörte, wie sie sich seufzend ausstreckte und dann auf die Seite rollte, und hielt Abstand zu dem fremden Körper, den sie mit beunruhigender Deutlichkeit neben sich spürte. Ihr Herz schlug viel zu schnell. Der ganze Tag hatte sie aufgewühlt und konfus gemacht, und dies war so ungewohnt, daß sie nicht zur Ruhe kam. Es war, als schicke jeder von ihnen Signale aus, die den anderen in Alarm versetzten. Inge wälzte sich herum. In der unvollkommenen Dunkelheit des Zimmers waren ihre offenen Augen zu erkennen.
»Scheiße, ich kann nicht schlafen«, sagte sie.
»Ich auch nicht«, gestand Barbara.
»Wollen wir uns ein bißchen in die Arme nehmen?«
»Ich weiß nicht«, sagte Barbara, »das ist mir zu fremd.«
»Bitte«, flüsterte Inge.
Sie rutschte heran und legte den Arm um sie. Beide änderten sie ein wenig ihre Lage und hielten sich umschlungen, aneinandergeschmiegt in einer warmen, kosigen Mulde.
»Ich finde dich toll«, flüsterte Inge. »Hast du schon mal Sex mit einer Frau gemacht?«
»Nein«, sagte Barbara. »Ich möchte es auch nicht.«
»Warum nicht? Es ist viel schöner als mit Männern.«
Sie rückte noch näher heran und barg ihr Gesicht in Barbaras Halsbeuge. Ihr magerer Körper fühlte sich unerwartet sanft und geschmeidig an und rührend zart und deutlich der Abdruck der Schulterblätter und Wirbelknochen unter ihrer Haut.
»Bitte streichel mich«, bat sie leise.
»Na gut, du Dummkopf.«
Mit der freien Hand strich ihr Barbara über das Haar, beruhigend und mütterlich. Vielleicht kann ich doch einschlafen, dachte sie, und begann wegzudämmern. Dann spürte sie, wie sie heimlich geküßt wurde: vorsichtige Küsse am Hals, am

Ohr, wo Inges Gesicht lag, scheinbar schläfrige Berührungen, die sie durchrieselten, so daß sie nicht mehr so tun konnte, als merke sie es nicht.
»Laß das«, sagte sie, »ich mag das nicht.«
»Doch, du magst das. Ich spür's doch.«
»Nein, hör jetzt auf damit. Ich will schlafen.«
Wieder lagen sie still da, aber so eng aneinandergeschmiegt, daß sich ihre Atemzüge einander anglichen. Noch empfand Barbara das Auf und Ab von Inges Atem als etwas Fremdes. Aber wenn sie ein wenig wegsackte, fühlte sie sich mit ihr zu einem einzigen dunklen Pulsen vermischt, und vielleicht hatte sie sie unbewußt an sich gezogen, denn plötzlich lagen sie in einer heftigen, wilden Umarmung, und Inge fiel mit Küssen über sie her, so daß sie sich zuerst nicht wehren konnte. Schließlich setzte sie sich gewaltsam auf und stieß sie von sich.
»Laß mich in Ruhe, verdammt noch mal!«
»Was ist los? Spiel doch nicht verrückt.«
»Du bist verrückt«, sagte Barbara.
Sie stieß die Decke fort und stand ruckartig auf.
»Du kannst hier allein schlafen«, sagte sie.

Sie stand im Nachthemd auf nackten Füßen in der Küche und trank Wasser, als Inge angetappt kam, zerzaust und ekkig, ebenfalls auf nackten Füßen.
»Was ist los? Komm doch wieder ins Bett.«
»Nein, du kannst allein dort schlafen.«
»Ich hab dich mißverstanden. Entschuldige.«
»Ich hab dir gesagt, daß ich es nicht mag.«
»Ja gut. Komm jetzt wieder ins Bett. Ich laß dich in Ruhe.«
»Nein, du kannst allein dort schlafen.«
Inge sah sie kopfschüttelnd an.
»Du bist genauso zimperlich wie Harald. Ihr paßt wirklich zusammen.«

»Vielleicht«, sagte Barbara. Sie fühlte sich dem Weinen nahe.

»Also kommst du jetzt ins Bett?«

»Nein«, sagte sie.

»Dann mach doch, was du willst!«

Inge drehte sich um und ging mit locker schlenkernden Armen über den Flur ins Schlafzimmer zurück, zog vernehmlich die Tür hinter sich zu. Es war still in der Wohnung. Nebenan stöhnte Harald im Schlaf, wurde aber nicht wach. Es war zwei Uhr, wie Barbara auf der großen Küchenuhr über der Tür sah. Das kam ihr wie eine Verhöhnung vor. Wie sollte sie jetzt die Nacht verbringen? Sich anziehen, hier sitzen, versuchen, ein Buch zu lesen? Alles war so lächerlich und verkrampft, und sie selbst hatte sich richtig hysterisch aufgeführt. Aber eigentlich traf Harald die Schuld. Er hatte sie in diese Situation gebracht, er, der von nichts im Leben eine Ahnung hatte. Oder hatte er es vielleicht sogar so gewollt? War es das, was er sich wünschte, sie und Inge als ein zärtliches Paar, mit dem er sich umgeben konnte, zwei zufriedene Frauen, die ihn nicht verlassen würden? Verrückt, dachte sie, aber es wäre genau das, was er brauchte. Verrückt. Es machte sie ein wenig schwindelig, das zu denken, als stecke eine heimliche Versuchung darin. Eine Lösung, eine neue Möglichkeit.

Über ihrem Kopf flatterte ein Nachtfalter gegen die Deckenlampe, geriet ins Taumeln und schwirrte gegen ihre Stirn. Sie schlug danach und streifte ihn im Flug. Er torkelte über den Fußboden in vergeblichen Flugversuchen, wirbelte plötzlich an ihrem Bein hoch und erschreckte sie. Diesmal erwischte sie ihn. Mit spitzen Fingern pflückte sie ein feucht-mehliges, graues Etwas von ihrer Haut und schnipste es weg. Durch das gekippte Küchenfenster flogen neue Nachtinsekten herein oder wimmelten hinter der Scheibe mit vibrierenden Fühlern, flogen auf und ab. Sie stieß das Fenster zu und verriegelte es, ging dann ins Badezimmer, um sich den Morgenmantel überzuziehen. Auf dem Rückweg im Flur fiel ihr ein, daß auf dem kleinen Küchenbalkon ein alter zusammengeklappter Liegestuhl stand. Den konnte sie in der Küche aufschlagen, um sich ein wenig hinzulegen. Sie fror, als sie nach draußen kam, obwohl nur ein sanfter Lufthauch wehte. Wieder flogen Nachtfalter herein, und während sie sich abmühte, die verrosteten Scharniere des Liegestuhls aufzubiegen, tanzte der graue Schwarm über ihr um die Deckenleuchte. Sie löschte das Licht und streckte sich, den Morgenmantel um sich raffend, auf dem Liegestuhl aus. Ab und zu hörte sie über sich ein mattes Geflatter. Die Zeit verging, sie wußte nicht, ob langsam oder schnell, weil die Uhr hinter ihr an der Wand hing. Begann ihr Herz schneller zu schlagen, oder empfand sie das nur, weil die Zeit sich dahinschleppte und beinahe stehenblieb? Geschah alles nur in ihrem Kopf? Sie hatte wirklich Herzklopfen, und in ihrem Kopf klumpten sich die Gedanken zusammen, zerfielen wieder. Sollte sie noch eine Schlaftablette nehmen, oder war es dafür zu spät? Sie mußte zum Frühstück aufstehen und wollte sich möglichst nichts anmerken lassen. Erst nachher, wenn die beiden weg waren, konnte sie sich wieder hinlegen.

Nachher. Das Wort beruhigte sie. Es gab dieses Nachher. Sie mußte nur dahin gelangen durch die Wüste dieser Nacht. Nachher. Sie würde alles ändern. Sie würde einen Schlußstrich ziehen. Oh, sie war so müde, so schläfrig. Und trotz der Müdigkeit mußte sie jetzt laufen, hetzen, um irgend etwas zu erreichen, obwohl sie mit unsichtbaren Gewichten behaftet war. Plötzlich hörte sie die Vögel singen. Sie schlug die Augen auf. Eine graue, dämmrige Helligkeit stand vor dem Fenster, ein feinkörniger Lichtnebel, hinter dem sie abgerückt das Treppenhausfenster des Nachbarhauses erkannte. Sie hatte Kopfschmerzen und fühlte sich zerschlagen, wußte aber schon, daß sie nicht mehr schlafen konnte. Sie stand auf, um sich eine Flasche Milch aus dem Kühlschrank zu nehmen und trank einen langen Schluck. Eine Hand auf den Küchentisch aufgestützt, blickte sie auf ihre nackten Füße, die ihr erbärmlich und häßlich erschienen. Aber das sah ja nur sie. Harald und Inge würden wahrscheinlich erst in ein paar Stunden aufstehen, und sie konnte sich nicht einmal anziehen, weil der Kleiderschrank im Schlafzimmer stand, wo Inge in ihrem Bett lag. Sie mochte auf keinen Fall hineingehen.

Das Frühstück verlief unauffällig. Harald zeigte sich beim Aufwachen zwar bestürzt, daß sie in der Küche geschlafen hatte, aber sie konnte ihn mit der Erklärung abfinden, es sei zu ungewohnt für sie gewesen, zu zweit in einem Bett zu schlafen, und Inge, die als letzte aufstand und viel Zeit für ihre Morgentoilette brauchte, während Barbara das Frühstück vorbereitete, verhielt sich, als sei nichts geschehen. Sie und Harald wollten noch einige Tage in die Schweiz und eine Woche in die Toscana fahren, und ihre Gedanken waren vor allem darauf gerichtet, in Zürich und Mailand durch die eleganten Geschäfte zu bummeln und einzukaufen. Nur beim Abschied kam es zu einer kurzen Kollision. Als Inge schon im Auto saß, kam Harald unter dem Vorwand etwas vergessen zu haben, noch einmal zurück und fragte, ob alles in Ordnung sei und ob sie sich gut fühle.

»Ja«, sagte sie kurz, aber es klang abweisend und kalt.

»Wir können auf dem Rückweg wieder bei dir klingeln«, schlug er vor. »Spätestens in zwei Wochen sind wir wieder da.«

»Dann fahr bitte durch«, sagte sie. »Ich möchte euch vorläufig nicht sehen.«

»Warum nicht?« fragte er erschrocken.

»Ich kann's jetzt nicht erklären«, sagte sie schroff. »Aber bitte respektiere es.«

Er stand vor ihr mit bekümmertem Gesicht und rührte sich nicht von der Stelle, und um die Szene zu beenden, sagte sie mit einem Rest von Freundlichkeit: »Ich wünsche euch eine schöne Zeit.«

»Ich rufe dich an«, sagte er hilflos.
»Aber bitte nicht in den nächsten Tagen.«
»Warum nicht? Was ist denn?«
Er sah völlig ratlos und verwirrt aus.
»Ich kann's jetzt nicht erklären. Aber rede nicht mit Inge darüber. Also mach's gut, Harald. Sie wartet schon.«
Ohne eine weitere Antwort abzuwarten, schloß sie die Tür. Verrückt, dachte sie wieder, er wird glauben, ich sei eifersüchtig. Und tatsächlich steckte in ihr ein kleines rachsüchtiges Triumphieren, das ihr sagte, die Reise der beiden würde keinesfalls schön werden. Sie ging ins Schlafzimmer und riß das Bettzeug vom Bett, bezog es neu, räumte auch das Wohnzimmer und die Küche auf, ging unter die Dusche und kroch dann nackt zwischen die frischen Laken. Endlich, dachte sie und schlief fast augenblicklich ein.

Als sie Stunden später wach wurde, fühlte sie sich niedergeschlagen. Alles kam ihr starr und leer vor. Die Möbel standen wie Zitate eines fremden Lebens um sie herum, und sie empfand einen seltsamen Zwang, ihnen auszuweichen. Sie gehörte nicht hierher, konnte von nichts Gebrauch machen ohne ein dünnes Gefühl von Ekel, von Widersinn. Das wurde erst besser, als sie sich ein Spiegelei auf Toast machte und bei den ersten Bissen merkte, daß sie hungrig war. Sie mußte nur noch diesen Sonntag überstehen. Morgen in der Buchhandlung würde alles wieder normal sein. Sie machte einen Spaziergang um den Block herum, um sich an einem Automaten Zigaretten zu ziehen und kam zurück in die Wohnung mit dem Entschluß, ihre Kollegin anzurufen und zu fragen, ob sie vorbeikommen könne. Doch als sie die Nummer wählte und wartete, erinnerte sie sich, daß die Kollegin erzählt hatte, sie sei übers Wochenende verreist. Sie rauchte, kochte Kaffee und versuchte zu lesen. Am Anfang interessierte sie das Buch, das sie aufschlug, doch dann fiel ihr auf, daß die Sätze einfach an ihr vorbeirutschten. Sie stand auf, ging wieder zu dem kleinen

Sekretär, auf dem ihr Telefon stand, und blätterte in ihrem Adreßbuch. Die Nummer des bärtigen Literaturdozenten kam ihr unter die Augen, und obwohl er gesagt hatte, sie solle ihn nicht zu Hause anrufen, wählte sie die Nummer.

Sie war überrascht, daß er sich sofort meldete, und nannte ihren Namen. Er antwortete nicht, als habe es ihm die Sprache verschlagen.

»Ich hab's einfach mal gewagt«, sagte sie.

»Wie geht es Ihnen?« fragte er kurz und förmlich.

»Gemischt«, sagte sie. »Ich hatte plötzlich Lust, mit dir zu sprechen.«

Sie hörte Stimmen im Hintergrund und stellte sich vor, daß er den Hörer fest gegen sein Ohr preßte.

»Bist du nicht allein?« fragte sie.

»Nein.«

»Entschuldige. Es war eine Schnapsidee von mir.«

Es entstand eine Pause. Sie hörte, daß er eine Tür zumachte. Dann sagte er leise und verschwörerisch: »Ich rufe dich heute abend wieder an.«

»Nein, laß es bleiben«, sagte sie rasch. »Hörst du? Ich will es nicht! Es war eine Schnapsidee.«

Die letzten Worte hatte er vielleicht gar nicht mehr mitbekommen, weil sie den Hörer schon von ihrem Kopf weggerissen und auf die Gabel gelegt hatte. Sie ging zu ihrer kleinen Hausbar neben dem Fernseher und goß sich ein Glas Whisky ein, spürte die Flüssigkeit als einen dünnen, widerlichen Faden durch sich hindurchrinnen. Dann schaltete sie den Fernseher ein, setzte sich in den gegenüberstehenden Sessel und legte die Füße auf einen Hocker. So kann ich es aushalten, dachte sie. Nach einer Stunde läutete das Telefon. Sie saß angewurzelt in ihrem Sessel und ließ es vorübergehen. Nach einer Viertelstunde läutete es wieder und schien nicht mehr aufhören zu wollen. Sie rührte sich nicht und fühlte sich zusammenschrumpfen, als kauere sie in einem Versteck. Schließlich hörte es auf, und sie entspannte sich. Nach einer

Stunde fing es wieder an. Sofort ging sie hin, hob den Hörer ab und legte wieder auf. Das schien geholfen zu haben, denn das Telefon blieb stumm. Sie sah sich eine Quizsendung an, das Wort zum Sonntag, die Tagesschau und fühlte sich umschlossen von einer unsichtbaren Blase, durch die hindurch niemand sie erreichen konnte. Als sie im Badezimmer war, um sich fürs Schlafen zurechtzumachen, fing das Telefon wieder an zu klingeln. Erst jetzt fiel ihr ein, die Glocke leiser zu stellen, bis sie nur noch schwach schnarrte. Zur Sicherheit nahm sie eine Schlaftablette. Tief im Traum hörte sie das Läuten einer Alarmglocke, und ein klirrender Wagen raste an ihr vorbei, eine abschüssige Straße hinab. Aber sie war schwer wie ein Stein.

Eine Woche danach lag ein Brief mit einer fremden Schrift im Kasten. Er kam aus Italien, und als sie ihn umdrehte, las sie als Absender Inges Namen. Was hast du bloß mit Harald gemacht? fragte sie. Er ist seit unserer Abreise völlig durcheinander, und man kann nichts mehr mit ihm anfangen. Zuerst hat er dauernd versucht, dich anzurufen. Aber du hast dich ja wohl bewußt nicht gemeldet. Seitdem spricht er kaum noch mit mir und macht auf mich einen kranken Eindruck. Morgen brechen wir die Reise ab. Es hat keinen Zweck mehr. Mir ist auch die Lust vergangen. Ich lasse das nicht mit mir machen.

Barbara erschrak über diesen Brief. Aber auch das kleine rachsüchtige Gefühl hatte sich wieder bemerkbar gemacht. Sie nahm sich vor, Inge in den nächsten Tagen zu antworten und vielleicht sogar Harald anzurufen, kam aber wieder davon ab. Sie wußte nicht, was sie sagen sollte, und spürte einen wachsenden Widerwillen, überhaupt daran zu denken. Der bärtige Literaturdozent besuchte sie und blieb übers Wochenende. Zu Hause hatte er erzählt, er führe zu einem Kongreß nach Stuttgart, und dieses bequeme und praktische Alibi hatte ihn sichtlich entspannt.

Sie lagen zusammen im Bett, als das Telefon hartnäckig zu läuten begann.
»Warum gehst du nicht ran?« fragte der Dozent.
»Weil ich nicht will«, sagte sie und schmiegte sich an ihn.
»Ich glaube, du weißt schon, wer es ist.«
»Jaja, das weiß ich«, bestätigte sie, »aber er soll sich zum Teufel scheren.«
»Dann geh doch ran und sag ihm das. Und bestell ihm einen schönen Gruß von mir.«
Sie war froh, daß das Läuten endlich aufhörte. Aber zehn Minuten später fing es wieder an und riß sie aus ihren Zärtlichkeiten, und diesmal sprang sie aus dem Bett, um die Sache mit ein paar kurzen Worten zu beenden. Es würde eine notwendige Belehrung für Harald sein, daß sie nicht mehr wie früher jederzeit für ihn da war. Sie war überrascht und erleichtert, als sich Inge meldete, und hockte sich nackt, mit angezogenen Beinen, in ihren Fernsehsessel, winkte dabei noch einmal schnell ins Nebenzimmer zum Bett hinüber, wo der Dozent sich aufgesetzt hatte und als haarige, ein wenig schwammige Halbfigur aus den Laken hervorschaute. Inge schien ziemlich aufgeregt zu sein. Sie brachte eine kurze Entschuldigung hervor, daß sie so lange geklingelt habe, und fragte dann gleich, ob Harald bei ihr sei.
»Nein«, sagte Barbara, »wieso?«
»Ich hatte es gehofft.«
»Wieso? Was ist denn?«
»Ach, wir haben uns wieder gezankt. Ich habe ihm gesagt, er solle verschwinden, und da ist er plötzlich aus der Wohnung gelaufen, und ich habe ihn nur noch abfahren hören.«
»Nein, hier ist er nicht«, sagte Barbara.
»Jetzt mache ich mir wirklich Sorgen«, sagte Inge. »Weißt du, er ist in keiner guten Verfassung, deprimiert und völlig durchgedreht.«
»Nun, er wird schon wiederauftauchen. Ich kenne ihn. Er

kommt immer wieder schnell auf die Füße. Auf die Dauer kann er nichts ernst nehmen.«

»Vielleicht hast du recht«, sagte Inge, »du kennst ihn ja besser als ich. Oh, ich bin ihn so leid, das glaubst du nicht.«

»Ich verstehe dich«, sagte Barbara. »Ich danke dir übrigens für deinen Brief. Wir müßten mal in Ruhe über alles sprechen.«

»Ja, gerne. Vielleicht besuche ich dich mal.«

»Und laß dir nicht zu viel Angst machen«, sagte Barbara. »Er wird schon wieder zurückkommen.«

»Na, ich hoffe auch.«

Sie verabschiedeten sich, und Barbara legte auf, um schnell in das warme Bett und die wartenden Arme des Dozenten zurückzuschlüpfen. Aber im Moment, als sie aufstand, hatte sie eine Eingebung und ging zum Fenster. Dort unten auf der Straße im Lichtschein der Bogenlampe stand Harald und blickte zu ihr herauf. Er rauchte, schien unschlüssig zu sein, was er tun sollte. Neben ihm am Bordstein parkte sein Wagen. Er konnte sie hinter der Gardine nicht erkannt haben, denn sie hatte im Wohnzimmer kein Licht gemacht, und doch fühlte sie sich bloßgestellt in ihrer Nacktheit. Sie sah es seiner Haltung, seiner unruhigen Gespanntheit an, daß er wußte, sie war zu Hause. Ja, natürlich, er hatte auch längst ihr Auto gesehen, hatte vielleicht auch das daneben parkende fremde Auto bemerkt. Er ahnte alles. Er überlegte, was er tun sollte. Irgendwie war er nicht wiederzuerkennen, wie er dort unten stand und heraufblickte. Sie hatte Angst vor ihm.

»He, was machst du da am Fenster?« rief der Dozent aus dem Schlafzimmer.

Zitternd lief sie zu ihm hin, um ihn zu beschwören, still zu sein.

»Er ist da«, stammelte sie, »er steht unten auf der Straße.«

»Wie? Was? Der Typ, der hinter dir her ist? Wer war denn am Telefon?«

»Seine Freundin. Sie wollte mir sagen, daß er wahrscheinlich zu mir kommt. Und da unten steht er schon.«

»Verdammte Scheiße, was will er von dir?«

»Weiß ich nicht«, flüsterte sie. »Er ist mein Jugendfreund. Er ist verrückt. Ich kann ihn nicht loswerden.«

Sie bückte sich, hob ihr Nachthemd vom Boden auf und deckte es über die Lampe neben dem Bett. Dann schlich sie wieder zum Wohnzimmerfenster, der Dozent folgte ihr. Beide spähten sie durch die Gardine auf die Straße herab. Harald stand jetzt halb abgewandt da, mit gesenktem Kopf, als dächte er nach, dann trat er seine Zigarette aus und kam auf das Haus zu. Es klingelte: lang kurz lang. Nach einer Weile wiederholte er es.

»Sollen wir uns schnell anziehen und mit ihm reden?« fragte der Dozent.

»Nein«, flüsterte sie, »ich weiß nicht, was er tun würde. Er ist nicht mehr ganz bei Trost.«

Wieder ertönte das Klingeln, diesmal lang und fordernd, ohne abzureißen. In dem schwachen Licht, das aus dem Schlafzimmer und von der Straße hereinkam, konnte sie in den Augen des Mannes neben sich die Panik sehen. Er würde sofort die Flucht ergreifen, wenn er hier raus könnte, dachte sie, er würde mich völlig im Stich lassen. Der scharfe anhaltende Klingelton hatte ihm die Lippen von den Zähnen gezogen, die weiß aus seinem schwarzen Bart hervorbleckten. Es war das Gesicht eines Tieres, das in einer Falle steckte.

»Verdammte Scheiße«, murmelte er, »verdammte Scheiße.«

Plötzlich war es still. Sie erschraken darüber. In einem plötzlichen Einfall huschte sie zur Wohnungstür, spähte durch den Spion in das dunkle Treppenhaus. Nein, er konnte nicht ins Haus herein, er war noch unten auf der Straße. Als sie wieder zum Fenster schlich, folgte ihr der Dozent und stand halb hinter ihr. Er roch durchdringend nach Angst. Offenbar war ihm am ganzen Leib der Schweiß ausgebrochen.

Harald war nicht mehr zu sehen. Er stand wahrscheinlich dicht an der Haustür und würde gleich wieder auf die Klingel drücken. Vorsichtig trat sie hinter der Gardine an das Fenster heran und schielte nach unten. Ihr Herz klopfte schnell und schwer. Sie fühlte sich schwach auf den Beinen und ein wenig schwindelig.

»Wo ist er?« flüsterte hinter ihr der Dozent, der immer noch nackt war, genau wie sie, aber es anscheinend völlig vergessen hatte.

»Ich weiß nicht«, sagte sie, »ich weiß nicht, was er macht.«

»Da! Da kommt er ja! Da von links!«

Langsam kam Harald von den gelben Warnlampen herüber, die das aufgerissene Straßenstück markierten. Wieder blieb er mitten auf der Straße stehen und starrte zu ihnen hoch. Sah er sie beide vorgebeugt hinter der Gardine stehen? Er war so reglos, als erwarte er etwas von ihnen. Vielleicht würde er ihnen gleich ein Zeichen geben und sie auffordern, sich zu zeigen? Vielleicht würde er auch die ganze Nacht dort unten stehenbleiben, vielleicht ...

»Vorsicht!« zischte der Dozent neben ihr.

Sie sah den ausholenden Wurfarm, der etwas schleuderte, einen heranfliegenden Schatten. Vor ihren Gesichtern prasselte Splitt gegen die Scheibe, ein dichter körniger Hagel, vor dem sie beide zurückwichen. Zitternd hielt sie sich am Arm des Mannes fest, der das nicht einmal zu spüren schien und wie sie zum Fenster starrte. Würde im nächsten Moment ein schwerer Stein durch die Scheibe fliegen? Es war so bedrohlich still, als bereite sich etwas vor, eine unberechenbare Verrücktheit. Auf einmal hörten sie den Motor von Haralds Wagen anspringen, und als sie sich wieder zum Fenster vorwagten, sahen sie schon die roten Rückleuchten in der engen Durchfahrt neben den gelben Warnlampen verschwinden.

»Verdammte Scheiße«, murmelte der Dozent, als könne er

immer noch kaum sprechen. Sein schwammiger, behaarter Körper drehte sich mit einer langsamen, schlappen Bewegung. Er ging ins Schlafzimmer und setzte sich erschöpft auf die Bettkante.

»Ich brauche dringend was zu trinken«, seufzte er.

Barbara ging zu ihrer Hausbar, goß zwei Fingerbreit Whisky in ein Glas und brachte es ihm. Er stürzte es mit einem Zug hinunter, blickte dann geistesabwesend in das leere Glas und schüttelte sich.

Der kommt bestimmt nie mehr wieder, dachte Barbara. Es war ihr recht.

Auch Harald blieb verschwunden. Der prasselnde Splitt an ihrem Fenster war wohl sein Abschiedsgruß gewesen. Es lagen Wut, Verzweiflung oder auch Verachtung darin, eine finstere Zusammenballung von Gefühlen, die sie nie bei ihm vermutet hatte und vor denen sie sich fürchtete. Wenn sie sich vorstellte, er würde wiederauftauchen, klopfte ihr Herz bis zum Hals, und der Splitthagel schien ihr direkt ins Gesicht zu fliegen, als wolle er es auslöschen. Immer wieder fühlte sie sich davon verfolgt und überfallen und hilflos in eine Ecke gedrängt. Nach einigen Tagen war sie so weit, daß sie kaum noch schlafen konnte. Beim kleinsten Geräusch auf der Straße schreckte sie auf und war sofort naßgeschwitzt vor Angst.

Das geht nicht so weiter, dachte sie, und als sie in dem Reisebüro neben ihrer Buchhandlung die herbstlichen Sonderangebote sah, entschloß sie sich, gedrängt von ihrer Kollegin, ihren Urlaub zu nehmen und sich einer Reisegruppe anzuschließen, die in einem Luxusbus, wie es hieß, die berühmten Städte und Museen von Nord- und Mittelitalien bereiste. Es wurden anstrengende zwei Wochen, aber genau das, was sie brauchte. Die wechselnden Szenarien der italienischen Städte, die prunkvollen Bildergalerien, Kirchen und Paläste, die wie schnell weitergedrehte Kaleidoskopbilder an ihr vorbeizogen, verdeckten und verwischten allmählich die Erinnerung an Harald, und als die Tour zu Ende war, fühlte sie sich sicher genug, alleine noch zehn Tage Ferien in den Alpen zu machen.

Sie war erst wenige Tage wieder zurück, als Inge bei ihr anrief und sagte, sie sei mit einem Freund auf der Durchreise in der Stadt und würde sie gerne zum Essen einladen. Der Freund war nicht Harald, sondern ein freundlicher gesetzter Mann von etwa fünfzig Jahren, von Beruf Rechtsanwalt, wie Inge rasch erzählt hatte, der mit ihr einige Tage an die südfranzösische Küste fuhr, wo er ein Boot liegen hatte. Die beiden holten Barbara mit einem großen Mercedes ab und fuhren mit ihr in ein teures Restaurant außerhalb der Stadt, wo sie ledergebundene Speise- und Weinkarten studierten, die Barbara ein wenig unsicher machten. Alles war so anders, so neu. Inge hatte sich in eine erwachsene Dame verwandelt, die aus einer extravaganten, snobistischen Modezeitschrift zu stammen schien. Sie hatte kupferrot gefärbte Haare und trug ein rehbraunes Kostüm mit hochgezogenen, ausgearbeiteten Schultern. Die sehr breiten, spitz zulaufenden Aufschläge waren mit glänzendem braunem Schlangenleder garniert. »Die Kluft ist von Chloe«, sagte sie, als Barbara danach fragte. Ihr neuer Freund hatte sie ihr geschenkt, und wahrscheinlich hatte er überhaupt viel zu ihrer raschen Verwandlung beigetragen, denn sie wirkte nicht mehr so jugendlich verspielt, wie Barbara sie kannte, sondern wie die elegante Begleiterin eines erfolgreichen Mannes. Man konnte sich problemlos überall mit ihr zeigen.

»Es macht Spaß, für Inge schöne Kleider zu kaufen«, sagte er, »die Sachen sehen alle toll an ihr aus.«

Er lächelte und streichelte kurz die mit einem auffallenden Ring geschmückte Hand Inges, die neben ihm auf der Tischdecke lag. Das zufriedene Einverständnis, das zwischen beiden herrschte, hinderte Barbara daran, nach Harald zu fragen. Er schien völlig aus Inges Gedächtnis verschwunden zu sein, als habe es ihn nie gegeben. Plötzlich aber, nach der Suppe, während sie auf den Hauptgang warteten, sagte Inge in derselben ungerührten Leichtigkeit, mit der sie die ganze Konversation führte: »Du weißt wohl noch gar nicht, daß Harald einen Selbstmordversuch gemacht hat?«

»Nein«, sagte sie fast tonlos vor Schrecken, »wann war das?«

»Kurz nachdem wir zum letztenmal telefoniert haben. Harald ist doch wohl bei dir gewesen?«

»Ja. Aber ich habe ihn nicht hereingelassen.«

»Das ist ja schließlich auch kein Grund, sich umzubringen. Na ja, Gott sei Dank ist er gerettet worden. Ich habe versucht, dich anzurufen. Aber du warst wieder mal völlig verschwunden.«

»Ich war verreist«, sagte Barbara. »Ich wollte auf andere Gedanken kommen.«

»Versteh ich«, sagte Inge.

Der Hauptgang wurde gebracht. Mit leeren Augen sah Barbara zu, wie der Ober ihr das Fleisch vorlegte.

»Hast du ihn gefunden?« fragte sie.

»Nein, Gott sei Dank nicht! Ich wäre ja umgefallen. Er hat sich die Pulsadern durchgeschnitten und mit den Armen geschlenkert. Das ganze Zimmer war voller Blut. Er hat übrigens Musik dazu angestellt, eine Bachplatte, und ist armschlenkernd im Zimmer herumgestolpert, und irgendwann ist er mit lautem Krach hingefallen, und man hat ihn gefunden.«

»Er wollte wohl die Sache beschleunigen«, sagte Inges Freund.

Aber Barbara hatte etwas anderes vor Augen. Sie sah Harald, der mit durchgeschnittenen Pulsadern mitten im Zimmer stand und die Musik dirigierte und dabei, ohne daß er es merkte, die ganzen Wände bespritzte. Doch dies war ein Geheimnis, das sie hüten mußte. Es zeigte die erhabene Lächerlichkeit seines ganzen Wesens.

»Er hat es natürlich falsch gemacht«, sagte Inges Freund. »Er hat quergeschnitten. Wer garantiert Erfolg haben will, muß die Adern der Länge nach aufschlitzen. Vielleicht hat er das nicht gewußt. Aber die meisten Selbstmörder wollen ja gerettet werden.«

Ich muß das vergessen, sagte sich Barbara immer wieder, wenn die gespenstische Vision des dirigierenden Harald sie heimsuchte, der ringsum im Zimmer sein Blut verspritzte, ich muß es vergessen, wie Inge es vergessen hat. Und wie überall die Gesunden die Kranken und Sterbenden vergessen, damit das Leben weitergeht. Und mit den Wochen schien das wiederkehrende Bild blasser zu werden, als verlöre das Gespenst wirklich sein Blut und lösche sich allmählich selber aus, um ihr nicht mehr zu erscheinen.

Aber dann, eines Tages, als sie gerade ihren Mantel anziehen wollte, um nach Hause zu gehen, klopfte ihre Kollegin an die Tür des kleinen Büros im hinteren Teil der Buchhandlung und sagte sichtlich verängstigt: »Harald ist da. Er will dich sprechen.«

Groß, aber auffällig dick geworden und gedunsen stand er in der Nähe der Eingangstür und wartete auf sie. Er sah bleich und erloschen aus und sprach mit leiser, druckloser Stimme. Nur die Worte, die ihm über die Lippen kamen, waren wie früher: »Hallo, Barbara, hallo, Schatz, wollte mich wieder einmal sehen lassen.«

»Wo kommst du her, wie geht es dir?« fragte sie erschrokken.

»Ich war in der Klapsmühle«, sagte er, »ich war ein bißchen weggetreten.«

»Komm«, sagte sie, »gehen wir hier raus.«

Sie hatte den Impuls, ihn wegzuschaffen, weil an der Kasse noch zwei Kunden standen. Er trottete gehorsam neben ihr her. In ihrem Kopf war ein undeutliches Gebrodel von Gedanken, aber sie wußte nicht, was sie sagen sollte.

»Gehn wir zu dir?« fragte er nach einer Weile.
»Ich weiß nicht«, sagte sie, »laß uns erst mal einen Kaffee trinken.«
»Von mir aus«, sagte er müde.
Sie steuerte auf das nächste Café zu und zog ihn in eine Ecke. Sie saßen sich an einem kleinen Tisch gegenüber. Er war unrasiert, die blonden Stoppeln ragten aus seiner teigigen, kranken Haut.
»Harald«, sagte sie, »wie lebst du jetzt? Was machst du?«
Er zuckte die Achseln. Es konnte bedeuten, ich weiß es nicht oder es ist mir egal.
»Mit der Agentur ist Schluß«, sagte er nach einer Weile. »Aber mein Vater gibt mir eine Rente. Ich bin auch wieder in meiner alten Wohnung. Habe nicht mehr so viel Angst wie früher, bin jetzt ruhiger.«
»Du mußt allmählich wieder auf die Beine kommen«, sagte sie.
»Ja, sicher«, nickte er.
Es schien ihn nicht zu interessieren.
Ich muß wegrennen, dachte sie. Warum kann ich nicht wegrennen und ihn hier sitzen lassen? Warum muß ich es sein, an die er sich klammert?
»Harald«, sagte sie. »Ich bin jetzt mit einem anderen Mann zusammen. Das mußt du wissen. Wahrscheinlich werde ich bald heiraten.«
Er sah sie an mit trüben Augen, die ihr zugleich wissend und verständnislos erschienen. Der Mund bewegte sich und sagte: »Ist ja okay, Darling.«
Noch während er sie ansah, ohne daß sein Lid einmal zuckte, schien er sie aus seinem Blick zu verlieren.

Augenblicke der Benommenheit

1985

Aber warum ist es wieder so dunkel? Läßt, wenn er sich anstrengt, die Sehkraft seiner Augen nach? Zwischen ihm und der Welt hängt wieder ein Schleier, den er nicht fortreißen kann. Dahinter ist dieser tintenblaue Rücken und die Kapuze, die ihren Kopf verhüllt. Steifer, gummiartiger Regenschutz, plumpe Form, vereinfachter Umriß, als ginge, menschengroß und glänzend vor Nässe, eine der Holzfiguren des Mensch-ärgere-dich-nicht-Spiels vor ihm her. Und der Spieler wirft eine Sechs nach der anderen. Sie kommt schnell voran, gleichgültig, ob er ihr folgen kann. Der Spieler würfelt sechs, sechs, noch einmal die Sechs, und sie steigt unaufhörlich weiter auf dem steilen Trampelpfad. Dunkelblau bis in die Kniekehlen, darunter die braune Cordhose, die Wanderschuhe: Lena, seine Frau. Nicht einmal wird sie sich umdrehen, bis sie oben sind. Sie wollte unbedingt hinauf. Gerade bei diesem stürmischen Wetter, weil sie dann oben alleine sind. Sie will die »dramatic scenic coastline« sehen, die der Reiseprospekt empfohlen hat.

Wahrscheinlich hört sie nicht viel unter ihrer Kapuze, hat sie fest zusammengezurrt unter dem Kinn. In diesem Brausen und Rauschen, in diesem Wind hat es keinen Zweck, sie zu rufen. Oben wird sie auf ihn warten, um mit ihm den emp-

fohlenen Rundgang zu machen, und an den steilsten Abbrüchen wird sie stehenbleiben und hinabblicken in die tobende, schäumende Brandung, die gegen die Steilküste schlägt.
Er hört das aufgewühlte Meer dort unten, das Brechen der Wellen an den Felsen, manchmal ein Donnern in den Höhlen und Kammern der Steilküste, in deren Finsternis das Wasser an den Wänden hochschießt und zusammensinkt. Unter ihren Füßen sind diese wachsenden Hohlräume, und hier, wo sie gehen, wird das Land ins Meer stürzen, in hundert, fünfhundert oder tausend Jahren. Es steckt ein Trost in diesem Gedanken. Alles wird zusammenbrechen und stürzen. Alles, alles.
Fuß vor Fuß setzend, kämpft er sich den Abhang hoch und stolpert, wenn er nicht aufpaßt. Die Grasnarbe ist hart und rutschig. Der eingekerbte Trampelpfad, stellenweise nur einen Spann breit, führt in Windungen den Hang hoch. Nicht hinunterschauen, besser auf die Füße blicken, in den engen, umgrenzenden Raum um sie herum. Der Wind zerrt an den kleinen gelbköpfigen Blumen. Sie neigen sich zu Boden, schnellen wieder hoch. Manchmal hebt er den Kopf, um die blaue Gestalt zu sehen, die vor ihm hergeht mit gleichmäßigen, kurzen Schritten. Er geht in ihrem Sog. Sie weiß, daß er ihr folgt. Sie zieht ihn dort hinauf. Schräg vor ihm, hinter dem Rand der Klippe, wächst ein grauer Streifen hervor, der allmählich breiter wird, je höher er steigt: das Meer, von unzähligen weißen Schaumkronen zernarbt, darüber landeinwärts treibende dunkle Wolken, aus denen sprühende Regengüsse über sie hinwegfegen.
Warte! Warte doch!
Er hat sie nicht gerufen, hat es nur gedacht, inständig und stimmlos: Warte auf mich! Geh nicht da rauf! Kehr wieder um!
Jetzt ist es besonders schön, antwortet ihre Gedankenstimme. Jetzt will ich dort oben stehen und hinabblicken. Gemeinsam mit dir.

Führen sie wirklich diesen Dialog, während sie vor ihm den Hang hinaufsteigt, ohne sich umzudrehen? Sagt sie ihm nicht etwas anderes? Etwas, das nicht laut gesagt werden kann, so daß sie jetzt stimmlos miteinander reden, jeder in des anderen innerem Ohr? Sagt er nicht dauernd: Tu es nicht!? Antwortet sie nicht immer: Ich will es wissen!?

Sie ist nur zwei Jahre jünger als er, aber sie hat viel mehr Ausdauer und Kraft. Seit sie eine ältere Frau ist, hat ihre Gesundheit sich gefestigt. Es ist eine Festigkeit, die aus ihrem Inneren kommt, den verschlossenen Bereichen ihrer Person, in die er nicht hineinblicken kann. Ihre Veränderung macht sie undurchdringlich für ihn, als sei ihre Person dichter geworden, abgerundeter und fast ganz in sich selbst beschlossen, kaum noch störbar durch andere, vor allem nicht durch ihn. In den drei verschiedenen Lebensaltern, in denen er sie inzwischen kennt, hat sie drei verschiedene Frauen aus sich hervorgebracht. Er hat gesehen, wie ein junges, selbstverliebtes Mädchen, das zu Vergnügen und ständigen Flirts neigte, sich in eine kränkelnde Frau verwandelte, die sich auf sich selbst zurückzog, um dann in den letzten Jahren in die Welt zurückzukehren, unangreifbar nun in ihrer matronenhaften Stärke: drei Personen, verbunden durch eine einzige Lebensgeschichte, die die Geschichte ihrer Ehe war.
Es war eine Geschichte ohne große Krisen und dramatische Höhepunkte, eine Aneinanderreihung erinnerungsloser Jahre. Im Gegensatz zu vielen Altersgenossen haben sie sich nicht getrennt, obwohl ihre Ehe kinderlos geblieben ist und sie keinen Grund zu solcher Beständigkeit hatten außer Zuneigung und Gewohnheit oder was immer es gewesen ist. Bis Lena vor acht Jahren ihre Arbeit in der Bank aufgab, war sie auch finanziell unabhängig von ihm, aber anscheinend hat gerade die Problemlosigkeit, mit der sie sich hätten trennen können, den Gedanken daran nie aufkommen lassen. Sie haben jedenfalls nie darüber gesprochen.

Nein, er hatte keine Phantasie, um sich ein wünschenswertes anderes Leben vorzustellen, und bewahrte nur ein paar Erinnerungen, die er manchmal aus einem Geheimfach seines Gedächtnisses hervorholte, wo er sie jahrelang fast vergessen hatte. Vor allem Ute Willner hatte er vergessen, die nun schon über ein Jahrzehnt mit Mann und Kindern in Hamburg lebte. Wie war es nach Jahren kollegialen Umgangs möglich gewesen, daß sie miteinander schliefen? War es nur Zufall gewesen, Gelegenheit? Sie waren zusammen zum Archäologenkongreß gefahren und hatten im Hotel Tür an Tür gewohnt. Nach einer Abendveranstaltung war er noch auf einen Drink mit in ihr Zimmer gekommen. Durch eine Bemerkung, an die er sich nicht mehr genau erinnerte, hatte sie es ihm leichtgemacht. Es war ein Satz, der nur eine echohafte Antwort von ihm verlangte. Hatte sie nicht gesagt, »ich kann jetzt noch nicht schlafen«, als er ihr vor der Zimmertür gute Nacht sagen wollte? Er brauchte nur noch zu sagen, daß es ihm genauso ginge.

Mit ihr hatte es Gespräche über Trennung und Veränderung gegeben. Doch es waren eigentlich ihre Monologe gewesen, zu denen er nur Stichworte beisteuerte. Sie hatte ihm verzweifelt klarzumachen versucht, daß sie sich nicht von ihrem Mann und ihren Kindern zu trennen vermochte, und er war in der Rolle gewesen, sie zu verstehen und es hinzunehmen, in der Tiefe einig mit seiner Trägheit, von der er sich gefesselt fühlte. Ein halbes Jahr später war sie mit ihrer Familie nach Hamburg gezogen, und sie hatten sich nur noch einmal in unverfänglicher Umgebung wiedergesehen.

Später lief ihm dann Regine über den Weg, eine Studentin im zweiten Semester, die sich im Museum Geld verdiente. Sie war ihm zugeteilt worden für Katalogarbeiten. Ein Mädchen, ein vaterloses Kind, das aber wie eine Frau aussah. Es war wohl wieder nur die Gelegenheit, die ihn in diese neue Geschichte verwickelte. Das Sekretariat des Direktors hatte sie ihm geschickt, damit er sie beschäftigte. Er war ärgerlich über

diese Störung gewesen und hatte sie zunächst ins Magazin verbannt.
Sie war weder besonders intelligent noch wissenschaftlich interessiert, wie er bald bemerkte, aber in ihrer Art, ihn anzusehen, lag eine Aufforderung, sich ihr zuzuwenden, eine Andeutung naheliegender verführerischer Möglichkeiten. Neugierig, doch immer noch aus der sicheren Distanz eines freundlichen älteren Vorgesetzten, hatte er sich auf ein Gespräch mit ihr eingelassen. Dabei hatte sie ihn wissen lassen, daß sie allein lebe, weil sie jüngere Männer langweilig fände und die älteren natürlich alle verheiratet seien. Was sie denn an älteren Männern anziehe, hatte er gefragt. Sie hatte geantwortet: »Daß ich mich beschützt fühlen kann.« Und das war das Stichwort gewesen, das ihn bald zu schützenden, väterlichen Gesten verleitet hatte. Er hatte den Arm um ihre Schulter gelegt, und sie hatte sich hineingeschmiegt. In den folgenden Wochen waren daraus kurze Umarmungen und Küsse geworden, ohne daß sie die Vortäuschung aufgaben, alles sei nur eine gespielte Verliebtheit und eigentlich eine Mischung aus Fürsorglichkeit und Sympathie. Er hatte diese Szenen immer mit väterlicher Freundlichkeit beendet. Er hatte ihr über das Haar gestrichen und mit einem Lächeln gesagt: »So, wir müssen wieder ein bißchen arbeiten.« Worauf sie, klagend wie ein verzogenes Kind, geantwortet hatte, »ich will aber nicht« und noch einmal von ihm getröstet worden war. Vielleicht hatte er wirklich gedacht, alles sei nur ein Spiel, dessen Grenzen er nicht überschreiten würde. Denn als er, zwei Tage vor ihrem Abschied aus dem Museum, mit ihr in ihre kleine Hochhauswohnung fuhr, war das auch unter dem Vorwand geschehen, er mache sich Sorgen um sie und wolle sich mal anschauen, wie sie hause. Aber das reichte nur noch für die ersten drei Schritte in ihr Zimmer hinein. Dann waren sie beide gleichzeitig stehengeblieben, sie hatte ihre Arme um seinen Hals geworfen und »endlich« gesagt.

Wo sind sie jetzt? Dies ist ein Plateau mit Mulden und Buckeln, sandige Fläche, bewachsen mit dürrem Gras. Wo der Weg dicht an den Abgrund heranführt, ist, viel zu niedrig, ein rostiges Drahtseil gespannt, eher ein Stolperdraht als ein Schutz. Tief unten schäumt Wasser über schwarze Steinbrocken, gischtet an den Wänden der Felsspalte hoch. Nicht hinunterschauen, weitergehen. Jetzt führt der Pfad ein Stück abwärts. Dann folgt eine ebene Wegstrecke, und er kann aufatmen, bis die nächste Steigung beginnt. Lena geht vor ihm. Er kommt ein wenig näher an sie heran. Vorhin hat sie sich umgedreht, um zu sehen, wo er ist. Hier ist er! Oder anderswo? Sie spielen Mensch-ärgere-dich-nicht, wie gestern abend in der Pension mit dem alten englischen Ehepaar. Sie ist die blaue, er die schwarze Spielfigur. Schwarz folgt Blau. Blau kommt besser voran. Schwarz verfolgt Blau, holt wieder auf.

»Let us have a litte game«, hat Lena zu den beiden Engländern gesagt, als sie abends zusammen in der Lounge saßen. Es war wieder angenehm still geworden in der Pension, seit die amerikanische Reisegesellschaft abgereist war, eine ganze Busladung von Witwen mit einem emeritierten Professor in ihrer Mitte, der den Reiseführer und Alleinunterhalter machte. Er konnte Vogelstimmen imitieren und sang mit einer brüchigen Baßstimme, immer bald begleitet von mehreren schwankenden Altfrauenstimmen, von denen einige wie beschädigte Erinnerungen an vergangenen mädchenhaften Liebreiz klangen. Ja, sie horchten in sich hinein, in die Gefühle ihrer Jugendjahre oder was sie jetzt dafür hielten, bis auf wenige Gesichter, häßliche alte Frauen, die alle ihre Männer überlebt hatten und nun wie ein Club fröhlicher Mörderinnen durch die Welt reisten. Eine hatte ein Gipsbein, vermutlich von einem mißglückten Freudensprung. Das hinderte sie nicht, an dem fröhlichen Treiben in der Lounge teilzunehmen. Wenn sie anschließend in ihr Schlafzimmer im ersten Stock wollte, schob sie sich im Sitzen rückwärts die Treppe hoch.

Ein paar Sekunden lang hatte er Haß empfunden, als er das sah: eine häßliche alte Frau in einem grellbunten Kleid, aus dem wie ein weißer Rüssel das Gipsbein hervorlugte, schob sich im Krebsgang die Treppe hoch und lachte über die Zurufe der anderen, wuchtete sich weiter, gab nicht auf.
Das Leben gibt niemals auf. Das ist dieselbe Unvernunft, mit der das Meer gegen die Felsen rennt. Es ist sein eigenes Keuchen unter den Stößen des Windes, der rings um ihn das Gras niederdrückt. Schwarz verfolgt Blau. Blau kommt besser voran. Schwarz holt wieder auf. Let us have a little game.
Er war nicht ganz sicher, ob man das so sagte bei einem Würfelspiel. Lena redete einfach los, und wenn man die beiden Engländer fragte, würden sie antworten: »Your English is wonderful.« Man war sich nähergekommen, seit die Amerikaner abgereist waren, eine Lärmwolke, die sich schnell verzog. Das Abendessen war gleich besser geworden. Es gab Pilzsuppe, Fasan und Eis mit Früchten, als wollten die Wirtsleute nachträglich um Entschuldigung für die Einquartierung der Amerikaner bitten. Im Prospekt wurde das Landhaus wegen seiner ländlichen Stille und gepflegten Atmosphäre empfohlen. Das war nun wiederhergestellt.
Er fühlte sich wohl hier, vor allem abends, wenn es dunkel wurde und sie mit dem englischen Ehepaar zusammensaßen. Er konnte nicht genug davon bekommen, die beiden zu beobachten. So konnte es sein, das Alter. Man lebte miteinander in friedlicher Vergebung für alles, was geschehen war. Das Leben war gelaufen, so oder so, und zu einem Vorrat von Anekdoten geworden, und nun lebte man noch eine Zeitlang eine Art Gratisleben, Tag für Tag eine Zugabe zu einem Stück, das sie erfolgreich gespielt hatten. Man stand noch zwischen den Kulissen, hielt sich an der Hand und brauchte nur zu lächeln. Es war sogar gut, daß man ein paar Beschwerden und Gebrechen hatte, denn sie förderten die Rücksichtnahme, das Verzeihen. Gegen sie konnte man sich verbünden in gemeinsamer Verteidigung. Man konnte sie zi-

tieren wie vertraute Erkennungszeichen: dein Rücken, dein Magen, dein Herz. So teilte man sich mit, daß man alles voneinander wußte. Es war leicht, es lächerlich zu finden, wie die beiden miteinander umgingen, aber er spürte manchmal, daß er neidisch war. Die Leute kamen aus Dorset, wo der alte Herr bis vor einigen Jahren eine Schaffarm betrieben hatte. Er hatte fleckgesichtige Welsh mules gezüchtet und sprach von den Eigenschaften dieser Tiere mit einer gewissen Ehrerbietung. Jetzt, da sie die Farm verkauft hatten, reisten sie viel im Land herum, besuchten mit Vorliebe alte Castles und lasen Bücher über englische Geschichte. Im Krieg hatte der Mann ein Minenräumboot kommandiert, es war sogar einmal torpediert worden. Er sprach davon wie von einem lustigen Zwischenfall. Seine Vergangenheit schien ihm immer gute Laune zu machen. Er war ein gedrungener, rundköpfiger Mann, stichelhaarig, mit kleinen, lebhaften Augen. Schwer zu sagen, ob er egozentrisch war oder nur die Schwerhörigkeit diesen Eindruck hervorbrachte. Seine Frau schüttelte milde verzeihend den Kopf über den Zynismus, mit dem er seine Anekdoten würzte, sandte auch ihm und Lena einen Blick zu: Entschuldigen Sie ihn. Er ist nun mal so.

Sie mußte einmal eine Schönheit gewesen sein. Man sah es ihr noch an, sie konservierte sorgfältig einen Abglanz davon. In ihr silbriges Haar hatte sie einen violetten Schimmer hineingetönt, und ihre Gesichtshaut war durch ein pastellzartes Make-up geglättet. Sie trug wertvolle Ohrringe, wahrscheinlich alten Familienschmuck, und bevorzugte Schuhe mit sehr hohen Absätzen, auf denen sie unsicher und etwas vorgebeugt ging, weil sie steif von Arthrose war. Majorie hieß sie, er Geoffrey. Es klang, als zitierten sie diese Namen aus einem alten Buch, das sie gemeinsam gelesen hatten. Manchmal war in Majories Stimme ein Krächzen. Dann verstand Geoffrey sie nicht, hielt eine hohle Hand hinter sein Ohr und neigte sich ihr zu, damit sie in diesen Schalltrichter hineinsprach.

»Oh good«, sagte er, wenn er verstanden hatte, ganz egal, worum es ging.

Lenas Frisur umschließt ihren Kopf wie ein eisengrauer Helm. Als er sie kennenlernte, trug sie lange Haare, genau wie Regine. Dunkle, braune Haare, die ihr weit über die Schultern fielen. Sie lachte gerne, zog die Aufmerksamkeit der Leute auf sich durch ihr helles Lachen. Vor allem die Aufmerksamkeit der Männer. In größeren Gesellschaften waren immer welche, die sich um sie bemühten. Seine Eifersucht hatte sie nicht verstehen wollen oder sie war anfangs darüber hinweggegangen. Sie war sogar mit Kollegen zum Wintersport gefahren, während er an der Doktorarbeit schrieb und weder Zeit noch Geld für solche Vergnügungen hatte. Aber nach zwei Tagen, in denen er keine einzige Zeile hatte schreiben können, war er ihr nachgefahren, empört über das, was er ihre ichsüchtige Geisteshaltung nannte, ihre rücksichtslose, hemmungslose, kindische Egomanie. Oberhalb der Hotelterrasse, auf der ihre Kollegen in der Sonne saßen, war er mit ihr im Schnee herumgestapft und hatte sie beschimpft. Sie hatte weglaufen wollen, aber er hatte sie eingeholt und festgehalten und gerüttelt, bis sie verstummte.
Doch das war nicht die Szene, in der er sie einschüchterte. Das geschah ein Jahr später, während ihrer Hochzeitsreise, als er sich in einem plötzlichen Einfall einen Scherz erlaubte und ihr im dunklen Badezimmer des Hotels von hinten die Hände um den Hals legte. Sie hatte nicht einmal geschrien, sondern war einfach nur erstarrt, und er hatte sofort wieder losgelassen. Seine Hände waren weggeschnellt von diesem wehrlosen, sich ergebenden Hals. In ihr benommenes Gesicht hatte er eine Entschuldigung gestammelt, und stumm waren sie zusammen zum Essen gegangen. Sie hatte nur ein paar Bissen herunterbekommen. In der Nacht hatte sie sich erbrochen. – Noch lange danach spürte er, daß sie vor ihm auf der Hut war und sich bemühte, ihn nicht zu reizen. Mindestens genauso

hatte er sich bemüht, das Vertrauen wiederherzustellen, indem er jeden Streit vermied und schnell einlenkte, wenn sie verschiedener Meinung waren. So waren sie in die behutsame Friedlichkeit ihrer ersten Ehejahre hinübergeglitten.

Schaumflocken umfliegen ihn, treffen sein Gesicht. Er ist beim Aufstieg zum oberen Plateau angekommen. Das ist die Hälfte des Rundgangs, der ungefähr eine Stunde dauern soll. Das Drahtseil ist wieder da zur Sicherung des Weges, denn die Steilküste ist hier zerklüftet von großen Felsabstürzen, die als Wellenbrecher in der Brandung liegen. Die Wogen zerschellen an den schwarzen Blöcken und sprühen hoch über sie hinweg. Es ist, als berste der graue Wasserberg und sein weißes Innere schieße als ein dichter Schleier aus ihm hervor. Wie in einem Windkanal wird ein ununterbrochener Strom von Schaumflocken durch die Kluft nach oben getrieben. Überall hängen lockere Ballen zusammengewehter Flocken in den Felsspalten. Sie zittern im Wind, werden plötzlich losgerissen und weggeweht, rollen über den Boden, zerflattern in der Luft.
Wo ist Lena? Sie hat das obere Plateau erreicht und verschwindet hinter der Felskante. Sie ist fort. Es hat sie nie gegeben. Sie und ihn und ihre gemeinsame Geschichte hat es nie gegeben. Nur dieses Spiel, das sie spielen. Tip tip tip. Schwarz verfolgt Blau. Tip tip tip. Sie tippen mit ihrer Figur kurz in jedes Feld, als wollten sie hören, wie sie vorankommen, wie sie beieinanderbleiben. Ich entferne mich. Ich komme nach. Ich eile davon. Ich werde dich einholen.
Jetzt ist er auch oben auf dem Plateau. Keuchend richtet er sich auf und sieht sie wieder, dunkelblau in der braungrauen Einöde. Wie dunkler Schorf schaut überall der Fels aus dem schütteren Grasfell der Hochfläche. Lange Windwellen laufen darüber hinweg. Hier, wo er steht, kann er die Küstenlinie mit ihren tiefen Einschnitten und Buchten überblicken. Das Gebiet, das sie umwandern wollen, ist ein abgeflachter, ins Meer vorkragender Felsbuckel. Sie werden auf ihm ihren

Rundgang machen und an den Klüften und Einschnitten stehenbleiben und in die Tiefe blicken. Sie wird noch zwei Schritte näher an den Abgrund herantreten, und er wird spüren, wie sein Herz zu pochen beginnt und gegen die wachsende Dunkelheit vor seinen Augen ankämpft.

Das war schon gestern so, als Geoffrey seinen Reiseführer aufschlug. »Dramatic scenic coastline. You must see it! It's absolutely sensationel!« Die hohe Altmännerstimme drückte Entzücken aus. Er hatte auf das Foto einer Felsnadel gestarrt – schwarzes Ausrufezeichen mitten im Brandungsschaum der See – und sein Herz hatte zu trommeln begonnen, der dünne Schleier hatte sich vor seine Augen gesenkt. »You must see it! Absolutely sensationel!« Sofort hatte er gewußt, daß Lena dorthin wollte, und hatte vermieden, sie anzusehen. Was konnte er ihr schon sagen? Wen um Hilfe bitten?

Die Augen schließen und ruhig werden. Alles ist nur Hysterie. Sie spielen wieder dieses stupide Würfelspiel. Seit die Amerikaner abgereist sind, haben sie die Lounge für sich alleine. Geoffrey tut seine Meinung über das Essen auf dem Festland kund: »If you want a real steak, you can't get it. But I like the German wines.« – »Du bist an der Reihe«, sagte Lena. »Was ist los mit dir?« – »Nichts«, sagt er, »nichts.«

Er kann ja nicht erzählen, was ihm gerade durch den Kopf gegangen ist, diese unangenehme, lächerliche Szene aus einem wahrscheinlich längeren Traum: Er hat in die Butter gegriffen, die auf dem Tisch steht, und um das zu verbergen, hat er die Hand zusammengepreßt, und die Butter ist zwischen seinen Fingern hervorgequollen. Er hat zum Wasserhahn in der Ecke gewollt, aber davor standen lauter menschengroße Figuren, die alle den Klempner darstellten, der gekommen war, um den Wasserhahn zu reparieren. Es lief kein Wasser. Der vervielfachte Klempner regte sich nicht. Die Butter quoll immer noch zwischen seinen Fingern hervor. Mit wachsendem Widerwillen versuchte er sie abzulekken.

Der Wind weht hier gleichmäßiger, nicht so flattrig und böig wie an der Felskante. Es ist ein betäubendes Wehen, das einem die Gedanken aus dem Kopf bläst. Ein paar Schritte von ihm entfernt wartet Lena, bis er oben ist, geht nun wieder weiter. Liegt in ihrer Bewegung eine Aufforderung, eine befremdliche Entschlossenheit? Ein roter Pfeil auf einem Felsblock zeigt die Richtung, in die sie gehen müssen. Der Pfad führt quer über eine schrundige Einöde, die nach zwei Seiten ins Meer abstürzt. Seit sie jedes Jahr eine Reise ins Ausland machen, sucht sie immer solche abgelegenen Gegenden auf, und obwohl er ihr inzwischen gesagt hat, daß er schwindelig ist, wandert sie mit Vorliebe über Berggrate und an steilen Küstenabbrüchen vorbei. Was sucht sie dort? Will sie ihm angst machen oder seine Angst vertreiben, oder denkt sie überhaupt nicht daran? Vorsichtig hat er darüber zu sprechen versucht.

»Ich bin schwindelig, Lena.«

»Dann schau nicht hinunter. Blick einfach in die Ferne.«

In der Ferne begann der Horizont zu schwanken, als stünden sie auf schaukelndem Boden.

»Ich bin schwindelig.«

»Schau einfach auf deine Füße.«

Das waren seine Füße dort unten. Berührten sie überhaupt den Boden? Standen sie fest?

Sie hatte das Gespräch mit ihren Antworten erstickt. Seine Schwindelanfälle waren für sie ein praktisches Problem geblieben. Man mußte sich darauf einstellen, aber durfte sich nicht davon lähmen lassen. Auf keinen Fall durfte man zulassen, daß solche Ängste überhandnahmen. War es das, was sie dachte? Dachte sie überhaupt noch daran? Vermied sie es? War sie sorglos?

Er wußte nicht, was in ihr vorging. Es war unmöglich, ihr mehr zu erklären, als sie wissen wollte. Ich bin schwindelig. Das hieß, sein Herz begann zu jagen, und sein Gleichgewicht schwankte, sein Blickfeld verengte sich, es waren Symptome einer Kreislaufschwäche. Aber innerlich war es ein Gefühl wachsender Wehrlosigkeit, die Ahnung, die Angst, daß er leicht zu überrumpeln sei, wenn ein fremder Gedanke in seinem Kopf zu flüstern begann: Geh weiter, geh auf den Abgrund zu!

Es gab solche Stimmen. Sie redeten hinter einer dünnen Wand. Sie sagten ihm nicht nur, was passieren konnte, sondern auch, daß er es wollte. Es war, als erblicke er den nächsten Augenblick. Wie damals in Arles, als er drei Jugendliche hoch oben über den Mauerkranz des Amphitheaters laufen sah und sich vorstellen mußte, einer von ihnen würde mit dem Fuß an einer Steinkante hängenbleiben und abstürzen. Er hatte den Fuß und die Steinkante deutlich gesehen und schon den gellenden Schrei gehört, als er plötzlich gegen jede Vernunft glaubte, sein Gedanke riefe das Unglück herbei, und sich sofort abwandte und den Gedanken so heftig unterdrückte, daß er einen Augenblick benommen war. Er hatte sich erst wohler gefühlt, als er mit Lena das Amphitheater verlassen hatte und sie wieder eingetaucht waren im Gewimmel der Straße.

Später – sie saßen im Platanenschatten vor einem Bistro – hatte er ihr von seiner seltsamen Hysterie erzählen wollen. Doch etwas hatte ihn gewarnt, und er hatte es bleibenlassen. Was sollte man auch dazu sagen? Jeder hatte das mal, mehr oder weniger. Es war nicht der Rede wert. Man konnte es vergessen. Im selben Augenblick hatte er empfunden, wie angenehm das Leben war. Er fühlte sich losgesprochen von aller Angst und sogar von allen Wünschen, allen Phantasien. Nahe bei ihrem Sitzplatz plätscherte ein kleiner Brunnen, eine einfache Steinsäule mit einem gebogenen Rohr, aus dem ein dünner Wasserstrahl in einen Steintrog fiel. Das Geräusch hatte ihn wunderbar beruhigt.

Aber seine Schwindelanfälle waren wiedergekommen auf allen ihren Reisen: bei einer Bergwanderung in den Dolomiten, in der Bretagne auf der Steilküste der Belle Ile und am

Point Slea Head in Irland, von dem aus sie zu der felsigen Einsamkeit der Blasket Islands hinüberblickten. Lena schien sich erst oben zu erinnern, daß er schwindelig war. »Dann bleib doch hier stehen«, sagte sie und ging noch zwei, drei Schritte näher an den Abgrund heran. Vorsichtige, tastende Schritte, die ihn denken ließen, daß auch sie Angst habe, aber aus irgendeinem Grunde dort hinabblicken mußte. In kurzen zuckenden Bildern sah er dann immer schon, was er dachte: Sie wird ausrutschen, an einer Felskante hängenbleiben, das Gleichgewicht verlieren, nirgends einen Halt finden. Alle würden denken, daß er sie gestoßen hatte. Doch bevor man ihn verdächtigte, war er schon verrückt geworden. Ja, das war sein Trost: Er würde augenblicklich verrückt werden, wenn er ihren Schrei hörte.

Er sah sie noch. Sie wandte ihm den Rücken zu. Er preßte die Arme an sich und bewachte seine Gedanken, bewegte sich nicht. Sie sagte etwas. Sagte, daß es großartig sei. Er konnte sogar antworten, wenn es auch nur ein kurzes Ja war. Schließlich fragte er: »Gehen wir jetzt?« Und sie willigte ein.

Vorsichtige Rückkehr auf sicheren Boden, tiefes Aufatmen. Wie erleichternd, wie erlösend, daß der Rückweg begann. Nun würde er bald ein heißes Bad nehmen, bequeme Sachen anziehen und sich mit der Zeitung oder einem Buch in einen Sessel setzen. Er würde die Beine ausstrecken, Tee trinken und auf das Abendessen warten. Eingehüllt von diesen behaglichen Gewohnheiten, fühlte er sich sogar mit den Augenblicken seiner Angst versöhnt.

Daran muß er jetzt denken, während sie, blau und schwarz vermummt, hintereinander durch diese Einöde wandern. Dieser Rundgang zu zweit ist nur ein Ritual, das sie in ihren Ferien absolvieren. Sie hat es ihm und sich auferlegt. Warum, weiß er nicht. Es könnte eine Prüfung oder eine Buße sein, ist aber wahrscheinlich nur eine Wanderung. Es hat keinen Sinn, darüber nachzudenken. Besser ist es, mit den Gedanken vorauszueilen und sich den geruhsamen Abend vorzustellen, den sie mit Geoffrey und Majorie in der Lounge verbringen werden. Im Kamin wird ein Feuer brennen, sie werden in den Samtpolstern der Sessel sitzen, und gelassen, ohne einen Rest von Angst, wird er ihnen bestätigen, daß der Anblick der steilen Küste und des wilden Meeres fantastic, great, wonderful sei. Mit irgendeinem dieser Adjektive wird er es zur Vergangenheit machen und von sich wegschieben. Das ist das verläßlich Erlösende an der Zeit: – Alles zieht vorbei und wird Vergangenheit. Unaufhaltsam, unwiederbringlich. Was wäre das richtige Wort, wenn er sein Gefühl beschreiben sollte? Die Zeit tilgt alles und führt zu nichts. Verbindet er nicht eine Hoffnung damit?

Er stolpert, hat wieder nicht aufgepaßt auf dem unebenen Weg. Das kommt von dem Gefasel in seinem Kopf. Diese ziellosen Selbstgespräche sind ein Laster, dem er sich ergeben hat. Treibt er es eigentlich mit seinen Gedanken, oder treiben sie es mit ihm? Er ist ein Mensch, der keine eigene Idee vom Leben hat, und, außer seinem früheren Jähzorn, seiner Eifersucht, auch keine bestimmenden Leidenschaften. Oder kann man seine Geschichte mit Regine eine Leidenschaft nennen, weil er anderthalb Jahre lang immer häufiger zu ihr in ihre Hochhauswohnung gefahren war? War es eine Leidenschaft oder eine Gewohnheit, eine Form von Selbstbehauptung oder ein Taumel? Wenn er sich jetzt daran erinnert, wundert er sich jedesmal, daß er dieser Mann gewesen ist, der ein so junges Mädchen an sich gefesselt hat. Ein beruflich enttäuschter, in Routine festgefahrener Mann, auf den zu Hause eine kränkelnde Frau wartete, die alle seine fadenscheinigen Alibis akzeptierte und ihm keine Wärme geben konnte, so daß er sie sich dort holte, in den Armen dieses halben Kindes. Er hatte sich zugleich schuldig und im Recht gefühlt.

Er brauchte es, um zu überleben. Sagte sich das jedenfalls. Er brauchte die Umarmungen dieses Mädchens wie Lena die Besuche bei ihren Ärzten. Zwei- oder dreimal in der Woche rief er nachmittags zu Hause an, um zu sagen, daß er einige Stunden später komme, weil er noch zu tun habe. Es waren dürftige, sich wiederholende Entschuldigungen, aber Lena nahm sie ohne Widerspruch hin. »Ist gut. Ist gut. Bis später«, sagte sie. Ihre Stimme klang matt, interesselos, drang zu ihm herüber aus einer Aura erstickender Stille, in der sie gleich wieder verschwand. Er machte keinen Versuch, länger mit ihr zu sprechen, und legte auf, gleichzeitig mit ihr.

Eine Viertelstunde später war er bei Regine, die schon auf ihn wartete in einem ihrer langen, fließenden Gewänder, immer sofort bereit, Liebe zu machen, manchmal ohne mehr zu sagen als »Hallo, komm herein.« Sie hing sofort an seinem Hals, ein heftiger weicher Anprall, nach dem sie sich nicht mehr lösten. Eng umschlungen, in einem schwankenden Gleichgewicht, gingen sie in die Wohnung hinein. Jedesmal lief Musik, ekstatische, kreisende, flächenhaft strahlende Klänge, indische Musik, Synthesizer, eine Atmosphäre, in die sie immer eingetaucht zu sein schien oder die sie sofort mit ein paar Griffen herstellte, wenn er sich am Haustelefon meldete.

Einmal war ihre Wohnungstür nur angelehnt. Und als er eintrat, saß sie mit dem Rücken an der Wand auf einer Matratze und lächelte ihn an. Sie hatte sich zwei kleine Zöpfe geflochten und rote Schleifen hineingebunden. Sonst war sie nackt, bis auf die schwarze Strumpfhose mit dem Noppenmuster, die er am Morgen vor dem Dienst in ihren Briefkasten gesteckt hatte, mit der Mitteilung, daß er am späten Nachmittag käme und dies hier eine Huldigung an ihre schönen Beine sei. Nun saß sie da, lächelnd, zufrieden, daß er sich überrascht zeigte. Es war eine der Inszenierungen, die sie sich für ihn ausdachte oder von einem seiner Vorgänger gelernt hatte, kleine, naive Ludrigkeiten, berechnet auf einen altmännerhaften Geschmack. Auch ihre pornographischen Postkarten gehörten dazu, die sie ihm in Umschlägen ins Museum schickte: Bilder von Frauenbeinen in Stiefeln, nackte Brüste, kußbereite

Münder mit kurzen Ausrufen und zweideutigen Kommentaren in den Gedankenblasen. Obwohl die Karten albern und vulgär waren, hatte er sie in seinem Arbeitszimmer lange betrachtet und sich vorgestellt, wie Regine in einen Pornoshop ging und die Motive für ihn aussuchte, um dann auf die Rückseiten mit runder Kinderschrift ihre zärtlichen Floskeln zu schreiben: »Ich liebe dich! Wo bist du?! Laß mich nicht warten! Ich sehne mich nach dir!« Es waren lauter Sätze mit Ausrufungszeichen, genauso leer wie alles, was sie ihm erzählte in ihrer trocken vernünftigen, vom Jargon ihrer Altersklasse durchsetzten Sprache.
Sie studierte kaum noch, sondern hatte sich in den Kopf gesetzt, Künstlerin zu werden, nahm Gitarren- und Gesangunterricht, kam aber offenbar nicht weiter damit. Auch ein paar klecksige Aquarelle hatte sie gemalt und mit Reißzwecken an die Wand geheftet. Aber eigentlich schien ihr Leben daraus zu bestehen, auf ihn zu warten und inmitten der Unordnung ihres Zimmers mit ihm auf einer Matratze zu liegen. Sie lebte fast nur noch auf dem Fußboden. Die beiden Stühle waren mit ihren Kleidern überhäuft, und die Polsterteile der Schlafcouch wurden nicht mehr zusammengebaut. Manchmal, wenn er mit ihr dort lag und neben sich auf dem Teppichboden ungespültes Geschirr herumstehen sah, mußte er an Lena denken, die er meistens bei seiner Heimkehr in der unaufgeräumten Küche vorfand, in einer Illustrierten blätternd, ein Kreuzworträtsel lösend oder nur vor einem vollen Aschenbecher.
»Entschuldige«, sagte sie, wenn er eintrat, »du hast sicher noch nichts gegessen.«
Müde stand sie auf, stellte Tassen und Teller auf den Tisch, setzte Teewasser auf. Er half ihr, den Tisch zu decken, und sie aßen zu Abend, wobei er irgendeinen Klatsch aus dem Museum erzählte und sie nach ihrer Arbeit in der Bank fragte. Regines Umarmungen machten ihn immer friedlich und verständnisvoll. Dadurch fühlte er sich auch gerechtfertigt. Und natürlich durch seine grundsätzliche Treue, die in seiner

Trägheit, seiner Angst vor Veränderungen wurzeln mochte, ihn aber als Rührung überkam, wenn er, von Regine heimkehrend, Lena still und klaglos in der Küche vorfand. Nein, niemals wollte er sie verlassen.
Statt dessen machte er Schluß mit Regine, als sie ihm vortäuschte, schwanger zu sein, vielleicht weil sie vorhatte, es wirklich zu werden. Der Vorfall alarmierte ihn. Es war der richtige Augenblick für einen Rückzug. Gegen ihren Einspruch und ihr Weinen erklärte er ihr, daß er viel zu alt für sie sei und zu Hause eine kranke Frau habe, die er nicht verlassen könne. Er hatte Lenas Krankheiten immer schon übertrieben, weil ihm das gegenüber Regine mehr Rückhalt gab. Jetzt konnte er darauf zurückgreifen und Vernunft und Moral beweisen. Und obwohl er dieses Manöver durchschaute, hatte er sich respektabel gefühlt.

Warum aber hatte er es getan? Er weiß es nicht mehr, hat es auch damals nicht gewußt. Gab es überhaupt ein Leben, das Vorrang vor einem anderen Leben hatte? War man nicht frei hinter aller Schuld? War das Leben auf Begründbarkeit angewiesen, auf Rechtfertigungen?
Warum gehen sie hier? Weil er sich damals von Regine trennte. Das ist die einzige Antwort, die sich darauf geben läßt. Er hat diesen Weg gewählt und ist ihn weitergetrottet. Und also geht dort Lena vor ihm her, seine Frau, die ihm immer undurchschaubarer geworden ist, immer fremder. Sie ist gesund geworden und hat sich in sich abgeschlossen. Man könnte es eine Beruhigung nennen, aber er spürt es als ungelöste Spannung, einen dauernden Druck. Nein, nein, er will sich nicht beklagen. Sie leben ganz gut miteinander, besser als andere Paare, wenn auch nicht wie Geoffrey und Majorie, die er beneidet um ihre kindliche Heiterkeit. Vielleicht können sie eines Tages auch dahin gelangen, wenn er aufhört zu fragen, welches Leben das richtige sei. Das richtige gewesen wäre. Das richtige hätte werden können. Er ist wirklich zu alt

für solche Fragen. Aber Lena müßte ihm helfen, Fuß zu fassen und dieses Schwebegefühl zu überwinden, das ihn immer wieder überfällt. Oft fühlt er sich so vermindert, so taub, so hüllenhaft, ohne inneres Gleichgewicht.
Warum gehen sie hier? Was sucht sie hier? Will sie wirklich die Natur betrachten, die See, die Steilküste, diesen ewigen Wellenschlag? Was sagen ihr diese Sinnlosigkeiten, außer, daß sie da sind, wie auch sie da sind, für eine Weile, sie und er?
Er hatte manchmal noch von einem Leben mit Regine phantasiert, sich aber nichts Neues vorstellen können. Es war ein Gehusche von Erinnerungen geblieben, Halluzinationen von ihrem Körper, ihren heftigen Begrüßungsküssen, und die plötzliche Erinnerung daran, wie sie ihm unter der Dusche die Haare naß machte, damit er noch bleiben mußte, bis sie ihn gefönt hatte. Als er nach längerer Zeit wieder mit Lena schlief, hatte er sich anzustacheln versucht, indem er sich Regine dabei vorstellte. Doch er war nur in einen kurzen, leeren Taumel hineingeraten, aus dem er wie betrogen wieder zu sich kam.
Einmal hatte er nachts bei Regine angerufen, entschlossen, sie anzuflehen, ihn wieder zu sich zu lassen. Aber sie hatte nicht abgehoben oder war nicht zu Hause gewesen. Er stellte sie sich danach in den Armen anderer Männer vor, die alle mindestens so alt waren wie er. Regine, die Verlassene, das Opfer seines Rückzuges. Oder nein, Regine, das Luder, das alle Männer scharf machte. Er war nahe daran, sie zu verurteilen. Es fehlten ihm nur die Anhaltspunkte, die kleinen beißenden Momente eifersüchtiger Zeugenschaft. Auch er hatte sie ausgebeutet, wie alle seine möglichen Nachfolger, eine endlose Reihe angeschlagener, nach außen hin erfolgreicher älterer Männer, denen sie die Wunden leckte. Ja, das war wahrscheinlich ihre Bestimmung. Er jedenfalls hatte damit Schluß gemacht. Er hatte es beendet. Aus! Es war vorbei. Er mußte sich nur noch abgewöhnen, daran zu denken.
Mit Lena lebte er mehr oder weniger wie früher zusammen.

Es schien ihr zu gefallen, daß er jeden Abend zu Hause war, wenn sie auch wenig miteinander sprachen. Sie brauchten wohl beide diese Unauffälligkeit. Es war ihre alte vorsichtige Vermeidung von Gefahr. Doch eines Tages trat sie ihm anders gegenüber, erwartungsvoll oder eher beschwörend und flehentlich. Er hatte gleich geahnt, daß etwas auf ihn zukam, was seine Wachsamkeit verlangte. Sie gestand ihm, schwanger zu sein.

Lena also, nicht Regine! Diesmal war es keine Täuschung, das hatte er sofort gewußt. Und als hätte Regines Täuschung ihn auf die Wirklichkeit vorbereitet, wußte er auch, daß er das Kind nicht wollte. Wieder fiel ihm das Alter als Argument ein. Sie waren beide viel zu alt für ein Kind. Es war ein unerlaubtes Risiko. Es war nicht zu verantworten. Und er konnte sich nicht mehr darauf einstellen. Jedesmal antwortete Lena darauf wie ein absurdes Echo, das den Sinn der Worte einfach umkehrte: »Es wird bestimmt schön werden.« Schließlich gab er es auf, sich mit ihr auseinanderzusetzen. Doch in ihm bildete sich die Gewißheit, das Kind würde nicht lebendig geboren werden. Eine tiefe Ruhe war von diesem Gedanken ausgegangen. Wenn er die Dinge sich selbst überließ, regelten sie sich in seinem Sinne. Die Seltsamkeit dieser Überzeugung war ihm erst aufgefallen, als sie sich bestätigte. Er war wieder einmal beim Archäologenkongreß, als er Lenas Telegramm erhielt. Es betand nur aus einem einzigen Satz: »Du brauchst keine Angst mehr zu haben, Lena.« Im Absender las er den Namen eines Hospitals. Es war eine Fehlgeburt, genauso, wie er es erwartet hatte. Er sagte sich sofort, daß er daran natürlich unschuldig sei. Gleichzeitig und in anderen Momenten hatte er sich über die Macht der Gedanken gewundert.

Die Jahre danach, als Lena ihre Arbeit in der Bank aufgab und mehrmals wegen Depressionen in eine Klinik mußte, waren für ihn eine ausdruckslose, aber erträgliche Zeit gewesen. Er hatte viel gearbeitet, konzentrierter als in den Jahren davor, doch das Ergebnis war dürftig geblieben: der Handbuchartikel über keltische Fürstengräber, zwei kleine Aufsätze, die nur Variationen desselben Themas waren, und ein Ausstellungskatalog, für den er einige Anerkennung bekam. Er hatte Lena regelmäßig in der Klinik besucht und, wenn das Wetter es zuließ, mit ihr einen Rundgang durch den Park gemacht. Sie sprach fast nichts. Und das wenige, was sie sagte, klang wie nichts. Aber es schien ihr zu gefallen, daß sie nebeneinander hergingen. Auch ihm war das angenehmer, als ihr gegenüberzusitzen und in ihr aufgedunsenes Gesicht zu sehen, in dem sich nichts regte, nicht einmal ein Lidschlag über ihrem trüb-starren Blick.

Dieses schweigende Nebeneinanderhergehen war ihm manchmal wie eine Einübung in ein neues gemeinsames Leben vorgekommen. Schritt für Schritt entfernten sie sich von der Vergangenheit, auch wenn noch nichts Neues zu sehen war. Das begann erst, als Lena nicht mehr in die Klinik zurück mußte, weil sie eine neue, unerwartete Festigkeit gewonnen hatte. Nach zweieinhalb Jahren war es soweit gewesen. Sie war ergraut und ein wenig in die Breite gegangen, aber sie war gesund. Er hatte es zunächst nicht glauben wollen, doch es bestätigte sich in den Jahren danach, als sie mit ihren gemeinsamen Reisen begannen. Die Krankheit hatte ihr Unglück verbraucht. Sie war daraus als die robuste Matrone hervorgegangen, mit der er zusammenlebte: ein normales älteres Ehepaar.

Drei Schritte vor ihm geht sie, ein dunkelblauer Kegel unter dem Regencape. Sie haben die Hochfläche überquert und klettern vorsichtig über felsigen Grund abwärts auf eine fjordartige Kluft zu. Da ist die schwarze Felsnadel mit den Wasserfächern der zersprühenden Wellen. Er sieht es über Lena hinweg, die vor ihm abwärts steigt, ohne sich umzublicken. Sie sind da. Noch zehn, zwölf Schritte, und sie stehen am Rand. Er will nicht ganz herantreten, nicht so dicht wie Lena.

Wieder zerstiebt eine Welle an der Felsnadel, lautlos von hier aus, ein Schleier, der in sich zusammensackt, während ringsum ein Sprühregen niedergeht. Das Tosen des Wassers, das dumpfe Donnern und Prallen kommt aus der Kluft unter ihm, in die er noch nicht hineinblicken kann. Etwas besser sieht er es schon. Es ist ein enger Felskessel voller Geröll, mit tiefen Kavernen in den Wänden, eine Falle für das Wasser, das die See unaufhörlich hineinpreßt. Es schießt in die Felshöhlen und bricht wieder daraus hervor, vom Sog nach draußen zu einem schnellen, blasentreibenden Strom auseinandergezogen, während wieder eine Welle heranrollt und über den schwarzen Felsblöcken auseinanderbricht. Und schon kommt die nächste, höhere, türmt sich auf und überrennt die erste, steigt an den Wänden des Kessels hoch, schäumt und gischtet in die Höhlen, schießt wieder daraus hervor.
Warum da hinunterblicken? Er weiß es nicht, will es nicht wissen, kann nicht denken in diesem Rauschen, kann sich nicht davonmachen. In Schrittstellung steht er da, vorsichtig vorgebeugt. Sie, schräg vor ihm, ist jetzt noch näher an die Felskante herangetreten. Sie sieht so allein dort aus vor dem Abgrund, aber er spürt, daß sie mit ihm verbunden bleibt. Sie weiß, daß er sie ansieht. In diesem Augenblick weiß sie alles: wie sein Herz klopft, wie der Horizont schwankt im Rhythmus seiner schweren Atemzüge und sich alles in Nebel auflöst, außer ihrem blauen Rücken, den er mit ausgestreckter Hand berühren kann. Ja, sie wartet, daß er es tut, daß er sie hinunterstößt. Deshalb hat sie ihn hergeführt und auf dem ganzen Weg kein Wort mehr gesprochen. Sie ist nicht geheilt, sondern auf unauffällige Weise verrückt. Sie will durch ihn sterben. Er soll sie hinabstoßen. Es sind ihre Gedanken, die in seinem Kopf flüstern: Geh noch einen Schritt näher heran! Strecke deine Hand aus! Stoß zu! Jetzt! Jetzt! Das Brausen und Donnern kommt von unten herauf. Hinter geschlossenen Lidern sieht er, wie sie fällt, langsam, mit ausgebreiteten Armen, als umarme sie die Luft. Das Bild ist lautlos und un-

abänderlich, aber er steht noch immer hinter ihr, die Hände gegen seine Schenkel gepreßt. Sie starrt unbeweglich dort hinunter. Oder senkt sie nur den Kopf? Senkt demütig den Kopf. Jetzt endlich! Stoß zu! Umdunkelt von Schwäche macht er eine Bewegung – ein wattiges Stapfen wie im Traum. Er ist einen Schritt zurückgetreten, noch einen und noch einen. Und nun, von hier aus, kann er rufen.

»Komm da weg, Lena! Laß uns gehen!«

Wie abwesend, oder ist es vorsichtig, dreht sie sich um. Seine Stimme hat sie nicht hinabgestürzt.

Seit einer Viertelstunde sind sie nun auf dem Rückweg und werden wohl bald bei ihrem Auto sein. In anderthalb Stunden Fahrt können sie die Pension erreichen. Geoffrey und Majorie sind bei diesem Wetter sicher zu Hause geblieben und werden in der Lounge am Kaminfeuer auf sie warten. Man wird einen netten Abend miteinander verbringen, und er und Lena werden von dem Ausflug erzählen. Es war eine grandiose Szenerie, besonders bei diesem Wetter, in dem sie da oben ganz allein waren. Seine Frau, wird er erzählen, sei immer ein wenig leichtsinnig, er dagegen ein wenig schwindelig. Er schäme sich nachher immer ein bißchen wegen seiner Ängste. Er habe zu viel Phantasie.

Ja, so konnte man es nennen: Phantasien, Hirngespinste. Weil Lena so schweigsam war auf ihren Spaziergängen, begann immer dieses zwanghafte Reden in seinem Kopf. Vielleicht war das nur ein Zeichen, wie unauflöslich sie miteinander verbunden waren. Alle unausgesprochenen Sätze mußten noch eine Weile gedacht werden. Sie liefen durch die Gedankenmühle und wurden allmählich zu grauem Staub. Das hoffte er, das glaubte er. Und er fühlte sich dadurch erheitert. Man ging sowieso auf das Schweigen zu. Und wenn man Glück hatte, konnte man vielleicht noch eine Weile in der kindischen Geschwätzigkeit von Geoffrey und Majorie miteinander reden. »How are you, darling?« – »Oh thank you, love.« Er mochte diese alten Leute, und er hoffte, daß Lena sie mochte. Denn wenn er das richtig verstand, bedeutete es, daß er sich getäuscht hatte und alles, was er auf der Klippe denken mußte, grundlos war. Es waren lächerliche Einbildungen, Hysterien, die er schon jetzt nicht mehr in sich fand. Könnte man sonst so einträchtig nebeneinander hergehen und sich darüber einigen, daß es ein schöner Spaziergang war? Nein, es war nichts gewesen, nichts Wirkliches. Es war nichts.

Die Körper und die Träume

1985

In der letzten Zeit sind mir die Dinge über den Kopf gewachsen. Das war vorauszusehen, aber ich habe es nicht glauben wollen. Ich habe in einem Wunscherfüllungstraum gelebt, und auf einmal war es eine Geisterbahn, und ich klapperte die Stationen ab und wußte nicht mehr, wo der Ausgang war.
Es wäre gut, ein paar Tage zu verschwinden, irgendwohin, vielleicht ans Meer. Jetzt, in der Nachsaison, bekommt man jederzeit ein Zimmer, und zehn Urlaubstage habe ich noch. Ich stelle es mir herrlich vor, allein zu sein in einer kleinen Pension, spazierenzugehen, zu lesen und mit niemandem zu reden. Morgens, wenn man wach wird, liegt man allein im Bett und braucht sich nicht gleich auf einen anderen einzustellen. Dieses Gefühl, da ist jemand, wenn man an die Oberfläche treibt, eine Frau, die sofort mit Zärtlichkeiten über einen herfällt oder zu reden beginnt – ich hab's mir immer nur schön vorgestellt, als ich es nicht hatte, aber jetzt möchte ich morgens manchmal mit mir allein sein, nichts reden und nichts tun müssen. Einfach allmählich zu mir kommen, aufstehen und die Zähne putzen, nichts Anspruchsvolleres, nur diese soliden Banalitäten. So läßt sich auch ein Tag beginnen. Vor einem halben Jahr war ich noch krank vor Einsamkeit, und jetzt denke ich plötzlich das Gegenteil. Der Mensch kriegt

anscheinend nie das, was er braucht. Man greift nach etwas, und wenn man es endlich hat, verändert es sich und ist nicht mehr dasselbe. Daran gehen ja auch die Ehen kaputt.
Ich muß darüber nachdenken, möchte wirklich verstehen, woran es liegt. Ob ich wieder der Hauptschuldige bin oder vielleicht nur die menschliche Natur, die Art, wie wir gestrickt sind, hier oben im Kopf und zwischen den Beinen? Es gibt doch wohl ein richtiges Leben? Oder ist das nur eine verrückte Idee, hinter der alle herrennen, eine Art Rattenfängermelodie?
Ich hatte geglaubt, ich wüßte genau, was ich suchte. Ich war schon fast besessen davon. Bin abends durch die Straßen der Altstadt und durch die Parks gelaufen und am Wochenende ins Schwimmbad gegangen, nur um Frauen zu sehen. Ich hatte viel nachzuholen nach meiner Ehe, und nun war ich frei und konnte tun, was ich wollte. Aber mein Selbstbewußtsein hatte einen Knacks, und ich bin sicher, die Frauen merkten das. Sie spürten meine Unsicherheit. Besonders die Frauen, die mir gefielen, mochten das nicht, denn ich mochte es selbst nicht. Und so empfindlich, wie ich damals war, hatte ich Angst vor Zurückweisung, das ließ mich vorsichtig sein. Ich wollte nicht mehr verletzt werden. Die letzten Jahre meiner Ehe mit Gerda haben mir gereicht. Auch alle fünfzehn Jahre zusammen erscheinen mir jetzt als Irrtum, obwohl ich das lange nicht sehen wollte und es deshalb nur zu fühlen bekam.
Eigentlich müßte ich es umgekehrt ausdrücken: Ich fühlte nichts mehr oder immer weniger. Ich zog mich immer mehr in mich zurück, und das Leben wurde von Jahr zu Jahr grauer und einförmiger. Allmählich stumpften sogar meine Sinne ab. Ich ging durch die Welt und sah und hörte nichts. Sogar alles, was ich aß, begann nach nichts zu schmecken, ich stopfte es lustlos in mich hinein. Die wenigen Male, als ich mir ein bißchen Sex kaufte, weil es mit Gerda nicht mehr klappte, waren auch keine Offenbarungen und haben mir nur geholfen, län-

ger durchzuhalten. Und währenddessen redete Gerda auf mich ein und beschimpfte mich wegen meiner Verkrochenheit, meiner Stummheit, und weil ich ohne Alkohol nicht mehr schlafen konnte. Genauso hat sie es mit Sabine gemacht, die damals, als ich Gerda heiratete, ein dickliches, drüsengestörtes Kind war, an dessen Seele sie dauernd herumknetete, um sie in die gewünschte Form zu bringen. Gerda hat immer alles unter Kontrolle bringen müssen, weil sie fürchtete, daß alles schiefging, und so sind eben auch ihre beiden Ehen schiefgegangen. Mit Vorwürfen und Geschimpfe kann man keine Liebe erzwingen, viel schlechter als mit Weinen, obwohl ich auch das nicht mag. Nur mit Elke gab es einmal einen süßen Moment, als ihr Schluchzen verebbte, während wir miteinander zärtlich wurden. Elke war die Frau für so was. Ihr Wesen zeigte sich auf diese Weise. Im Grunde ist sie ein Kind geblieben, während Gerda eine Kämpferin ist, immer in Rüstung, immer bereit zur Auseinandersetzung. Wenn es in ihrer Person auch einmal etwas Kindliches gegeben hat, so hat sie es längst in Grund und Boden gestampft, damit niemand es mehr finden kann. Ich sehe sie noch vor mir, wie sie Squash spielt, höre die knallenden Schläge, mit denen sie den Hartgummiball in die Ecken drischt. Sie will nicht nur gewinnen, sie will recht behalten. Sie will sich rechtfertigen durch den Sieg, denn die Welt verkennt sie. So ungefähr muß es in ihr ausehen.

Ich habe mich gerade noch vor ihr retten können. Es war ein Augenblick der Erleuchtung, wie man ihn manchmal hat, wenn es um Leben oder Tod geht. Ja, es ging darum, auf lange Sicht, und fünfzehn Jahre waren lang genug, um das auf einmal zu wissen. Am Anfang war es nur wieder das übliche Ehetheater unserer letzten Monate gewesen. Sie beschimpfte mich, und ich verstummte, und sie wurde immer lauter, weil sie es nicht ertragen konnte, wenn ich mich ihr entzog. Sie wollte natürlich nur geliebt werden, das weiß ich heute. Aber da sie es nicht sagen konnte und vielleicht selbst nicht mehr richtig wußte, schrie sie nur, ich solle verschwinden, wenn ich schon nicht richtig da sei, und dann riß sie Schrank und Kommode auf und warf alle meine Sachen über das Bett. »Geh doch«, schrie sie, »schwirr ab, verschwinde!« Sie hatte mehrere Ausdrücke dafür, und deshalb erinnere ich mich so gut daran. Sie wechselte die Worte, um immer wieder dasselbe zu sagen. Ich sah sie hin und her laufen, meine Hemden und meine Anzüge in den Armen, um alles auf das große Bett zu schmeißen, das der Hauptschauplatz unseres gemeinsamen Elends war. Und da plötzlich hatte ich die Eingebung, zwei Koffer und eine Reisetasche zu holen und alles sorgfältig einzupacken. Weg weg, bevor ich es bereue, habe ich gedacht, bin mit dem Gepäck rausgegangen und habe alles ins Auto gelegt. Sie hat mir sprachlos dabei zugesehen. »Du machst es dir ja leicht«, hat sie zum Schluß noch gesagt. Ich habe nicht geantwortet. Alles, was mir durch den Kopf schoß, wäre falsch gewesen. Ich bin einfach losgefahren, ohne zu wissen, wohin ich wollte. Erst einmal aus der Stadt hinaus und dann eine dunkle Landstraße entlang, und mindestens zwanzig Minuten lang habe ich mich auf das Fahren konzentriert, um nicht denken zu müssen. Plötzlich habe ich angefangen zu schreien und wie wild auf das Lenkrad einzuschlagen. Ich war frei! Ich war gerettet! Ich hatte es geschafft! Ich war völlig überrascht, was da alles aus mir herauskam. Es war, als explodierte ich. Ich spürte auf einmal, daß ich eine ungeheuere Kraft hatte, und die wollte leben, leben, leben! Dabei habe ich auch damals schon an Frauen gedacht, in einem umfassenden, allgemeinen Sinn. Leben und Frauen – das war dasselbe. Ich konnte mir nichts anderes vorstellen. Alles andere war Ersatz und Selbsttäuschung. Für Gerda muß es eine tückische Gemeinheit gewesen sein, daß ich ihre Verwünschungen wahr machte. Aber wie kann man hoffen, geliebt zu werden, wenn man sich so verhält wie sie? Für sie war es wohl umgekehrt: Ich liebte sie nicht, und deshalb wurde sie so. An so was ist letzten Endes keiner schuld.

Vielleicht hat sie das einen Augenblick eingesehen. Als wir nach dem Scheidungstermin aus dem Gerichtssaal kamen, hat sie mir jedenfalls »Alles Gute« gewünscht. Nein, ich glaube, sie sagte: »Dann mach's gut.« Ihr Gesicht war bleich und verkrampft, und sie hat sich sofort abgewandt und ist durch einen Seitengang weggegangen. Das Gehacke ihrer schnellen Schritte auf dem Terrazzoboden ist noch lange zu hören gewesen. Sie war eigentlich fast eine schöne Frau, hatte einen sportlichen Körper, den sie systematisch fit hielt, aber das Entscheidende fehlte ihr, oder sie wollte es nicht zulassen. Ich weiß es nicht. Ich bin nie dahintergekommen. Plötzlich hörte ich nur noch ihre Schritte. Fünfzehn Jahre, dachte ich, nun gehen sie von mir weg. Dieses wütende, schnelle, sich entfernende Geräusch. Fünfzehn Jahre! Fünfzehn Jahre! Ich wiederholte es, als ich wie im Traum zum Bahnhof ging und im Wartesaal eine Tasse Kaffee trank. Ich weiß heute genauer, was ich damit meinte. Ich umschrieb damit meinen Anspruch auf das entgangene Leben und den Entschluß, alles nachzuholen, was ich entbehrt hatte.
In mancher Beziehung habe ich Glück gehabt. Ich bekam die Stelle als Abteilungsleiter bei der Braunkohle und verdiene noch besser als vorher. Nun gut, ich bin Fachmann für Grundwasserabsenkung, und das ist das größte Problem, das sie haben. Sie müssen die Gruben für den Abbau trockenlegen, ohne daß ringsum das Land zur Wüste wird und die Häuser Risse bekommen, weil der Boden absackt. Natürlich passiert es trotzdem, und sie brauchen meine Gutachten, meine Expertisen, vor allem beim Streit mit den Geschädigten und den Versicherungen. Ich glaube, ich könnte in einigen Jahren Direktor sein, wenn ich genug Interesse dafür aufbrächte und seriöser zu leben anfinge, mit Haus und Familie. Aber das ist nichts für mich.
Elena muß das gewußt haben. Sie hat es mir angesehen. Das wundert mich immer noch, denn ich hätte mich selbst nicht so eingeschätzt. Vielleicht hat sie es auch einfach nur mit mir

versucht, weil der Mensch mit seinen Aufgaben wächst. Kann man es so nennen? Ja, ich glaube, es ist eine Aufgabe, sonst würde ich nicht solchen Zulauf haben. Anscheinend werde ich gebraucht. Es ist eine Aufgabe. Ich tue, was andere versäumen. Wenn ich gleich, wie jeden Abend, den automatischen Anrufbeantworter abhöre, ist wieder das Sehnsuchtsgeflüster in meinen Ohren. Oft weiß ich gar nicht, wer spricht, denn die meisten Frauen nennen ihren Namen nicht. Sie wollen an ihren Stimmen erkannt werden oder setzen voraus, sie seien die einzige. Ja, einige nehmen das an.

Ich führe ein Wahnsinnsleben. Irgend etwas stimmt nicht mit mir. Ich kann nichts auslassen, keine neue Möglichkeit, und trenne mich oft nur mühsam von den alten. Etwas scheint mir zu fehlen, aber ich kann nicht erkennen, was ich brauche, was das Richtige ist. Ich suche, was ich suche, und das heißt wohl, ich tappe im dunkeln herum. Vielleicht habe ich alles und begreife es nicht.

Leider ist es für den Dachgarten seit Wochen zu kalt. Sonst würde ich mich dort in den Liegestuhl legen, die angebrochene Flasche Rotwein austrinken und einfach vor mich hin träumen. Daß ich diese Wohnung gefunden habe, ist der zweite Glücksfall meines neuen Lebens. Ich hause allein hier oben, ohne Nachbarn. Es ist eine eigene Welt aus Dächern, Kaminen und Antennen. Nur wenn ich in die enge Hofschlucht hinunterblicke, sehe ich manchmal einen Menschen, meist nur die Arme und den Kopf einer alten Frau, die aus dem Fenster schaut. Ich kenne niemanden hier, und auch mich kennt niemand. Ich bewohne den höchsten Punkt dieser Dachregion und kann von nirgendwo gesehen werden. Am Tag gurren hier die Tauben, und in der Dämmerung jagen die Schwalben und Mauersegler um die Dächer. Man hört die Verkehrsgeräusche der Innenstadt als ein leises Brodeln. Im Sommer, in warmen, windstillen Nächten, habe ich oft draußen geschlafen. Der Nachthimmel über der Stadt ist nicht so großartig wie auf dem Lande. Auch in klaren Nächten sieht man nur die größeren Sterne und nicht das ganze unendliche Lichtgesprühe der Milchstraße, statt dessen jedoch den rötlichen Widerschein der Innenstadt an den weißen Nachtwolken. Es ist wie ein zartes Blühen in der dunklen Luft. Ich empfand es immer als etwas Verheißungsvolles. Das war die Stimmung des Sommeranfangs, noch bevor alles begann. Fünf Monate trennen mich von damals, es kommt mir viel länger vor. Es ist so viel passiert seitdem, daß die Zeit sich zu dehnen scheint, um alles in sich aufzunehmen.

Damals im Juni, es war die erste Hitzewelle dieses langen Sommers, bin ich oft in eines der städtischen Freibäder gegangen, um mir Frauen anzusehen. Sicher, ich wollte auch schwimmen und in der Sonne liegen, aber vor allem habe ich dort auf der Liegewiese nach Frauen Ausschau gehalten. Ich glaube, ich hatte gar nicht vor, sie anzusprechen, sondern wollte mich erst wieder daran gewöhnen, daß es sie gab. Über jede einzelne machte ich mir Gedanken. Was war mit dieser Frau, die dort reglos lag, das Gesicht in ihrer Armbeuge vergraben, und mit dieser anderen, die auf ihrem Badetuch saß und ihre Knie mit den Armen umschlang? Wer war diese da, die so unruhig rauchte und sich mit dem Nagel des kleinen Fingers im Mundwinkel kratzte, und die andere, die sich träge auf den Bauch wälzte und mehrmals mit dem Unterschenkel hochwippte, als sende sie ein Zeichen in die Welt? Sie sahen für mich alle aus, als wären sie festgebannt in einem zufälligen Moment und warteten darauf, daß ihr Leben weiterging. Manchmal traf mich ein Blick, den ich nicht zu deuten verstand. Das Dösen in der prallen Sonne löste die Gesichter auf und konnte den Augen einen versunkenen Ausdruck geben. Es kam etwas auf mich zu, das mich überschwemmte, doch ich wußte nicht, ob es mir galt, und nach ein paar Sekunden zog sich die Frau wieder in ihren Halbschlaf zurück.

Das war es noch nicht, sagte ich mir. Ich wartete auf ein deutlicheres Zeichen, redete mir ein, ich hätte Zeit und müsse nichts überstürzen.

Damals bin ich auch in ein Tanzlokal gegangen, das früher einmal »Ball der einsamen Herzen« hieß. Der Name hatte mich immer davon abgehalten. Wer will schon ein einsames Herz sein und vielen anderen einsamen Herzen begegnen? Doch inzwischen hatte das Tanzlokal einen anderen Namen bekommen, und ich konnte hineingehen. Es bestand Krawattenzwang, wie ich am Eingang erfuhr. Ich wollte gleich wieder umkehren, weil ich befürchtete, ich könnte Leute aus der Firma und meiner Abteilung in dem Lokal treffen. Es gibt in der Abteilung einige Krawattenträger, den dicken Sebald zum Beispiel. Und die Zeichnerinnen und einige Sekretärinnen kann ich mir auch gut vorstellen, ein Tanzbein schwingend, ein Fläschchen Piccolo trinkend, am liebsten in einer lustigen Kollegenclique wie beim Betriebsausflug. Ich habe nichts gegen die Mädchen. Ich ziehe nur eine klare Grenze zwischen dem Betrieb und meinem Privatleben.
Ich wollte also wieder kehrtmachen. Die Garderobenfrau sagte mir aber, für zwanzig Mark Pfandgeld könne ich einen Schlips ausleihen. Sie legte mir zwei häßliche Syntheticschlipse vor, einen blauen und einen braunroten. Ich wählte den braunroten und bin hineingegangen. Der Tanz hatte gerade begonnen, und in den Gängen zwischen den Tischen war eine Zeitlang kein Durchkommen, weil sich dort die Paare zur Tanzfläche schoben. Einige Frauen zuckten schon mit Schultern und Armen, während sie noch in der Schlange der wartenden Paare standen. Glücklicherweise schien niemand da zu sein, den ich kannte, niemand aus dem Betrieb. Ich setzte mich an die Bar und musterte die übriggebliebenen Frauen, die vor ihren Weinkaraffen saßen, schaute auf meinen häßlichen, braunroten Kunststoffschlips und fühlte mich fehl am Platze. Nun, das war kein neues Gefühl damals, und aus selbsterzieherischen Gründen bin ich sitzengeblieben.
Schließlich habe ich sogar mit einer getanzt. Sie mußte sich wohl gerade in der Damentoilette mit Eau de Cologne besprüht haben, denn sie kam von dort und hüllte mich mit

einer Duftwolke ein. Es herrschte ein ziemliches Gedränge auf der Tanzfläche. Wir wurden eng gegeneinander gedrückt. Ihr Gesicht schien nichts davon zu wissen. Sie sah gleichgültig aus, völlig konventionell. Als ich sie danach am Tisch im Kreis ihrer Freundinnen beobachtete, ging sie gleich wieder in heiterer Geschwätzigkeit auf. Das habe ich schon oft beobachtet, wenn Frauen in Gruppen zusammensitzen. Es ist, als verlören sie ihr Geheimnis. Man muß nicht erst hören, was sie reden, um es zu kennen.

Ich bin dann bald nach Hause gegangen. Durch menschenleere Straßen, an langen Reihen geparkter Autos und dunklen Fassaden vorbei. Ich war mir über mich selbst nicht im klaren. War mein Einzelgängertum vielleicht Feigheit? Warum beobachtete ich so viel? Suchte ich nur Vorbehalte? Wollte ich vielleicht einer Abweisung durch eigene Abweisungen zuvorkommen?

Ich machte einen weiten Umweg. Gehen beruhigt mich. Es ist ein Mittel der Selbstheilung, das ich oft angewandt habe, ein Zustand der vorübergehenden Verantwortungslosigkeit. Man entfernt sich von etwas und geht auf etwas zu, und einstweilen ist man mit sich alleine und von allem losgelöst. Der Körper macht die Arbeit, und die Gedanken laufen nebenher und brauchen nirgendwo anzukommen. Das kann man dem Körper überlassen, dem Tier, das in seinen Stall will.

Auf meinem Dachgarten war die Luft noch lau und fast windstill. Dicht über den Dächern standen einige schleierartige weiße Wolken. Ich beschloß, draußen zu schlafen, und holte meinen Schlafsack, ging noch einmal hinein, um mich auszuziehen und zu waschen. Das entspannte und erfrischte mich. Ich kroch in den Schlafsack und fühlte mich nahe der Täuschung, daß alles gut sei. Vielleicht ist es auch keine Täuschung. Nur in dem von Menschen gemachten Leben gibt es Falsches, nicht in dem Ganzen, von dem alles Falsche nur ein abgesprengter, winziger Teil ist.

Ich weiß noch, daß ich nicht sofort einschlafen wollte, um

dieses Gefühl in mir wachsen zu lassen, aber wahrscheinlich bin ich dabei beruhigt weggesunken. Als ich erwachte, fühlte ich mich von innen her aus dem Schlaf gestoßen und wußte nicht sofort, wo ich mich befand. Der weite, nächtliche Himmelsraum war verschwunden, und ein graues, laugenartiges Licht umgab mich. Undeutlich sah ich die Firstkante, die sich in der Dämmerung wie in einem rußigen Nebel verlor. Von unten her drang das immer stärkere, immer schwerere Stöhnen einer Frau zu mir herauf und ging in eine kurze Folge gepreßter Schreie über, die zu einem langgezogenen Laut verschmolzen und abbrachen. Es war sofort vollkommen still. Nach einer Weile wurde im Stockwerk unter mir ein Fenster geschlossen. Ich erinnere mich, daß es klemmte und einen zweiten Stoß bekam. Ich lauschte noch immer. Auch in den Straßen gab es kein Geräusch. Alles wurde erstickt von dieser wattigen Stille.

Das wellenhaft anschwellende Stöhnen der Frau und ihr langgezogener Schrei hatten mich wehrlos erwischt, mitten im Aufwachen aus tiefem Schlaf. Vielleicht war es mir deshalb vorgekommen, als hätte ich die innere Stimme des Lebens gehört, eine Zusammenballung allen Lebens, aller Kraft, plötzlich hervorbrechend aus einem einzelnen Menschen. Nur ein Todesschrei konnte eine ebenbürtige Macht und Wahrheit haben. Die beiden Schreie antworteten einander, und dazwischen gab es nur Geschwätz. Auch ich fühlte mich verurteilt. In meinem Leben gab es keine vergleichbare Erfahrung, und das schien zu bedeuten, daß mir die Wahrheit und vielleicht sogar die menschliche Würde fehlte. Ich lebte, wie wohl die meisten, zu weit weg von den Quellen. Und die anderen, die wenigen, sah man es ihnen an? Einmal hatte ich aus der Wohnung unter mir einen blonden, etwas schwammigen Mann herauskommen sehen. Das konnte nicht der Liebhaber dieser Nacht gewesen sein. Aber weiß man es? Das alles ist undurchdringlich für unseren Verstand.

Ich stand auf, um in der Küche einen Schluck Wasser zu trinken, und legte mich dann drinnen hin, weil es draußen allmählich zu hell wurde. Unter der hochgezogenen Decke, das Gesicht zur Wand gekehrt, hörte ich, wie die Vögel zu singen begannen. Ich konnte nicht mehr schlafen. Schließlich stand ich auf, zog den Bademantel über und setzte mich auf den Dachgarten. Das Morgenlicht lag als ein helles Glänzen auf Mauern und Dächern, und darüber strahlte ungebrochen blau der Sommerhimmel. Ich fühlte mich niedergeschlagen. Dieses makellose, verrückte Blau hatte etwas Überspanntes in meinen Augen. Seinem Leuchten war ich nicht gewachsen, und eine Ahnung beschlich mich, daß ich mich seit einiger Zeit am Rande einer Depression bewegte.

An diesem Sonntag, Anfang Juli, der so mißgestimmt begann, besuchte mich Elena. Wir hatten vorher zweimal telefoniert, und da ich ihre selbstbewußte Stimme kannte, wunderte ich mich, wie klein sie war. Sie hatte kurzgeschnittene schwarze Haare, in die eine silbergraue Strähne hineingefärbt war, vielleicht ein Hinweis auf ihr wirkliches Alter. Als sie das letzte Treppenstück hochkam, war sie ein wenig außer Atem und wedelte sich mit einer theatralischen Geste Luft zu, bevor sie mir die Hand gab. Ich merkte ihr gleich die Routine im Umgang mit Menschen an.

Sicher ist sie eine Menschenverächterin. Aber ich glaube, sie mag mich. Vielleicht denkt sie, daß ich ihr ähnlich bin.

Am Anfang bin ich ihr in die Falle gegangen, ziemlich naiv und töricht, wie ich jetzt weiß. Ich kann es noch nicht ganz verstehen. Seit Wochen hatte ich mir angewöhnt, mittwochs und samstags die Heirats- und Bekanntschaftsanzeigen der örtlichen Zeitung zu lesen. Ich las vor allem die Anzeigen der Frauen, glitt von einer zur anderen und fühlte mich meistens abgeschreckt. Ich wollte keine Witwe mit mehreren Kindern heiraten und keine Familie gründen. Ich war kein Surfer, kein Skiläufer, kein Bergsteiger. Ich hatte wenig Interesse, ins Konzert und in die Oper zu gehen. Und ich war auch nicht vermögend. Fast noch mehr befremdeten mich die menschlichen Eigenschaften, die sich die Inserentinnen zuschrieben oder von ihrem Partner erwarteten. Man mußte vor allem warmherzig, begeisterungsfähig, aufgeschlossen, zärtlich und humorvoll sein, und je öfter ich diese Worte las, um so mehr wurden sie ein Programm, auf das ich mich nicht verpflichten wollte.

Trotzdem kam ich nicht davon los. Dies waren nur Formeln, Verschlüsselungen, hinter denen das Leben verborgen war. Ich brachte die Anzeigen in meiner Vorstellung mit der stummen Sprache der Blicke zusammen, die ich auffing, wenn ich durch die abendlich belebte Innenstadt oder die städtischen Parks ging und den entgegenkommenden Frauen ins Gesicht schaute. Obwohl sie fast immer in Begleitung waren, entdeckte ich oft ein Aufglimmen in ihren Augen, eine plötzliche Neugier, eine Frage, eine schnelle Bestätigung. Es schien zu heißen: Wer bist du? Habe ich dir gefallen? Möchtest du mich lieben? Diese Blickgespräche waren viel direkter als Worte. Es waren unverhohlene, schnelle Bekundungen im Vorbeigehen. Jeder nahm diese flüchtigen Zeichen mit in sein eigenes Leben und trug sie irgendeinem anderen zu. Ein untergründiges Netz von Energieströmen verband die Menschen. Das hörte ich auch aus den Worten der Anzeigen heraus, trotz der biederen Vorwände, mit denen sie gespickt waren.

Schließlich antwortete ich auf eine. Und ausgerechnet diese Frau gab es nicht. Elena hatte sie erfunden, um männliche Kunden in ihr Institut zu locken. Mich beschämt daran, daß es kitschige Sätze waren, die mich zu einer Antwort anregten. Doch sie unterschieden sich eben von den anderen Anzeigentexten, und so fiel ich darauf herein. War da nicht gegen Ende ein Satz gewesen, der fast wie ein Schlager klang? »Täglich schaue ich aus dem Fenster und träume davon, daß du kommst.« Es war etwas in dieser Art, überzogen und gefühlig. Aber ich dachte, das soll mich nicht abhalten. Das leicht Unangemessene hat mich immer angezogen. Es hat einen

besonderen Reiz, den ich schwer beschreiben kann. Vielleicht erinnert es mich an eine ungeschickte Lüge oder unfreiwillige Geständnisse. Die Fassade, die da aufgebaut wird, sehe ich immer schon zerbröckeln.
Ich war befremdet, als sich am Telefon eine glatte, selbstsichere Frauenstimme meldete und in einer Art berufsmäßigen Koketterie mit mir zu reden begann. Und als sich Elena nach ein paar Sätzen als Inhaberin eines Eheanbahnungsinstitutes zu erkennen gab, war ich einen Augenblick sprachlos. Das erste, was ich herausbrachte, war der Satz: »Ich will nicht heiraten.« Das klang so schroff und auch so komisch, daß ich glaubte, es ergänzen zu müssen: »Ich bin gerade erst geschieden.« »Verstehe, verstehe«, antwortete die Stimme, »dann will man sich Zeit lassen und sich ein wenig umschauen.« Es war genau das, was ich mir selbst oft gesagt hatte, und so sind wir dann doch ins Gespräch gekommen.
Elena hat den falschen Ton des Anfangs gleich fallengelassen, und allmählich habe ich alles erfahren, was ich wissen wollte. Sie nahm 2400 Mark für die Vermittlung von zehn Kontakten innerhalb eines Jahres. Die Gebühr war im voraus zahlbar und unabhängig vom Erfolg. Die Damen – so nannte sie ihre Kundinnen – zahlten dieses Honorar, anstatt selbst zu annoncieren, weil sie sich vor unvorhersehbaren Risiken schützen wollten. Elena schaute sich die Männer genau an, bevor die Frauen sich mit ihnen trafen. Männer zahlten übrigens nur die halbe Gebühr. Sie sagte nicht, daß Männer auf diesem Markt knapp seien. Das war trotzdem klar. Ich bedankte mich höflich.
»Sie würden bestimmt auf Ihre Kosten kommen«, sagte sie leise, als gäbe sie mir noch einen privaten Tip. »Aber ich kann Sie ja nicht zu Ihrem Glück zwingen.«
»Nein, das hat schon mal eine Frau versucht«, sagte ich.
Sie lachte. Die Antwort gefiel ihr. Es war wohl der Augenblick, in dem sie mich mit einem neuen Interesse zu sehen

begann. Zum Schluß sagte sie, sie wolle über mich nachdenken und riefe wieder an.
Und jetzt saß sie also vor mir auf meinem Dachgarten, und ich wußte nicht, was sie von mir wollte. War sie nur zum Plaudern gekommen, zum Teetrinken? Sie schien wissen zu wollen, was für eine Art Mensch ich sei, und ich kam tatsächlich ins Reden, weil sie mir so aufmerksam zuhörte. Über sich selbst sagte sie kaum etwas. Sie war auch geschieden, das war so ziemlich alles, was ich erfuhr. Als ich fragte, woran ihre Ehe gescheitert sei, sagte sie nur: »Das übliche. Eine andere Frau.« Sie sagte es lächelnd. Es war wohl eine lang zurückliegende Geschichte, und inzwischen waren ihr viele ähnliche Geschichten erzählt worden, und alles sah nach Schablone aus. Das übliche – eine andere Frau. Nichts stimmte zusammen, jedenfalls nicht lange, dann begannen die Trennungen, die Scheidungen oder der Betrug. Inzwischen profitierte sie davon wie jeder Kaufmann vom schnelleren Umsatz seiner Ware. Das war gewiß eine Entschädigung.
Ich wußte noch immer nicht, was sie von mir wollte, als sie nach einer Stunde aufzubrechen begann. Beiläufig fragte sie mich schließlich, ob ich Lust hätte, mich mit einigen der Damen zu treffen, die sie vertrete, ganz kostenlos.
Ich begriff diesen Vorschlag erst mit einer kleinen Verzögerung. Ich sollte der Lockvogel ihres Instituts werden und ihr helfen, die Frauen auszunehmen, die sich ihr anvertrauten. Die Logik ihrer Überlegung war einfach und klar, und das überzeugte mich zunächst einmal: Ich wollte Frauen kennenlernen, ohne mich zu binden. Und sie mußte Kontakte zustande bringen, um ihr Geld zu verdienen. Also waren wir die richtigen Komplizen.
»Wie soll das vor sich gehen?« fragte ich.
Nun, alles sollte so laufen wie bei zahlenden Kunden. Sie würde mir jeweils ein kleines Dossier über die betreffende Dame schicken, mit allen Daten, die ich wissen mußte. Dazu die Telefonnummer, damit ich mich verabreden könne. Alles

Weitere – sie benutzte dieses Wort mit einem gewissen Nachdruck – alles Weitere bliebe mir überlassen. In einem schwächlichen Versuch, ironisch zu sein, fragte ich, wie viele Dossiers pro Woche sie mir schicken wolle. Sie antwortete ganz sachlich: »So viele Sie wollen.« Theoretisch könne ich eine Zeitlang jeden Abend eine andere Frau treffen. Aber so viel Zeit hätte ich wohl leider nicht.
»Auch nicht so viel Geld«, sagte ich.
Sie wischte das sofort vom Tisch. Ich müsse wirklich keinen großen Aufwand treiben. Sie würde mir einige nette kleine Weinstuben und preiswerte italienische Restaurants empfehlen, in denen ich mich verabreden könne. Viele ihrer Kundinnen seien im übrigen wohlhabend und legten Wert auf getrennte Kassen. Auch darüber würde sie mich vorher informieren.
Jetzt, da alles gesagt war, konnte ich mir gar nichts mehr vorstellen. Diese Geschichte gehörte in ein anderes Leben, nicht in meins. Und nur weil ich wissen wollte, wer ich in diesem anderen Leben sein würde, sagte ich: »Probieren wir's.«

Die erste Frau, die ich treffen sollte, hieß Irmgard Heuser und war die Witwe eines Immobilienmaklers, von dem sie zwei erwachsene Kinder hatte. Sie war ein paar Jahre älter als ich, blond, 178 cm groß, stattlich und attraktiv, wie es in Elenas Dossier hieß. Irmgard Heuser war vermögend, besaß ein schönes Haus in einem neuen Villenviertel am Stadtrand und wünschte die Bekanntschaft eines kultivierten Herrn zu machen. Als Treffpunkt empfahl Elena ein Weinlokal in der Innenstadt. Mit der Hand hatte sie unter das Dossier geschrieben: »Ihr verstorbener Mann war zwanzig Jahre älter als sie.« Ich rätselte, was sie mir damit sagen wollte. Daß diese Frau leicht zu haben sei? Daß sie eine gehemmte oder eine kokette, eine verwöhnte oder eine unterdrückte Person war? Es konnte alles bedeuten.
Irmgard Heusers Stimme klang ein wenig belegt, als ich sie

anrief, und ab und zu quetschte sie den Ton, wenn sie versuchte, vernünftig und respektabel zu wirken. Unsere Unterhaltung blieb floskelhaft. Ich wiederholte Elenas Argumente, wie sinnvoll es sei, diese Art des Kontaktes zu wählen. Anscheinend tat ich damit genau das Richtige, denn ich spürte, wie ich das Vertrauen der Frau gewann. »Oh, ja, oh, ja«, sagte sie mehrmals, als sei sie froh, mit mir einer Meinung zu sein. Es war im Grunde egal, was ich sagte, es mußte nur vertraut klingen. Der kultivierte Herr, den sie zu treffen wünschte, war in ihrem Verständnis wahrscheinlich ein Mann, der ihre Vorurteile nicht in Frage stellte.

Aber konnte man eine solche Frau überhaupt nach ihren Worten beurteilen? War das nicht nur ein dünner Lack, eine schwache Verteidigungslinie vor dem Hinterland der Person? Ihr eilfertiges »Oh, ja, oh, ja«, mit dem sie meinen Phrasen zustimmte, ließ ihre Leichtgläubigkeit mindestens so groß wie ihre Vorsicht erscheinen. Es gab in ihr etwas, das sie mehr beherrschte als ihre Ängstlichkeit. Und das wollte ich entdekken. Ich verabredete mich mit ihr für den Abend des nächsten Tages in dem empfohlenen Weinlokal.

Von meinem Tisch im hinteren Teil des Raumes, auf dem als Erkennungszeichen ein gelbes Taschenbuch lag, beobachtete ich den Eingang. Sie kam ein wenig zu spät, und ich erkannte sie sofort an ihrem suchenden Blick. Sie war eine große, blonde oder blondgefärbte Frau in einem vermutlich teuren hellen Sommerkostüm mit der breitschultrigen, weitgeschnittenen Jacke, die zur Zeit in Mode ist. Noch hatte sie mich nicht bemerkt, und ein paar Sekunden lang genoß ich ihre verhohlene Unsicherheit. Der Ober, den ich instruiert hatte, steuerte schon auf sie zu, um sie an meinen Tisch zu weisen. Und jetzt blickte sie zu mir herüber. Anscheinend war sie kurzsichtig und sah mich nicht genau. Als ich aufstand, setzte sie ein Lächeln auf und kam auf mich zu. Ich mochte ihren Gang. Ausgreifende Schritte, gebändigt durch einen engen Rock. Ihr kräftiges Gesicht kam mir maskenhaft glatt vor, und die Lippen des großen Mundes entblößten zu weit ihre Schneidezähne. »Guten Abend«, sagte ich, »ich freue mich.« Und weil ich spürte, daß sie noch etwas Zeremonielles erwartete, küßte ich flüchtig ihre Hand.

Knapp vier Stunden später lag ich mit ihr im Bett. Ich hatte nicht damit gerechnet, und der ganze Abend hatte auch nicht danach ausgesehen. Unsere Unterhaltung war mir vorgekommen, als drehten wir beide mühsam ein altmodisches, knarrendes Räderwerk, das immer wieder stillzustehen drohte. Vielleicht war das unumgänglich bei einer Frau wie ihr. Man absolvierte ein Annäherungsprogramm, und dieses langweilige Reden war die erste Phase.

Nur an ein Thema erinnere ich mich: Bevor sie sich Elena anvertraute, hatte sie selbst annonciert und war dabei zweimal an Männer geraten, die ihr etwas verkaufen wollten. Beim ersten hatte es sich um Apartments in Südspanien gehandelt, beim zweiten um Beteiligungen an dubiosen Geschäften. Beide waren offenbar Schwindler gewesen. Einer wurde später auch wegen Betrugsdelikten verhaftet. Da man ihre Adresse in seinem Notizbuch fand, wurde sie sogar verhört. Ja, sie hatte einiges erlebt. Da sei sie allerdings bei mir besser dran, sagte ich.

In Gedanken hatte ich den Abend schon beendet, als sie mir vorschlug, noch in eine Bar zu gehen. Es war ein teurer Laden mit wenigen Gästen. Aber sie bestand darauf, mich einzuladen, und ich wehrte mich nur matt.

Sie hatte wohl dieses Lokal vorgeschlagen, weil man hier tanzen konnte. In ihrer Jugend sei sie Turniertänzerin gewesen, erzählte sie. Man merkte es ihr noch an, weil sie das Tanzen so wichtig nahm. Immerhin kamen wir uns näher dabei. Tanzen war ein Alibi für Berührungen, und wir machten beide Gebrauch davon. Trotzdem war ich nicht ganz bei der Sache. Ich hatte noch Schwierigkeiten mit meiner Rolle. Ich, der Lockvogel eines Eheanbahnungsinstituts – das kam mir als eine lächerliche Maskierung vor. Ich mußte irgendeinen persönlichen Gewinn daraus ziehen, denn sonst war ich ein betrogener Betrüger, der in Elenas Diensten langweilige Abende mit biederen Frauen verbrachte. Hatte sie vielleicht mehrere Männer zu diesem Zweck engagiert? Mehrere Verrückte wie mich? War ich der einzige? Kuriose Fragen, unbeantwortbar. Ich rutschte weg in eine andere Gedankenbahn, die wohl auch für meine Situation typisch war. Warum eigentlich diese Frau, dachte ich. Schieb sie ab! Morgen kommt schon eine andere. Ich habe ja einen unerschöpflichen Vorrat und kann wählen.

Währenddessen hielten wir uns eng umschlungen, und Irmgard Heusers Tanzleidenschaft trug uns über die Flaute hinweg. Allmählich fühlte ich mich auf eine ziemlich unpersönliche Weise erregt. Sie war es zwar, deren Nähe das auslöste, aber es hätte auch eine andere sein können, zum Beispiel die kleine, schlanke Langhaarige, mit der ein anderer Gast tanzte, oder die andere dort an dem Tisch in der Ecke, die gerade ihre Beine übereinanderschlug und großzügig entblößte. Ja, eigentlich waren die anderen besser, der bewegliche Hintern der einen, die matt schimmernden Beine der anderen. An Irmgard Heuser störten mich ihr starres Gesicht und der übertriebene Schwung, mit dem sie tanzte. Es wirkte, als sei sie mit sich allein. Wahrscheinlich war sie schon oft mit anderen Männern hier gewesen, zum Beispiel mit den beiden Schwindlern, bevor sie mit ihnen ins Bett ging. Und wie um mich einzureihen, begann ich sacht, ihr Ohr und ihren Hals zu küssen. Sie tanzte entschlossen weiter, fast so, als ignorierte sie mich.

Spät in der Nacht brachen wir auf und gingen zu einem Taxistand, wo zwei Fahrer hinter ihren Lenkrädern dösten. Ich hielt Irmgard die Tür auf und fragte, ob ich sie noch begleiten dürfe. Sie schien erstaunt zu sein, sagte dann entschlossen: »Das ist nett von Ihnen.«

Im Taxi herrschte eine beklommene Stimmung. Es war wohl eine Entscheidung gefallen, aber wir spürten, daß wir uns fremd waren. Um das Schweigen zu durchbrechen, erzählte ich von meinen beruflichen Verpflichtungen in den nächsten Tagen. Das mußte ich ohnehin noch schnell vorbringen, um eine neue Verabredung hinauszuschieben. Sie ahnte das vermutlich, und es brachte uns noch mehr auf Distanz. Jetzt waren wir in dem Villenvorort, dessen große, baumbestandene Grundstücke meist hinter hohen Mauern im Dunkel lagen. Nur die nähere Umgebung der Häuser und die Eingänge wurden von Strahlern in helles Licht getaucht. Wir hielten. Ich stieg aus und begleitete sie die wenigen Schritte bis zu ihrem Gartentor. Sie hielt mir die Hand hin, und ich gab für heute auf und fragte, ob ich sie wiedersehen könne.

»Ich hoffe doch sehr«, antwortete sie, »rufen Sie mich bitte bald an.«

Das war's also. Ich sah sie durch den Vorgarten auf ihr großes weißgekalktes Haus zugehen. Es hatte ein mächtiges Walmdach, geschlossene grüne Schlagläden im Erdgeschoß und Fenster mit weißen Sprossen im ersten Stock. Im Lichtschein einer schmiedeeisernen Laterne glänzten die Messingbeschläge der Haustür. Der Geschmack des Immobilienmaklers, dachte ich. Sie winkte noch einmal, machte Licht im Eingang und schloß hinter sich die Tür. Ich stieg in das wartende Taxi und fuhr in Richtung Stadt zurück. Wir waren auf der langen Einfahrtstraße, als ich zwei beleuchtete Telefonzellen sah. Ich könnte doch anrufen, dachte ich, aber wir waren schon vorbei. »Bitte?« sagte der Fahrer. Anscheinend hatte ich leise geflucht. Dann kam wieder eine Telefonzelle, und ich ließ ihn halten. Schon im Aussteigen suchte ich in meiner Jakkentasche nach dem Zettel mit ihrer Nummer.

Ich nehme an, sie war schon dabei, ins Bett zu gehen, und vielleicht dachte sie, ich riefe sie von meiner Wohnung aus an, um ihr »gute Nacht« zu sagen. Aber ich behauptete, ich sei noch in ihrer Nähe. Und dann, ich weiß nicht, was in mich fuhr, fing ich an, auf sie einzureden, daß ich sie noch sehen müsse. Es war eine wirkliche Besessenheit, die mich packte.

Ich hörte es. Es war das Werben und Flehen der Leidenschaft. Dazwischen hörte ich ihre Stimme, ratlos, verwundert, geschmeichelt, die ein paar Einwände vorbrachte – es sei zu spät, das sei doch unvernünftig, wir könnten uns morgen sehen, aber schließlich sagte sie: »Lassen Sie mir zehn Minuten Zeit.« Ich stürzte zum Taxi und dirigierte es zurück. »Was vergessen?« fragte der Fahrer. Ja, ich hatte etwas vergessen. »Fahren Sie schnell«, sagte ich, »in zehn Minuten müssen wir da sein.« Ich wollte nicht, daß die Entschlossenheit nachließ, von der ich mich beherrscht fühlte. Wie durch einen Tunnel mußte ich auf sie zugehen, auf die immer wieder wegschmelzende Halluzination ihres Körpers, die ich in mir festzuhalten versuchte.

Da war das Haus. Ich bezahlte den Fahrer und ging auf die dunkelgrün lackierte Haustür zu, die sich öffnete, bevor ich geklingelt hatte. Irmgard zog mich herein. »Kommen Sie, ich will nicht, daß uns jemand hört.«

Es waren also noch andere Leute im Haus. Oder vielleicht täuschte sie das nur vor. Wir gingen durch einen Windfang in eine große Diele, aus der ein breiter Treppenlauf in den ersten Stock führte. Nur das Garderobenlicht brannte. In den hinteren Räumen waren die Dimmer der Stehlampen heruntergedreht, Teil ihrer raschen Vorbereitung, wie auch das lange Hauskleid, das sie trug. »So ein verrückter Mensch«, flüsterte sie, als wir uns umarmten. Ich hatte den Einfall, mich zusammen mit ihr in eine sanfte, schwingende Bewegung zu versetzen, als tanzten wir auf der Stelle. Sie ging sofort darauf ein, verstand, daß es ein Zitat einer bestimmten Bewegung war, die wir beim Tanzen gemacht hatten. Doch jetzt war es fordernder, rücksichtsloser. Wir küßten uns dabei. Schließlich gingen wir nach hinten. Elena würde mit mir zufrieden sein, schoß es mir durch den Kopf.

Es gab noch einen kritischen Augenblick, in dem ich die Lächerlichkeit des Ganzen spürte. Wir lagen schon zusammen auf ihrem breiten Bett, als ich hörte, wie sie auf meine Bewegungen antwortete. »Oh, ja«, sagte sie »oh, ja.« Es war die dümmliche Floskel ihrer Konversation, nur heiserer und heftiger, und einen Augenblick überkam mich das Bewußtsein der Lächerlichkeit wie ein drohender Zusammenbruch. Dann war ich darüber hinweg und begriff, wie sie mich führte mit ihrer kleinen, mal klagenden, mal jubelnden Stimme. Oh, ja, oh, ja, das begann unser Spiel zu werden, unser Ritual. Sie sagte mir damit, was ich tun sollte, belohnte mich mit diesem Echo. So sollte sie immer mit mir sprechen. Es war alles, was es zu sagen gab.

Am nächsten Tag fand ich in meinem Briefkasten ein neues Dossier. Die Frau, die ich treffen sollte, hieß Elke Kemla, war Mitte Dreißig, Arztwitwe mit zwei kleinen Töchtern von fünf und sechs Jahren. Elenas Dossier schilderte sie als eine zarte, ein wenig unselbständige Frau mit romantischen Neigungen, die sich vor allem Zärtlichkeit und gegenseitiges Verstehen von einer Partnerschaft versprach. Elena mußte sehr für mich geworben haben, denn ich bekam eine Einladung zum Tee.
Auf den ersten Blick gefiel mir Elke Kemla nur mäßig. Sie war braunhaarig, schmalgesichtig, ein wenig blaß, nahm mit freundlichem Lächeln meine Blumen entgegen. Zwei kleine Mädchen tauchten auf, wie mir schien, besonders hübsch angezogen in bestickten Hängerkleidern. Auf Drängen der Mutter gaben sie mir die Hand. Wir gingen ins Wohnzimmer, wo der Teetisch gedeckt war und im Rechaud ein kleines Wachslicht brannte. Auf der Fensterbank wucherten Blattpflanzen, und in der Ecke stand aufgebockt ein Aquarium, in dem bunte Zierfische durch das beleuchtete Wasser schwammen.
Ich fühlte mich, als steckte ich in einer Falle. Elke sprach zwar nicht von Heiratsabsichten, aber sie hatte mich in ihr Haus eingeladen, damit ich mir ein Bild von dem Leben machen konnte, das hier auf mich wartete. Auch die beiden Kinder waren ein Teil ihrer Selbstdarstellung. Während wir redeten und sie mir von dem tödlichen Verkehrsunfall ihres Mannes

und ihrem jetzigen Leben erzählte, kamen die Mädchen immer wieder herein, drängten sich auf ihren Schoß, flüsterten ihr etwas ins Ohr und schauten zu mir herüber. Ich mochte die Freundlichkeit, in der sie mit ihren Kindern sprach. Es lag eine eigenartige Koketterie darin, daß sie vorübergehend so tat, als sei ich nicht da. Plötzlich wechselte sie dann die Front und sprach über die Köpfe der Kinder hinweg mit mir weiter, ohne ungeduldig zu werden, wenn sie auf ihr herumturnten. Sie zeigte sich mir als Mutter ihrer Kinder, und die Kinder, die auf ihren Schoß kletterten und von ihr geküßt und gestreichelt wurden, zeigten mir, daß sie eine Frau war.
Wußte sie das eigentlich? Spürte sie ihre Wirkung? Oder war sie nur naiv? Das habe ich nie entscheiden können. Es gab manches an ihr, das so und so deutbar war. Als ich mich verabschiedete und sagte, die Zeit sei mir sehr kurz vorgekommen, lud sie mich ein, zum Abendessen zu bleiben. Ich hatte damit nicht gerechnet, war schon entschlossen gewesen, diese Bekanntschaft zu beenden, doch nun, während sie schnell die beiden Mädchen ins Bett brachte und ich ihre helle, heitere Stimme oben im Haus hörte, erwachte mein Interesse.
Ich wartete im Wohnzimmer und betrachtete ein gerahmtes Foto ihres verstorbenen Mannes, das in einem offenen Fach der Schrankwand stand. Dr. Kemla war wohl ungefähr so alt gewesen wie ich. Er sah ernst und langweilig aus. Ja, sagte ich zu ihm, so ist das, du bist tot und ich bin bei deiner Frau. Die Lebenden sind immer im Recht, und die Toten werden ihrem Verschwinden überlassen. Erst verziehen sie sich aus der Welt, dann verschwinden sie aus den Köpfen der Lebenden. Heute abend würde Dr. Kemlas Verschwinden wieder ein Stück vorankommen.
Noch während ich das dachte, kam Elke herunter, frisch frisiert und duftend. Ihre Blässe, die mir zu Anfang aufgefallen war, mußte wohl ein Zeichen ihrer inneren Anspannung gewesen sein, denn sie war sichtlich aufgeblüht. Wir aßen in der Küche zwei Toasts und gingen mit einer Weinflasche und Glä-

sern ins Wohnzimmer zurück. Während ich die Flasche entkorkte, sah ich, wie Elke ihre Schuhe abstreifte und sich mit angezogenen Beinen in die Couchecke kuschelte. Ich setzte mich auch auf die Couch. Korrekt und langweilig sah Dr. Kemla herüber. Ich konnte ihn nicht mit dieser zarten Frau in Verbindung bringen, die in anmutiger Sorglosigkeit neben mir saß und mich anlächelte. Sie wirkte so unbeschwert und entspannt, als sei sie ihren Bewacher auch innerlich losgeworden.

Ich weiß nicht mehr, worüber wir gesprochen haben. Nur daß wir uns einmal anschauten und uns zutranken und sie sagte: »Hoffentlich bestehe ich die Prüfung.« Ich wußte nicht, was sie meinte. Sie behauptete, ich schaute sie dauernd so prüfend an. Ja, sie habe bestanden, sagte ich. Gleich danach stand sie auf, ging zu dem Musikfach der Schrankwand und legte eine Platte auf, eine sanfte Musik, die leise aus den Boxen kam. Sie war auf Strümpfen zum Plattenspieler gegangen, und ich dachte, sie würde sich wieder in die Couchecke verkriechen. Aber sie setzte sich dicht neben mich. »Zeigen Sie mir mal Ihre Hände«, bat sie. Ich hielt ihr meine Hände hin, und sie fuhr mit dem Zeigefinger an den Handlinien entlang und erklärte mir, was sie dort entdeckte. Es gab einen Bruch in meiner Lebenslinie, sonst hatte ich eine klare Hand. Ich war sensibel und gefühlvoll. Doch der Mondberg war fast ganz abgetrennt von der übrigen Hand. Viele Kräfte, die mein Leben bestimmten, waren mir nicht bewußt geworden.

»Das stimmt«, sagte ich, »doch jetzt nicht mehr.« – »Jetzt nicht mehr?« – »Ich glaube nicht.«

Wir sahen uns an. »Oh, wir sollten wirklich vernünftiger sein«, sagte sie.

»Ja, sollten wir?«

Ich neigte mich ihrem Mund zu, der schon auf mich wartete, und kurz bevor wir uns trafen, sah ich den rührenden Mechanismus der Hingabe, der ihr die Lippen öffnete und die Augen schloß und ihr Gesicht mit einer empfindsamen Schläfrigkeit überzog. Wir berührten uns nur leicht. Sacht bewegte sie die Lippen, als forme sie lautlos ein Wort und ich müsse es erraten. Diese zeitlupenhaften Küsse umnebelten mich allmählich. Sie zogen mich weg von meiner Selbstbehauptung und immer tiefer in die Empfindungen dieser kindlichen Frau hinein. Es gab etwas in mir, das wie sie war. Das hatte ich nicht gewußt.

Am nächsten Morgen wurde ich wach, weil ich das leise Beben der Matratze spürte. Durch mühsam geöffnete Augenschlitze schaute ich in das Licht, das durch den rostfarbenen Vorhang drang. Elke saß auf der Bettkante und drehte den Kopf zur Seite, wo sie sich im Spiegel der Frisierkommode betrachtete. Es war Samstagmorgen. In der Nacht, als ich gehen wollte, hatte sie mir gesagt, sie würde die Kinder morgens zu ihrer Nachbarin bringen. Ich könne ruhig weiterschlafen. Wir hätten noch den ganzen Vormittag für uns. Sie würde nur rasch den Kindern ein Frühstück machen und wieder zu mir ins Bett kommen. Gegen meinen Vorsatz, die Sache in Grenzen zu halten, hatte ich eingewilligt. Ich konnte mich einfach nicht von ihr lösen. Wir lagen eng aneinandergedrängt in unserer gemeinsamen Wärme. Es wäre gewaltsam und widersinnig gewesen zu gehen. Jetzt schob sie mit einer verschlafenen Bewegung ihr Haar über die Schulter und stand auf, indem sie sich mit beiden Armen von der Bettkante hochdrückte. Nackt ging sie um das Fußende des Bettes herum und zog den Bademantel aus weißem Frotteestoff an. Dann merkte sie, daß ich wach war und ihr zuschaute, und kam schnell und küßte mich. »Schlaf ruhig weiter. Ich bin gleich wieder da.«

Kurz danach hörte ich sie nebenan im Badezimmer mit den beiden Kindern. Dann gingen sie zu dritt die Treppe hinunter. Ihre Stimme klang heiter. Es hörte sich an, als ob sie glücklich sei. Ich fragte mich, was mit mir selbst los sei. Was hatte ich vor? Es war doch wohl klar, daß ich das hier beenden mußte. Bestimmt lag heute wieder ein Dossier in meinem Briefkasten. Aber noch war ich hier. Noch war das andere, das Neue ganz abstrakt. Nur daß die Zeit verging, das spürte ich schon. Die Zeit ging immer auf das Neue zu. Auch die vergangene Nacht war schon Erinnerung. Sie war in einzelne Bilder mit veränderlichen, unscharfen Rändern zerfallen. Elke saß rittlings auf meinen Beinen und sah auf mich herab. Dahinter, ferngerückt, war ein anderes Bild, das so unkörperlich wie ein Gedanke war. Sie lag auf der Seite, und auch ich mußte auf der Seite gelegen haben. Sie streckte die Hand nach mir aus und verschwand. Wir saßen uns Stirn an Stirn im Schneidersitz auf dem Bett gegenüber. Ich legte meine Hände auf ihre Schultern. Ihre Augen erweiterten sich und zerflossen. Sie war nicht mehr da. Ich wußte nur, wir hatten in dieser Szene leise miteinander gesprochen. Es waren lauter kurze Sätze gewesen, Fragen und Antworten, spiegelbildliche Bestätigungen. Genau wußte ich es nicht mehr.

Jetzt war der Doppelton der Türglocke zu hören, anscheinend die Nachbarin, die von ihr die Kinder übernahm. War das schon vorher so verabredet gewesen, oder wie sollte ich das verstehen? Undeutliche Stimmen nun und ein eiliges Hin und Her von Schritten, das Zufallen der Haustür. Jetzt kam sie. Ich hörte ihre Schritte auf der Treppe. Sie war mir im Augenblick so fremd wie jede andere Frau. Leise trat sie ein, ließ den Bademantel von den Schultern gleiten und näherte sich dem Bett. Sie betrachtete mich aufmerksam, während sie aus ihren Schuhen trat und ein wenig kleiner wurde. Mit einem Arm lüftete ich die Decke, und sie schlüpfte unter dieses Dach, drängte sich an mich. »Da bin ich und da bist du«, sagte sie. Das mußte sie sich also auch sagen. Oder sagte sie es mir? Da waren auch schon die Worte, die zum Standard der Situation gehören. »Bleib bei mir!« – »Ich laß dich nicht wieder weg!« – »So soll es immer sein!« – »Ich brauche dich!« – »Ich halte dich jetzt immer fest!« Es ist dumm zu sagen, es seien Lügen oder Phrasen. Es sind die wenigen Worte, die standgehalten haben und deshalb immer wieder von allen

gesprochen werden. Alles das ist grundsätzlich wahr. Individuell natürlich nicht immer.
Wie ich vorausgesehen hatte, wurde unser Abschied heikel. Ganz automatisch setzte ich eine bedauernde Miene auf und erklärte ihr, ich könne sie in der kommenden Woche wegen einer Dienstreise nicht sehen. Auch ihr Gesicht veränderte sich. Es nahm einen erschrockenen Ausdruck an, eine Mischung aus Angst und Argwohn, und schien zu sagen: Bitte enttäusche mich nicht! Ich könnte es nicht ertragen, von dir enttäuscht zu werden. Mit ein paar Küssen habe ich ihr Gesicht wiederhergestellt. Bin dann eilig gegangen, in der Angst, es könnte wieder zerfallen.

Als ich zu Hause ankam, hatte ich das Gefühl, sehr lange weg gewesen zu sein. Im Briefkasten lag wie üblich Reklame und dazwischen ein neues Dossier, erkennbar an dem blauen Umschlag, den Elena benutzte. Ich steckte ihn in die Jackentasche und ging nach oben. Es war kurz vor Mittag, eine Zeit, in der ich sowieso nichts mit mir anzufangen weiß. Ich hatte Hunger und keine Lust, irgendwo allein in einer öden Kneipe ein totgekochtes Wirtshausessen in mich hineinzuschlingen. Und nun lag auch noch das ganze Wochenende vor mir, ein leeres Stück Zeit, über das ich mir noch keine Gedanken gemacht hatte. Ich fühlte mich fahrig und zerstreut, faßte sinnlos ein paar Dinge an, mit denen ich nichts vorhatte, und legte sie an ihren Platz zurück. Konnte ich einfach noch einmal Elke anrufen und einige Worte mit ihr reden? Ich konnte fragen, wie sie sich fühle und was sie gerade mache. Ihre Stimme hätte mir gutgetan. Doch das mußte auf neue Verabredungen oder schwierige Ausflüchte und Beteuerungen hinauslaufen und würde alles nur noch heikler machen. Nein, ich brauchte jetzt Abstand und neue Übersicht.
Ich überwand einen inneren Widerstand und öffnete das neue Dossier. Elenas nächste Aufgabe für mich war eine Organistin, 39 Jahre alt, geschieden. Neben der Musik liebte sie die

Kunst, das Theater, lange Gespräche und so weiter und so weiter. Ich brauchte mir ihren Steckbrief nicht durchzulesen. Für die Frau sprach, daß mit ihr alles noch einfach war.
Ich stand auf, um mir etwas zu essen zu machen. Es waren noch Eier da, Spaghetti, eine angebrochene Büchse Corned Beef, ein Beutel Milch und eine Flasche Bier. Nichts, was mich reizte. Hatte nicht ein bekannter Philosoph gesagt, es sei ihm egal, was er esse, Hauptsache, es sei immer dasselbe? Angeblich hatte er sich dann für Käsebrot entschieden. Auch ich war anspruchslos, aber zu solchen Graden asketischer Weisheit würde ich es nicht bringen.
Ich hatte angefangen, eine verkrustete Pfanne zu säubern, als das Telefon klingelte. Es war Elena, die fragte, wie es mir ginge. »Gut«, sagte ich. Der Anruf überraschte mich. Bestimmt wollte sie mich kontrollieren und hatte gerade einen Moment erwischt, in dem ich mich mit mir selbst uneins fühlte. Ich hatte das Bedürfnis, das vor ihr zu verleugnen, und deshalb antwortete ich nur kurz. »Ich möchte Sie gerne zum Essen einladen«, sagte sie. Als ich zehn Minuten später aus dem Haus trat, parkte auf der anderen Straßenseite schon ihr schwarzer Golf. Durch das heruntergekurbelte Seitenfenster winkte sie und lächelte mir entgegen: Elena in einem fliederfarbenen Kostüm und schwarzer Seidenbluse, elegant und gerüstet, mit ihren klugen, aufmerksamen Augen.
Sie brachte mich wieder auf Kurs. Nicht indem sie mich ermunterte oder mir zuredete weiterzumachen, sondern beiläufig, indem sie meinen Erlebnissen den Ernst nahm. Mit einer leisen Herablassung sprach sie von der kleinen Elke Kemla und ihren beiden reizenden Püppchen, und über Irmgard Heuser äußerte sie die Vermutung, sie sei wahrscheinlich mit vollen Segeln zum Rendezvous erschienen. Ich entspannte mich bei diesem Ton und wurde wieder Elenas Komplize. So konnte man es auch sehen, ein wenig von oben herab, oder jedenfalls aus dem sicheren Abstand der Worte, mit denen man es klassifizierte. Es war eine Art Verrat, zu

dem sie mich animierte. Zögernd ließ ich mich darauf ein, und Elena erzählte mir noch einige Einzelheiten, die nicht in den Dossiers gestanden hatten. Irmgard Heusers merkwürdig glattes, unbewegtes Gesicht kam vom Liften. Wahrscheinlich war sie einige Jahre älter, als sie angab. Elke hatte damals, als Dr. Kemla gegen einen Baum fuhr, eine Liebschaft mit einem verheirateten Mann gehabt. Nun ja, sie war dieser Typ der kindlichen Frau, der häufig ein wenig nymphomanisch war. Ich fühlte mich zurechtgerückt, als ich mich von Elena trennte, und ein wenig beschämt, daß ich nicht nüchtern genug gewesen war. Doch ich spürte auch Bedauern.

In der nächsten Woche traf ich mich mit drei verschiedenen Frauen. Mit der Organistin wurde es schwierig. Ich sah sie zweimal, und jedesmal gerieten wir in ein grundsätzliches Gespräch hinein. Es war unerfreulich, nicht weil wir über Kunst und Leben anderer Meinung waren, sondern weil wir nicht davon loskamen. Wir fanden keine andere Möglichkeit, miteinander umzugehen. Schließlich sagte ich, während ich sie nach Hause begleitete, daß es mit uns wohl keinen Zweck hätte. Sie war auch nicht zufrieden mit unserer bisherigen Bekanntschaft, aber daß ich die Sache beendete, schien sie zu schockieren. Sie senkte den Kopf, und erst nach einer Pause sagte sie leise: »Wenn Sie es so sehen ...« Dann gingen wir eine Weile stumm nebeneinander her, beide mit gesenkten Köpfen, in einer quälenden Verhaltenheit. Schließlich brach sie das Schweigen und fragte: »Und woran hat's gelegen?« Ich sagte, ich wüßte es nicht. Dann korrigierte ich mich und sagte, zwischen uns gäbe es keine körperliche Anziehung. »Das hätte sich vielleicht noch ergeben«, sagte sie. »Vielleicht«, antwortete ich. Wir hatten noch ein ganzes Stück bis zu ihrer Haustür zu gehen und schwiegen beharrlich, bis sie auf einmal hervorstieß: »Es tut mir leid, daß ich Sie enttäuscht habe.« Ich antwortete, das brauche ihr nicht leid zu tun, und das Schweigen stürzte wieder über uns herein. Sie war eine hübsche, schlanke Frau, die mir auf den ersten Blick gefallen hatte, doch ihre Art zu reden hatte etwas Unechtes und Bemühtes. Sie war nicht anwesend in ihren Worten, und ich konnte ihr nicht helfen, sich von dem ganzen Ballast zu befreien, den sie mit sich schleppte.

Sobald ich mich von ihr verabschiedet hatte, bin ich zum Telefon gegangen und habe Irmgard Heuser angerufen. Sie war überrascht, mich zu hören, hatte anscheinend nicht mehr mit mir gerechnet, weil ich mich tagelang nicht gemeldet hatte. Aus den Augen, aus dem Sinn, habe sie gedacht. Sie ließ sich aber schnell versöhnen und war einverstanden, daß ich noch kam. Wir haben in ihrem Swimming-pool gebadet. Es gab sogar eine Unterwasserbeleuchtung, so daß man wie in flüssigem Licht schwamm. Oben an der Hauswand tanzten blasse Lichtreflexe. Ich hatte keine Badehose dabei und sprang nackt ins Wasser. Irmgard kam in einem Badeanzug. Ich sagte, das sei ein Stilbruch, und als sie ins Becken stieg, hielt ich sie gleich bei der Leiter fest und schob ihr die Träger von den Schultern. Dann küßten wir uns und planschten herum, während wir uns aneinander festhielten, und allmählich streifte ich ihr den Badeanzug ab. Ich tauchte dabei unter und kam mit meinem Beutestück wieder hoch und warf es aus dem Becken.

Von Anfang an spürten wir, daß es an diesem Abend mit uns stimmte. Aber was Irmgard nicht wissen konnte – die spröde Organistin und sogar Elena mit ihren bissigen Bemerkungen hatten dazu beigetragen. Heimlich habe ich mich davon überzeugt, daß Elena recht hatte. Nicht nur Irmgards Gesicht, auch ihre Brüste waren geliftet und sahen viel straffer aus als ihr Bauch. Sie wirkte dadurch unfertig, als sei sie noch in Arbeit. Mich störte das nicht. Das Vollkommene und Ideale habe ich noch nie gemocht, menschlich nicht und sexuell schon gar nicht. Wenn alle Frauen gleich schön wären, würde vermutlich allgemeine Langeweile ausbrechen und die Sexualität schrumpfte auf einen biologischen Rest zusammen. Eine wirklich schöne Frau kann gar nicht ganz nackt sein. Sie ist angekleidet mit ihrer Schönheit, und an der Schönheit läßt sich nichts entblößen. Wenn sich dagegen eine Frau auszieht, die einen unharmonischen, vom Ideal abweichenden Körper hat, ist das fast wie ein Geständnis, als sagte sie: Schau her, so sehe ich aus. Das ist mein Bauch, das sind meine Schenkel. Ich habe mich für dich enthüllt.

Ich kann trotzdem nicht sagen, was mich an Irmgard anzog. Es war eine Anziehung, die einen Widerspruch in sich barg. Denn wenn sie redete und ihre Ansichten äußerte, sah ich immer, wie weit wir voneinander entfernt waren. Auch das war ein Reiz für mich, jedenfalls zu Anfang. Ich mußte es mir nicht verschleiern, im Gegenteil, die Fremdheit ließ mich stärker spüren, wie gut wir uns im Bett verstanden und wie nah wir uns trotz unserer Gegensätze kamen. Im Bett schickten wir alle sozialen Unterschiede und Vorurteile zum Teufel. Was die meisten Menschen so denken oder zu denken glauben, ist sowieso nur ausgeliehen. Wenn es darauf ankommt, zerbröckelt es wie Zunder und fliegt weg wie eine Staubwolke.

Später, als ich neben Irmgard lag und die Stille ihres Körpers fühlte, erzählte sie mir von sich. Sie hatte vor Jahren einen Herzinfarkt gehabt, und ihr Mann hatte deshalb dieses prächtige Schwimmbad für sie bauen lassen. Kurz danach war er gestorben. Sie hatte ihn nicht geliebt, hatte zu sehr an ihrem Vater gehangen, der ein bekannter Opernsänger gewesen war. Ihre Ehe war nie gut gewesen. Sie sah das auch an ihren beiden Kindern. Die Tochter war eine Spießerin, die einen langweiligen Spießer geheiratet hatte, und ihr Sohn war kriminell geworden und hatte ähnliche Betrügereien gemacht wie die beiden Männer, auf deren Anzeigen sie hereingefallen war.

Während sie mir das erzählte, drehte sie sich ein wenig zur Seite und nahm ein kleines Foto aus der Schublade ihres Nachttisches. »So habe ich mal ausgesehen«, sagte sie. Das Foto war, wie ich auf der Rückseite las, sechsundzwanzig Jahre alt und zeigte sie als junge Frau. Ich betrachtete es lange, und Irmgard stützte sich neben mir auf und schaute es ebenfalls an.

Das war sie gewesen, diese junge Frau mit dem ungestümen, fast wilden Gesicht, in dem so viel Lebenshunger und, wie mir schien, auch Unabhängigkeit zu sehen war. Es war ein seltsamer Gedanke für mich, daß die Person, die Seele, die aus dem Bild sprach, nun hinter der festgezurrten, gelifteten Maske und ihrem glatten Lächeln verborgen war.

Am nächsten Morgen fuhr ich von Irmgards Wohnung aus ins Büro, und als ich nachmittags nach Hause kam, lag ein Brief von Elke in meinem Kasten. Sie teilte mir mit, sie sei mit den Kindern zu ihrer Schwester gefahren, weil sie es so besser ertragen könne, daß wir uns die ganze Woche nicht sähen. In ihrer großen, kindlichen Schrift hatte sie noch ein langes Postscriptum darunter geschrieben. »Laß mich bitte nicht allein! Du hast Dich ganz tief in mich eingegraben! Die Erinnerung an Dich ist meine tägliche Nahrung, und meine Sehnsucht ist schlimmer als Hunger und Durst!«

Ich las diese Sätze mehrmals. Sie klangen, als stammten sie aus einem Musterbuch für Liebesbriefe, aber es war durchaus möglich, daß sie es so empfand. Ich schrieb ihr, daß ich sie am Sonntag besuchen wolle. Und als ich den Brief in den Kasten geworfen hatte, vergaß ich sie sofort und wandte mich meinen neuen Verabredungen zu.

Die nächste Frau, die ich traf, war eine Bankangestellte, ich nehme an, in den mittleren Rängen. Sie arbeitete in der Kreditabteilung. Ich sah ihr an, daß sie frisch vom Friseur kam, als sie in dem kleinen italienischen Lokal, das mir Elena empfohlen hatte, an meinen Tisch trat, eine mittelgroße, etwas rundliche Frau, die ihr bestes Kleid aus dem Schrank genommen hatte und auffallende, eigentlich nicht zu ihr passende goldene Ohrgehänge trug.

Ich weiß nicht mehr, worüber wir während des Essens sprachen. Die meisten Eröffnungsgespräche ödeten mich an, und dies hier ist mir weder als quälend noch als amüsant in Erinnerung. Es wird also bloß nichtssagend gewesen sein. Als wir später im Bierrestaurant des Volksgartens unter Lichtschnü-

ren aus bunten Glühbirnen saßen und zu der Fontäne in der Mitte des Weihers hinüberblickten, versuchte ich sie ein wenig zu provozieren und fragte sie nach ihrem Verhältnis zum Geld aus. Ob es sie nicht unzufrieden mache, daß ihr täglich so viel fremdes Geld durch die Hände liefe? Sie gab mir lauter biedere Antworten. Geld sei nicht das Wichtigste im Leben. Ja, es sei schön, Geld zu haben, um sich eine angenehme Wohnung, hübsche Kleider und interessante Reisen leisten zu können, aber mehr brauche sie nicht. Ich fragte sie, ob sie einen Mann heiraten würde, der ein beruflicher Versager sei. Nein, das nicht, sagte sie ohne Zögern. Dann bliebe sie lieber allein. Offensichtlich kannte sie ihre Bedürfnisse. Sie war eine der Frauen, die sich nur verlieben, wenn die sozialen Verhältnisse in Ordnung sind.
Die Unterhaltung langweilte mich, und so schlug ich vor, noch im Park spazierenzugehen. Ich hatte nichts anderes im Sinn, als dem stockenden und banalen Gespräch zu entkommen. Aber als wir im Dunklen über die Parkwege gingen, veränderte sich alles. Sie war jetzt nicht mehr diese langweilige Spießerin, sondern eine unbekannte Frau, deren Schritte ich neben mir hörte und deren schattenhaften Umriß ich sah. Obwohl ich bloß diesen Rundgang mit ihr machen wollte, geriet ich mehr und mehr in eine überwache, gereizte Aufmerksamkeit für jede Bewegung ihres greifbar nahen Körpers. Ihre langsamen, gleichmäßigen Schritte sagten mir, wie schwer und voll sie sich anfühlen würde, wenn ich sie umarmte. Ich wußte nicht, wie ich es anfangen sollte, und ging stumm und aufgeregt neben ihr her, bis ich mich entschied, einfach stehenzubleiben und sie festzuhalten.Sie reagierte abwehrend, fand sich aber zu einem Kuß bereit. Ich spürte kurz ihre frischen, fleischigen Lippen, als sie mich schon wieder wegstemmte und den Kopf schüttelte. »Nein«, sagte sie, »jetzt nicht.« – »Warum nicht?« wollte ich wissen. Sie fand, daß wir Zeit hätten. Wir konnten uns ja bald wiedersehen. Ich konnte mir denken, was sie sich vorstellte: eine vorgeplante

Bekanntschaft mit sparsam dosierter Zärtlichkeit, Schritt für Schritt auf die Ehe zu. Eigentlich war das genau das Erwartbare. Meine schnellen Erfolge bei Irmgard und Elke hatten mich darüber hinweggetäuscht. Dies war wieder ein Abend nur in Elenas Diensten, wie schon das Treffen mit der Organistin, und obwohl es mir gelang, sie noch einige Male zu knapp bemessenen Küssen und Umarmungen festzuhalten, konnte ich diese Frau nicht von ihrer inneren Zielstrebigkeit abbringen.

Ziemlich bald kamen wir aus dem Park hinaus, und ich fuhr sie nach Hause. Ich wußte nicht, ob ich sie wiedersehen wollte, war aber lächerlich genug, sie um einen Abschiedskuß zu bitten. Noch während ich sie hielt und zu bedrängen versuchte, merkte ich, wie ein Schreck sie durchfuhr und sie nach ihrem Ohr griff. Ein Ohrgehänge war weg! Im Handschuhfach hatte ich eine Taschenlampe. Wir leuchteten damit den Boden des Wagens ab. Das Gehänge war nicht da. Es mußte also irgendwo im Park liegen. Sie war niedergeschmettert von dieser Erkenntnis, und während unserer eiligen Rückfahrt zum Park machte sie sich Vorwürfe, daß sie diesen kostbaren, alten Familienschmuck angelegt habe. Der Sicherheitsverschluß mußte sich bei unseren Umarmungen gelöst haben, aber das war nur möglich, wenn sie ihn nicht richtig geschlossen hatte.

Sie machte mir keine Vorwürfe, und ich versuchte, sie zu beruhigen. Gott sei Dank war es dunkel, so daß wohl kein anderer das Schmuckstück gefunden hatte. Und wir würden es schon wiederfinden. Ich glaubte nicht daran, doch ich fühlte mich mitschuldig, und sie tat mir leid. Bestimmt war diese Geschichte auch nicht im Sinne von Elena.

Wir begannen bei der Gastwirtschaft und leuchteten Meter für Meter den Weg ab, wußten aber bald nicht mehr genau, wie wir gegangen waren und wo wir gestanden hatten. Mehrmals täuschte uns etwas Glänzendes, ein Kronkorken, eine zerbrochene Spange, und die Winzigkeit dieser Gegenstände

machte mir deutlich, wie groß der Park war und wie gering unsere Aussicht, das Ohrgehänge zu finden.Dennoch machten wir hartnäckig weiter, leuchteten unter Zweige, tasteten im Gras herum, bis ich, schon krumm vom Bücken und längst hoffnungslos, auf etwas Zartes, Metallisches tappte. Im ersten Moment war ich nur darauf bedacht, sie nichts merken zu lassen. Es konnte ja eine Täuschung sein. Dann fühlte ich mit den Fingerspitzen den Verschluß und die Schmucksteine des Gehänges, stand auf und hielt es ihr hin. Sie war so erschüttert, daß ihr die Tränen kamen. Sorgfältig steckte sie das Schmuckstück in die Handtasche, wo sie schon das andere Gehänge aufbewahrte, und fiel mir um den Hals.
Wir standen ziemlich lange da. Es war klar, ich sollte meinen Lohn bekommen. Bloß hatte ich auf einmal jedes Interesse an ihr verloren. Als sie mich einlud, bei ihr noch etwas zu trinken, ging ich nur aus Höflichkeit mit. Ich weiß wirklich nicht, was mich so gleichgültig machte, als sie mit mir zärtlich wurde. Vielleicht, daß sie es auch nicht richtig wollte und sich nur Mühe gab? Ich weiß es nicht. Ich wollte nur noch allein sein, und als sie in die Küche ging, um eine Flasche Wein zu holen, bedankte ich mich und sagte, weil mir nichts Besseres einfiel, ich sei müde und wolle nach Hause gehen. Ich konnte sehen, daß sie schockiert war, aber sie sagte nur: »Wie Sie wollen.« Ich stelle mir vor, sie hat die Weinflasche für sich aufgemacht und noch ein wenig ferngesehen. Wahrscheinlich hat sie inzwischen auch einen Mann zum Heiraten gefunden und konnte mich leicht unter den Irrtümern verbuchen.
Ich dagegen dachte, ich müsse Schluß machen mit dem Unsinn. Ich legte erst einmal eine Pause ein, um herauszufinden, ob ich noch derselbe sei. Ja, ich war es sogar, denn ich wußte nichts mit mir anzufangen. Schon das nächste Dossier stellte mich vor die Frage, ob ich eine bessere Beschäftigung für meine Abende wüßte. Vielleicht hätte ich lesen sollen wie in den vergangenen Jahren. Aber ich fand nicht die nötige Ruhe dazu. Das Anfangen machte mir Schwierigkeiten. Ich hatte

ständig das Gefühl, etwas zu versäumen, das ich noch nicht kannte, etwas Neues und Einzigartiges, das ich vielleicht bald finden würde. Es befand sich außerhalb der Bücher, allerdings auch nicht auf der Straße. Oder nur andeutungsweise in den kurzen Blicken vorübergehender Frauen, die ich nach alter Gewohnheit durch meine Blicke herauszufordern versuchte. Ich war wieder wie in der Zeit vor Elena: dieselbe Mischung aus Unruhe und Ziellosigkeit. Es ist wirklich schwer, wunschlos in der Gegenwart zu leben. Wenn man nichts erwartet und nichts vorhat, fließt man einfach auseinander. Und das ich, der diese Dossiers und alle diese Anrufe bekam! Wollte ich zurück in mein Schneckenhausleben und von unerreichbaren, unansprechbaren Körpern träumen? Das kam mir kläglich und widersinnig vor. Obwohl ich jetzt nicht wußte, ob meine Träume banal gewesen waren oder die Wirklichkeit, die ich bald danach entdeckt hatte. Vermutlich waren das halbherzige Anfängerfragen. Der Mystiker der Erfahrung stürzt sich einfach in den Ozean. So sagte ich mir, ein bißchen höhnisch und ein bißchen glaubensbereit. Und genau mit diesem fein gemischten Gefühl öffnete ich das nächste Dossier.

Es war phantasieanregender als das der Vorgängerin, jedenfalls für einen Mann wie mich, der immer noch am Anfang seiner Erfahrungen stand. Elenas nächste Klientin war nämlich eine ehemalige Tänzerin unbestimmten Alters. Daß sie auch eine Trinkerin war, merkte ich nicht sofort. Sie sah noch interessant aus, wenn sie sich zurechtmachte, ein bißchen theatralisch und paradiesvogelhaft in starken, glühenden Farben, und vermutlich schaffte sie es immer für ein paar Stunden, lebhaft und amüsant zu sein, bis das Feuer erlosch und sie in sich zusammenfiel. Ich habe das nur einmal erlebt, beim ersten und einzigen Mal, als ich mit ihr zusammen war. Sie ließ mich gleich ihre ganze Palette sehen, ungewollt ehrlich, weil sie sich nicht länger verstellen konnte. Was ich zunächst

nicht durchschaute: Ihre ältere Freundin, der eine gutgehende Ballettschule gehörte, hatte die Sache für Katja in die Wege geleitet, und in deren Wohnung trafen wir uns auch. Die Freundin, eine magere, dunkel gekleidete Frau, empfing mich und führte mich in das Zimmer, wo Katja saß, ich müßte vielleicht sagen, thronte. Sie sah aus wie eine Höllenfürstin. Alles an ihr, Haare, Anzug und Schuhe, prangte in düsteren Rottönen. Nur die Aufschläge und Revers ihrer Jacke waren aus schwarzer Smokingseide. Wir tranken zusammen Tee, und die Freundin klärte mich darüber auf, was für eine berühmte Tänzerin Katja gewesen sei. Sogar ein Album lag bereit, in dem wir gegen Katjas Protest ein wenig blätterten.
Eine Stunde später gingen wir zusammen zu einer Party, bei der sich die Freundin unbedingt zeigen mußte. Die Gäste waren in der Hauptsache Künstler und Theaterleute, die sich alle kannten und zum Teil auch Katja und ihre Freundin stürmisch begrüßten. Ich fühlte mich anfangs ein wenig benommen von dem fremden Trubel, in den ich so unversehens hineingeraten war. Der Stimmenlärm auf solchen Parties erinnert mich immer an den zunehmenden Druck in einem Dampfkessel. Jeder will sich Gehör verschaffen, und das treibt den Lärmpegel allmählich in die Nähe des Gebrülls.
Mit Katja, die sich an meinen Arm gehängt hatte, konnte ich nicht viel reden. Es lag nicht nur am Lärm. Er war sogar ein gewisser Schutz, wie vielleicht für viele hier. Ich begann, mich auf lächelndes Nicken und Schulterzucken zu beschränken und guten Abend oder hallo zu sagen, wenn Katja mich irgendwelchen Freunden vorstellte. Wenn sie wieder in der lärmenden Vertraulichkeit einer Gruppe untertauchte, brach ein grundloses Lachen aus ihr hervor. Waren wir für einen Augenblick allein, senkte sie ihre Stimme und schaute mich eindringlich an. Ich wußte nicht, sollte der Blick ein Geheimnis andeuten oder wollte er eins erraten? Es war ein tragischer, umwölkter Blick, der nur unvollständig zu einem süßlichen Lächeln schmolz. Sie nannte mich einfach »fremder

Mann«. Ich hätte sie »fremde Frau« nennen können. Das wäre ein kleiner Schritt der Annäherung gewesen, doch ich sträubte mich mitzumachen, ohne meine Rolle zu kennen. Katja wollte etwas trinken und hielt einen der Ober an, die mit Saft, Sekt und Wein herumgingen. Sie wollte unbedingt einen doppelten Kognak oder einen großen Whisky, und der Ober versprach, sich darum zu kümmern.

Ich verlor sie aus den Augen, weil wieder Bekannte auf sie zustürzten und sie nach irgend etwas auszufragen begannen, was ich nicht verstand. Ich wandte mich ab und schlenderte herum. Das Haus bestand aus mehreren Raumebenen, die fließend ineinander übergingen. So etwas kannte ich nur aus Zeitschriften. Es war sicher ein Meisterwerk der modernen Architektur, bloß konnte ich mir nicht vorstellen, wie man darin lebte. Ich unterhielt mich lange mit einer Frau, die am Rande der Gesellschaft auf einem großen Bodenkissen saß und einen Hund streichelte, einen Weimaraner. Sie erzählte, daß sie Hunde züchte und dieser hier aus ihrem Zwinger stamme. Der Hund hatte einen schön geprägten Kopf und die fremdartigen gelben Augen seiner Rasse. Während sie seinen Kopf und seine Brust streichelte, erklärte sie mir alle seine besonderen Vorzüge, und ich hatte das Gefühl, sie zeichne mich dadurch aus. Es war wirklich ein schönes Tier, doch mich faszinierte vor allem, wie die Frau mit dem Hund umging. Es kam mir so vor, als schüfe sie mit ihren Händen und mit ihren Worten seine Gestalt nach und gäbe ihr eine größere Deutlichkeit. Der Hund schien das zu spüren und hielt still. Sie war seine Meisterin, seine Herrin, er ihr Geschöpf. Sie hatte eine etwas rauhe Stimme, die in den leiseren Tönen, mit denen sie sich an das Tier wandte, unerwartet sanft klang. Über den Kopf des Hundes hinweg, der starr, wie verzaubert, sein Profil zeigte, sah sie mich ab und zu mit ihren graugrünen Augen an, und ich hatte das Bedürfnis, auch das Fell des Hundes zu streicheln, nah bei ihren Händen. Ich fühlte mich sehr angezogen von dieser Frau, die mitten in der lauten

und grellen Umgebung eine eigenartige Ruhe um sich herum verbreitete, so daß ich mit ihr wie auf einer Insel saß.
Gerade wollte ich ihr vorschlagen, zusammen wegzugehen, als Katjas Freundin kam. Ihre schwarzgekleidete Magerkeit und das straff nach hinten gezogene, schwarz gefärbte Haar machten sie zum Bild einer Unglücksbotin. Sie verletzte unsere Sphäre schon, indem sie näher trat. »Katja geht es schlecht«, sagte sie. »Sie hat zuviel getrunken. Ich kann leider noch nicht hier weg. Könnten Sie sie schnell nach Hause bringen?«
Ich wußte nicht, wie ich das ablehnen sollte, und sagte, ich käme gleich. Katja war im hinteren Teil des Raumes zu sehen, eine zusammengesunkene rote Gestalt mit aufgestütztem Kopf, auf die die schwarze Freundin nun wieder zuschritt. Ich sagte meiner Gesprächspartnerin, daß ich es sehr bedauere, schon gehen zu müssen und ernsthaft hoffe, sie einmal wiederzusehen. Sie nahm das freundlich auf, jedenfalls so, daß ich mich ermutigt fühlte, sie um ihre Adresse und Telefonnummer zu bitten, und ihr auch meine gab. Sie hieß Sonja Romeike, ein Name, der sich mir sofort einprägte, als sei er mit einer besonderen zauberischen Substanz gefüllt. Sonja Romeike, das klang für mich fremd und doch unerwartet treffend als Name dieser Frau, und ich dachte in einer weit ausholenden, unbegründbaren Empfindung: Es ist, als wenn man bei einem Waldspaziergang unerwartet auf eine Lichtung trifft. Ja, sie hatte etwas Waldhaftes für mich, etwas schattig Grünes und Verschwiegenes. Ich kann es nicht anders ausdrücken, konnte es schon gar nicht, als ich ihr gegenüberstand und in ihre mischfarbigen, graugrünen Augen sah.
»Ich werde Sie bald anrufen«, sagte ich, ihre Hand haltend, die ich angemessenerweise jetzt loslassen mußte, nachdem sie freundlich genickt hatte, so schwer es mir auch fiel.
Ich drehte mich ab, und entschlossen, wie man sich an eine ungeliebte Arbeit macht, ging ich auf Katja zu, half ihr von der Couch hoch und führte sie hinaus. Ihr Gesicht war bleich

und aufgelöst. »Fremder Mann, wo warst du?« jammerte sie. Ich drehte mich noch einmal nach Sonja Romeike um, die ihre Arme um den Hals des Hundes geschlungen hatte und uns nachblickte.

Im Taxi und im Aufzug zu ihrer Hochhauswohnung redete Katja lauter wirres Zeug und lachte über sich selbst. Zwischendurch warf sie mir einen schuldbewußten Blick zu, hielt sich die Hand vor den Mund und kicherte weiter. Sie war ziemlich betrunken. Andererseits spielte sie das auch. Denn als wir endlich in ihrer Wohnung waren, wurde sie plötzlich verständlich und klar. »So, jetzt trinken wir zu zweit weiter«, sagte sie. »Ich nicht«, antwortete ich. Sie stand da mit der Rotweinflasche und goß sich ein großes Wasserglas voll. »Du bist ein ganz kalter Hund«, sagte sie. Ich wußte, daß sie von ihrem Standpunkt aus recht hatte. Aber das war mir egal. Sie widerte mich an, und ich wollte gehen. Vielleicht konnte ich Sonja, wie ich sie für mich schon nannte, noch anrufen. Vielleicht war sie schon nach Hause gefahren. Ich hatte das Bedürfnis, ihr zu erklären, daß ich mit der betrunkenen Frau, mit der ich weggegangen war, nichts zu tun hätte.

Inzwischen hatte Katja ihr Glas ausgetrunken und goß sich wieder ein. Obwohl ich eigentlich nur weg wollte, ging ich zu ihr, um ihr Glas und Flasche abzunehmen. »Sie sollten Schluß machen und sich schlafen legen.« Überraschenderweise wehrte sie sich nicht, sondern umklammerte mich mit beiden Armen. »Gehen Sie bitte nicht fort«, flehte sie. »Ich habe Angst! Ich kann nicht allein bleiben hier oben. Bitte, bleiben Sie! Oder ich komme wieder mit.« – »Nein, nein, das geht nicht«, sagte ich, aber sie hielt mich nur heftiger fest. »Warum nicht, warum nicht?« Erstaunt spürte ich, daß sie vor Angst bebte, und strich ihr beruhigend über den Rücken. Anscheinend löste das eine Sperre in ihr, denn sie begann heftig zu schluchzen. Den Arm um ihre Schulter legend, führte ich sie zur Couch und setzte mich neben sie. »Ruhig«, sagte ich, »ruhig, ich bin ja noch da.« Sie nickte und weinte, und während ich sie hielt, sah ich an den Wänden ringsum die alten Fotos, auf denen sie als junge Tänzerin in vielfältigen Stellungen und Kostümen posierte. Ich wußte nicht, weshalb sie mir jetzt echter vorkam und wahrer. War das Häßliche wahrer, der Verfall? Sie hatte aufgehört zu weinen und wandte mir ihr aufgelöstes Gesicht zu. »Ich muß mich hinlegen«, sagte sie, »aber wenn Sie gehen, kann ich nicht hierbleiben. »Und ich«, fragte ich, »soll ich die Nacht über im Sessel sitzen und Wache halten?« Ich hatte mir nichts bei dieser Frage gedacht, wollte ihr nur noch einmal vor Augen führen, daß ich müde sei und nach Hause wolle, aber sie sagte einfach, ich könne bei ihr im Bett schlafen, sie nähme sowieso eine Schlaftablette. Sie würde sich nur ruhiger fühlen, wenn sie nicht allein wäre. »Bitte, fremder Mann«, sagte sie, und ein merkwürdiger Zug verzweifelter Koketterie erschien in ihrem Gesicht. Im selben Augenblick meldete sich meine Gedankenstimme, die wie immer »warum nicht?« sagte. Warum sollte ich das nicht tun? Was hinderte mich daran? Dies war etwas Neues, das ich nicht kannte, etwas Unvorhersehbares, das meine Neugier erregte. »Gut, dann bleibe ich«, sagte ich.

Sie nahm das erlöst, aber nicht sehr lebhaft auf, wirkte völlig erschöpft. Vor meinen Augen schluckte sie zwei verschiedene Tabletten und spülte sie mit einem großen Schluck Rotwein hinunter, und als sie sich auszog, so gleichgültig und sachlich, als wäre ich nicht da, schaute ich schnell auf die Tablettenpakkungen. Es handelte sich um Valium und Mogadan. Zusammen mit dem Alkohol mußte sie das völlig betäuben. Trotz ihrer aufgeweichten Bewegungen erkannte ich in ihrem Körper noch etwas von der Straffheit und Energie, die jahrzehntelanges Training verleiht. Aber es war eine fast verwischte Prägung. Sie machte mir die tapsige Achtlosigkeit ihrer Bewegungen nur noch bewußter, als sie ins Bett kroch und sich von mir abdrehte.

»Jetzt komm doch«, leierte sie. »Worauf wartest du?«

Da sie mich nicht ansah, konnte ich glauben, sie meine irgend jemand anderen, mit dem sie jahrelang vertraut war, aber vielleicht meinte sie auch mich. Ich zog mich rasch aus, schaltete das Licht aus und legte mich zu ihr, flach an ihren Rücken geschmiegt. Manchmal zuckte sie mit den Beinen, doch ihr Kopf war wohl schon betäubt. Sie atmete langsamer, ab und zu mit einem seufzenden Atemzug. Als ich meinen Arm um sie legte, schien sie aus ihrer Betäubung aufzutauchen und murmelte in ihr Kissen hinein: »Du kannst ruhig zu mir kommen, wenn du willst.« Ich rührte mich nicht, glaubte zu hören, wie sie wieder einschlief. Für mich war sie irgendeine Frau, immerhin so aufregend, daß ich nicht schlafen konnte. Durch all die Schichten von Müdigkeit und Betäubung schien sie das zu spüren, denn sie drückte sich an mich und sagte mit einer schleppenden kleinen Stimme: »Wo bist du denn? Komm doch. Magst du mich nicht?« Ich versuchte es, und sie half mir, und als wir zusammen waren, bewegte sie sich mehr oder minder automatenhaft. Ihr Kopf schien dabei einzuschlafen, weit weg von mir. Auf einmal herrschte Stille in ihrem Körper, und sie begann zu schnarchen. Ich war verblüfft und ärgerlich und überlegte, ob ich verschwinden könne. Ich vermochte aber nicht abzuschätzen, was passieren würde, wenn ich sie allein ließ. Wahrscheinlich wurde sie wach, wenn ich aufstand, und machte wieder eine Szene, und ich hatte genug davon. Ich rückte ein wenig von ihr ab und versuchte mich zu entspannen. Das fiel mir schwer, obwohl sie ganz ruhig war, fast so, als atme sie nicht mehr. Doch dann holte sie heftig Luft und lallte etwas Unverständliches. Es schien mir, als ob sie im Halbschlaf mit mir oder jemand anderem, von dem sie träumte, zu sprechen versuchte.
Dann bin ich doch eingeschlafen und wurde wach, weil es pausenlos klingelte. Es dämmerte schon. Neben mir konnte ich Katjas rote Haare sehen. Ich tappte zur Wohnungstür und hob den Hörer ab. Im Haustelefon meldete sich die Freundin. Sie wollte nur wissen, wie es Katja ging, und gleich wie-

der verschwinden. Ich bat sie heraufzukommen und zog mich rasch an, um sie hereinzulassen. Sie kam gerade erst von der Party und sah bleich und übernächtigt aus. Mit mir stand es keineswegs besser. Wir gingen in die Küche, um uns Kaffee zu kochen, und sie begann, mir von Katja zu erzählen und sie zu entschuldigen. Sie sei nicht immer so, wie ich sie erlebt habe. Wochenlang habe sie nichts mehr getrunken. Die Belastung sei aber wohl zu groß für sie gewesen. Dabei hätten sie sich das beide so schön ausgedacht. Katja sei viel zuviel allein und brauche einen verständnisvollen, soliden Mann, der sich um sie kümmere. Sie selbst könne das nicht mehr genug, weil sie durch ihre Ballettschule von früh bis spät gefordert sei. Sie hätte sich keinen Mann aus Künstlerkreisen für Katja vorgestellt, und mein Dossier und mein ruhiges Auftreten hätten sie zuversichtlich gemacht. Sie sei so froh für Katja gewesen. Natürlich hätte sie ausführlicher mit mir sprechen müssen und sich nicht so schnell zurückziehen dürfen.
Noch während sie mir das erklärte und wir unseren Kaffee schlürften, hörten wir Katja kommen. Sie torkelte herein, das Bettlaken um sich geschlungen, auf dem ich die Kaffee-, Eier- und Marmeladenflecken ihrer Bettfrühstücke sah. Sie war nicht ganz bei sich, bekam nicht richtig die Augen auf, aber in ihrem gedunsenen Gesicht stand eine Wut, die nach irgendeinem Ziel suchte. »Was macht ihr hier? Worüber quatscht ihr?« fragte sie schwerfällig. »Erzählt er dir, wie er mich gefickt hat, als ich besoffen war?« – »Halt den Mund, Katja, und geh wieder ins Bett«, sagte die Freundin. Es war eine ziemliche Schärfe in ihrer Stimme, trotzdem hörte ich heraus, daß sie auf Katjas Seite war. »Ja, ich geh' schon«, murmelte Katja. Dann wurde ihre Stimme wieder schriller, und sie schrie: »Schick ihn weg! Schmeiß ihn aus meiner Wohnung! Ich will ihn nicht mehr sehen!« – »Am besten gehen Sie«, sagte die Freundin zu mir. »Das hatte ich sowieso vor«, sagte ich. Sie kam mit bis zur Tür, während Katja zu ihrem Bett torkelte und dabei das Laken verlor. Aber das schien sie nicht zu mer-

ken. »Ich rufe Sie an«, flüsterte die Freundin. Ich sagte, sie könne sich das sparen. »Es tut mir leid«, beharrte sie, »aufrichtig leid«, und zwang mir eine Handbewegung ab, etwas wie ein Abwinken.
Ich wußte gar nicht, wie mir zumute war, so als wäre ich zwischen alle meine Gefühle geraten. Am liebsten hätte ich gelacht. Doch das Lachen saß in mir fest, und während ich in der Aufzugskabine abwärts sank, kam ein kurzer meckernder Laut aus mir heraus, der mir fremd und peinlich war.
Langsam ging ich nach Hause, und ringsum in den Straßenbäumen und Anlagen sangen die Vögel, allein für mich. Sie sangen wahrscheinlich, ich solle weitermachen, wie auch sie weitermachten, sobald es hell wurde. Und so versuchte ich daran zu denken, daß ich am frühen Nachmittag mit Elke verabredet war. Das sagte mir nichts, ich war viel zu müde. Alles, was mir nahezukommen drohte, reizte mich. Ich hatte das Gefühl, daß meine Treppe endlos sei, als habe das Haus ein paar neue Stockwerke bekommen. Als ich oben war, riß ich mir die Kleider vom Leib und stand lange unter der heißen Dusche. Dann stellte ich den Wecker auf eins und legte mich ins Bett. Gegen das grelle Sonnenlicht dieses wahnsinnigen Sommers zog ich mir einen schwarzen Slip über den Kopf, und allmählich ließ meine Spannung nach, und ich versank in einen sumpfigen Schlaf. Eine Zeitlang schwebte ich. Dann mußte sich etwas geändert haben, ich kämpfte und ruderte in einer schwarzen Masse. Im Halbschlaf fegte ich den schrillenden Wecker vom Stuhl, zusammen mit einem Wasserglas und einem Buch. Ich war zu erschlagen, um aufzustehen und ihn abzustellen, blieb noch lange liegen, immer wieder wegsakkend. In der Welt gab es nichts, was mich lockte.
Als ich bei Elke ankam, hatte ich mich halbwegs gefangen, konnte aber nicht einstimmen in ihre Wiedersehensbegeisterung. Sie hatte ein Kleid an, dessen Stoff ich abscheulich fand, lauter kleine blaue Blumensträuße auf milchigem Grund. Das war sie also. Ich sah sie an und wußte nicht mehr, was ich an

ihr gefunden hatte. Elke merkte wohl, daß ich verändert war, aber sie nahm es hin, als ich ihr erklärte, ich hätte beruflichen Ärger gehabt. Es ist wirklich lächerlich, wieviel Respekt die meisten Frauen vor den blöden Berufen der Männer haben. Kein Wunder, wenn die Männer sich damit wichtig tun. Je bereitwilliger Elke sich von mir etwas vormachen ließ, um so klarer sah ich mich selbst. Ich war jemand, der von nichts berührt wurde und nur zum Schein anwesend war. Im Augenblick hätte ich mich mit einer fremden Frau besser gefühlt, die nicht versuchen konnte, an vergangene Stimmungen anzuknüpfen. Auch die beiden Mädchen erschienen gleich wieder. Sie wirkten artig und gehemmt. Elke mußte ihnen erzählt haben, ich sei eine wichtige Person und sie sollten einen guten Eindruck machen. Als ich in das Wohnzimmer mit dem Aquarium trat, hatte ich das Bedürfnis, so schnell wie möglich wieder ins Freie zu kommen, und, überraschend für mich selbst, schlug ich vor, in den Zoo zu fahren.
Mit diesem Familienausflug übertraf ich Elkes Erwartungen. Sie war begeistert und lobte mich für meine gute Idee, und auch die beiden Kinder erwachten aus ihrer puppenhaften Bravheit. Wir gingen in klassischer Formation durch den Zoo: die Kinder voraus, ich neben Elke, eine glückliche Familie. Man hätte uns fotografieren können für eins der großen bunten Plakate, mit denen die Sparkassen für ihre Kredite werben. Warum betrachten wir die Tiere? Weil sie alle auf ihre Weise leben, lauter originelle Spezialisten, die Probleme lösen, die wir auch haben. In einem kleinen Gehege sah ich einen Kragenbär, der sich selbst befriedigte. Er hatte sich aufgesetzt und lehnte in sich zusammengekrümmt an einem Betonfelsen. Langsam, mit nickendem Kopf leckte er sein spitzes rotes Glied, das sich aus der Fellhülle herausgeschoben hatte, versuchte es auch sanft mit seinen schwarzen Lippen zu fassen. Der Bär bot den Zuschauern seinen Bauch dar und grunzte leise. Der bebende rote Fleischzipfel rutschte ihm immer wieder aus dem Maul. Am meisten rührten mich die

grauen Gehballen seiner Hinterpfoten, die uns zugewandt waren, tapsig und wehrlos wie bei einem Spielzeugbär. »Der Bär putzt sich«, sagte Elke zu den beiden Mädchen und ging mit ihnen zu den Affen weiter. Ich blieb noch einen Augenblick stehen, sah, wie der Bär sich seitwärts auf seine Pfoten gleiten ließ und sich schüttelte. Eine Weile stand er unbeweglich da und glotzte in einen Winkel seiner Käfigwelt. Er schien nicht zu wissen, wohin er sich wenden sollte. Ich ging hinter Elke her, die gerade beim Pavianfelsen stehenblieb.
Elke war munter, redete mit den Mädchen über die Affen und lächelte zu mir herüber, um mich einzubeziehen. Sie hatte durch den Zoobesuch ihr Gleichgewicht und ihre Zuversicht wiedergefunden. Nachts im Bett würde ich dafür belohnt werden. Ich nahm mir vor, mit ihr Schluß zu machen, sobald die Kinder schliefen. Ich wollte freundlich und vorsichtig mit ihr reden. Aber ich begann zu unentschlossen und war erst bei einer vagen Einleitung, als sie mir mit ihren Küssen den Mund verschloß. Erst als ich am frühen Morgen ging, sagte ich ihr, daß ich vorerst weder heiraten noch mich binden wolle und mich deshalb nicht berechtigt fühle, weiter wie bisher mit ihr zusammenzusein. Sie sah so entgeistert aus, daß ich das etwas abmilderte und sagte, ich brauchte erst einmal Abstand. »Das heißt, du willst mich vergessen«, stieß sie hervor. Ich bestritt das, sagte, ich wisse im Augenblick selbst nicht, was ich wolle, und bei dieser Version der Dinge ließen wir es. Sie bat, mir schreiben zu dürfen. Der erste Brief lag am nächsten Tag in meinem Kasten, zusammen mit einem neuen Dossier. Sie hatte die Anrede weggelassen, und der erste Satz lautete: »Ich kann nicht glauben, was Du gesagt hast.« Aber was kann man schließlich überhaupt glauben?

Nachträglich scheint mir, daß schon mit diesem Abschied die Lähmung begann, die mich gegen das Leben abschließt, je mehr ich mich hineinstürze. Es war ein Vorzeichen, mehr nicht. Ich bemerkte nur eine neue Härte und Kälte in mir.

Von Tag zu Tag wurde ich ein besserer Komplize für Elenas Betrug. Die Dossiers schneiten mir ins Haus, und ich war dauernd unterwegs, um neue Frauen zu treffen und hier und da alte Brände zu löschen. Kam ich nach Hause, hörte ich erst einmal den Anrufbeantworter ab und traf dann meine Dispositionen. Ich leistete Schwerarbeit, wahrscheinlich mehr als die meisten Männer in dieser Stadt, in der so viele Frauen vor Sehnsucht verrückt sind. Man muß sich wirklich fragen, was los ist. Die meisten Männer, nicht nur die älteren, scheinen kaputt zu sein.

Drei Wochen nahm ich Urlaub, ohne wegzufahren, obwohl das ein mörderischer Sommer war. Bis Ende August fiel kein Regen, und im Benzindunst der Hauptverkehrsstraßen welkte das Laub der Linden und Kastanien. Die Blätter bekamen braune, bröckelige Ränder, begannen sich einzurollen und fielen ab. Um die Stämme herum lag braunes Laub, das vor Trockenheit knisterte und sofort zerbröselte, wenn man darauf trat. Auch die Rasenflächen der städtischen Parks waren fahlbraun verbrannt. Es sah nicht so aus, als könnten sie sich wieder erholen. In den wenigen Nächten, in denen ich zu Hause blieb, schlief ich auf dem Dachgarten. Es war meistens windstill. Der Maischegeruch der nahen Brauerei verdickte die Luft, und ich sah das geisterhafte Zucken eines Wärmegewitters über den Dächern. Wenn ich Licht machte, kamen Wolken grüner Eintagsfliegen aus dem Dunkel, bedeckten die Lampe und die Fensterscheiben mit ihrem Gewimmel und starben zu Tausenden auf dem Boden, noch viel rascher vergänglich als das Laub der Bäume.

Die vielen Frauen, die ich in diesem Sommer kennenlernte, sind in meiner Erinnerung zu einer einzigen Empfindung von sonnengebräunter, feuchtwarmer Haut verschmolzen. Es kommt mir so vor, als wären sie immer nackt gewesen und als hätte ich dauernd mit einer von ihnen unter einer Dusche gestanden, wo wir stets die gleichen albern-zärtlichen Spiele machten. Wie abstrakt erscheint mir jetzt alles! Meine Erin-

nerung ist gröber geworden, abgeschliffen von den Wiederholungen. Einzelne Szenen haften in meinem Gedächtnis wie Teilstücke aus Filmen, deren Handlung man vergessen hat.
In einer dieser Szenen kommt eine Frau eilig aus einer Haustür. Ich halte ihr von innen meine Autotür auf, und wir fahren sofort los. Sie hatte mich angerufen, um eine Verabredung abzusagen, unsere zweite oder dritte, ich weiß es nicht mehr genau. Doch unser Gespräch hatte eine andere Wendung genommen, und so fuhren wir schnell zu mir. Wir hatten genau fünfzig Minuten Zeit, einschließlich Hin- und Rückfahrt, aber wir brachten alles darin unter, und ich sah sie glühend und winkend und gerade noch rechtzeitig in ihr Haus zurücklaufen. In einer anderen Szene aus einem anderen Film gehe ich mit einer anderen Frau frühmorgens in einen Park. Sie war die Nacht über bei mir gewesen, und ich wollte sie nach Hause begleiten, und weil wir die Stille der Dämmerung so schön fanden, bogen wir in den Park ab. Wir kamen an einem Penner vorbei, der, umgeben von leeren Bierflaschen, auf einer Bank schlief. Ich habe mir sagen lassen, daß unter den Stadtstreichern viele Männer sind, denen die Frau weggelaufen ist. Das hat ihnen das Rückgrat gebrochen, und sie haben sich zu traurigen Flaschenkindern zurückentwickelt. »So kann man auch die Nacht verbringen«, sagte ich zu meiner Begleiterin, und für mich selbst dachte ich: Keine Konkurrenz mehr.
Es war schon hell, als wir uns auf der Bank liebten, sie auf meinem Schoß sitzend, während ich über ihre Schulter hinweg den Weg beobachtete, an dessen anderem Ende der Penner auf seiner Bank schlief. Ich machte in meinem Kopf zwei, drei Momentaufnahmen von dieser Szene. Vielleicht braucht man ja später einmal ein paar Beweise, daß man gelebt hat. Dann konnte ich an den schlafenden Penner und die Frau auf meinem Schoß und diesen frühen Morgen im Park denken.
Elke schrieb mir fast jeden Tag, meist kurze Briefe, die eigentlich noch wie ihr erster klangen, und doch, ich weiß nicht

weshalb, hörte ich allmählich ihre Abkühlung heraus. Wir trafen uns noch einige Male. Es ging auf und ab, bis wir in beiderseitigem Einverständnis auseinandergingen. Vielleicht hatte sie inzwischen neuen Teebesuch.

Auch mit Irmgard Heuser habe ich Schluß gemacht. Sie hatte sich noch den Bauch liften lassen, und als sie aus der Klinik kam, lud sie mich ein, zur Feier dieses Ereignisses mit ihr zu verreisen. Sie schlug Paris, London oder Venedig vor, und ich wählte Venedig, wo wir sehr nobel im Hotel Bauer-Grünwald wohnten. Dort ist alles zu Ende gegangen, weil ich sie plötzlich nicht mehr ertragen konnte. Ihr leeres, geglättetes Gesicht, ihre Art zu sprechen und unsere sexuellen Rituale – alles ging mir auf die Nerven. Ich hatte es immer nur für ein paar Stunden mit ihr ausgehalten, und die drei Tage in Venedig waren zuviel für mich. Vielleicht ginge es mir inzwischen auch mit anderen Frauen so.

Mit Irmgard war es allerdings schlimm. Mitten in unseren gewohnten Liebesspielen überfiel mich ein so schneidendes Gefühl, alles sei falsch und unerträglich, daß ich ruckartig Schluß machte. Es war, als hätte ich eine Taste mit der Aufschrift »Geschäftsvorgang abbrechen« vor mir gesehen, und dies war die Lebensrettungstaste, die man um jeden Preis drücken muß. Ich habe dann noch versucht, der Sache einen menschlicheren Abschluß zu geben. Mir liegen Tragödien nicht. Es ist lächerlich, so zu tun, als ginge das Leben nicht mehr weiter. Es geht ja weiter, erfahrungsgemäß. Ich habe sogar mein Programm erweitert danach, habe nicht mehr nur auf Elenas Dossiers gewartet, sondern selbst auf Anzeigen geschrieben. Ich wählte einige aus, die etwas Besonderes versprachen.

Da war zum Beispiel eine Frau, die einen »Begleiter für besondere Gelegenheiten« suchte, und ich dachte mir, das wird wohl nicht gerade eine Begleitung am Flügel sein. Wie sich herausstellte, war es eine verheiratete Frau, die von ihrem

Mann verlassen worden war. Er war Politiker und trat häufig in der Öffentlichkeit, vor allem bei kulturellen Veranstaltungen, auf. Seine Spezialität war es, Ausstellungen zu eröffnen und bei Preisverleihungen Hände zu schütteln. Seine kleinen Ansprachen, die er bei solchen Gelegenheiten hielt, waren ein Patchwork aus Kulturbeflissenheit und Völkerverständigung und anderen wohlfeilen Motiven. Ich glaube nicht, daß er sie übermäßig ernst nahm, aber auch nicht, daß er daran zweifelte. Er war ein vitaler grauhaariger Mann, der offenbar seinen zweiten Frühling erlebte, denn er hatte immer seine kleine blonde Freundin dabei, eine dünne, etwas fade Person. Für ihn war sie wohl genau das Richtige, das sah man an den Blicken, die die beiden wechselten. Ja, sie hatten Aufwind unter den Flügeln, und das sicherte ihnen meine Sympathie.

Seine verlassene Frau wirkte dagegen pathetisch wie eine schwere Heldin. Ich spürte, daß eine wahnsinnige Kraft in ihr steckte, eine Art von Gestaltungswut gegenüber dem Leben. Es war bestimmt anstrengend, mit ihr verheiratet zu sein, und nicht einfach, sich von ihr zu lösen. Sie hatte das Aussehen einer gealterten Carmen, und wenn sie, eine häufige Geste bei ihr, mit gespreizten Fingern ihr schwarzes Haar aufwühlte, glich sie einer Rachegöttin. Ich hatte die Aufgabe, zusammen mit ihr bei all den Veranstaltungen zu erscheinen, bei denen ihr Mann mit seiner kleinen, faden Geliebten auftrat. Vielleicht wollte sie ihn erschrecken oder eifersüchtig machen, aber was auch immer wir erreichten, auf jeden Fall erregten wir einiges Aufsehen und waren für ihn und seine Freundin eine scheußliche Belästigung.

Meine Auftraggeberin bot mir Geld an. Dreihundert Mark für den Abend, nicht viel, wie ich weiß. Natürlich wollte ich das ablehnen. Doch dann durchschoß mich der Gedanke, es würde interessanter für mich werden, wenn ich das Geld nahm. Das Geld war eine gesellschaftliche Barriere, die sie zwischen uns aufbaute, und ich nahm mir vor, sie zu überwinden. Ja, genaugenommen war es dieser erhöhte Schwierigkeitsgrad, der mich reizte. Ich brauchte einen neuen Ansporn, denn ich fühlte mich bedroht von Langeweile. Sie hieß Hildegard Henze. Aber ich nahm mir heraus, sie gelegentlich Carmen zu nennen, Carmen und Sie, eine komische Zusammenstellung, die die Grenzzone bezeichnete, die ich eine Weile nicht überschreiten wollte.

Sie rief mich an, wenn sie mich für einen neuen Auftritt brauchte. Ich sagte andere Verabredungen dafür ab, weil dies etwas Neues war. Ich fuhr sie in ihrem Wagen, und wir traten auf wie ein Paar aus der Filmbranche. Sie war der alternde Star und ich ihr augenblicklicher Partner, noch kaum bekannt und ein wenig jünger als sie, der neue Mann an ihrer Seite, der den Klatschjournalisten Anlaß zu Spekulationen gibt. Ja, so kam ich mir vor, und ich muß sagen, ich genoß es. Zwischen Carmen und mir wucherte ein Dickicht von Bedeutungen, die verschiedenen Systemen angehörten. Ich war ihr Angestellter und ihr Komplize, und wenn wir miteinander auftraten, spielte ich, daß ich ihr Geliebter sei. Nie war das eine ganz vom anderen zu trennen. So hatten unsere Worte und Gesten eine reizvolle Unschärfe, einen schillernden Rand.

Carmen steckte voller Spannungen bei unseren gemeinsamen Auftritten. Ich merkte das ihrem ganzen Körper an, spürte es an ihrem Arm, wenn sie sich bei mir einhängte. Aber nach außen wirkte sie hochmütig und gemessen. Sie hatte die Ausstrahlung einer Frau, die viel freien Raum um sich braucht und die Welt schon durch ihre Erscheinung auf Distanz hält. Ich glaube nicht einmal, daß sie eifersüchtig war, jedenfalls nicht auf die übliche Weise. Es war wohl eher ein Fall von verletzter Ehre. Sie wollte ihrem treulosen Mann ihre Verachtung und ihre Unabhängigkeit vor Augen führen. Wer eine Persönlichkeit wie sie wegen einer so dummen, banalen Pute verließ, dessen Wertbegriffe mußten sich verwirrt haben. So jedenfalls sah sie es. Und ich glaube, sie nahm eine Weile an,

ihr bloßes Erscheinen zusammen mit mir würde den Verstand ihres Mannes wieder zurechtrücken.
Doch das war nicht so. Von Mal zu Mal wurde das deutlicher. Als wir zum drittenmal zusammen auftraten, schaute ihr Mann einfach über uns hinweg. Er befand sie nicht einmal eines Kopfnickens für würdig. Beim viertenmal war es genauso, obwohl wir Arm in Arm für alle sichtbar in der ersten Reihe standen, als er seine übliche Rede hielt. Ja, es kam mir so vor, als lächele er an uns vorbei in den Hintergrund, wo wahrscheinlich seine unscheinbare Geliebte stand.
Carmen war sehr niedergeschlagen, als ich sie nach Hause fuhr. Ich merkte es an ihrer Schweigsamkeit. Als wir ankamen, lud sie mich ein, noch ein Glas Sekt mit ihr zu trinken. Es fiel ihr wohl schwer, allein zu sein. Sie war so aufgewühlt, daß sie schnell zwei Glas Sekt hinunterstürzte, ehe sie fähig schien, sich mit mir zu unterhalten. »Es ist widerlich«, sagte sie, »widerlich und lächerlich.« – »Ja«, sagte ich, »das stimmt.« Ich goß ihr Glas wieder voll, das sie mir automatisch hinhielt, und dann, immer noch stehend und in gebührendem Abstand, damit sie sich nicht bedrängt fühlte, begann ich zu reden. »Carmen«, sagte ich, »er ist Ihrer überhaupt nicht würdig. Er scheint gar nicht zu wissen, wer Sie sind. Wirklich, ich könnte lachen, wenn ich Sie sehe und dann ihn mit seiner kleinen Freundin. Sie sind einfach zuviel für ihn, das sieht man an dem kleinen Mädchen, zu dem er sich geflüchtet hat. Ich könnte lachen, wenn es nicht so empörend wäre.« Sie schaute mich nicht an, während ich das sagte, sondern starrte düster in eine entfernte Zimmerecke. Es sah aus, als hinge sie eigenen Gedanken nach, aber ich wußte, daß ich sie an ihrer Stelle aussprach. Schließlich sagte ich in leicht durchschaubarer Verschlüsselung: »Ich beneide ihn um das, was er verschmäht.« Sie sah mich jetzt voll an, immer noch mit düsterem, tragischem Blick, doch ich konnte in ihrer Zuwendung eine Spur von wohlwollendem Erstaunen erkennen. »Das ist schön, wie Sie das sagen«, antwortete sie. »Aber verstehen Sie

bitte: Ich kann das nicht ändern.« – »Ich weiß«, sagte ich demütig.
Ich stand immer noch mitten im Zimmer, das Sektglas in der Hand, und machte keinen Versuch, ihr näherzukommen. Wir hatten ein Gespräch begonnen, das ich nicht gewaltsam unterbrechen durfte. Nichts konnte mich ihr jetzt näherbringen, als deutlich diesen respektvollen Abstand zu wahren und immer weiter davon zu sprechen, wie absurd die Welt sei, wie falsch eingerichtet. Es sei ein lächerliches Schauspiel in meinen Augen, daß eine Frau wie sie leiden müsse, während dümmliche, biedere Träume dümmlicher, biederer Personen in Erfüllung gingen. Ich sähe darin, sagte ich, ein feindliches Prinzip. Und meine Gedanken sprangen ein großes Stück weiter. Ich sah diesen Provinzpolitiker mit seiner Freundin und sagte: »Sie passen überhaupt nicht in diese Zeit, Carmen. Hier ist alles zu klein, zu durchschnittlich, zu vernünftig. Sie haben ein ganz anderes Format.« Sie sah mich erstaunt an, und der Ausdruck des Wohlwollens hatte sich vertieft, als sie sagte: »Ich wußte nicht, daß Sie sich solche Gedanken machen.« – »Ich weiß, daß sie mir nicht zustehen«, sagte ich. Noch war nicht der Augenblick gekommen, den räumlichen Abstand zu überwinden, doch ich spürte, daß die Situation reif war und es bald geschehen mußte. Nur etwas fehlte noch, etwas Persönliches. Ich mußte die Allgemeinheit meiner Rede verlassen und mich selbst ins Spiel bringen, und obwohl das eigentlich gegen meine ursprüngliche Absicht war, sagte ich: »Ich möchte Ihnen das Geld zurückgeben. Es belastet meine Erinnerung an Sie.« – »Aber wieso«, sagte sie, »das spielt doch gar keine Rolle. Vergessen Sie es. Ich habe es auch vergessen.«
In diesem Augenblick klingelte neben ihr auf dem Beistelltisch das Telefon. Sie sah mich entschuldigend an, bevor sie den Hörer abhob. Es war eine Freundin, die ihr etwas Dringendes zu erzählen hatte, und sie benutzte die Gelegenheit, um ein wenig Abstand zu gewinnen. Aber dann sah sie wieder

zu mir herüber und hielt mir ihr Sektglas entgegen, damit ich es ihr nachfüllte. Sie trank mir sogar zu, während ihre Freundin sich in einer langen Erzählung verlor, die sie nur mit ein paar Bemerkungen in Gang halten mußte. Ich konnte ihr anhören, daß sie nicht ganz bei der Sache war. So setzte ich mich einfach zu ihren Füßen auf den Teppichboden und griff ihre Hand. Sie ließ sie mir. Ich küßte sie langsam und nachdenklich und legte meine Stirn gegen ihre Knie. Ihre Hand war in meinem Haar, und die belanglose, gequetschte Stimme der Freundin quasselte weiter, auch als ich mich drehte und Carmens Hüften umschlang und den Widerstreit in ihrem Körper spürte. Mit ihrer freien Hand, die sich in mein Haar vergraben hatte, schien sie mich aufhalten zu wollen, hielt mich indessen auch in ihrer Nähe fest, und allmählich wurde sie achtloser in ihrem Widerstand und duldete, daß ich noch mehr von ihr Besitz ergriff. Ich ahnte, sie sprach nur deshalb so lange mit ihrer Freundin, weil sie unschlüssig war, wie sie sich verhalten solle, und je länger sie sprach, um so mehr Zeit räumte sie mir ein, ihr die Entscheidung immer schwerer zu machen. Schließlich mußte sie das Gespräch abbrechen, weil ihre Stimme zu schwanken begann. »Das ist doch Wahnsinn«, sagte sie, »ich will das nicht, hören Sie!« Doch die Art, wie sie mich abwehrte, konnte man eigentlich auch eine Umarmung nennen. Ich blieb ihr jedenfalls nah genug, um ihren Hals zu küssen und in ihr Ohr zu flüstern, und ich tat es abwechselnd und sagte alles, was mir einfiel: wie hingerissen ich von ihr sei und wie ich sie achte und bewundere. Dann bedrängte ich sie noch mehr und sagte, ihr Mann verdiene sie nicht und sie solle ihn bestrafen, ja, sie solle sich vorstellen, er müsse uns zusehen und könne nicht verhindern, daß wir uns küßten. Und um das gleich anschaulicher zu machen, fiel ich mit meinen Küssen über sie her. Ich war sehr aufgeregt, genauso wie sie, denn ich war das Opfer meiner eigenen Phantasie geworden und stellte mir vor, ihr Mann müsse ohnmächtig zuschauen, wie ich seine Frau verführte. Ich verlegte den

Schauplatz mitten in die Öffentlichkeit, in einen der Säle, in denen er seine Ansprachen hielt. Das war im Grunde nichts anderes, als was sie selbst angedeutet hatte, als sie mit mir dort auftrat. Ich vollzog eine Phantasie, die sie in mich hineingelegt hatte, als sie mich zu ihrem Begleiter machte, und sie bekam nun alles von mir zurück.
Ich sah, wie sie unterging. Anders kann ich es nicht beschreiben. Sie hatte den Ausdruck einer Ertrinkenden, die nur noch für kurze bewußtlose Augenblicke Luft zum Atmen findet, und ihre einzige Rettung bestand jetzt darin, daß sie sich an mich klammerte. Und so hob ich sie von der Couch und trug sie im großen Stil eines latin lovers in ihr Schlafzimmer. Es war ein Kunststück, und ich hätte leicht damit scheitern können. Man darf es nicht ruckartig tun, nicht angestrengt, man darf nicht stolpern. Die Bewegung muß sanft und kraftvoll sein und der Frau das Gefühl geben, sie sei in Sicherheit – nur so gewinnt die Geste ihre Autorität. Nicht in jedem Fall, ich weiß. Möglicherweise war Carmen die einzige Frau in der Stadt, bei der diese pompöse Handlung richtig war, doch sie vollendete sie, indem sie meinen Hals umschlang und mich küßte. Es ist wie mit dem Wiege- und Ausfallschritt des Tangos oder dem Hohlkreuz des Toreros, der gespannt wie eine Feder vor den Hörnern des Stiers paradiert: Man kann die alten Gesten lächerlich finden, aber wenn man sie ernst nimmt, steckt in ihnen etwas Leidenschaftliches. Und Carmen war eine traditionell empfindende Frau, die in einer traditionslosen Welt lebte. Ihr hatte etwas Entscheidendes gefehlt.
Doch die Theatralik dieses Anfangs ließ sich nicht fortsetzen und schrumpfte zu einigen Kavaliersgesten zusammen, aus denen sich die Leidenschaft verflüchtigt hatte. Vielleicht erlebten wir eine Kurzfassung des alten trübseligen Romans, in dem nach der Verführung die Langeweile des Ehealltags beginnt. Carmen spürte das, und vermutlich ging es ihr ähnlich. Jedenfalls ließen wir voneinander ab. Als ich sie später noch

einmal anrief, war sie krank. Ich schickte ihr Blumen, ging aber nicht noch einmal hin. Wie immer wandte ich mich sofort etwas Neuem zu.

Alles lief ab wie bisher, nur noch flüchtiger und zugespitzter. Ich war ein Trophäensammler geworden, ein Spezialist, ein Mann der immer neuen Anfänge, und hatte mich im Verdacht, inzwischen mehr an den Umständen und der Dramaturgie der Verführung interessiert zu sein als an den Frauen selber. Eine folgte der anderen, und obwohl sie mich alle zusammen in einem Zustand dauernder Erregung und Unruhe hielten, löschten sie sich gegenseitig aus.

Nur eine fesselte eine Zeitlang meine Gedanken: Sonja Romeike, die Frau mit dem Weimaraner, die ich auf der Party mit Katja kennengelernt und dann längere Zeit nicht mehr gesehen hatte. Sie war in Urlaub gefahren, als ich sie zu erreichen versuchte, und als sie zurückkam, schien sie nicht daran interessiert zu sein, die flüchtige Bekanntschaft mit mir fortzusetzen. Ich nahm zunächst an, das hinge mit der betrunkenen Katja zusammen, mit der ich damals die Party frühzeitig verlassen hatte. Aber das war es wohl nicht. Das Vorurteil, das ich bei ihr vermutete, war umfassender und schien sich mehr auf das Leben als auf meine Person zu beziehen. Es gab da etwas, das sie auf Abstand zu den Menschen hielt. War es etwas Vergangenes, das nicht ganz vergessen war, ein Stück eingekapseltes Leben, an das sie niemanden heranließ? Ihr ruhiges, angenehmes Wesen schien mir nur der soziale Rest ihrer Person zu sein, das, was sie von sich zeigte und wohinter sie sich verbarg. Ich muß sagen, daß mich gerade das an ihr anzog. Es machte sie geheimnisvoll. Ich begann mir vorzustellen, ich könne ihr Vertrauen gewinnen und zu diesem Geheimnis vordringen, und das, dachte ich, müßte eine Befreiung für sie sein, die Überwindung eines Widerstandes, mit dem sie sich gegen das Leben sperrte. Denn ich glaubte zu wissen, daß sie sich sperrte. Ich ließ jedenfalls nicht locker, rief sie an, schrieb ihr, rief sie wieder an, immer bemüht, nicht aufdringlich zu erscheinen, aber unsere Bekanntschaft lebendig zu erhalten und zu festigen. Schließlich schlug sie ein Treffen in einem Café der Innenstadt vor.

Die Zeit war ungünstig für mich, weil ich bis kurz vorher Dienst hatte. Trotzdem sagte ich sofort zu, da sie nur an diesem Nachmittag zu Besorgungen in die Stadt kam und gegen Abend wieder zurückmußte, um ihre Hunde zu füttern. Als ich mich frühzeitig aus dem Büro stehlen wollte, wurde ich durch ein dringendes Telefongespräch aufgehalten, mußte mich dann durch die Rush-hour kämpfen und kam zwanzig Minuten zu spät. Sie ließ nicht erkennen, ob sie mir das übel nahm, doch in einer guten halben Stunde mußte sie schon wieder weg. Es war eine verfehlte Situation, und ich wußte nichts damit anzufangen, so daß sie sich nach meinen Anrufen und meinem Brief vermutlich über unser belangloses Gespräch wunderte. Das hemmte mich erst recht. Meine Stimme wurde flacher und schleppender. Ich stocherte in dem Stück Apfeltorte, das ich mir überflüssigerweise bestellt hatte. Es war wie eine Unterhaltung zwischen Leuten, die sich lange kennen und nicht mehr viel zu sagen haben, und in dieser falschen, müden Vertrautheit, die ich nicht durchbrechen konnte, gingen die Minuten dahin. Bis sie beiläufig sagte, sie habe mich bei einer Ausstellungseröffnung zusammen mit einer auffallenden Frau gesehen. Das war natürlich Carmen gewesen, die dort aller Welt vorgetäuscht hatte, sie und ich seien ein Liebespaar.

Wie ein frischer Luftzug belebte dieses Motiv unsere Unterhaltung. Ich glaubte jetzt den Grund für Sonjas Zurückhaltung zu kennen und erzählte ihr sofort, ich sei mit Carmen zusammen aufgetreten, um deren untreuen Ehemann eifersüchtig zu machen. Es sei ein lustiger Freundschaftsdienst gewesen, allerdings ein nutzloser. Sonja sah mich erstaunt an. »Sie machen ja Sachen«, sagte sie. Ich überlegte rasch, ob ich auch meinen Auftritt mit der betrunkenen Katja ähnlich amüsant erklären konnte, doch mir fiel nichts dazu ein. Sonja mußte auch schon gehen. Sie war damit einverstanden, daß ich sie am Samstagnachmittag besuchte.

Erst seit wenigen Jahren lebte sie in diesem verwilderten Anwesen zusammen mit ihren Hunden. Vorher hatte sie als Fotografin gearbeitet, vor allem für die Werbung, und auch dort draußen hatte sie sich ein Fotoatelier eingerichtet und verdiente sich immer noch Geld mit kleinen Aufträgen, die sie von ihrer alten Agentur bekam. In ihrer Umgebung machte sie wieder einen etwas anderen Eindruck auf mich. Die Eigenwilligkeit ihres Wesens, das Nach-innen-Gekehrte traten noch stärker hervor, obwohl sie mir auch gelassener und entspannter erschien. Als ich meinen Wagen am Ende der Stichstraße parkte und auf ihr altes, grau verputztes Haus und das baumbestandene Grundstück zuging, hörte ich das aufgeregte Bellen und Jaulen der Hunde. Ich ging durch die seitliche Einfahrt, wie sie es mir gesagt hatte, und sah sie mit einem gelben Plastikeimer aus einem der drei Zwinger kommen. Die Hunde waren gerade gefüttert worden und wühlten ihre Schnauzen in die Freßnäpfe, bis auf einen, dem sie von außen noch ein Stück Pansen oben durch den Maschendraht schob. Sie war so auf die Tiere konzentriert, daß sie mich erst ziemlich spät bemerkte. Ich hatte den Verdacht, sie habe unsere Verabredung vergessen.

Sie entschuldigte sich wegen ihrer schmutzigen Hände und ging schnell ins Haus, um sich zu waschen. Als sie wiederkam, hatte sie sich auf meinen Besuch eingestellt. Wir tranken Tee unter ihrem Nußbaum und hörten das Rascheln und Knabbern von zwei Eichhörnchen, die die grünen Schalen der Nüsse abnagten. Eins kam dicht hinter uns den Stamm herunter, machte kehrt und verschwand in der Baumkrone. Ich war dankbar für diese Unterbrechungen, denn unsere Unterhaltung begann zu erlahmen. Ich hatte Sonja nach Einzelheiten ihrer Hundezucht befragt und mußte ihr ausführlich über meine Arbeit erzählen. Hätte sie es verstanden, wenn ich ihr gesagt hätte, eigentlich interessiere mich das alles nicht? Auch sie war nicht wirklich bei der Sache. Obwohl unsere Unterhaltung pausenlos weiterging, schien sie in Gedanken anderswohin zu blicken, und ein Ausdruck von Abwesenheit durchkreuzte für Momente ihr Zuhören und warf mich auf mich selbst zurück. Schließlich brach ich das Berufsthema ab und fragte sie, warum sie so allein lebe. Sie behauptete, sie fühle sich sehr wohl hier. Ich mußte es ihr glauben, obwohl es nicht die ganze Wahrheit war.

Sie war keine schöne Frau. Ihr Gesicht war disharmonisch und streng, mit hohen Jochbeinen und einer fast männlich wirkenden Stirn. Das dicke, aschblonde Haar, geteilt durch einen Mittelscheitel, stand ungebändigt und mähnenhaft um ihren Kopf. Ihre Art, sich zu bewegen, wirkte uneitel und sachlich. Doch lag in der Achtlosigkeit, mit der sie über ihren Körper verfügte, etwas sehr Anziehendes für mich. Ich sehe noch, wie sie in einem groben blauen Hemd und der Jeanshose an einem Baum lehnte und mit mir redete. Sie hatte die Arme vor der Brust gekreuzt und ein Bein über das andere geschlagen, so daß es mit der Fußspitze den Boden berührte. Über dem Bein, auf dem sie stand, wölbte sich ihre Hüfte heraus und in einer weichen Gegenbewegung schmiegte sich ihr Oberkörper dem Baum an. Es war eine natürliche, absichtslose Haltung, aber mir kam es so vor, als sei ein inneres Wissen, das ich von ihr hatte, belichtet worden. In herausgehobener Deutlichkeit hat meine Erinnerung dieses Bild bewahrt, und immer noch verbindet sich das Gefühl damit, das mich damals durchfuhr: Ich sah, daß sie eine Frau war, und fühlte ganz körperlich einen ziehenden Schmerz in meiner Brust, und es fiel mir schwer zu atmen. Es mußte das sein, was man Sehnsucht oder Verlangen nennt, ich weiß es nicht. Es war jedenfalls kaum auszuhalten und zu verbergen. Ich dachte, daß ich das unmöglich allein so fühlen könne, jetzt vielleicht noch, aber nicht auf die Dauer. Und wenn sie es auch wußte, konnte es für uns nur eine Rettung geben: Wir mußten aufeinander zugehen und uns gegenseitig festhalten. Alles, glaubte ich, müßte sofort ganz anders sein. Ich meinte wirklich »alles« und »ganz anders«, und um das zu bekräftigen, erklärte ich in einem schnellen inneren Entschluß mein ganzes bisheriges Leben für falsch. Währenddessen standen wir dort an der Grenze ihres Grundstücks, drei Schritte von meinem Auto entfernt, und plauderten weiter in einem belanglosen, sich dahinziehenden Abschiedsgespräch, ich, weil ich noch nicht gehen wollte, sie, weil sie nicht in Eile war. Schließlich stieg ich ins Auto, und während ich wendete, ging sie schon ins Haus zurück.

Ich mußte in den folgenden Tagen dauernd an sie denken. Es quälte mich, daß ich sie nicht erreichen konnte. Sie schien zwar zu Hause zu sein, weil ihr Telefon mehrmals besetzt war. Doch wenn ich durchkam, hob sie nicht ab, und allmählich begann ich zu befürchten, daß sie es wegen mir nicht tat. Das schmerzliche, ziehende Gefühl überfiel mich wieder. Ich sah sie vor mir, wie sie an dem Baum lehnte und mich anschaute, und obwohl das nur ein Phantom in meinem Kopf war, hätte ich die Hand danach ausstrecken mögen, flehentlich. Ich saß in der blanken Kahlheit meines Bürozimmers, sprach leise ihren Namen aus und bildete mir ein, sie für einen schnell verfliegenden Augenblick unkörperlicher Nähe herbeizurufen oder zu berühren. Sonja, flüsterte ich, Sonja. Der Name hörte sich fremd an in diesem Raum, und der Raum behauptete sich. Minutenlang versuchte ich zu arbeiten. Plötzlich schreckte ich hoch und dachte: Ich liebe sie vielleicht. Ich wußte nicht, woran ich das erkennen sollte, außer an der Empfindung, sie sei etwas Einzigartiges und Kostbares, das mir gezeigt worden war, die unerwartete Antwort auf meine Fragen an das Leben. Die Fragen hatte ich schon vergessen. Es gab nur noch diese Antwort, in der die Fragen verloschen waren: das Bild, wie sie an dem Baum lehnte und mich anschaute. Sie ist es, dachte ich. Stundenlang hätte ich vor ihr sitzen mögen, bis ich alles gesehen, alles ver-

standen hatte, sie und mich und auch die Bewegung, die uns von weither aufeinander zugeführt hatte.
Liebte ich sie? War ich verrückt? War es möglich, daß sich alles so plötzlich veränderte? Wenn ich sie wieder einmal vergeblich angerufen hatte, sagte ich mir, alles sei Unsinn, und riß mich von ihr los. Kurz danach mußte ich mir eingestehen, schon wieder an sie zu denken. Es war eigentlich kein Denken. Ich starrte nur auf mein Tagtraumbild, und die Zeit lief an mir vorbei. Täglich rief ich fünf- oder sechsmal vom Büro aus bei ihr an. Abends versuchte ich es vergeblich von meiner Wohnung aus. Ich hatte gerade aufgelegt, als mir einfiel, daß ich an diesem Abend mit einer von Elenas Klientinnen verabredet war, und um mich abzulenken, fuhr ich hin.
Ich weiß nur noch, daß ich mit einer blonden, teuer angezogenen Frau zu Abend aß und mich gleich danach verabschiedete und zu Sonja fuhr. Es war kurz nach zehn, als ich bei ihr ankam. Im Haus brannte kein Licht. Als ich klingelte, begannen hinter dem Haus zwei Hunde zu bellen. Es wunderte mich, daß nicht mehr einfielen, und sie hörten auch bald auf. Im Haus rührte sich nichts. Es hatte angefangen, leicht zu regnen. Ich setzte mich in meinen Wagen, um Sonjas Rückkehr abzuwarten. Dauernd mußte ich mir vorstellen, sie sei mit einem Mann zusammen. Das war vielleicht auch die Erklärung für ihre Zerstreutheit, die mich so irritiert hatte. Ja, natürlich, sie hatte ihr eigenes Leben, und ich war darin nicht vorgesehen. Sie hatte sich nur aus Höflichkeit auf mich eingelassen. Es regnete inzwischen stärker, die Scheiben beschlugen von innen, so daß ich kaum noch etwas sah. Ich war zufrieden damit, ich weiß nicht weshalb, und sackte ein wenig auf meinem Sitz zusammen. Es gelang mir auf einmal nicht mehr, mir Sonja vorzustellen. Hier dicht vor ihrem Haus und ein paar Schritte von dem Baum entfernt, an dem sie gestanden hatte, war sie mir unversehens ganz entschwunden. Ich gähnte, fühlte mich schwer vor Müdigkeit. Aber es war unmöglich, nach Hause zu fahren, ich erwog es nicht einmal.

Längere Zeit dachte ich so gut wie gar nichts oder nur belangloses Zeug. Dann fiel mir ein, daß ich nichts über Sonja wußte. Sie konnte jetzt auch hinter einem ihrer dunklen Fenster stehen und darauf warten, daß ich wegfuhr. Vielleicht hatte sie Angst vor mir. So hatte sie allerdings nicht ausgesehen. Wie hatte sie ausgesehen? Wer war sie? Das wurde immer ungreifbarer. Ich sah wieder, wie sie mir ihre schmutzigen Hände zeigte und ins Haus ging, hörte ihre langsame, gedehnte Stimme, ohne mich an einen Satz zu erinnern, den sie gesprochen hatte. Ich träumte ein wenig. Jemand warf aus einer Baumkrone etwas Weißes herunter. Es öffnete sich und wurde groß wie ein Fallschirm. Davon wurde ich wach. Sie ist es, dachte ich, sie, sie, keine andere! Doch sie ist nicht da.

Ich haderte mit ihr, weil sie nicht verstanden hatte, was zwischen uns möglich war, oder weil sie es nicht zugeben wollte, aus irgendeinem unverständlichen Grund. Es war inzwischen Mitternacht. Sie würde sich wundern, wenn sie jetzt nach Hause kam und mich hier vor ihrem Haus in meinem Wagen warten sah. Aber ich hatte den allerbesten Grund: Ich liebte sie. Es war auch ein Grund, sich lächerlich zu machen oder zu trauern, und obwohl ich eigentlich nicht dazu taugte, rutschte ich immer tiefer in diesen Zustand hinein. Soll sie mich ruhig seltsam finden, dachte ich, ich liebe sie, und sie wird es eines Tages verstehen müssen. Eines Tages, wiederholte ich in meinem Kopf, und es kam mir vor, als sei es der Anfang eines alten Schlagers. Eines Tages, wenn die Rosen blühen oder der Flieder oder etwas Ähnliches. Wenn mir eine Melodie eingefallen wäre, hätte ich sie leise vor mich hin gesummt. Eines Tages, eines Tages …

Es war zwei Uhr nachts. Ich war wirklich todmüde. Morgen um acht mußte ich im Büro sein. Vom Büro aus konnte ich Sonja wieder anrufen, aber ich wußte nicht, ob es Sinn hatte. Ich beschloß, ihr eine Botschaft in den Briefkasten zu werfen. Ganz offen, ohne Vorsicht und Taktik, wollte ich ihr schreiben, was ich für sie empfand. Ich wollte ihr auch gestehen, daß ich die halbe Nacht auf sie gewartet hatte. Im Handschuhfach lagen immer ein Notizblock und ein Kugelschreiber bereit, und so fing ich gleich an und sprach sie mit ihrem Namen an. »Liebste Sonja«, schrieb ich und fuhr fort, »Sie sind sicher überrascht, so persönlich ...« Nur noch blaß war der Kugelschreiber über das Papier gerollt, und an dieser Stelle streikte er. Ich drückte ihn fester auf, schüttelte und behauchte ihn, wärmte ihn in meiner Hand, aber er verweigerte jeden weiteren Dienst. Ich wollte es nicht glauben und probierte es wieder, drückte ihn so fest auf, daß er das Papier zerriß. So ist das also, dachte ich, wie komisch, wie lächerlich! Zufällig hatte ich auch keinen zweiten Stift bei mir. Ich wußte es. Trotzdem suchte ich meine Taschen ab, nur um mir noch ein wenig Hoffnung zu lassen. Da war nichts, nirgendwo, ausgerechnet jetzt, da ich den Mut gefunden hatte, ihr zu schreiben, was ich für sie empfand. Langsam schüttelte ich den Kopf, legte Schreibblock und Stift ins Handschuhfach zurück und drückte die Klappe zu. Plötzlich fühlte ich mich völlig ausgehöhlt. Vielleicht wäre ja jedes Wort, das ich geschrieben hätte, falsch gewesen. Ja, vielleicht. Ich knüllte den angefangenen Zettel zusammen und steckte ihn in die Tasche. Dann startete ich den Wagen, ließ die Scheibenwischer den Ausblick auf die Straße frei machen und fuhr nach Hause. Ich empfand nichts außer meiner Müdigkeit. Als ich am Morgen erwachte, stand mir sofort wieder alles vor Augen. Ein besonderes Gefühl stellte sich nicht ein. Es kam mir eher so vor, als sei alles seinen richtigen Weg gegangen und ich sähe endlich wieder klar.

Ich weiß nicht genau, ob ich meine Enttäuschung überwinden mußte oder verhindern wollte, daß sich mein Gefühl für Sonja erneuerte – jedenfalls stürzte ich mich noch am selben Tag wieder in mein übliches Leben. Elena hatte mir zwei neue Dossiers geschickt. Ich rief beide Frauen an und verabredete mich mit ihnen. Es lief alles wie immer, bis auf das dünn beigemischte Gefühl, etwas fehle mir. Erst eine Woche später begriff ich, daß Ablenkung mich nicht kurieren konnte, sondern daß ich nach Wiedergutmachung verlangte. Das brachte mich auf die Idee, die Organistin anzurufen, mit der ich überhaupt keinen Kontakt bekommen hatte. Ich bildete mir ein, es würde mein Selbstgefühl heilen, wenn es mir gelänge, ihre Schwierigkeiten aufzulösen. Ich suchte also das alte Dossier heraus und verabredete mich mit ihr. Das war nicht ganz einfach, denn ich hatte sie schwer gekränkt. Ich mußte mich langwierig entschuldigen und selbst beschuldigen, bis sie bereit war, sich wieder mit mir zu treffen. Sie hatte allerdings auch eine Niederlage wettzumachen, und das führte uns zusammen.

Ich ließ mir Zeit an diesem Abend, ich war sehr behutsam. Es mußte doch eine Möglichkeit geben, sich anzufassen und zärtlich miteinander zu werden, ohne es vorher nach allen Seiten zu diskutieren und zu rechtfertigen. Doch sie konnte nicht anders. Reden, reden, das war anscheinend ihre Liebesbedingung. Vielleicht ging ihr alles immer noch zu schnell. Wir waren jedenfalls schon in ihrer Wohnung, und sie hatte sich dazu bringen lassen, eine Schallplatte aufzulegen und mit mir zu tanzen, als sie sich versteifte und sagte, sie wolle lieber noch ein wenig reden. »Warum?« fragte ich, »was soll das? Wir können beides tun. Wir können uns anfassen und dabei reden, beides zugleich.« Wir versuchten es wieder mit dem Tanzen, aber sie wehrte mich gleich ab, sobald ich ihr ein wenig näher kam. »Entschuldigung«, sagte sie, »ich habe eine Barriere. Es tut mir leid.« – »Hängt es mit mir zusammen?« fragte ich. Sie sagte, nein, das wäre es nicht. So saßen wir uns gegenüber, bereit, darüber zu diskutieren, was es sei und woran es läge, und ich war schon entschlossen zu gehen, als mir etwas anderes einfiel.

Ich stand auf, legte mich der Länge nach auf die Couch und sagte, sie solle sich zu mir setzen. Sie kam zögernd und setzte sich in einer verkrampften oder gezierten Haltung auf den

Rand der Couch, deutlich abgegrenzt gegen mich und bereit, im nächsten Moment aufzustehen. Ich nahm ihre Hand und sagte, sie brauche keine Angst zu haben. Ich wolle ihr nur zeigen, was für eine phantastische Maschine der menschliche Körper sei. »Dies hier ist der Puls«, sagte ich. Ich führte ihre Hand zu meiner Halsschlagader und fragte, ob sie den Pulsschlag fühlen könne. »Ja«, sagte sie leise. Ich sagte: »Wenn Ihre Hand länger dort bleibt, wird mein Pulsschlag schneller werden.« Und damit legte ich ihre Hand auf meinen Bauch, der sich hob und senkte. »Das ist der Atem, er geht wie ein Blasebalg.« Eine Weile ließ ich ihre Hand dort liegen, nahm sie dann wieder und drückte sie auf mein Geschlecht. »Damit kann man Liebe machen«, sagte ich so beiläufig wie möglich, und als ich merkte, daß sie ihre Hand wegziehen wollte, versuchte ich sie zu beruhigen und bat sie, mir etwas zu erzählen. Wo zum Beispiel habe sie in diesem Jahr Urlaub gemacht? »Ich kann's nicht!« sagte sie, zog ihre Hand weg und stand auf. Auch ich setzte mich auf. Ich war wie vor den Kopf geschlagen, sah mich auf dem Rand der Couch sitzen und sie ratlos im Zimmer stehen und hätte vor Wut lachen mögen. Statt dessen begann ich plötzlich zu rufen: »Was heißt das: Sie können nicht? Jeder kann es! Jeder kann es mit jedem! Das ist einfach die Natur. Sie sind auch nichts Besseres als Natur!« Und beschämt über die Klamotte, zu der ich mich hatte hinreißen lassen, verstummte ich.

Ich wollte eigentlich gehen, doch ihre Sperrigkeit reizte mich, ich konnte nicht aufgeben. Sie stand jetzt am Fenster und wandte mir den Rücken zu. Sollte das heißen, sie wartete darauf, daß ich ging? Sah sie mich schon unten auf der Straße, wie ich mich schleunigst entfernte? Dann hatte sie sich allerdings in mir getäuscht. Langsam näherte ich mich ihr, stellte mich hinter sie und umschlang sie mit beiden Armen. Ich spürte, wie sie sich versteifte, und als ich sie vorsichtig hinters Ohr küßte, bog sie ihren Kopf weg. Ich glaubte, daß es eine unentschiedene Abwehr sei, ein teilweiser, eher symbolischer Widerstand, denn sie wich ja nur aus und versuchte nicht wirklich, sich aus meiner Umarmung zu befreien, mit der ich sie eng gegen meinen Körper preßte. So standen wir da in einem unentschlossenen Gedränge. Ich konnte ihr Gesicht nicht sehen, stellte mir vor, es sei erregt und benommen. Auch ich fühlte mich jetzt so und wähnte mich auf dem richtigen, unfehlbaren Weg, wie in einem Tunnel, in dem man nicht mehr abbiegen und auch nicht mehr umkehren kann. Ich begann ihre Bluse aufzuknöpfen, gegen ihren Widerstand. Auf einmal biß sie mich in die Hand. Es war ein greller, malmender Schmerz, der mich noch aufstöhnen ließ, als ich mich schon mit einem Ruck befreit hatte. Ich hielt sie jetzt fest gepackt und zerrte sie vom Fenster weg, während sie sich wütend wehrte. Sie versuchte, sich am Fenstergriff und an einer Kommode festzuhalten, riß eine Decke und eine Schale herunter. Wenn andere Leute im Haus waren, mußten sie uns hören, denn wir machten ziemlich viel Lärm. Doch sie schrie nicht. In keuchender Erbitterung rangen wir miteinander. Ich dachte, sie müsse zugeben, daß ich im Recht sei. Was hatte ich schon getan? Nichts Abwegiges. Was war Schreckliches an mir? Was denn? Was machte ich falsch? Dauernd glaubte ich ihr beweisen zu müssen, daß ich etwas Richtiges gewollt hatte und immer noch wollte und es keinen Grund gab zu dieser verrückten Raserei, in der sie mich mit Zähnen und Fingernägeln zu verletzen versuchte. Ich konnte sie kaum daran hindern, konnte sie nicht loslassen. Schließlich hob ich sie vom Boden hoch, um sie auf der Couch in der Ecke des Zimmers zu bändigen. Die Anstrengung, ihren widerspenstigen, wild sich sträubenden Körper zu halten, preßte mir das Blut in den Kopf und verdunkelte mein Bewußtsein. Was taten wir, was wollten wir? Warum war sie so außer sich? Nur ungefähr wußte ich die Richtung, in der ich sie tragen mußte, denn ich drückte mein Gesicht gegen ihren Leib, um es vor ihren Händen zu schützen. Dabei stürzten wir. Ich fiel schwer auf ein Knie. Sie schlug mit der Schläfe gegen eine Tischkante. Und im selben Moment war der Tumult zu Ende. Wir ließen uns los.

»Ist Ihnen was passiert?« fragte ich.

Sie schüttelte den Kopf, schien aber noch nicht ganz bei sich zu sein. Ich half ihr hoch und führte sie zu einem Sessel. Sie tastete ihren Kopf ab. Ich fragte noch einmal, ob sie sich verletzt habe. »Nicht so schlimm«, sagte sie. Dann stand sie auf und ging ins Badezimmer, wahrscheinlich, um die schmerzende Beule zu kühlen. Ich stellte die umgefallenen Möbel wieder auf. Auch ein Blumenständer war umgekippt. Schwarze Blumenerde, Pflanzen und Topfscherben lagen auf dem Boden. Das konnte ich nicht beseitigen, weil ich nicht wußte, wo sie Handfeger und Kehrschaufel aufbewahrte. Mein Knie fühlte sich heiß und geschwollen an, es war sicher ein Bluterguß. Das war mir ziemlich egal. Ich war beherrscht von der Vorstellung, wir seien beide in eine dumpfe Katastrophe verwickelt gewesen, aus der wir uns gerade noch gerettet hatten. Schließlich kam sie aus dem Badezimmer zurück, bleich, aber äußerlich in Ordnung. Wie ich sie sah, gefiel sie mir in einer ganz unpersönlichen Weise. Es war überhaupt nichts Kleinliches oder Verkrampftes an ihr, und ich fragte mich, was zwischen uns so falsch gewesen sei. »Geht's Ihnen besser?« fragte ich. »Ja«, sagte sie. Ich zeigte auf die heruntergerissenen Pflanzen und die Topfscherben und bot ihr an, alles schnell wegzuräumen und es zu ersetzen. Doch darum wollte sie sich selber kümmern. Mit leiser Stimme fügte sie hinzu: »Bitte, gehen Sie.« Ich gehorchte sofort, sagte, daß ich alles bedauere, und schritt zur Tür, mein Humpeln mühsam unterdrückend. Von der Straße aus schaute ich hoch zu dem Fenster, an dem sie gestanden hatte. Die Gardinen waren noch beiseite gezogen, aber sie war nicht zu sehen. Von dem Augenblick an, als sie aus dem Badezimmer zurückgekommen war, und noch deutlicher nach dem Zufallen der Wohnungstür, hatte ich gewußt, daß wir uns jetzt hätten lieben können. Es wäre auf einmal ganz einfach gewesen, naheliegend und richtig. Wir hätten uns lachend in die Arme fallen können, in gegenseitigem Verstehen, und es hätte uns über alles hinweggetragen. Ich hoffte, sie würde es genauso empfinden. Gleich müßte sie das Fenster aufreißen und rufen: »Komm herauf!« Es geschah nicht. Es gibt diese Wunder wohl nicht. Erst mußte bestraft und gesühnt werden, daß wir uns in einer Panik des Nichtverstehens zu Boden gerissen hatten. Nach irgendeinem Gesetz, das in unseren Köpfen festsaß, mußten wir weit auseinanderrücken, anstatt aufeinander zuzugehen.

Ich war ein, zwei Tage etwas durcheinander, dann schüttelte ich das ab, indem ich zu einer neuen Verabredung ging. Die Wiederholung, verbunden mit etwas Neuem, ist für mich die richtige Therapie. Gelegentlich kam Elena vorbei, lud mich zum Essen oder zu einer Tasse Kaffee ein und plauderte mit mir über meine Erlebnisse. Sie mischte sich gerade nur so viel ein, daß sie mich zu den Frauen auf Distanz brachte. Nötig war das nicht mehr. Sobald ich mit einer Frau geschlafen habe, beginne ich, mich von ihr zu entfernen. Ich fange an, mich gegen ihre Erwartungen zu schützen, und heimlich werfe ich manchen sogar vor, daß sie sich so bereitwillig in mir täuschen. Manchmal habe ich den Verdacht, ich bin ein Instrument in Elenas Händen. Sie haßt die Frauen und hat mich zu ihrem Racheengel gemacht. Ich soll die Träume der Frauen zerstören, bis sie soweit sind wie Elena selber. Denn sie hat keine Träume mehr. Ich glaube nicht. Neulich hat sie mir einen Frühstückskorb geschickt. Mit Krimsekt, Lachs und zwei kleinen Dosen mit rotem und schwarzem Kaviar. Es war eine Anerkennungsprämie für das viele Geld, das sie durch mich verdient. Ich hatte kaum noch daran gedacht, daß ich ihr Komplize bei einem Betrug bin. Aber die Frauen machen ja mit bei diesem Spiel. Sie scheinen nur darauf zu warten. Ich brauche ihnen nie vorzutäuschen, daß ich sie heiraten wolle. Vor allem wollen sie geliebt werden und für ein paar

Stunden lebendig sein. Auch die Organistin hat das eigentlich gewollt. Hätte sie sich sonst zum zweitenmal mit mir getroffen? Und Sonja? Das allerdings weiß ich nicht. Ich bin von ihr weggegangen, ohne mich umzudrehen. Oder nein, ich drehte mich um, und ich konnte sie nicht mehr sehen. Was ich in ihr entdeckt hatte, als sie dort am Baumstamm lehnte und mich anschaute, konnte ich auf einmal nicht mehr erkennen.
Ich glaube, die große Liebe ist eine Rattenfängeridee, genauso wie das richtige, das wahre, das eigentliche Leben. Ich kenne die Vorstellung, die die meisten Frauen davon haben. Ich mußte sie mir immer wieder erzählen lassen. Es war eine Aneinanderreihung fast der gleichen Worte: gemeinsam erwachen, gemeinsam frühstücken, gemeinsam reisen, alles miteinander teilen – in schöner Einförmigkeit haben sie mir so das Glück beschrieben. Irgendwo habe ich gelesen, Träumen sei die Müllverbrennung der Seele. Die unbrauchbaren Vorstellungen vom Leben gehen in Flammen auf. Das sollte man auch mit den Tagträumen machen: sie anzünden und zuschauen, wie sie brennen. Ja, ich bin ein Brandstifter oder ein Müllverbrenner, je nachdem.
Manchmal ergehe ich mich in dem Gedanken, Sonja liebe mich und warte darauf, daß ich wieder zu ihr käme. Da ich es aber nicht weiß, werde ich es auch nicht tun. Ich trage noch immer den zerknüllten Zettel in der Tasche, den ich damals vor Sonjas Haus im Auto geschrieben habe. »Liebste Sonja«, steht da. »Sie sind sicher überrascht, so persönlich …« Dann folgt der Riß im Papier, den ich ab und zu anschaue und gegen das Licht halte. Was hätte ich denn eigentlich schreiben sollen mit dem Anspruch auf Wahrheit? Das weiß man wohl nur im Augenblick, nicht nachher. Nachher kommt die Stunde der Reue und der Klugscheißerei. Und das einzige Mittel, sich dagegen zu schützen, ist weiterzumachen.
Warum auch nicht? Es wäre eine Beleidigung des Lebens, es nicht zu tun, auch wenn das Leben die große Illusionsmaschine ist. Jeder muß auf seinen Trip gehen, das ist die ganze

Wahrheit. Neulich hat mir meine Stieftochter Sabine ihre Hochzeitsanzeige geschickt. Wahrscheinlich auf Betreiben von Gerda, die mich auf diesem Umweg wieder an sich erinnern wollte. Gerda, die niemals aufgeben kann, schon gar nicht bei aussichtslosen Bemühungen. Die dicke Sabine hat jedenfalls einen Mann bekommen. Es ist der städtische Angestellte, achtzehn Jahre älter als sie, mit dem sie schon längere Zeit befreundet war. Ich habe nie verstanden, was die beiden aneinander finden. Vielleicht sind sie eines der Paare, die aus zwei Schwächen eine Stärke machen. Sollen sie. Es ist nicht mein Trip. Ich werde gleich wieder die Stimmen auf dem Anrufbeantworter anhören und mich verabreden. Verabredungen bedeuten Zukunft. Man kann auf etwas zugehen. Das brauche ich, denn es gibt den Wunsch in mir, liegenzubleiben, wo ich gerade bin. Es ist nur eine Anwandlung, die aus der Erschöpfung stammt und die ich nicht ernst nehmen muß. Ich bin nur müde und abgenutzt und habe das Gefühl, nichts mehr in der Hand zu halten. Ich, der nur auf diese Tasten drücken muß, um alle diese lockenden Stimmen zu hören. Liebe, Liebe, Liebe. Die ganze Welt ist voll solcher Stimmen. Es gibt keinen Grund zur Einsamkeit, wirklich nicht. Wenn ich diese Taste drücke, ist das vorbei.

Die Fähre nach England

1986

Die Fähre ragt aus dem Wasser wie ein mehrstöckiges Haus. Tief unten rumpeln die letzten Lastzüge über die stählerne Rampe und verschwinden im Rumpf des Schiffes, während er und Saskia an der Reling des Oberdecks stehen und der feuchte Novemberwind ihnen um die Köpfe weht. Es ist nicht kalt. Er nahm an, es würde ihnen nicht kalt sein. Sie lehnen aneinander, sie in seinem Arm, und schauen zu, wie die Fähre beladen wird, oder blicken beide hinüber zu der Häuserfront von Ostende, der letzten Häuserreihe des Kontinents, eine schräge, nach Westen verschwindende Wand aus Fensterfronten und Balkonen, zu der auch das schmalbrüstige Hotel gehört, in dem sie die letzte Nacht verbracht haben, fast ohne zu schlafen, dem neuen Leben entgegenfiebernd, Saskia auch wachgehalten von ihren Ängsten. Denn vielleicht wird ihr Mann den Verstand verloren haben und sie suchen, wird von Hotel zu Hotel gehen und fragen, ob hier eine Frau von Anfang Vierzig mit rotblonden Haaren und ein großer, schlanker, jüngerer Mann mit lockigen dunkelbraunen Haaren abgestiegen seien. Er wird den Portiers Geld geben und Fotos seiner Frau zeigen, um ... aber das war Unsinn, und sie wissen auch, daß es Unsinn ist. Trotzdem, so stellte er sich vor, denn er kannte Saskias wilde, ausufernde Phantasien, hat sie die Nacht bebend und lauschend in seinen Armen gelegen, nervös auffahrend, wenn die Treppe knarrte und der Nachtwind gegen die Jalousien drückte und das Meer bei Flut gegen die Kaimauer warf. Aber vielleicht wird es auch still sein, eine Stille, die sie flüstern läßt, die Stille der langsam sich dahinschleppenden Zeit, dieser lähmenden Ewigkeit des Wartens, daß der Morgen beginnt mit seinem bleichen Licht, der Morgen ihrer Abreise nach England, mit einem eiligen Frühstück einiger verschlafener Gäste, bedient von einer verschlafenen Kellnerin in einem ungeheizten Frühstücksraum. Hinter den von der salzigen Seeluft erblindeten Scheiben ist die leere Strandpromenade zu sehen. Vielleicht liegt die Fähre schon an ihrem Anlegeplatz. Sie ist über Nacht von England herübergekommen, und eine Putzkolonne reinigt sie jetzt für die nächste Überfahrt. Sie frühstücken. Saskia blickt zum zweitenmal auf ihre kleine kugelige Umhängeuhr, und er wird noch einmal mit ruhiger Stimme sagen: »Wir haben noch Zeit.« Sie ist blaß. Sie lächelt. »Bitte, laß uns gehen«, sagt sie. Das sind die letzten Minuten, die sie auf dem Kontinent verbringen, und dann stehen sie auf dem Oberdeck der Fähre, sehen, wie die Rampe hochgeklappt wird und die Schiffsschraube das ölige Wasser des Hafenbeckens aufwühlt. Das Wahrscheinliche und das Unwahrscheinliche rücken immer dichter zusammen und werden eins. Sie fahren. Das Schiff löst sich vom Kai. Man kann auch denken, daß das Land von ihnen abrückt. Die Höhe der Häuser schrumpft, und die Küstenlinie verbreitert sich, ist bald nur noch eine dünne Naht zwischen den grauen, am Schiffsrumpf vorbeiziehenden Wassermassen und dem diesigen Grau des Himmels.

Aufpassen! Nicht träumen!
Die Kette der roten Bremslichter leuchtete vor ihm auf. Er mußte den Wagen jäh abstoppen und schrammte über die Markierungsnägel, die seine Fahrspur begrenzten. Rechts schob sich ein riesiger Tanklastzug an seinem Fenster vorbei,

und dicht gedrängt kamen die Scheinwerfer des Gegenverkehrs auf ihn zu, jeder Wagen eine leichte Druckwelle, eine überstandene Gefahr. Nur jetzt nicht verunglücken, jetzt, da sein Leben so kostbar geworden war. In einigen dieser Wagen saßen bestimmt Unglückliche oder Verrückte, denen der Tod eine Verlockung bedeutete. Vielleicht würden sie Jagd auf ihn machen, wenn sie wüßten, wie ihn das Glück bevorzugte und beschenkte.

Nur nicht verunglücken! Nicht träumen, nicht jetzt! Dauernd brachte der Verkehrsfunk neue Meldungen über Unfälle und Staus auf fast allen Autobahnen. Die Herbstferien hatten begonnen, und wie bestellt hatte eine Schönwetterperiode eingesetzt. Anscheinend waren daraufhin am Nachmittag Millionen Menschen gleichzeitig aufgebrochen, um sich für die Enttäuschungen des verregneten Sommers zu entschädigen.

Damit hatte er nicht gerechnet. Aber er hätte ohnehin nicht früher fahren können. Bis zwei war er im Funkhaus gewesen, hatte eilige Post beantwortet und telefoniert und war wegen seiner Berufung auf den Londoner Korrespondentenposten noch einmal zum Intendanten bestellt worden. In der anschließenden Redaktionskonferenz hatte er mit den Kollegen darauf angestoßen. Dann war er in die Kantine gegangen, um rasch etwas zu essen, und war sofort danach nach Hause gefahren, um seine Koffer zu packen.

Saskia hatte nicht zurückgerufen, als er das Telefon zweimal klingeln ließ. Das hatte ihn vor der Versuchung bewahrt, ihr die große Neuigkeit voreilig mitzuteilen. Morgen oder übermorgen, wenn sie zusammen in Sahlenburg in dem Apartment am Meer waren, wollte er es ihr sagen. Sie hatte oft davon gesprochen, mit ihm wegzugehen. Seit zwei Jahren waren diese Phantasien ein wiederkehrendes Motiv ihrer Gespräche. Immer, wenn sie sich unerträglich eingeengt fühlten durch Saskias Ehe und die Rücksichten, die sie nehmen mußten, hatten sie die Wirklichkeit, die sie nach allen Seiten begrenzte, mit Wörtern wie »wenn«, »dann«, »bald« und »endlich« an ihren Rändern aufgelöst. In der Stadt, in der ihr Mann wohnte, könne sie nicht mit ihm zusammenleben, hatte Saskia gesagt, aber in jedem anderen Winkel der Welt könnten sie miteinander glücklich sein. Doch es war nicht irgendein Winkel. Es war London, ihre gemeinsame Wunschstadt. Er hatte das Berufungsschreiben in der Tasche. In einem Monat würde er als Korrespondent des Senders nach London gehen.

In einem Monat! Als habe sich diese Zeit in räumlichen Abstand übersetzt, sah er die Fähre weit entfernt als ein kleines, weißes Schiff auf der leeren Meeresfläche. Sie fuhr stetig geradeaus, auf die englische Küste zu, ohne daß man in dieser grauen Weite erkennen konnte, ob sie vorankam. Ja, es würde ein grauer Novembertag sein. Saskia und er sitzen im Salon, und neben ihnen im Fensterausschnitt zieht die Wasserfläche mit den weißen Wellenkämmen vorüber. Sie fahren in ihr neues Leben. Wahrscheinlich wird es für sie beide zwischendurch unwirklich werden, und sie müssen etwas tun, um es glaubhaft zu machen. Er kann vielleicht an die Bar gehen und etwas zu trinken verlangen, Tee oder Kaffee oder irgend etwas anderes, und man wird es ihm tatsächlich geben, ohne Umstände und Bezweifelungen. Auf einem kleinen Tablett wird er die beiden Gläser oder Tassen zu dem Tisch hinübertragen, an dem Saskia sitzt und aus dem Fenster auf das Meer blickt, und in diesem Augenblick wird er wieder wissen, daß alles wirklich ist und sein Wunschtraum in Erfüllung geht.

Saskia wußte es noch nicht. Sie war jetzt wahrscheinlich schon bei dem Schultreffen in Lüneburg, der ersten Station ihres komplizierten Alibis. Morgen wollte sie zu einer Freundin nach Hamburg fahren und von dort so bald wie möglich zu ihm nach Sahlenburg kommen. Heute abend würde er beim Hausmeister eine Nachricht von ihr vorfinden, wann er sie auf dem Bahnhof in Cuxhaven abholen sollte. Er hoffte sehr, es würde schon morgen sein.

Früher einmal hatte er Gefallen an ihren verschwörerischen Verabredungen gefunden. Inzwischen haßte er dieses ganze Versteckspiel und wunderte sich, daß es immer gelang. Obwohl Saskias Mann Richter war und wissen mußte, was er von Alibis zu halten hatte, schien er nie Verdacht zu schöpfen. Es genügte, wenn Saskia ihn von unterwegs anrief und eine Weile mit ihm plauderte. Erich Auberger mußte ein Mensch sein, der vor allem mit sich selbst beschäftigt war und den Umgang mit anderen Menschen, auch mit Saskia, auf feste Gewohnheiten beschränkte. Er nahm nicht wahr, was er nicht wissen wollte und was sein Bild vom Leben gefährdete. Das gab ihm eine starre Sicherheit, die Saskia vielleicht einmal gebraucht und bewundert hatte, bis sie allmählich zu begreifen begann, daß ihr Leben brach lag und sie neben ihm verstummte.
In einem Monat war das nun vorbei. Noch eine endlose Frist. Doch nicht in jedem Leben gab es diesen Sprung nach vorne, der alle Probleme auf einmal löste. Morgen, spätestens übermorgen konnte er Saskia alles erzählen, und in einem Monat würde er auf der Fähre nach England ihr befreites Lächeln sehen.

Sie hatte sich einfach dem Fahren überlassen wollen. Aber seit Hamburg saß ihr dieser Mann gegenüber, der ihr den Koffer ins Gepäcknetz gehoben hatte. Ein eckiges, forderndes Gesicht, graue Augen und ein selbstgefälliger Mund. Sie hatte sich freundlich bedankt, als er ihr den Koffer abnahm, und das war wohl schon zuviel gewesen, denn nun bedrängte er sie mit seiner Unterhaltung. Sie war wehrlos gegen solche Menschen. Es fehlte ihr die Aggressivität, die man brauchte, um sie fernzuhalten. Und Männer wie dieser spürten ihre Gefügigkeit und zwangen sich ihr auf. Es nützte nichts, wenn sie aus dem Fenster schaute. Er bezog alles in sein Gerede ein, fragte, ob sie sich hier auskenne. Dies sei das Alte Land, ein berühmtes Obstanbaugebiet mit schönen alten Höfen. In seiner Stimme war ein dauerndes Werben, während er ungefragt seine Belehrungen vor ihr abspulte. Sein Blick suchte ihre Augen und hielt sie in ihrer Ecke fest. Entweder mußte sie diesem Blick standhalten oder sich von ihm betrachten lassen. Mein Gott, wie gingen solche Männer mit Frauen um? Männer mit solchen Händen und diesem durchschnittlichen Verstand, verbunden mit diesem unirritierbaren Selbstgefühl. Sie merkte, wie er sie abschätzte, ihre Brüste, ihre Knie, ihren Schoß, und versuchte sich abzuwenden und an Norbert zu denken. Dann ließ sie es, weil es ihr nicht richtig gelang. Sie hatte sich vorgestellt, alles Fremde von sich abfallen zu lassen und immer ausschließlicher auf ihn zuzufahren, so daß sie, wenn sie ausstieg und auf ihn zuging, bereit war, ihn ganz in sich aufzunehmen, und sie haßte diesen fremden Mann, der sich ihr einfach aufdrängte und es verdarb.

Endlich lief der Zug ein. Cuxhaven, das Schild auf dem Stellwerk zog vorbei. Schon während des Bremsens war der Mann aufgestanden, um ihr in den Mantel zu helfen, brachte ihren Koffer an sich und stieg vor ihr aus. Er wollte ihr die Hand reichen, aber sie spähte über ihn hinweg nach Norbert, sah ihn plötzlich ein Stück weiter weg, groß und schlaksig, in seinem hellen Trenchcoat, wie er an der Wagenreihe entlangschaute. Wie jung er aussieht, dachte sie. Jetzt entdeckte er sie. Sein Gesicht leuchtete auf. Doch die Bewegung, die in ihm war, stockte, wohl weil ihr Reisebegleiter einfach ihren Arm ergriffen hatte und ihr übertrieben höflich beim Aussteigen half.

»Danke«, sagte sie, »geben Sie mir meinen Koffer. Ich werde abgeholt.«

Der Mann murmelte etwas und verschwand, kurz bevor Norbert auf sie zutrat und sie in die Arme schloß. Um sie herum verließen die Menschen den Bahnsteig, als flösse ein graues Rinnsal ab. Ich bin da, dachte sie, bin angekommen. Mit seinem Körper umarmte sie gleichzeitig dieses Gefühl,

und als sie sich zum Gehen wandten, schob sie seine Hand in ihre Manteltasche und drückte sie gegen ihre Hüfte.
Das war der Vorplatz: ein großes Beet fast abgeblühter weißer Rosen, weiter weg ein mächtiger alter Wasserturm aus Backsteinen, links eine Häuserreihe mit Geschäften. Sie hatte den Eindruck von etwas Zufälligem und Formlosen, ein Stück Welt, das sie durchqueren mußte. Da stand auch schon Norberts Wagen, vorhersehbar und trotzdem überraschend. Also waren sie wirklich hier. Er schloß auf und ließ sie einsteigen. Straßen, Häuser, Bäume setzten sich zu flüchtigen Szenerien zusammen. Sie ließ alles vorbeigleiten. Bald würde sie aus ihrer Betäubung erwachen.

»Wir sind da«, sagte er.
Sie hielten auf dem Parkplatz eines Hochhauses mit blauen Balkonen, das in einem flachen Wiesengelände stand. Landeinwärts weideten einige Pferde. An die Straße grenzte ein Kiefernwald. Das Meer mußte ganz in der Nähe sein, war aber nicht zu sehen.
Zusammen mit zwei alten Frauen in Bademänteln fuhren sie im Aufzug in den zehnten Stock. Eine blaue Brandschutztür unterteilte den Gang, auch die gelbbraun gestrichenen Türen der Apartments waren aus Stahl. Es kam ihr vor, als befänden sie sich in einem Bunker. Hier, an diesem Niemandsort, hinter dieser Zellentür endete ihre Flucht, und sie würde ein paar Tage unauffindbar sein.
»Tritt ein«, sagte Norbert.
Er stieß die Tür weit nach innen auf und ließ ihr den Vortritt. Durch die kleine Garderobe kamen sie in einen lichterfüllten Wohnraum mit einem großen Panoramafenster. Draußen, nicht weit entfernt, dehnten sich die Schlickflächen des Wattenmeers, überwölbt von einem fast wolkenlosen, blauen Himmel.
»Hier werden wir wohnen?«
»Wenn es dir gefällt.«

»Ich find's wunderbar«, sagte sie.
Er nahm ihr den Mantel ab, um ihn an die Garderobe zu hängen, und sie ging herum und schaute sich um. Es gab noch eine Kochnische, ein Bad, ein Schlafzimmer und einen Balkon. Im Wohnraum standen große bunte Herbstblumensträuße auf Tisch und Fensterbank. Norbert empfing sie an all ihren geheimen Treffpunkten mit Blumen. Immer merkte sie an seinen Vorbereitungen, wie seine Phantasie ihr entgegenlief.
Sie trat auf den Balkon, legte die Arme auf die Brüstung und schaute vorsichtig in die Tiefe. Alle ihre Treffpunkte waren fremde Orte für sie. Norbert suchte sie aus, und sie kam immer ein wenig wie im Traum dorthin, und nichts wurde ihr wirklich vertraut, bevor sie schon wieder abfuhr. Jetzt also waren sie hier am Wattenmeer.
Schräg unter ihr befand sich ein Campingplatz mit feststationierten Wagen auf kleinen, abgezäunten Grundstücken. Es schien eine Wagenstadt ohne Bewohner zu sein, bis auf einen grauhaarigen Mann, der auf einem winzigen Rasenstück eine orangefarbene Leinwand auseinanderrollte. Hundert Meter entfernt, hinter Deichweg und Uferstraße, zogen sich die drei Streifen des Landendes hin: das wiesengrüne Deichvorland, die flache, graugrün bewachsene Düne und der Sandstrand, auf dem einige Strandkörbe herumstanden. Das Meer hatte sich bis auf wenige Lachen und Priele bis zum Horizont zurückgezogen und den dunklen Schlickgrund freigegeben, auf dem überall die weißen Punkte der Seevögel saßen. Weit verstreut wanderten einige Menschen im Watt herum, und eine Reihe von gelben Pferdewagen treckte auf eine flache Insel in der Ferne zu.
»Das dahinten ist Neuwerk«, sagte Norbert, der ihrem Blick gefolgt war, »bis dahin kann man bei Niedrigwasser gehen.«
Das Blinken in der Ferne mußte das Wasser sein, die Fahrrinne ins offene Meer. Sie erkannte die weißen Deckaufbau-

ten einiger Schiffe. Alles leuchtete und glänzte im Sonnenlicht, das am Horizont zu einem Funkeln zerstäubte. Die Luft umströmte sie, Wärme, durchmischt mit dem Geruch von Salzwasser und Tang. Sie dehnte sich, atmete tief ein, und mit dem Atemzug gab sich ihr alles noch einmal zu erkennen, was sie sah.
Auf einmal wußte sie: Er schaut mich an. Sie war jetzt der Mittelpunkt der Szene, sein Blick ruhte auf ihr. Wie um ihn abzulenken, sagte sie: »Schön ist es hier.« Sie hörte ihn ja sagen. Seine Stimme klang verändert, gab dem Wort einen anderen Sinn. Langsam drehte sie sich um.

Wieder erkannte er den seltsamen Ausdruck, mit dem für ihn ihre verborgene, nur ihm zugehörige Person in Erscheinung trat: das Gesicht vereinfacht, wie leergewischt, die Augen geweitet vom Vorauswissen. Einen Augenblick standen sie einander gegenüber und sahen sich an und dann, mit einer langsamen Bewegung, die ihre Köpfe spiegelverkehrt gegeneinander neigte, trafen sich ihre Münder. Ein Gefühl der Schwere ergriff sie beide. Auf einmal waren sie von allem fortgerückt, und der Wunsch, einander nicht mehr loszulassen, verschmolz sie zu etwas Dunklem, Aussichtslosen. Als er die Augen öffnete, hatte eine leichte Röte ihr Gesicht überzogen, und um Augenhöhlen, Schläfe und Oberlippe glänzte die Haut von einer dünnen Feuchtigkeit. Er wußte nicht, was sie wahrnahm, als sie ihn anschaute. Ihre Augen schlossen sich gleich wieder, als hätte sich das Schweregefühl, das sie zu erfüllen schien, von innen an ihre Lider gehängt.
So bleiben, einen Augenblick. Alles ist richtig, alles muß so sein. Stumm, denn es gab nichts zu sagen, gingen sie in die Wohnung, und vor dem Bett begannen sie sich auszuziehen, jeder für sich. Sie trat hinter die Lehne des Stuhls und legte ihren Rock darüber, und als sie sich mit gekreuzten Armen Pullover und Hemd auszog, schob er den Stuhl beiseite, um sie anzuschauen. In dieser ruhigen Bewegung, die einen Au-

genblick ihren Kopf verhüllte und ihren Bauch entblößte, erkannte er ihr Vertrauen. Jetzt sah er sie nackt, ihre schön gewölbten Schenkel mit dem einzigen Makel eines kleinen bläulichen Blutgerinnsels an der Seite, der Bauch weich, mit der tiefen Nabelgrube, ihre kleinen, festen Brüste mit den dunklen Höfen. Auf der Bettkante sitzend sah er sie auf sich zukommen mit einer fast schläfrigen Bewegung und einem Lächeln, das ihr kaum bewußt war. Er beugte sich vor, um mit beiden Armen ihre Hüften zu umschlingen. Der Geruch ihrer Haut empfing ihn, ihre Wärme. Er preßte sein Gesicht gegen ihren Leib, spürte, wie sie ihm standhielt und ihre Finger in seinem Haar vergrub. Auch so konnten sie bleiben. Alles war immer schon erfüllt.

Nachmittags gingen sie im Watt spazieren. Sie trugen ihre Schuhe in der Hand und ließen ihre Fußsohlen von den welligen Riefelungen des Schlickbodens massieren. Wo der Schlickgrund fest war, federte er ein wenig, und ihre Schritte preßten feine Wasserspritzer aus den Bohrlöchern der Wattwürmer hoch. Manchmal versanken sie bis über die Knöchel in einer schlammigen Mulde oder wateten durch flaches Wasser, das allmählich von Westen her in die weite Fläche zurückfloß und in der Ferne hier und da als ein sonnenhelles Glitzern zu erkennen war. Einige weiße Haufenwolken hingen über dem Watt, das in ihrem Schatten moorig schwarz aussah, durchzogen von schiefergrauen Wasserstreifen. Wenn der Schatten wegwanderte, tauchten die lehmig braunen Töne wieder auf, und überall leuchtete das weiße Gefieder der Seevögel, die einzeln oder in kleinen Schwärmen nach Nahrung suchten. Ab und zu blieb Saskia stehen, hob eine Muschel oder eine Vogelfeder auf oder betrachtete eine auf dem Rükken liegende tote Krabbe. Die meisten Wassertiere hatten sich mit der Flut ins offene Meer zurückgezogen und würden erst mit ihr zurückkehren, und die Wattwürmer, nach denen die Vögel suchten, hatten sich tief in den Schlick gebohrt. Wenn

man mit Zehen und Fingern bei den wurmartigen Schlickhäufchen nachgrub, quoll inzwischen gleich Wasser nach.
»Müssen wir nicht bald zurückgehen?« fragte Saskia.
»Ja, gut«, sagte er, »kehren wir um.«
Sie gingen zu dem salzverkrusteten Gestrüpp hinüber, das den Fahrweg der Wattwagen bezeichnete. Zwei vollbesetzte Wagen fuhren gerade zum Land zurück. Die Pferde patschten durch die flachen Lachen und Rinnen, und die breiten Gummireifen zogen eine schlammige Spur. Leute grüßten von ihren Sitzen herunter, und ein Mann mit einer schwarzen Schiffermütze, wie es sie in den Strandläden zu kaufen gab, rief »Schöner Tag heute!« Ja, das stimmte, es konnte nicht schöner sein. Die tiefstehende Sonne warf ein weißgoldenes Licht über die spiegelnde Wattfläche weit draußen, auf der das Wasser wohl schon wieder handbreit stand. Die restlichen Schlickinseln wirkten auf einmal tiefschwarz. Bald würde alles in Gold- und Kupfertönen erstrahlen und allmählich über Violett und Blaugrau in eine gleichmäßige Nachtfarbe übergehen.
Vielleicht sollten sie vor dem Schlafen noch einmal zwischen Meer und Düne spazierengehen und das leise Fiepen der Seeschwalben im Dünengras hören und, wenn ein leichter Wind aufkam, das Ticken der Segelleinen und ihrer Metallringe gegen die Masten der Jollen und Katamarane, die am Strand neben dem Fahrweg der Wattwagen aufgebockt waren. Gestern, nach seiner Ankunft, war er dort herumgewandert, und das fremde Geräusch war ihm im Dunkeln wie das eifrige Klimpern vieler kleiner Hämmer erschienen, die ununterbrochen eine unverständliche Arbeit taten.
»Wie seltsam sich alles verändert«, sagte Saskia. »Das Wasser kommt langsam, das Licht schwindet schnell.«
»Das Licht ist dramatischer«, sagte er.
»Aber das Wasser ist unheimlicher. Es schleicht sich heran.«
»Das ist wahr«, sagte er und blickte sich noch einmal um.

Der Spaziergang durch das Watt, das nun bald wieder dem Wasser und den Vögeln und den unsichtbaren Meerestieren gehörte, hatte ihn eine zärtliche Verbundenheit mit Saskia fühlen lassen, und als sie auf das Land zugingen, wunderte er sich, daß er ihr noch nicht von London erzählt hatte. Die Nachricht sollte die Krönung dieses ersten Tages sein. Sie bedeutete einen so tiefen Einschnitt, eine so völlige Veränderung ihres bisherigen Lebens, daß er das Bedürfnis gehabt hatte, noch ein wenig damit zu warten. Saskia war nicht sehr belastbar und sollte sich erst einmal hier eingewöhnen und ruhig werden. Nachher, beim Abendessen, wenn sie sich gegenübersaßen, wollte er es ihr sagen. Dann konnten sie anfangen, es sich gemeinsam vorzustellen und alles zu besprechen.

Als sie auf der Wiese des Deichvorlandes waren und nebeneinander auf dem Rand eines der wasserblau gestrichenen Betonbecken saßen, griff er Saskias nackten Fuß, um ihn unter dem Wasserhahn zu waschen.

»Was machst du da?« sagte sie überrascht. »So etwas kann auch nur dir einfallen.«

»Ich habe deine Füße noch gar nicht richtig gewürdigt«, sagte er. »Gib mir auch den anderen.«

Sie streckte ihm den Fuß hin und hielt sich an seiner Schulter fest.

»Darf ich das auch mit deinen Füßen machen?«

»Nein«, sagte er, »das war meine Idee.«

»Dann werde ich sie eben küssen«, antwortete sie.

Er konnte sie gerade noch daran hindern.

Während es draußen dunkel wurde, und sie sich beide umzogen, um in eines der Restaurants an der Uferstraße zum Abendessen zu gehen, war er so von Erwartung erfüllt, daß er Saskia, die im Hinundhergehen mit ihm sprach, nur flüchtig antworten konnte. Dauernd sah er sie schon in der gemeinsamen Londoner Wohnung, und alles, was sie tat – ob sie vor dem Spiegel ihr Haar bürstete oder ein Kleid aus dem Schrank nahm, es mit dem Bügel hochhob und musterte und über das Bett warf –, alle diese einfachen, alltäglichen Äußerungen ihres Lebens entzückten ihn. Er konnte es sich nicht erklären, was sie so einzigartig für ihn machte. Es hing nicht mit bestimmten Eigenschaften zusammen. Jedenfalls konnte er sie nicht benennen. Mal war es eine besondere Einzelheit, wie eine empfindliche Bewegung ihrer Mundwinkel, eine Neigung ihres Kopfes, worin er momentweise ihr ganzes Wesen zu erkennen glaubte, dann wieder umfaßte er sie mit einem einzigen Blick und mußte denken, daß es für sie unter allen Menschen keinen Ersatz gab. Auch wenn er wie zur Probe versuchte, sie sich älter und häßlicher vorzustellen, oder wenn er sich ihre offensichtlichen Fehler und Mängel vor Augen führte, änderte das nichts. Der unerklärliche Strom von Zustimmung wallte nur noch heftiger in ihm auf.

Jetzt kam sie aus dem Badezimmer, ging an ihm vorbei in das Schlafzimmer, hängte ein Kleidungsstück in den Schrank und kehrte in den Wohnraum zurück. Sie hatte einen eigenartigen Gang, lebhaft und vorwärts drängend, aus den Hüften heraus, aber zu kürzeren Schritten gebändigt, so wie man sich nachts auf Zehenspitzen durch eine Wohnung bewegt, wenn man niemand wecken möchte und heimlich noch etwas tut oder in Ordnung bringt, was einem keine Ruhe läßt. Sie wußte natürlich nichts davon. Alle ihre Bewegungen wirkten ein wenig gedankenlos oder auch nachlässig, und vielleicht ging sie hier so herum, weil sie sich in einem Versteck fühlte.

»Ich bin soweit«, sagte sie.

In seinem Kopf antwortete ein Echo: Es ist soweit! Und nun erschien ihm alles nur noch als eine endlose, immer weiter unterteilte Annäherung an den kaum zu erreichenden Wendepunkt, an dem ihre gemeinsame Zukunft begann. Schritt für Schritt brachten sie ihr altes Leben hinter sich. Sie mußten das Apartment abschließen und auf den besetzten Aufzug warten, auf das Öffnen und Schließen der automatischen Türen, mußten hinunterfahren und draußen zuerst zum Strand und dann den Deichweg entlanggehen. Unterwegs blieb Saskia stehen, um die Sterne hinter dem dünnen, zerrissenen Wolkenschleier zu betrachten und zu den unregelmäßigen Lichtmustern der beiden Apartmenthäuser hinüberzusehen. Sie mußten sich einigen, in welches Restaurant sie gehen wollten, und eintreten und einen Platz suchen. Er mußte ihre Mäntel an die Garderobe hängen und dann die Speisekarte aufschlagen und sich mit Saskia darüber austauschen, was sie essen und trinken wollten. Dann vergingen wieder einige Minuten, bis er die Kellnerin an ihren Tisch gewinkt und ihr die Bestellung aufgegeben hatte, und die ganze Zeit nahm er wahr, daß Saskia entspannt und glücklich aussah und alle diese kleinen, aufeinanderfolgenden Augenblicke ihres Zusammenseins genoß, über die er mit wachsender Ungeduld hinwegdrängte. Sie lebten jetzt beide in einer anderen Gegenwart, und dieser offensichtliche Widerspruch ihrer Empfindungen ließ ihn zögern. Saskia sah schön aus, heiter. Nichts fehlte ihr. Es erschien ihm gewaltsam, ihr Gleichgewicht zu stören. Wie über einen weiten Abstand hinweg faßte er ihre Hand: »Ich muß dir etwas ganz Wichtiges sagen, Saskia.«

Erschrak sie oder war das die Überraschung? Es kam ihm so vor, als ob sie nur die Hälfte begriff. Ja, er hatte die Korrespondentenstelle bekommen. Es war ein glänzender beruflicher Erfolg. Aber das war doch nicht das einzige, das Wesentliche. Es war doch nur die Vorbedingung für ihr gemeinsames Leben. Jetzt hatte er sie erfüllt, jetzt endlich konnten sie ihre Träume wahrmachen. Ihren Geburtstag konnten sie schon in London feiern.

Immer noch sah sie ihn verständnislos an.

»Nach London? In einem Monat? Wie soll das gehen?«

»Ganz einfach«, sagte er, »wir machen es so einfach wie mög-

lich für dich. Du brauchst gar nichts mitzunehmen außer deinem Paß. Geh aus dem Haus wie zum Einkaufen und laß deinem Mann einen Brief da. Am besten gehst du jetzt schon nicht mehr zu ihm zurück.«
»Oh, mein Gott, ja, das wäre das einfachste«, seufzte sie.
»Mach dir jetzt keine Sorgen«, sagte er. »Wir werden einen richtigen Weg finden. Es wird bestimmt nicht so schwer, wie du denkst. Es ist doch das, wovon wir immer gesprochen haben, Saskia. Es ist sogar noch viel besser.«
Sie nickte, senkte den Kopf und sah ihn wieder an.
»Bitte, verzeih mir. Ich kann es noch nicht fassen.«
Sofort versuchte er, sie zu beruhigen. Auch er hatte es sich ja zunächst nicht richtig vorstellen können. Deshalb hatte er auch nicht mit ihr darüber gesprochen, bis er vollkommen sicher gewesen war, daß er die Berufung nach London bekam. Er hatte das Schreiben des Intendanten mitgebracht. Sie konnte es lesen und anfassen, es war Wirklichkeit. Trotzdem hatte er heute in Cuxhaven auf dem Bahnsteig, als er auf sie wartete, die Vorstellung gehabt, sie würde gar nicht kommen und es würde alles anders ausgehen mit ihnen. »Es war ein Moment«, sagte er, »in dem es dich gar nicht mehr zu geben schien. Und London auch nicht, und unsere Träume schon gar nicht. Ich habe dauernd auf die Uhr geschaut. Mein Leben hing von dieser Uhr ab, von der Ankunftszeit deines Zuges. Ja, und dann bist du mit einem fremden Mann ausgestiegen, der deinen Koffer trug. Da war ich einen Augenblick völlig durcheinander.«
»Habe ich gesehen«, sagte sie.
»Ich habe gedacht, sie ist meine Frau! Sie gehört mir! Und dann, als ich näher kam, habe ich den gleichen Gedanken in deinem Gesicht gesehen. Da war alles gut.«
»Ja«, sagte sie leise.
»Bald werden wir immer zusammensein, jeden Tag, jede Nacht. Kannst du dir das vorstellen?«
»Im Augenblick nicht«, sagte sie, »nicht wirklich. Ich denke es nur. Es ist für mich alles hinter einer Nebelwand.«

Sie schauderte zusammen.
»Was hast du?« fragte er besorgt.
»Nichts, nichts. Es ist nur die Erregung.«
Um sie abzulenken, begann er von London zu erzählen. Vielleicht würden sie in Chelsea oder in Belgravia wohnen. Am schönsten wäre es wahrscheinlich in Kensington in der Nähe des großen Parks, weil sie dann täglich dort spazierengehen konnten. Zunächst würden sie ja dauernd unterwegs sein, um die Wohnungseinrichtung zu kaufen und für sie neue Kleider, falls sie ohne Koffer gekommen war. Sie würden in der City herumbummeln und Geschäfte betrachten und durch das berühmte Kaufhaus Harrods streifen, einer phantastischen Ansammlung von käuflichen Dingen. Sie konnten sich bei Harrods einen Elefanten kaufen und einen Dudelsackpfeifer mieten. Es gab nichts, was es dort nicht gab.
Sie lächelte geistesabwesend, und er fuhr fort, von Museen, Theatern und Konzerten zu sprechen, die sie gemeinsam besuchen würden. Er erzählte von den Londoner Märkten und Kuriositätenkabinetten und von den großen Versteigerungen bei Christie's und Sotheby's, und er brach erst ab, als die Kellnerin das Essen brachte.
Er hatte zu viel gesprochen, marktschreierisch, in einer künstlichen Begeisterung wie ein Fremdenführer. Das Wesentliche hatte er nicht sagen können. Das Neue und Wunderbare waren nicht die Londoner Attraktionen, sondern das, wovor alle Liebespaare gewarnt werden: das alltägliche Leben.
Er suchte Saskias Blick. Sie schaute auf das Gedeck, das die Kellnerin vor sie hinstellte. Mit einer unbewußten Bewegung zog sie ihr Gesicht vor der Schulter der Kellnerin zurück. Sie sah verletzlich aus, ganz anders als Rembrandts bäuerische Saskia, mit der sie nur das rotblonde Haar gemeinsam hatte. In Momenten wie jetzt kam eine verborgene Einsamkeit an ihr zum Vorschein, und er ahnte, daß sie sich dann selbst entglitt und Hilfe brauchte, um nicht in Angst zu versinken.

»Nun iß erst mal«, sagte er, »sieht doch alles gut aus.«

In seinem Traum wußte er, daß etwas Unerwünschtes geschehen würde, wenn er nicht rechtzeitig zur Stelle war, um es zu verhindern. Aber er konnte nicht genau sagen, was es war und wo er sich befand. Alles war undeutlich, bis auf die roten Lichter, die blinkten und tickten und das nahe Ende der Frist anzeigten, die ihm noch blieb. Er lief. Noch immer wußte er nicht, worum es ging, mußte sich durchfinden durch dieses dunkle, labyrinthische Gebäude, in dem irgendwo eine schwere Maschine arbeitete, ein fernes Stampfen und Dröhnen, dem er allmählich näher kam. Er kletterte eine schmale Leiter hinunter, deren Sprossen erst unter seinen Füßen entstanden, und kam in einen dämmrigen Gang. Am Ende stand jemand, der sofort verschwand. War das Saskia gewesen? Warum sah hier alles so verfallen aus? Berge von Gerümpel lagen herum, Schutt, der sich immer höher türmte. Eine gesichtslose Gestalt streifte ihn und sagte: »Schlaf nicht.« Sofort stand er auf einer weiten, leeren Ebene. Es war das Watt, aber es hatte keine Ähnlichkeit mit sich selbst. Er machte einen Schritt vorwärts und sank ein, und noch einen, mit dem er ins Bodenlose tappte. Davon wurde er wach.

Saskia war nicht da. Ihr Kopfkissen war schon ausgekühlt. Er fand sie nebenan in dem dunklen Wohnraum. Sie hatte ihren Bademantel angezogen, saß in sich zusammengekauert auf der Polsterbank beim Fenster und drehte ihm das Gesicht zu.

»Ich kann nicht schlafen«, sagte sie mit einer kleinen, kläglichen Stimme. »Mein Herz rast so, und mir ist auch ein wenig schlecht.«

Er setzte sich zu ihr und legte behutsam den Arm um sie. »Hast du Schmerzen oder Druck auf der Brust?«

»Nein, nein, nur dieses Herzjagen und die Übelkeit. Ich kann das Meer nicht vertragen. Es ist mir noch nie bekommen.«

»Aber wieso«, wandte er ein, sie hatten doch schönes, ruhiges

Wetter, keinen Sturm, keine Luftdruckschwankungen und diese milde Temperatur. Es war doch eher so, daß man sich erholen konnte.

»Vielleicht ist es auch nur die Aufregung«, sagte sie. »Ich bin seit Stunden schon furchtbar aufgeregt. Schon den ganzen Abend habe ich dieses rasende Herzklopfen gehabt.«

Er mußte eine Welle von Enttäuschung niederkämpfen, um ruhig zu bleiben und ihre Angst aufzufangen.

»Das verstehe ich ja«, sagte er beschwichtigend. »Aber du machst dir übertriebene Sorgen. Deine Kinder sind erwachsen und dein Mann hoffentlich auch. Trennungen sind nicht einfach. Doch was notwendig ist, das kann man, und was andere fertigbringen, können wir auch. Und wenn wir in London zusammen sind, wird alles von dir abfallen. Du wirst aufleben, du wirst dich ganz neu fühlen. Du zwingst dich doch seit Jahren, so zu leben, wie die anderen es von dir erwarten. Du hast doch nur gegen dich selbst gelebt. Falls dein Mann wirklich so ahnungslos ist, wie du immer sagst, dann verdient er deswegen kein Mitleid, dann spricht das nur gegen ihn. Dann hat er dich nie richtig wahrgenommen. Wenn ich mir vorstelle, was du alles auf dich nimmst, nur um ihn zu schonen, ihn und sein starres Bild, das er sich vom Leben macht. Wozu das alles? Er hat keinen Anspruch auf das Opfer, das du ihm seit Jahren bringst.«

Er hatte sie beruhigen wollen, es aber nicht gekonnt.

Empörung und Kränkung brannten in ihm, und plötzlich war das alles in ihm aufgelodert. Am liebsten hätte er Saskia gepackt und gerüttelt, um sie von den fremden Einflüssen zu befreien, die sie immer wieder von ihm wegzogen.

Sie antwortete nicht, hielt nur den Kopf gesenkt. Ihr Körper sperrte sich nicht gegen ihn, wirkte aber wie gelähmt, und er stellte sich vor, daß ihre Augen stumpf und blicklos waren. Ihr Schweigen konnte vieles bedeuten: daß sie ihm recht gab oder Gründe zur Verteidigung ihrer Ehe suchte, daß sie an die Schrecken der bevorstehendenTrennung dachte oder wieder

in ein gedankenloses Nirgendwo entglitt, aus dem er sie zurückholen mußte.
»Woran denkst du?« fragte er.
»Ich? An nichts.«
Einen Augenblick später gab sie eine andere Antwort: »Ich habe mir einen Schiffsuntergang vorgestellt.«
»Einen Schiffsuntergang?« fragte er überrascht. »Aber doch nicht die Fähre nach England. Mit der passiert nichts. Da kannst du ganz ruhig sein.«
»Nein, nicht die Fähre nach England. Es war kein bestimmtes Schiff.«
Sie lehnte ihren Kopf an seine Schulter. Als sie weitersprach, hatte ihre Stimme einen schleppenden, träumerischen Klang, als spräche sie für sich, und er, ihr Zuhörer, sei nicht außerhalb von ihr, sondern ein Teil ihrer Innenwelt. Sie sieht alles noch, dachte er. Die Bilder sind noch nicht verschwunden. Sie ist noch in ihrem Bann.
»Es ist eine Vorstellung, die ich oft habe«, sagte sie. »Sie ist schrecklich. Aber seltsamerweise beruhigt sie mich. Ich bin auf einem Schiff mit allen Menschen zusammen, die ich kenne. Mein Mann, meine Kinder sind darunter. Und auch du. Das Schiff versinkt, und wir müssen alle ins Wasser springen. Ich habe mich auf eine Planke gerettet, auf der nur zwei Menschen Platz haben. Es ist die einzige Rettungsmöglichkeit, die es gibt. Um mich herum schreien die Ertrinkenden. Und ich kann wählen, wer zu mir auf die Planke hinaufdarf. Jedesmal wähle ich dich.«
Sie machte eine Pause und sah ihn an. Er hatte den Eindruck, sie verglich ihn mit der Gestalt aus ihrer Phantasie und knüpfte die auseinandergerissenen Fäden der beiden Welten zusammen.
»Es ist ein Wunschtraum«, sagte sie, »obwohl alle anderen außer uns ertrinken müssen.«
»Nur in deinen Gedanken, Saskia. Nicht wirklich. Alle werden überleben.«

»Aber wie kann ich mir so etwas ausmalen? So etwas Entsetzliches?«
»Weil es nur Gedanken sind, nur eine Antwort auf eine Frage, die du dir gestellt hast.«
»Ich weiß nicht, ob du recht hast«, sagte sie. »Ich weiß manchmal nicht, wer ich bin. Auch dich habe ich enttäuscht heute abend. Ich hätte mich doch freuen müssen. Aber ich hatte nur Angst.«
»Mach dir deswegen keine Sorgen«, sagte er. »Ich habe das schon verstanden. Du brauchst deine Gefühle nicht vor mir zu verstecken.«
Er drückte bestätigend ihre Hand, und sie antwortete ihm, indem sie seine Wange küßte und sich wieder in seinen Arm schmiegte.
»Du bist so ein großmütiger und zartfühlender Mensch, Liebling. Es ist wirklich schlimm, daß du an eine Frau wie mich geraten mußtest.«
Sie hatte das ohne Koketterie gesagt, wie eine einfache und begründete Überzeugung, und er dachte, daß sie es wohl immer so gesehen hatte. Für ihn dagegen war sie das kostbare, einzigartige Geschenk, das ihm das Leben gemacht hatte. Neben ihr war er sich stets ein wenig bieder und schwerfällig vorgekommen, und er hatte sich bemüht, erwachsener, einsichtiger und einfühlsamer zu werden, um ihre schwer einschätzbaren Regungen zu verstehen. So war das in der Liebe. Sie war der überwältigende Wunsch, den anderen zu sehen und nie damit aufzuhören, ihn anzuschauen. Es war vielleicht sogar ein Wunsch, die Grenzen aufzuheben, die zwischen den Menschen bestanden.
»Ich möchte keine andere Frau«, sagte er. »Ich kann mir keine andere vorstellen.«
»Das weiß ich, und es macht mir Angst. Ich kann dir nicht gerecht werden. Neben dir bin ich eine alte Frau.«
Er machte die gewohnte Rechnung auf: sie sei acht Jahre älter als er, aber zwölf Jahre jünger als ihr Mann. Es sei klar, daß sie

zu ihm gehöre. Erich Auberger kam ihm vor Augen, sein Rivale, der immer noch eine unverständliche Macht über Saskia hatte. Er sah ihn bei Tisch sitzen in einer Gesellschaft, in der er auch gewesen war und zum erstenmal Saskia gesehen hatte. Auberger, schon ein wenig kahlköpfig, ein kühler, zurückhaltender Mann, der sorgfältig sein Besteck handhabte und die Bewegung unterbrach, um etwas zu sagen, das erste Wort, das er von ihm gehört hatte, damals an der großen Tafel. »Sie haben recht«, hatte er gesagt. Er hatte noch nicht gewußt, daß dieser Mann Richter war, sonst hätte er vielleicht grinsen müssen.

»Mit deinem Mann«, sagte er zu Saskia, »würdest du bald alt werden, sehr bald sogar.«

»Das weiß ich«, sagte sie. »Ich denke manchmal, es wäre gut, es geschafft zu haben. Ohne dich hätte ich nie etwas anderes gewußt.«

»Doch, du hast alles gewußt. Sonst wäre mit uns nichts geschehen. Du hast es gewußt, ohne es dir zuzugeben.«

So still, wie sie neben ihm saß, fühlte sich auch ihre Hand an, die sie ihm ohne Gegendruck überlassen hatte, aber als er beiläufig mit den Fingerspitzen nach ihrem Puls tastete, merkte er, daß ihr Herzschlag noch immer viel zu schnell war.

»Sei jetzt ruhig«, sagte er.

»Ich würde gerne so einschlafen, hier mit dir.«

»Dann tu's doch«, sagte er.

Sie zog die Knie unters Kinn, ließ dann die Beine wieder zur Seite rutschen, suchte sich eine neue Lage in seinen Armen aus. Er hielt sie, damit sie zur Ruhe kam.

»Sind die kleinen Lichter da draußen Schiffe?« fragte sie. Ja, das war die große Schiffahrtsstraße nach Hamburg und zum Nord-Ostsee-Kanal. Von Cuxhaven kamen die Lotsenboote, um die Container und Tanker dort draußen in Empfang zu nehmen. Tag und Nacht herrschte dort Verkehr.

Da der Wohnraum dunkel war, spiegelte die Scheibe nicht, und sie hatten die ganze Szenerie vor Augen: vorne die schwachen, orangefarbenen Lampen, die den Deichweg mit ihren trüben Lichtpfützen beleuchteten, dahinter die weite, dunkle Fläche des größtenteils noch überfluteten Watts und in der Ferne wie eine unregelmäßige Kette die winzigen Lichter der Seeschiffe, die in beiden Richtungen aneinander vorbeifuhren. Über Neuwerk, das unsichtbar war, zuckte ein blasses Leuchtfeuer.

»Ich finde die Welt unheimlich«, sagte Saskia. »Aber wenn ich mit dir zusammen bin, greift es mich nicht mehr so an.«

»Wir sind ja zusammen. Bald werden wir immer zusammen sein.«

»Ja«, sagte sie. »Erzähl mir, wie es sein wird.«

Ein Widerstand regte sich in ihm, eine Unlust, alles zu einem bloßen Traum zu machen, und er sagte: »Nein, laß uns lieber schlafen gehen. Morgen haben wir zu allem Zeit.«

Als er am Morgen aufwachte, schlief sie noch. Ihr Gesicht, teilweise verdeckt vom Kissen, das sie mit einer Hand an ihre Wange drückte, war bleich und verschwitzt, und sie atmete durch den offenen Mund. Vorsichtig löste er sich von ihr, um aufzustehen. Dabei wurde sie wach und schlug mühsam die Augen auf.

»Was machst du?« fragte sie mit verschlafener, gedehnter Stimme. »Ist es schon spät?«

Anscheinend konnte sie die Augen kaum aufhalten, denn als er sagte »Schlaf ruhig weiter«, fielen sie ihr sofort zu, und die reglose Stille entspannte wieder ihr Gesicht. Er wollte aus dem Zimmer gehen, aber sie hörte es und sagte, diesmal mit geschlossenen Augen: »Wo willst du denn hin?«

»Ich fahre nur schnell runter ins Schwimmbad«, sagte er. »Du kannst noch schlafen. In einer halben Stunde wecke ich dich.«

Er nahm das Bild ihres erschöpften, betäubten Gesichts mit, und während er im Becken des Hausschwimmbades hin- und herschwamm, versuchte er Klarheit in seine Gedanken zu bringen. Was war los mit ihr? Was hatte sie so erschreckt? Obwohl London die Überbietung ihrer gemeinsamen Träume war, schien die Nachricht von seiner Versetzung sie überfordert zu haben. Vielleicht hatte sie noch nie über die Verwirklichung ihrer Träume nachgedacht und sah erst jetzt, was ihr bevorstand: Sie mußte ihrem Mann und ihren Kindern die Wahrheit sagen. Sie mußte das ganze Lügengewebe zerreißen. Sie mußte sich lösen aus ihrer Vergangenheit und dann, spätestens in einem Monat, mußte sie für immer aus dem Haus gehen. War das zuviel für sie im Augenblick?

In den letzten Wochen vor der Übersiedlung nach London blieb ihm kaum Zeit, sich um sie zu kümmern. Er hatte Außenaufnahmen mit zwei verschiedenen Teams und mußte die beiden Filme auch noch schneiden. Er würde Saskia kaum sehen können. Sein Einfluß auf sie mußte notwendig schwächer werden. Er konnte sie nicht halten und gegen ihre Ängste schützen. Das hatte er so nicht vorausgesehen. Denn sie liebten sich doch und waren sich einig gewesen. Irgend etwas mußte er nicht verstanden haben. Unter der Oberfläche der Dinge schien etwas falsch zu sein, als lauere dort ein Widerspruch, ein blindes feindliches Prinzip, das dem Glück in die Quere kam und an dem man scheitern mußte, wenn man sich nicht wehrte. Wehr dich, Saskia, wehr dich, dachte er. Wehr dich gegen deinen Mann, deine Kinder, dein schlechtes Gewissen, deine Gewohnheiten! Lauf einfach fort und komm zu mir! Bald, es dauert ja nicht mehr lange, werden wir über die Landebrücke auf die Fähre gehen und gerettet sein.

Erregt pflügte er durch das Wasser und hörte, wie sich das Rauschen und Plätschern ringsum an den gekachelten Wänden der kleinen Schwimmhalle brach. Er war allein hier und mußte daran denken, wie schön es gewesen wäre, jetzt mit Saskia zusammen im Wasser zu sein. Er liebte ihre geschmeidigen Bewegungen, ihr nasses Gesicht, den Schwung, mit dem sie sich aus der Bauchlage auf den Rücken drehte und mit beiden Armen hinter sich ins Wasser griff. Warum war sie oben geblieben und vergrub sich in ihre unverständlichen Ängste, anstatt in der kurzen, kostbaren Zeit, die sie hatten, mit ihm zusammenzusein? Ja, er war enttäuscht von ihr. Er hatte es sich nicht zugeben wollen. Aber wie sie auf seine Berufung nach London reagierte, das war fast ein Verrat. Natürlich hatte er einen Fehler gemacht. Er hätte Saskia teilnehmen lassen müssen an seinen schwankenden Hoffnungen, anstatt zu warten, bis alles perfekt war, und sie dann mit der Nachricht zu überfallen. Warum aber war sie nicht glücklich? Wo waren ihre Gewißheiten geblieben, ihr gemeinsamer Traum?

Trotzdem liebe ich sie, dachte er. Ich darf mir dieses Gefühl nicht verdunkeln lassen durch Enttäuschung und Wut. Es ist gut, daß ich jetzt allein bin. Es ist gut, sie mit meiner Enttäuschung zu verschonen. Natürlich wird alles so kommen, wie wir es uns gewünscht haben. Es kann gar nicht anders sein.

Er stieg aus dem Wasser und duschte lange heiß und kalt, bis sein ganzer Körper glühte und ein warmes Wohlgefühl ihn durchströmte. Sie hatten noch einen Tag und eine Nacht vor sich. Gleich, beim Frühstück, oben am Fenster, mit dem Blick über das sonnenbeschienene Wattenmeer, würde schon alles anders sein.

Saskia war aufgestanden, als er zurückkam, und hatte in der Kochnische Kaffee, Toast und Rührei gemacht. Er sah ihr sofort an, daß es ihr nicht gutging. Ihr Blick war trübe, und ihr Gesicht sah verquollen aus. Obwohl sie sich flüchtig geschminkt und gepudert hatte, erkannte er ihre Blässe. Unter den Augen glänzten große dunkle Schatten.

»Ich habe ein wenig Kopfschmerzen«, sagte sie, »aber das wird gleich besser.«

Sichtlich gab sie sich Mühe, zu lächeln und ihre Schwäche zu verbergen. Ihre drucklose Stimme und die unbewußte Bewegung, mit der sie sich über die Schläfen strich, machten ihn wieder darauf aufmerksam. Plötzlich murmelte sie eine Entschuldigung, stand vom Frühstückstisch auf und ging rasch ins Badezimmer. Er konnte hören, wie sie sich erbrach. Nach einer Weile kam sie bleich und zitternd zurück, ließ sich aber nicht überreden, sich hinzulegen.

»Ist nicht so wichtig«, behauptete sie, »ich fühle mich schon besser.«

Sie wollte bei ihm sitzen und den Tag nicht ganz verlorengeben.

Am späten Vormittag spazierten sie den Strand entlang. Langsam, Arm in Arm durch den Sand watend, sahen sie aus der Ferne wohl nicht anders aus, als eines der vielen Rentnerpaare, die hier ihren Herbsturlaub verbrachten. Er merkte Saskias kurzen, langsamen Schritten an, wie schwach sie war, und um sie nicht zu sehr anzustrengen, blieb er öfter stehen und lenkte ihren Blick auf die Wattfläche hinaus. Sie bestätigten sich, daß es ein schöner Spaziergang sei. Dünnes, flockiges Gewölk war vom Westen her aufgezogen und schloß sich zu langgezogenen, weißen Wolkenbahnen zusammen. Zwischen ihren dunstigen Rändern leuchtete das feuchte Blau des Himmels.

»Hast du Kopfschmerzen?« fragte er.

»Ein bißchen. Und mein Herz schlägt zu schnell.«

Sie rätselten, was es wohl sei: eine Kreislaufschwäche wegen des Klimawechsels oder ein Infekt?

»Siehst du, jetzt weißt du, wie es mit einer alten Frau ist«, sagte sie, »jetzt hast du es schon.«

»Ja, jetzt habe ich die Bescherung«, lächelte er.

Er konnte sich nicht verhehlen, daß er glücklich war. Saskias Krankheit ließ alles in einem anderen Licht erscheinen und entkräftete seine Ängste. Sie konnten diesen Tag ruhig und friedlich miteinander verbringen. Es war nicht so, wie er erwartet hatte, aber es war ein Stück vorweggenommenen gemeinsamen Lebens, eine andere, geduldigere Art von Zärtlichkeit.

Sie waren auf dem Strand des bebauten Küstenstreifens entlanggegangen und kamen in den westlich angrenzenden Kiefernwald, der hinter den Wiesen des Deichvorlandes auf der Düne begann und sich landeinwärts erstreckte. Es war ein überaltertes, lichtes Gehölz mit schnurgeraden Sandwegen und vielen Trampelpfaden, die sich zwischen wuchernden Brombeerbüschen hindurchschlängelten. Er blieb stehen, um eine Handvoll Brombeeren für Saskia zu pflücken. Die meisten waren fast ohne Geschmack und ohne Süße. Laute, quakende Entenrufe führten sie zu einem kleinen Waldsee, in dessen Buchten Schwäne, Enten und Möwen dichtgedrängt herumschwammen und von Spaziergängern gefüttert wurden. Ein Rauschen kam über die Baumwipfel, und ein neuer Entenschwarm fiel auf dem See ein und zerriß im Landen das Spiegelbild der Bäume und des weiß bewölkten Himmels. Er schaute den ruckenden Schwimmbewegungen der Enten zu, die wendeten und auf eine der Buchten zusteuerten, als Saskia plötzlich seinen Arm faßte: »Halte mich, Norbert! Ich kann nichts mehr sehen!« Er fing sie auf und führte sie einige Schritte weiter zu einer Bank, half ihr, sich zu setzen, stützte ihren wegsinkenden Körper und setzte sich neben sie. Mit einem Arm umfaßte er sie und spürte, wie sie atmete und wieder zu sich kam.

»Mir war auf einmal ganz schwindlig«, sagte sie matt.

»Du hast dich zu sehr angestrengt. Wir bleiben erst mal hier sitzen. Lehn dich einfach an mich.«

Vorbeikommende Spaziergänger warfen ihnen neugierige Blicke zu und schauten höflich wieder weg. Wahrscheinlich wirkten sie wie ein Liebespaar, das in trauriger Einigkeit auf der Bank saß. Von ihm aus konnten sie lange so sitzenbleiben. Er hätte nur gerne mit ein paar Worten all die überfälligen Mißverständnisse und Schwierigkeiten zwischen ihnen fortgeräumt, doch er wollte Saskia nicht damit bedrängen, und so saßen sie weiter schweigend dort, aneinandergelehnt in einer verschwommenen Stille. Vielleicht konnte er doch sprechen, konnte mit wenigen behutsamen Worten den Riß heilen und

Saskia zurückholen in den gemeinsamen, zum Greifen nahegerückten Traum. Bald, bald! Denk daran …
Aber sie sprach. Dicht neben sich hörte er ihre leise Stimme, die er leicht durch seinen Einspruch hätte unterbrechen können, die ihm aber, trotz allem, was sie sagte, wie eine zarte und zärtliche Berührung erschien. Ihr zuzuhören und sie gelten zu lassen, war jetzt die äußerste Bestätigung ihrer unauflöslichen Einigkeit. Obwohl sie sagte, sie fühle sich krank und wolle morgen nach Hause fahren. Und sie könne sich nicht schon in einem Monat von ihrem Mann und ihren Kindern trennen und mit ihm nach London ziehen. Sie würde kommen, eines Tages. Sie könne diesen Traum nie aufgeben. An allen Orten der Welt würde sie ihn suchen, wenn er ihr jemals verlorenginge. Nur jetzt könne sie noch nicht fort. Jetzt noch nicht. Nicht so plötzlich, ohne Vorbereitung. Jetzt noch nicht.
Das habe ich gewußt, dachte er in kaltem Erschrecken. Ich habe es nicht glauben wollen, aber ich habe es gewußt.
Sie hatte aufgehört zu sprechen und schaute wie er zum gegenüberliegenden Seeufer und seinem verschilften Waldrand hinüber. Die zerlaufenen Spiegelbilder der Bäume hingen wie farbige Tücher im Wasser und lösten sich in der Tiefe in graugrüne Wolken auf. Immer noch saßen sie da, sie friedlich in seinen Arm geschmiegt, als ob nichts geschehen wäre, und einen Augenblick stimmte er mit aller Kraft dieser Täuschung zu.

Das Dunkel schützte ihr Gesicht. Doch es gab keinen wirklichen Schutz, und es gab auch kein Entkommen. Durch die spaltweit geöffnete Badezimmertür fiel ein Lichtschein über das Fußende des Doppelbettes, und sie hörte, wie sich ihr Mann ausführlich und energisch die Zähne putzte. Jetzt spülte er den Mund aus und spuckte das Wasser ins Becken, ließ Wasser in den Becher laufen und wusch klappernd die Bürste aus. Am Hals konnte sie ihren Herzschlag spüren. Es war ein Zupfen an einer gespannten Saite, die keinen Ton von sich gab. Jetzt machte ihr Mann nebenan das Licht aus, erst über dem Spiegel, dann neben der Tür, und im Dunkeln ging er um das Bett herum. Die Matratze federte, als er sich neben sie legte. Er lag, wie sie wußte, auf dem Rücken, löste seine Armbanduhr vom Handgelenk und legte sie neben sich auf den Nachttisch.

»Schläfst du schon, Saskia?« fragte er.

»Nein«, sagte sie.

»Du hast heute sehr schlecht ausgesehen. Du gehst zu wenig nach draußen.«

Aber sie konnte nicht nach draußen gehen. Sie wurde von Panik befallen, wenn sie sich dem Stadtviertel näherte, in dem Norbert wohnte, obwohl er wahrscheinlich schon in London war.

»Ich war draußen«, sagte sie. »Es geht mir gut.«

Sie hoffte, daß er einschlafen würde nach dieser Versicherung, aber er drehte sich ihr zu und begann sie zu streicheln, fordernd und ungeschickt, und überall, wo seine Fingerkuppen sie berührten, wurde ihr Körper starr und taub und gehörte nicht mehr zu ihr. Unentschlossen blieb seine Hand auf ihrem Bauch liegen.

»Faß mich auch an«, sagte er.

Sie tat es. Sie mußte ja mit ihm leben. Er war nicht schuld an ihrem Unglück, von dem er nichts wußte und nichts verstehen würde. Es gab keine andere Möglichkeit, und sie machte es wie früher. Er wälzte sich über sie, ruckartig, ohne Übergang. Sie spürte sein Stoßen und Pressen gegen ihren trockenen, verschlossenen Schoß, während sie an ihm vorbei in das Dunkel des Zimmers starrte, in diesen Kubus, der sie beide einschloß, ihn und sie, in diesem schrecklichen Versuch, sich zu vereinen, der sich heute wie gestern und vorgestern wiederholte, bis sie plötzlich sein hochgezogenes, verzweifeltes Ächzen hörte und wieder alles in ihm zusammenbrach. Schon vorbei, dachte sie. Das Gewicht ihres Mannes lag auf ihr wie ein Sack voller Sand, und sie zog sich weit ins Innere zurück, voller Scham über die Plumpheit und blinde Panik, in der ihre Körper gegeneinander gewütet hatten. Auch er kam zu sich, stemmte sich von ihr ab und rollte zur Seite.

»Was ist los mit uns?« fragte er,

Sie mußte die Antwort, die ihr brennend vor Augen stand, vergessen.

»Nimm es nicht so wichtig«, sagte sie mit einer müden, teilnahmslosen Stimme. Nach einer Weile hörte sie, wie ihr Mann aufstand und ins Badezimmer ging. Wasser lief. Er schluckte wohl eine Schlaftablette. Morgen früh war die erste Sitzung eines Strafprozesses, den er leitete, er, ein verunsicherter, an sich selbst zweifelnder Mann, der sich mit seinem schwarzen Talar kostümierte, um über das Leben anderer zu Gericht zu sitzen. Als sie neben sich sein schweres Atmen hörte, tat er ihr leid. Aber sie wußte, daß das Mitleid nur ein dünner Schleier über dem Abscheu war.

Ja, eines Tages würde sie ihn verlassen und sich einem anderen Mann in die Arme werfen. Nicht Norbert, nicht ihrem Geliebten, der fort war, den sie nie wieder sehen würde. Denn sie hatte sich von ihm getrennt, um einem Schrecken zuvorzukommen, der unvermeidbar gewesen wäre. Sie hätte ihn eines Tages verloren. Wenn sie zu ihm gegangen wäre, hätte er erkennen müssen, daß sie nicht die Frau war, die er in ihr gesehen hatte. Manchmal hatte sie geglaubt, sie könne es werden, weil seine Güte, seine Liebe sie dazu machten. Aber irgendwann hätte er ihre Wertlosigkeit, ihre Bedeutungslosigkeit und ihr unaufhaltsam fortschreitendes Alter entdecken müssen. Nein, sie hätte es nicht verbergen können. Sie hatte sich ja immer nur durchgepfuscht. Jahrelang hatte sie seine Liebe, seinen Großmut und sein Verständnis mißbraucht und ihn in ihr falsches, bequemes Leben verstrickt, und als er plötzlich ohne alle Bedenken Ernst gemacht hatte mit ihren Träumen, hatte sie gewußt, daß sie dieses Geschenk nicht annehmen durfte. Gelähmt vor Angst hatte sie es abgelehnt.

Und dies war die Rettung ihrer Liebe gewesen. Sie hatte sich ein langsames, niederziehendes Ende erspart.
Aber sie würde nicht bei ihrem Mann bleiben, der neben ihr im Schlaf ächzte und wimmerte. Sie konnte diesen Mann nur noch zugrunde richten, ob sie bei ihm blieb oder ihn verließ. Und so würde sie fortgehen, ohne sich umzudrehen.
Ja, sie kannte den Mann, mit dem sie fortgehen würde. Er hatte ihr im Zug nach Cuxhaven gegenübergesessen und hatte ihr seine Unterhaltung aufgezwungen. Es war unmöglich gewesen, ihn abzuweisen, und sie hatte seinem Blick angesehen, daß er wußte, wie sie gefügig wurde. Mit einem solchen Mann würde sie fortlaufen. Sie würde sich ihm ausliefern, damit er sie zerstörte. Immer, wenn sie wach lag, dachte sie daran, wie an eine Strafe, die sie verdient hatte und an die Welt weitergab, in der sie nicht mit ihrem Geliebten zusammenleben konnte. Ja, sie würde es tun! Sie verlangte danach so heftig, daß sie manchmal ein Zittern überkam, und danach erst, wenn sie außer sich gewesen war, konnte sie allmählich ruhiger werden und in Gedanken ihren Geliebten suchen.
Wo bist du? dachte sie. Und sie ließ ihn antworten: Bei dir. Alles ist gut. Du brauchst keine Angst zu haben. Nichts kann uns wirklich trennen.
Das konnte nur er sagen, weil seine Seele so großmütig war, so einzigartig, so verständnisvoll für alles, was sie tun würde, daß sie immer gerettet war. Ja, es konnte ihr nichts geschehen. Sie liebten sich, und der Raum, der sie trennte, bedeutete nichts. Sie konnte alles Trennende rasch durchqueren und war bei ihm. Im Dunklen öffnete sie eine Tür. Da war er! Sie sah ihn nicht, aber sie waren zusammen. Ich liebe dich, sagte er. Sprich weiter, flüsterte sie. Er sagte es wieder, und sie hörte es, weil er es irgendwo in der Welt dachte, überall, wo er gerade war, bei ihr und nicht bei ihr.
Vorsicht! Sie durfte nicht anecken mit diesem Traum. Nicht an den wirklichen Dingen, die um sie herumstanden, nicht an dieser Angst, die sich in ihr aufwölbte. Sie mußte sich hin-

durchwinden und entkommen, mußte ihn mitnehmen, diesen kleinen Funken, der sie vor der herankriechenden Kälte schützte. Mit dieser kleinen, empfindlichen Beute mußte sie in den Schlaf fliehen. Wegsinken, verschwunden sein, zusammengezogen um ein geflüstertes Wort.
Doch ihr Mann bewegt sich und seufzt im Schlaf, und sie ist wach. Sie liegt hier neben ihm in diesem dunklen Zimmer und ist wach.

Das Festland war seit einigen Minuten außer Sicht, und vor Norberts Augen dehnte sich die graue Einöde des Wassers, durch die das Schiff seine breite, schaumige Spur zog. Ein nieselnder Regen aus tiefhängenden Wolken durchnäßte die Luft, aber es war nicht kalt, und so konnte er draußen bleiben in seinem Liegestuhl, unter dem das Schiffsdeck vibrierte.
Heute abend würde er in London eintreffen und zunächst in ein Hotel ziehen. In der nächsten Woche sollte ihn sein Vorgänger in seine Aufgaben einweisen und mit den wichtigsten Leuten bekanntmachen. Die Wohnung in Chelsea konnte er schon Ende nächster Woche übernehmen. Saskia war nicht mitgekommen, obwohl er bis zuletzt gehofft hatte, sie würde anrufen oder plötzlich mit einem kleinen Koffer in seiner Tür stehen. Nichts hatte sie von sich hören lassen, mit einer Konsequenz, die ihn empörte, und er war jetzt endgültig sicher, daß nie eintreten würde, wovon sie in ihrer letzten Nacht vor ihrem Verschwinden phantasiert hatte: Sie würden nicht plötzlich irgendwo in der Welt wieder zusammenkommen, weil alles sich verändert hatte und sie nun frei war und nichts ihrer Liebe mehr im Wege stand. Nein, er hatte sie verloren, und er hatte nicht verstanden, weshalb. Sie liebte ihren Mann nicht, und er bezweifelte auch, daß sie ihre beiden Kinder liebte und von ihnen gehalten wurde. Trotzdem war sie dort geblieben, in ihren Zwängen und Gewohnheiten, über die sie so oft geklagt hatte und in denen sie wahrscheinlich schnell altern würde. Er hatte sie nicht verstanden. Und er wollte es

auch nicht, weil es besser war, sie allmählich in sich sterben zu lassen. Er war noch jung, und alles lag noch vor ihm: eine neue Arbeit, die große, fremde Stadt und natürlich andere Frauen. Es stimmte nicht, was er lange gedacht hatte: Er war nicht durch Saskia erwachsen geworden. Die drei Jahre mit ihr waren ein Nachspiel seiner Jugend gewesen, und erst jetzt, nachdem er sie verloren hatte, sah er die Welt wie ein erwachsener Mann, nüchtern und über einen unsichtbaren Graben hinweg, hinter dem er von nun an immer er selbst sein würde, was auch passierte. Ja, alles stand noch bevor. Sein erwachsenes Leben begann. Ein romantischer Irrtum war ihm erspart geblieben. Das alles hatte Saskia wohl gewußt, und sie hatte danach gehandelt. Er mußte ihr dafür dankbar sein.

Er war nicht dankbar. In der Tiefe, unter seiner Betäubung, spürte er eine dumpfe Wut, an die er besser nicht rührte. Vielleicht bin ich nur gekränkt, dachte er. Der Wahn meiner Einzigartigkeit ist zerstört worden. Denn das ist es doch, worum es in der Liebe geht: Zwei Menschen bestätigen sich gegenseitig in dem Wahn ihrer Einzigartigkeit. Und irgendwann pflegt einer von ihnen aufzuwachen und beginnt zu erkennen, daß es auch anders geht. Auch mit einem amtierenden Richter und einem Haus mit Garten und mit regelmäßigen Gesellschaften und vielen Gästen. Ja, auch so, dachte er. Er versuchte es sich auszumalen, doch da war nur undeutlich Saskias bleiches Gesicht. »Ich werde dich mit meinen Gedanken halten«, sagte sie, »und du mußt das auch mit mir tun, überall, wo du bist.« Nein, das war nutzlos und verlängerte nur das Unglück. Er mußte sich abwenden, am besten jetzt.

Es hatte ein wenig stärker zu regnen begonnen. Trotzdem konnte er sich nicht aufraffen, nach drinnen in das Gedränge der Touristen zu gehen. Die Fähre war überfüllt von Familien mit unruhigen Kindern und Bergen von Gepäck, von jungen Leuten mit Rucksäcken und alten, abgelebten Paaren, die auf

ihren Liegesitzen vor sich hindämmerten. Das nächste Mal würde er das Flugzeug benutzen. Aber er hatte sich auf diese Überfahrt gefreut. Er hatte den Wechsel, die Veränderung erleben wollen.
Seit sie den Hafen von Ostende verlassen hatte, segelten im Sog der Fähre fünf oder sechs Möwen, die auf Abfälle aus der Kombüse warteten und sich dann kreischend im Sturzflug auf das Wasser stürzten. Manchmal blieben sie zurück und wurden zu kleinen schwebenden Punkten am grauen Himmel, kamen aber mit kräftigen Flügelschlägen wieder heran. Sie waren großartige Flugkünstler, die jede Strömung der Luft ausnutzten. Minutenlang schwebten sie über dem Kielwasser oder dem Heck ohne jeden Flügelschlag. Die Möwen begleiteten die Fährschiffe hin und her zwischen den Häfen. Das war ihr Leben. Nichts war daran falsch.

Das Blau des Eisvogels

1986

Im Traum spürte sie Bernhards Hand an ihrer Wange. Es war eine gewichtslose Berührung, schattenhaft, ohne Zärtlichkeit. Eigentlich gehörte er in einen anderen Raum und tastete aus einer fließenden grauen Leere herüber zu ihr. Als sie erwachte, war es ihre eigene Hand. Durch die Vorhänge drang Licht, und sie hörte die Vögel singen. Sonst war nirgendwo ein Geräusch zu vernehmen. Sie und diese wild zwitschernden Vögel waren allein auf der Welt. Sie war der stumme Teil eines gemeinsamen Wahnsinns, war der Ort der Angst.

Mit den Fingerspitzen befühlte sie ihren Hals. In der letzten Zeit war ihre Schilddrüse gewachsen. Sie mußte bald damit zum Arzt gehen. Vielleicht fühlte sie sich deshalb so erschöpft. Heute, dachte sie, werde ich viel malen. Ich will ein großes Blumenstück malen, alle meine Lieblingsblumen. Und vielleicht würde sie am Vormittag Besuch bekommen. Sie war so erschöpft, so zerschlagen, daß sie nicht wirklich an den Tag denken mochte. Sie mußte unbedingt noch ein, zwei Stunden schlafen. Wo war das Gefühl, sie schmiege sich in eine Hand, und die verrückte Hoffnung, daß alles, was geschehen war, nur ein Irrtum sei? Sie schloß die Augen. Der Lärm der Vögel wurde fortgezogen, und die Täuschungen begannen wieder, geschmeidig und wesenlos.

Clemens Nadler saß hinter ihr, die Teetasse in beiden Händen haltend wie ein kostbares, rituelles Geschenk. Vor einer halben Stunde war er draußen über den Platz gekommen, der von den unruhigen Schatten des Akazienlaubes und weißen Lichtflecken gesprenkelt wurde. In seiner hellen Sommerjacke war er ihr einen Augenblick wie eine Figur aus einem impressionistischen Bild erschienen. Er hätte nur einen Strohhut tragen müssen und einen kleinen Bambusstock. Während sie zur Tür eilte, hatte sie ihn mit diesen Zutaten ausgestattet, um sich dann allerdings eingestehen zu müssen, daß er alltäglich und banal aussah: ein alter Herr in einem schlecht geschnittenen Sommeranzug, der sich steif vor ihr verbeugte. Er hatte einen seltsam geformten Kopf, auffallend schmal und steil, was noch mehr ins Auge sprang, weil er seine grauen Haare so kurz geschoren trug, daß der Kopf bis weit über die Ohren kahl blieb. Oft saß ihr ein kleines kicheriges Lachen in der Kehle, wenn sie ihm die Haustür öffnete und er ein wenig gehemmt auf der Schwelle verharrte, bis sie ihn hereinkomplimentiert hatte und er immer noch wie ein Fremder in ihrer Werkstatt stand.

»Darf ich mich setzen?« fragte er. »Störe ich? Es wäre wunderbar für mich, Ihnen eine Weile zuzusehen. Aber ich möchte Sie auf keinen Fall stören. Vielleicht kann ich mich ein wenig abseits setzen.«

»Dann können Sie doch nicht sehen, was ich mache«, wandte sie ein, obwohl es ihr recht war, daß er ein Stück von ihr entfernt saß, wie beiseite gestellt.

»Doch, doch«, sagte er, »ich erkenne die Farben, die Umrisse, die Motive, und später sehe ich mir die Feinheiten an. Aber vor allem, wenn ich das sagen darf: Es ist schon ein Genuß für mich, Ihnen zuzusehen, wie Sie den Pinsel führen – so zart, so behutsam und doch so genau. Es ist eine Art von Poesie für mich.«

Sie hatte ihm Tee angeboten, und er hatte die Tasse wie ein Geschenk aus ihren Händen entgegengenommen: »Danke, danke, sehr liebenswürdig.«

Nun saß er da, hinter einer unsichtbaren Grenze aus gravitätischer Höflichkeit. Wie befremdend, daß dieser Mann, der immer über Kunst, Musik und Theater mit ihr sprach und geradezu ergeben ihre Malerei bewunderte, Inhaber eines Geschäftes für Jagdwaffen und Jägerbedarf war. Sie konnte diese beiden Seiten seiner Person nicht zu einem Bild zusammenbringen. Trotz der Zartheit und Großzügigkeit, mit der er sie bewunderte und förderte, trotz der beständigen Verehrung, mit der er sie umgab, empfand sie ihn als eine bizarre Mischung aus altmännerhafter Starrheit und floskelhafter Beflissenheit, und manchmal, wenn sie die fahle, fast geruchlose Ausdünstung seines hageren Körpers zu riechen meinte, zog sich alles in ihr zusammen.

Er war eine wichtige Person in ihrem Leben. Ein Glücksfall in vieler Hinsicht, sie konnte es nicht leugnen. Kurz nach ihrer Scheidung, als sie gerade neu eingerichtet war und wieder zu malen begann, war er bei ihr aufgetaucht und hatte einen Teller mit einem Vogelmotiv gekauft. Noch in derselben Woche war er wiedergekommen, um mehr von ihr zu erwerben, Blumenstücke und Tierbilder auf Tellern und Dosendeckeln. Inzwischen war er ihr Hauptabnehmer und verkaufte fast alles von ihr bemalte Porzellan in seinem Geschäft. Sie wußte, daß er kaum mehr dafür verlangte, als er ihr bezahlte, nur gerade so viel, daß das Ganze einen geschäftlichen Anstrich behielt und sie ihm gegenüber nicht in die Rolle einer Beschenkten geriet.

Er war schon lange Witwer, wohlhabend, und mit dieser Ehrerbietung für alles Künstlerische ein wie für sie gemachter Mann, wenn nicht immer diese Stimme in ihr gesprochen hätte: Ich kann nicht. Ich kann nicht.

Sie tauchte die Pinselspitze in die blaue Farbe und malte den hängenden Blütenkelch einer Glockenblume, trug die Farbe dünn auf, damit die Blütenblätter nicht schwer und fleischig wirkten. Ihre Blumenbilder waren bekannt für ihre Duftigkeit und Zartheit. »Die Blätter leuchten wie vom morgendlichen

Licht durchstrahlt«, hatte Clemens Nadler gesagt. Es hatte sie gefreut, daß er es so sah. Es entsprach ihrer eigenen Empfindung. Blumen und Licht gehörten zusammen, und früher einmal hatte sie geglaubt, das ganze Leben könne so sein.

Er war gegangen. Wann eigentlich? Und was hatte er gesagt? Er stand jedesmal leise hinter ihr auf, während sie malte, machte ihr mit einer beschwörenden Handbewegung deutlich, sie solle sich nicht stören lassen, und zog sich zurück. Er wurde im Geschäft erwartet. Morgen wollte er wiederkommen und ihr ein Buch mit alten botanischen Stichen mitbringen, das er in einem Antiquariat entdeckt hatte. Am Wochenende wollten sie zusammen ins Konzert gehen. Ja, sie wußte, das hatten sie ausgemacht, und doch war das alles, sobald er gegangen war, kaum noch wirklich für sie.
Draußen auf dem Platz blühten die Akazien, junge Bäume, die gerade bis zum ersten Stock reichten. Jeden Morgen, wenn sie am Frühstückstisch saß, blickte sie in die Baumkronen mit den lichten Blattrispen und den mattweißen Blütendolden. Sie frühstückte im Morgenmantel, tauschte ihn später gegen ihren Arbeitskittel. Im Sommer stand sie eine Stunde früher auf, um das Morgenlicht zu genießen. Sie war immer ein Morgenmensch gewesen, und sie glaubte, daß ihre Vorliebe für zarte helle Farben damit zusammenhing.
Wenn sie nach dem Frühstück in ihre Werkstatt hinunterging und sich an ihren Fensterplatz setzte, mischte sie zuerst die Farben an und machte die alten Farben mit Terpentinöl wieder flüssig. Öl und Farbpulver mußten mit dem Palettmesser oder dem Glasläufer innig vermischt werden. Das Gemisch sollte nicht zu mager und nicht zu sämig sein. Die Farbe sollte langsam aus dem senkrecht gehaltenen Pinsel laufen. Dies war Blau, ihre Lieblingsfarbe. Blau für die Blüten der Glokkenblume oder das Gefieder des Eisvogels, den sie bald malen wollte. Das scharfe Grünblau war die Farbe des Augenringes auf dem Pfauenschweif.

Am Wochenende hatte sie mit Clemens Nadler ein kleines Wasserschloß am Niederrhein besucht. Als sie durch den Torbogen der Vorburg kamen, waren sie auf eine große Gruppe von Pfauen gestoßen, die darauf warteten, gefüttert zu werden. Clemens Nadler war in die Cafeteria geeilt und hatte zwei Stück Streuselkuchen angebracht. In kleinen Brocken hatte sie den Kuchen zwischen die Vögel gestreut, die mit leisen, glucksenden Lauten um sie herumliefen. Das Gefieder der Flügeldecken und der wippende Schweif sahen je nach Lichteinfall wie sehr dunkles Kupfer oder metallisch grün aus. Dieses Farbenspiel hatte sie entzückt. Doch sie hatte vergeblich darauf gewartet, daß einer der Pfauen seinen Schweif zu einem großen rüttelnden Rad aufschlug.

Vorsichtig tropfte sie mit der Pipette noch etwas Siebdrucköl auf den auseinanderlaufenden blauen Farbbrei, den sie mit der Klinge des Palettmessers immer wieder von allen Seiten zusammenschob. Dann füllte sie die Farbe in die letzte freie Mulde der Palette.

Blau, grün, gelb, rot – in jeder Farbe ruhte ein Geheimnis. Sie teilten es einander mit, wenn man sie mischte. Dies war das Gelborange für die Blüten der kleinen Kapuzinerkresse, eine schwierige Farbe, die im Brennofen oft dunkel und erdig wurde. Sie wollte einen neuen Versuch mit etwas niedrigerer Temperatur machen. Im Innern des Kelches und entlang der Adern waren die Blüten rötlicher, hellten sich zum Blattrand hin auf. Schöne, weiche, lappige Blütenblätter. Die krautigen Stengel der Kresse waren bräunlich-grün, gingen in den jüngeren Teilen ins Saftgrün über. Die schildförmigen Blätter wollte sie so anbringen, daß mal die dunkelgrüne Oberseite, mal die graugrüne Unterseite zu sehen war.

Sie malte. Ihr Unterarm lag auf der Armstütze. Vorsichtig den Druck dosierend, zog sie den Pinsel mit den Marderhaaren über die weiße Fläche, ließ die Farbe breiter und schmaler fließen.

Seltsam, wenn Clemens Nadler bei ihr saß und ihr zuschaute,

konnte sie ihn fast vergessen, aber wenn er gegangen war, fühlte sie sich allein. Es war, als risse er eine Lücke auf, die sich nicht wieder schloß und durch die wie ein kalter Luftzug ein Gefühl von Fremdheit eindrang, eine ängstliche Beklommenheit. Der halbe Tag lag noch vor ihr, und sie würde allein bleiben und mit niemandem sprechen können. Sie hatte hier nur flüchtige nachbarschaftliche Kontakte. Die alten Freunde aus den Jahren ihrer Ehe hatte sie nicht mehr sehen wollen, weil sie ihr aufdringliches Zureden, mit dem sie immer nur die Trennung bestätigten, nicht ertragen hatte. Nein, lieber allein bleiben in ihrer selbstgestalteten Welt.

Sie malte. Das war die Trompetenzunge mit ihrem weißen, hellgelb geäderten Kelch und den langen fahlgrünen Knospen. Sie zupfte mit der Pinzette die durchsichtigen Häutchen des Abdecklackes von den vorgezeichneten Blüten und tupfte die Pinselspitze in die Farbe. Ein kaum merklicher Widerstand hing an ihrer Hand, als zöge sie mit jeder Bewegung etwas Unsichtbares mit sich, das allmählich gegen ihren Willen an die Oberfläche trat. Sie hielt inne. An zwei Stellen war sie aus dem Umriß gerutscht. Das mußte sie gleich wegwischen mit dem Terpentinlappen. Die Hand mit dem Pinsel kam ihr auf einmal so weit entfernt vor, als blicke sie von einem Turm auf sie herab. Sie fühlte sich schwindelig und konnte nur noch verschwommen sehen. Das kam vielleicht von den Medikamenten. In ihrem Kopf war ein beständiges lautloses Trommeln, unruhige, schnelle Finger auf einem gespannten Fell. Sie zwang sich weiterzumalen, mit voller Aufmerksamkeit. Die Hand bewegte sich und rutschte wieder aus. Plötzlich konnte sie sich nicht mehr gegen die Gedanken wehren, die sie seit einer Stunde immer wieder fortgestoßen hatte. Sie sah Bernhard bleich und angetrunken in der Tür stehen und sie anschreien, ihre Ehe sei eine Lüge gewesen. Erst ein Irrtum, dann eine Lüge, die sie von ihm verlangt habe und der er gehorsam und respektvoll nachgetrottet sei, jahrelang, gegen seine Einsicht und seine Bedürfnisse. Ja, vor

allem gegen seine Bedürfnisse. Diese Kunst und Kultur, die ganze Bildung und der feine Geschmack, mit denen sie ihn umgeben habe, seien für ihn eine dünne, fade Schonkost gewesen. Sie habe ihn nicht satt gemacht.
»Und deshalb hast du aus anderen Trögen gefressen«, hatte sie gesagt.
Er hatte sie stumm angeschaut. Nicht einmal Mißbilligung war in seinem Gesicht zu sehen gewesen, nur ein kurzes Erstaunen, das in Gleichgültigkeit überging.
»Nenn es, wie du willst«, hatte er gesagt.

Sie lief nach oben und suchte die Tabletten, die sie vor sich versteckt hatte. Gestern vor dem Einschlafen hatte sie zwei Tabletten genommen und noch ein großes Glas Sherry getrunken, und heute vor dem Frühstück hatte sie die Packung schnell vor sich versteckt. Wo war sie? Wie kam es, daß sie das vergessen hatte? Sie war doch in diesem Zimmer gewesen, hatte den Frühstückstisch gedeckt, die Kerze im Rechaud angezündet. Dann hatte sie überlegt, ob sie eine Tablette nehmen solle. Sie hatte den Kopf geschüttelt und sich umgedreht. Und da lag ja die Packung, unter dem Kissen des gestreiften Sessels. Sie brach eine der flachen, weißen Tabletten aus der Cellophanhülse und schluckte sie trocken herunter, drückte noch eine zweite heraus und ging in die Küche, um mit Wasser nachzuspülen. Einen Augenblick stand sie am Schrank, schob sich die Haare aus dem Gesicht. Jetzt würde es bald besser werden, jetzt war alles gut. Sie ging ins vordere Zimmer und las, im Sessel sitzend, den Beipackzettel. Den Text kannte sie fast auswendig, weil er alles benannte, worunter sie litt: »Angst, Spannung, innere Unruhe, Erregung, Reizbarkeit, emotional bedingte Schlafstörungen, psychovegetative und psychosomatische Störungen (zum Beispiel im Herz-Kreislauf- oder Magen-Darm-Bereich) sowie Stimmungslabilität.«
Ja, das war es. Alles war benannt. Nun konnte sie warten, bis

es ihr besserging. Sie trug die Rettung schon in sich, hatte sie heruntergeschluckt. Warten. Sich entspannen. Sich klarmachen, daß man geschützt war und nichts Fremdes an einen heran konnte, nichts Bedrohliches, nichts Kränkendes. »Angstlösend und entspannend« wirkten diese Tabletten. Die Worte besänftigten sie und durchspülten sie wie eine laue Flut. Der Autor dieses Textes mußte sie gekannt haben. Er verstand ihre Wünsche und versprach sie zu erfüllen. »Ausgeglichenheit« versprach er, »seelische Harmonie«. Wenn sie je gefragt worden wäre, was sie für sich vom Leben erwartete, hätte sie Harmonie und Schönheit gesagt. Es klang aus ihrer Kindheit zu ihr herüber wie die Musik der Hauskonzerte ihrer Eltern, der sie im Bett liegend gelauscht hatte, glücklich zu wissen, daß dies das wahre Leben war und sie daran teilhatte und es in sich trug. Im fortschreitenden Bankrott ihrer Ehe hatte sie daran festgehalten. Je mehr Bernhard entgleiste, um so entschiedener hatte sie darauf geachtet, die Form zu wahren und um sich herum so viel Schönheit und Kultur zu erhalten, daß sie sich von seinen Ausbrüchen distanzieren konnte. Die Musik hatte ihr geholfen und das Malen, und immer auch der Anblick schöner Gegenstände – einer Vase, eines Bildes, eines Möbelstücks –, die miteinander harmonierten. Es war eine Ruhe, eine Bestärkung davon ausgegangen, als habe sie den Zuspruch einer freundlichen und weisen Stimme gehört, die nicht zu irritieren war: So ist es gut und richtig, so muß es sein.

Wie schön, wie richtig war auch dieser Raum hier. Die hellen Kirschbaummöbel, der pflaumenblaue Teppich und die bodenlangen, elfenbeinfarbenen Seidenvorhänge stammten aus der Villa, in der sie zehn Jahre mit Bernhard gelebt hatte. Es war auch dort ihr Zimmer gewesen. Er hatte ihr die Möbel überlassen und ihr großzügig geholfen, sich hier in diesem kleinen Reihenhaus am Akazienplatz neu einzurichten. Nur die flache Kristallschale auf der Kommode war ein Geschenk von Clemens Nadler. Er hatte sie ihr vor einer Woche mit der schnörkelhaft verschrobenen Bemerkung überreicht: »Sie werden sie schon einer nutzbringenden Verwendung zuführen.« Ja, und das hatte sie getan. Sie hatte die Schale mit Wasser gefüllt und dunkelrote Pfingstrosenblüten hineingelegt. Alles war schön, was sie hier umgab. Es gab nichts, was sie stören und beleidigen konnte. Farben, Formen, Materialien, alles hatte sie aufeinander abgestimmt.

Auch die Villa hatte sie nach ihrer Hochzeit renovieren und nach ihrer Vorstellung neu einrichten lassen. Sie hatte die düsteren, klobigen wilhelminischen Protzmöbel verbannt und die Räume hell streichen lassen. Ihre gemeinsamen Freunde und Bekannten hatten sich gewundert, was aus dem alten Kasten geworden war. Jetzt lebte Bernhard dort mit seiner neuen Frau, von der alle wußten, daß sie seine Sekretärin gewesen war. Und natürlich hatten auch alle von seinem jahrelangen Verhältnis mit ihr gewußt. Nur sie hatte es bis zum Schluß nicht wahrgenommen. Sie hatte es noch nicht fassen können, als er es ihr entgegenschrie. Sie war plötzlich auf ein Gefühl von Kälte zusammengeschrumpft und hatte aufgelacht. »Mein Gott, das hätte ich dir nie zugetraut! Hast du sie im Büro verführt oder sie dich?« Er hatte sie gebeten, ihnen diese Peinlichkeiten zu ersparen. Ohne jedes Gefühl für seine Lächerlichkeit hatte er hinzugefügt: »Wir lieben uns, Laura, das genügt doch wohl.« – »Wie billig ist das alles, wie geschmacklos«, hatte sie gesagt, und er hatte geantwortet: »Für dich vielleicht. Für uns nicht.« Zum zweiten Mal hatte er »uns« gesagt, und mit einem Erstaunen, das langsam zum Schrecken wurde, hatte sie begriffen, daß sie für die beiden nur noch ein Hindernis war, das man beiseite räumen mußte. Wahrscheinlich sprachen sie seit langem darüber, und nun war er wohl entschlossen, sich über sie hinwegzusetzen.

Ja, er war völlig verändert gewesen, so daß sie immer gedacht hatte, er sei bloß verwirrt und es sei nicht seine wirkliche Person, die ihr so fremd, so feindlich gegenübertrat. Jedesmal, wenn sie versucht hatte, ihn daran zu erinnern, wie gut sie miteinander gelebt hatten und wieviel sie verband, hatte er sie zurückgestoßen und alles als Lüge bezeichnet. Lüge, das war sein Argument, auf dem er beharrte. Und das andere lächerliche Wort, das er immer im Mund führte, hieß Bedürfnisse. Er hatte ihr dauernd erklärt, er habe andere Bedürfnisse, andere Wünsche, die ihr wahrscheinlich nur vulgär erschienen.

»Was denn, was denn?« hatte sie gefragt.

Und er hatte wieder nur gesagt: »Andere Vorstellungen vom Leben.« Sie hatte gefragt: »Welche denn und wessen Vorstellungen? Woher hast du sie?«

Und er hatte abgewinkt.

Damals, in jenen Wochen, hatte sie angefangen, die Tabletten zu nehmen. Und durch diese Schwäche und Feigheit hatte sie den Kampf verloren. Tief in ihr war ein dumpfes, verzweifeltes Verlangen nach einer Umarmung gewesen, nach einer schweigenden, alle Widersprüche löschenden Verschmelzung, aber es blieb eingehüllt von diesem Nebel ihrer künstlichen Ruhe, aus dem nur ihr Verstand hervorragte, der sie kühl und ironisch sprechen ließ, während Bernhard seine Gefühle vor ihr erbrach und auf allem herumtrampelte, was zehn Jahre lang ihr gemeinsames Leben gewesen war.

Ja, sie hatte versagt, hatte sich immer nur gegen ihn abgegrenzt, ihn fühlen lassen, wie er sich verzerrte. Und dann war er zu der anderen gegangen, und sie hatte ihn geheilt. Die andere, deren Nacktfotos sie in seiner Brieftasche gefunden hatte, als ihr schon alles entglitten war, auch Übersicht und Verstand und das Gefühl für Würde, und sie blind nach etwas suchte, während er nebenan schlief und vielleicht von seinem neuen Leben träumte. Sie hatte etwas greifen, etwas verstehen wollen, und da waren ihr diese Fotos in die Hand gefallen, und sie hatte aufgegeben. Sie hatte gefühlt, wie sie vereiste und alles sich verlangsamte. Mit bedächtiger Langsamkeit hatte sie die Fotos in das Fach der Brieftasche zurückgeschoben. Und dann, in einem zweiten Impuls, der nichts mit der ersten Bewegung zu tun hatte, aber genauso langsam ihre

Hand bewegte, hatte sie eines der Fotos wieder aus dem Fach herausgezogen und in die Tasche ihres Rocks gesteckt.

Es mußte noch hier sein. Sie hatte es irgendwo in der Kommode unter ihrer Wäsche versteckt und es nie wieder angeschaut. Es war zu einem Geheimnis geworden, das sie vor sich selbst hütete. Immer nahm sie die Wäsche nur von oben weg und jedesmal überkam sie dabei ein leises Gefühl von Erregung und Gefahr. Sie wollte es nicht mehr sehen, wollte es nur aufbewahren, als habe sie etwas in Gewahrsam genommen, was den beiden fehlen mußte, was sie ihnen vorenthielt. Vielleicht sollte sie es ansehen und zerreißen, vielleicht konnte sie das jetzt tun.
Sie zitterte bei dem Gedanken, das Bild hervorzuholen, sie sträubte sich. Es war zwei Uhr. Sie mußte sich etwas zu essen machen, wenigstens einen Salat und ein Butterbrot. Die Tabletten hatten ihre volle Wirkung entfaltet. Sie fühlte sich ein wenig unfest und flau zwischen den Gegenständen. Ihre Bewegungen waren ungenau und kamen wie von weither, und es reizte sie, darüber zu lachen, aber auch das konnte sie nicht. Sie konnte nichts richtig tun. Sie würde auch nicht malen können. Vielleicht sollte sie spazierengehen. Ja, geh spazieren bei diesem schönen Wetter, sagte sie wie zu einer zweiten Person, die von ihr gespielt wurde und für die sie beiläufig verantwortlich war. Und es war diese zweite Person, die sie zum Telefon schickte, als es zu klingeln begann. Clemens Nadler meldete sich mit seiner belegten, immer ein wenig besorgt klingenden Stimme. Er sagte, daß er morgen nicht kommen könne, weil er aus geschäftlichen Gründen verreisen müsse. Aber es bliebe doch bei ihrer Verabredung fürs Wochenende, ihrem Konzertbesuch? »Ja, gut«, sagte sie, und als hätte sie es erst verspätet begriffen: »Ach, Sie müssen also weg?« – »Ja«, sagte er, »es handelt sich um ein Traditionstreffen der Jägerschaft bei einem wichtigen Kunden. Ich konnte es nicht absagen.« – »Natürlich nicht«, sagte sie, »natürlich nicht.« – »Ist etwas nicht in Ord-

nung?« hörte sie ihn fragen, »geht es Ihnen gut?« – »Oh, sehr gut, sehr gut«, sagte die zweite Person, die in ihrem Auftrag sprach, und ein wenig lachte sie über diese Spaltung, dieses Auseinanderklaffen. Aber das konnte sie ihm nicht erklären, und sie merkte seiner langen Pause an, daß er ratlos war. »Wollen Sie für mich ein Bild malen?« fragte er, »einen großen Teller mit einem Eisvogel? Sie haben doch sicher noch dieses Vogelbuch?« Jaja, er hatte es ihr geschenkt. Es enthielt Zeichnungen und Farbfotos von Vögeln, auch der Eisvogel war dabei. Ja, ja, sie wollte ihn malen für ihn.
Er hatte aufgelegt, nicht ohne noch einmal zu sagen, daß er zum Wochenende wieder da sein würde. Es hatte besorgt und begütigend geklungen. Nun mußte er verreisen, und sie blieb zwei Tage allein. Das war nichts Besonderes, sie kannte das doch. Nur daß sie wieder diesen rauhen, schmerzenden Knoten im Hals spürte, der manchmal das Atmen erschwerte, die Schilddrüse, die heimtückisch gewachsen war. Sie betastete den Hals, sie schluckte. Nein, sie konnte jetzt nicht malen. Sie mußte raus an die Luft, mußte eine Stunde spazierengehen. Im Flurspiegel sah sie ihr blasses, ovales Gesicht, die aufgerissenen braunen Augen. Hatten die früher auch so ausgesehen? Heute mochte sie sich nicht.

Sie lief. Sie ermahnte sich zu gehen. Es war ein Zwang, der sie bewegte. Sie schlug die Richtung ein, die sie sich immer verboten hatte. Dieser helle Sommernachmittag war irgendwann in ihrem Leben, ein Glied einer langen Kette von Täuschungen, und sie mußte dahin gelangen, wo alles wieder wirklich wurde. Sie lief auf ihn zu, fiebrig, hastend. Ich bin gekommen, um dich anzusehen! Ich will wissen, ob es dich gegeben hat, ob es dich noch gibt. Geträumt war nur die Trennung, die Entfernung, und sie wollte wieder wach werden. Es begann ja schon. Die Gärten, die Häuser, die großen alten Bäume des Villenviertels waren noch da. Sie war schon ganz eingetaucht in das Gefühl, zu Hause zu sein. Wo würde sie

Bernhard finden: in dem großen Ledersessel seines Arbeitszimmers oder auf der Terrasse im Liegestuhl, im farbigen Licht der rot und weiß gestreiften Markise? Sie würde einfach dazutreten, sich neben ihn setzen, und ohne Verwunderung und Fragen würde alles weitergehen. Alles war nur eine Unterbrechung gewesen, ein nichtig gewordener Irrtum, schon ausgestanden wie eine kurze Krankheit. Ja, sie war wieder da, wenn auch die Straßen, die Einfahrten, die überwachsenen, weißgekalkten Mauern der Gärten vor ihren Augen verschwammen. Das Viertel war still, leer. Irgendwo, weit weg schnurrte ein Rasenmäher. Jetzt bog sie in ihre Straße ein. Keine hundert Meter entfernt war die Einfahrt zum Haus.

Sie mußte sich Zeit lassen zu begreifen. Zehn Jahre lang hatte sie hier gelebt! Auf der anderen Straßenseite kam ihr eine ehemalige Nachbarin mit ihrem Hund entgegen. Die Frau ging langsam und schaute zu, wie der Hund an Bäumen und Mauern roch. Die Nachbarin war immer nachmittags mit ihrem Hund spazierengegangen. Sie lebte hier, sie war im Recht. Niemand bestritt es ihr. Sie dagegen war jetzt ein Eindringling, der nicht erklären konnte, was er hier wollte.

Sie drehte sich um, ruckartig, in der Hoffnung, daß sie noch nicht erkannt worden war, und ging schnell auf die Straßenecke zu. Wenn die Nachbarin sie gesehen hatte, würde sie es Bernhard erzählen oder vielleicht sogar seiner neuen Frau. Sie würden gemeinsam rätseln, was sie hier gewollt habe, und sich keine gute Meinung über sie bilden. Sie würden den Kopf schütteln und von ihr wie von einer verwirrten, hilflosen Person sprechen, die Mitleid verdiente, die man aber nicht mehr sehen wollte. Sobald sie um die Ecke gebogen war, begann sie zu laufen und fiel erst nach der nächsten Straßenecke wieder in Schritt. Nie mehr würde sie in dieses Viertel zurückkehren, nie mehr! Selbstachtung oder ein bißchen Vernunft hätten es ihr verbieten müssen. Aber vielleicht konnte sie sich darauf verlassen, daß sie nicht erkannt worden war.

Die Haustür fiel hinter ihr ins Schloß, und sie lief schon die

Treppe hoch, ging direkt auf die Kommode zu. Sie schob den Wäschestapel beiseite, und da war das Bild. Sie trug es vor sich her mit gestreckten Armen, von oben darauf herunterstarrend, und so, mit immer noch ausgestreckten Armen, setzte sie sich. Es war ein kleines quadratisches Foto, fast ganz ausgefüllt von einer sitzenden nackten Frau, in der sie erst nach Sekunden völliger Fremdheit ihre Rivalin erkannte. Ja, das war sie, Margot Schlesinger, Bernhards Vorzimmerdame, seine zweite Frau. Sie sah völlig anders aus, als sie sie kannte, doch dies hier schien sie wirklich zu sein.

Mit übereinandergeschlagenen Beinen saß sie auf der Couch, deren Polster unter ihr eingesackt war. Zum Ausgleich beugte sie sich etwas vor, die verschränkten Arme auf die Schenkel gestützt. Auf ihren Unterarmen lagen wie ausgestellt ihre vollen Brüste. Ihre schwarzen Haare waren zerzaust und hingen ihr so tief in die Stirn, daß sie gerade noch die Augen freigaben und das kräftige Untergesicht mit dem großen Mund hervortrat, ein Mund, rot und aufgeweicht wie nach langen, heftigen Küssen.

Bernhard hatte dieses Foto aufgenommen. Es sah so aus, als hätten sie ihre Zärtlichkeiten nur kurz für diese Aufnahme unterbrochen. Wahrscheinlich hatte er mit seiner Kamera vor ihr gekniet. Bleib so, hatte er gesagt, ja, bleib so. Oder neig dich noch etwas vor. In der Verkleinerung des Suchers hatte er sie gesehen, wie sie sich für ihn zurechtsetzte und ihre Schultern sich hochschoben, als sie sich vorbeugte und die Arme aufstützte. Ja, und jetzt sah sie es auch, für einen Augenblick begriff sie es: Diese da war seine richtige Frau!

Diese da mehr als jede andere. Und auch jede andere mehr als sie selbst. Sie schaute auf den großen, aufgelösten Mund, begegnete dem Blick, der durch die schwarzen Haarfransen kam, und rührte sich nicht. Alles, was sie für Bernhard getan hatte, hatte er verworfen, um mit dieser Frau zu leben. Aber er hatte ihr auch nie einen Weg gezeigt, so zu werden wie sie. Niemals hatte er sich gewünscht, sie so zu fotografieren.

Wahrscheinlich war sie ihm so erschienen, als hätte sie solche Wünsche nie zugelassen. Nein, sie hätte es auch nicht, es war absurd. Sie konnte nur darüber lachen. Nein, sie konnte auch nicht lachen. Sie konnte es nur abschütteln. Es gehörte nicht zu ihr.

Sie stand auf und zerriß das Bild. Brüste, Arme, Beine, ein zerrissener Kopf fielen in den Papierkorb. Das genügte ihr noch nicht, und sie sammelte die Fetzen wieder ein, um sie im Aschenbecher zu verbrennen. Mehrere Streichhölzer mußte sie anreißen, bis nichts mehr übrigblieb als schwarze Asche, die sie in der Küche in den Mülleimer kippen wollte. Dann fiel ihr ein, sie im Spülbecken durch den Ausguß zu spülen und eine Weile zuzusehen, wie das Wasser hinterherlief. Der klare, glitzernde Strahl war schön wie alle Dinge, die auf ihrer Seite waren.

Am Sonntagabend, als Clemens Nadler sie zum Konzert abholte, mußte sie ihm eingestehen, daß sie ihr Versprechen, den Eisvogel für ihn zu malen, ganz vergessen hatte. Überhaupt war die Zeit spurlos an ihr vorübergegangen. Nichts, was sie begonnen hatte, war zu einem Ende gekommen. Eigentlich hatte sie die wachsende Unordnung ihrer wochenlangen Zettelwirtschaft beseitigen wollen und Eintragungen ins Kontobuch und in ihr Werkstattheft gemacht. Aber dann waren ihr alte Briefe ihrer Mutter in die Hände geraten, und sie hatte darin zu lesen begonnen. Seit sie ihr Elternhaus verlassen hatte, waren die wöchentlich bei ihr eintreffenden Briefe ein kleines geistiges Zuhause für sie gewesen. Doch diesmal hatte sie nichts darin finden können als banale, flach dahinplätschernde Geschwätzigkeit. Sie hatte immer flüchtiger und enttäuschter weitergelesen und die Briefe beiseite geräumt, als sie den Tisch für eine ihrer Mahlzeiten deckte. Später hatte sie das Bündel in einem Sessel liegen sehen und es wieder in den Schrank verbannt. Beiläufig hatte sie auch in dem Vogelbuch geblättert und sich hier und da festgelesen,

und mit derselben Achtlosigkeit wie die Briefe mußte sie das Buch weggelegt haben, ohne daß sie zum Eisvogel vorgedrungen war. Auch Tabletten hatte sie geschluckt, nicht mehr als vorgeschrieben. Allerdings hatte sie einige Gläser Sherry getrunken und zwischendurch starken Kaffee, und vielleicht war das die Ursache des schwindeligen Schwebens, mit dem sie sich durch die Wohnung bewegt hatte, oft nicht wissend, in welches Zimmer sie gehen wollte und was sie dort suchte. Es war eigentlich kein schlechter Zustand gewesen, fast so, als spiele sie Theater, spiele sich ihr eigenes Leben vor, eine Frau, die Schallplatten auflegte, Staub wischte, Blumen goß und kleine, sorgfältig zusammengestellte Frühstücke und Abendmahlzeiten auf Tabletts durch die Wohnung trug, unpassend war nur, daß sie dauernd auf Strümpfen ging. Unpassend waren ihre Vergeßlichkeit und ihr Ungeschick und ihr Lachen über alles, was ihr schiefging. Eines der mundgeblasenen Gläser hatte sie fallengelassen und sich beim Aufsammeln der Scherben an der Hand verletzt.
Sie war dabei, das Blut zu stillen, als Clemens Nadler anrief, um ihr zu sagen, er hole sie in einer halben Stunde ab. O Gott, sie hatte vergessen auf die Uhr zu schauen! Unfähig, sich zu beeilen, zog sie sich an, und als es klingelte, war sie nicht fertig. Sie drückte auf den Türöffner und rief, er solle heraufkommen und im vorderen Zimmer auf sie warten. Ohne sich entscheiden zu können, probierte sie im Badezimmer Schmuck an, strich die Augenbrauen glatt, bürstete eine Haarsträhne, ließ schließlich alles, wie es war.

Sie fuhren verspätet los. Vorsichtig lenkte er seinen Wagen durch den Abendverkehr und stellte seine üblichen fürsorglichen Fragen. Sie hörte sich antworten, kurz, doch mit einem freundlichen Eifer in der Stimme. Hinter halb geschlossenen Lidern versuchte sie an das bevorstehende Konzert zu denken. Brahms, Debussy und Schostakowitsch standen auf dem Programm, lauter Werke, die sie von verschiedenen Aufnahmen und aus früheren Konzertbesuchen kannte. In den ersten Jahren ihrer Ehe war sie regelmäßig mit Bernhard in Konzerte gegangen. Das war nun schon endlos lange vorbei. Heute abend wollte sie sich diese Musik zurückholen in ihr neues Leben.

Sie wartete im Foyer auf Clemens Nadler, der an der Abendkasse anstand, um die vorbestellten Karten abzuholen.

Menschen strömten durch die Eingangstüren und eilten zu den Garderoben, andere kamen von dort zurück und kauften an den geöffneten Türen des Konzertsaales ein Programm, bevor sie zu ihren Plätzen gingen. Das Orchester war schon erschienen, und die Musiker stimmten ihre Instrumente. Die Geiger strichen den Kammerton, eine Klarinette übte eine Triole, Hörner, Trompeten und Baßtuben wurden mit kurzen Atemstößen warmgeblasen, die Celli versuchten eine kurze Phrase – es war ein immer dichter und mächtiger werdendes Klanggewebe, das schon das ganze Konzerthaus erfüllte, als stiege unaufhörlich eine Flut, die bald, wenn die Türen des Saales geschlossen waren, alles hinwegschwemmen würde, alles Falsche, Häßliche, Gemeine, das das alltägliche Leben der Menschen niederdrückte, und auch sie, das fühlte sie voraus, würde aufatmen und zu sich kommen, wieder eins werden mit der alten Gewißheit, daß ihr Leben und die Schönheit der Welt zusammengehörten und durch nichts zu trennen waren.

Sie sah Clemens Nadler mit den Karten kommen, die er sichtbar in seiner knochigen Hand hielt und ihr von ferne zeigte, und sie dachte: So alt wäre jetzt mein Vater, wenn er noch lebte. Aber er war nicht alt geworden, und in ihrer Erinnerung hatte er sich sogar verjüngt und war wieder zu dem Vater ihrer Kindheit geworden, der zusammen mit ihrer Mutter Gäste zur Hausmusik empfing und an dessen linker Seite sie bei der Abendtafel sitzen durfte. Wenn er sprach, zog er die Aufmerksamkeit der Gäste meistens auch auf sie, die neben ihm saß, das einzige Kind am Tisch. Eigentlich war sie gar

kein Kind mehr gewesen. Sie hatte fast alles verstanden, was die Erwachsenen sagten, und sie hatte immer schon ähnlich wie jetzt empfunden, wie eine erwachsene Frau, hatte undeutlich alles Schöne vorausgeträumt. Auch das Klingen und Brummen der Instrumente und die vielen Menschen, die schon auf ihren Plätzen saßen und erwartungsvoll zu den dunkelgekleideten Musikern hinüberblickten, dieser hohe metallische Flötenton und die leise dröhnenden Paukentöne, alles schien ihr geträumt zu sein, während sie durch den leicht abfallenden Mittelgang ging – alles schien sie von fernher einzuholen und sie erneut zu empfangen.
Sie setzte sich. Clemens Nadler reichte ihr den Programmzettel, auf den sie einen kurzen Blick warf. Der Saal war fast bis auf den letzten Platz gefüllt. Das Stimmen der Instrumente verstummte allmählich, und die meisten Musiker saßen nun bewegungslos wartend auf ihren Stühlen. Die Saaltüren mußten gleich geschlossen werden. Nur einige eilige Nachzügler kamen noch herein. Sie sah das alles nur noch mit halber Aufmerksamkeit, denn sie hatte sich in sich zurückgezogen, um erst wieder ganz aufzuwachen, wenn die Musik begann. So begriff sie erst verzögert, daß der große freundliche Mann und seine schwarzhaarige Begleiterin, die sich drei Reihen vor ihr an den Sitzenden vorbei auf ihre Plätze schoben und nikkend und lächelnd um Entschuldigung baten, Bernhard und seine Frau waren. Vor allem hatte sie die Frau bemerkt, ihre kurzgeschnittenen, hochgekämmten Haare und ihr schwarzes paillettenbesetztes Kleid, auf dem das helle Deckenlicht des Saales glitzerte. Was für eine auffallende Frau, hatte sie gedacht. Und als sie einen Augenblick später begriff, wen sie dort sah, hatte ihr Erkennen schon einen Sprung gemacht, und sie wußte, daß diese Frau glücklich war. Es zeigte sich in ihrem Lächeln, ihren Bewegungen und der Art, wie sie den Kopf trug, während sie hinter Bernhard herging, der ihr einen Weg durch die Reihe bahnte. Die Eile, mit der die beiden hereingekommen waren, ihr Zuspätkommen hatten etwas

Beschwingtes. Sie schienen beide erfüllt zu sein von anderen Erlebnissen und waren nun schon wieder hier, zufrieden, das noch in letzter Minute geschafft zu haben. Jetzt kamen sie zu ihren Plätzen und setzten sich. Sie sah Bernhards Hinterkopf und daneben den ausrasierten Nacken der Frau, ihre kurzen, schwarzen Haare. Er neigte sich ihr zu, um ihr etwas zu sagen. Sie nickte. Er sprach weiter. Man konnte sehen, wie vertraut sie waren.

Es wurde dunkler im Saal. Vom aufrauschenden Beifall empfangen, erschien der Dirigent.

»Mit ihr also geht er in Konzerte«, dachte sie. »Mit ihr ist es keine fade Schonkost, kein Lebensersatz, keine Lüge. Das war es nur mit mir.«

Wie auf ihre Rettung hatte sie auf das Einsetzen des Orchesters gewartet. Aber die Musik klang, als habe sich der Keim einer Krankheit in die Klänge eingenistet. Es war ein Ziehen und Glänzen, das Frieden und Versöhnung nur vortäuschte und wieder zersprengt wurde vom Schmettern und Reißen unerträglicher Gewalt. Je länger sie zuhörte, um so roher und quälender erschienen ihr die Klangschübe, die wie jagende Wetterfronten über sie hinwegzogen und sie immer schwindeliger und betäubter zurückließen, und auf einmal kam es ihr so vor, als sei das Orchester eine tobende Lärmmaschine, die sie Schritt für Schritt gegen einen unsichtbaren Rand zurückdrängte, wo plötzlich kein Boden mehr unter ihren Füßen sein würde und sie, wie in manchen Träumen, endlos fiel und zu verschwinden drohte. Während sie dagegen ankämpfte, um nicht aufzustehen und hinauszulaufen, wußte sie, daß die Musik in den Köpfen der Glücklichen völlig anders klang. Dies war das größte Unrecht. Es ließ sie neidisch hinüberstarren zu dem Paar, drei Reihen vor ihr, das ihre Nähe nicht spürte und gegen ihren Blick gefeit war.

In der Pause sagte sie, sie fühle sich nicht wohl und wolle nach Hause, und anscheinend sah sie so aus, daß es glaubhaft

klang. Zu Clemens Nadler, der sie besorgt betrachtete und noch mit ins Haus kam, sagte sie: »Ich habe mich immer für eine bestimmte Person gehalten. Aber ich bin weder so noch anders. Ich weiß nicht mehr, wie ich bin.«
Beschwörend wandte er ein: »Ausgerechnet Sie! Eine Künstlerin wie Sie!«
Und er versuchte sie zu umarmen, lähmte sie einen Augenblick mit seinen knochigen Händen und seinem fahlen Geruch.

Ein berstendes, kreischendes Geräusch riß sie aus dem Schlaf. Sie hatte geschrien, war schreiend aus dem Schrecken eines Traumes herausgestürzt, der sich hinter ihr in unkenntliche Fetzen auflöste. Das Zimmer war dunkel. Es mußte mitten in der Nacht sein. Sie saß im Bett mit klopfendem Herzen, und wenn sie einen Moment die Augen schloß, ahnte sie schon die Annäherung des nächsten Traumes. Taumelig stand sie auf und verfing sich in der heruntergerissenen Decke, als sie nach dem Lichtschalter tastete.
Licht! Sie wollte überall Licht machen in der ganzen Wohnung. Es war besser, wach zu bleiben und am Tag zu schlafen, in der Helligkeit. Ja, sie wollte den nächsten Tag verschlafen und heute nacht, bis es hell wurde, den Eisvogel malen. Sie mußte nur dieses Schwanken und Taumeln überwinden. Dann konnte sie anfangen, konnte in ihre alte Spur treten und zu sich zurückkehren.
Im Morgenmantel stand sie in ihrer Werkstatt neben der brodelnden Kaffeemaschine und blätterte in dem Vogelbuch. Die Brust des Vogels war orangerot. Für Kopf, Rücken und Flügel mußte sie viele verschiedene Blaus anmischen. Ein frisches, leuchtendes, feuriges Blau, Eisblau, das bis zu Nilgrün changierte. Und ein kühles Bergblau vielleicht, ein grünliches Wasserblau und dunkel leuchtenden Azur, Saphirblau und Coelinblau, Kobaltblau und Ultramarin. Was gab es noch? Sie trank Kaffee und mischte die Farben an. Der Eisvogel

sollte über blaues Wasser fliegen, eine angedeutete Wasserfläche. Nein, das war nichts. Sie wischte es wieder weg. Sie hatte keine Lust, etwas vorzuzeichnen und zu warten, bis die Farben trocken waren. Warum sollten sie nicht ineinanderlaufen und sich verändern, als wechsele das Licht? Sie begann am Kopf mit den weißen Tupfern, die das blaue Gefieder durchbrachen. Der gespreizte Flügel sah anders aus, mal blaugrün, mal grau. Anders wieder der Rücken, der heller und klarer wirkte, ungebrochen, ein scharfes Blau. Das war das Wichtigste, das Blau auf dem Rücken. Aber sie hatte geschmiert, sie war aus dem Umriß gerutscht. Das mußte sie wegwischen mit dem Terpentinlappen, der ziemlich naß war und einen streifigen blauen Nebel erzeugte. Nein, nein, sie mußte alles wegwischen und neue Farben mischen. Sie wollte das blaueste Blau herstellen, in dem alle Blaus enthalten waren, das schönste, leuchtendste, das tiefste Blau. Ach, sie war müde und machte alles ungenau, verschmierte die Pinselstiele, die Palette, den Tisch. Dieses Blau war nicht festzuhalten. Es war wunderbar, es leuchtete! Es war ihr auch gleichgültig, daß ihre Finger und die Kaffeetasse mit blauer Farbe beschmiert waren. Sie mußte trotzdem ihr Gesicht in die Hände stützen und nachdenken, wie es weiterging. Nicht träumen, dachte sie, und ruckte wieder hoch. Das half nichts, sie träumte, obwohl sie wach war. Überall hatte sie sich blau gemacht. Das war schön so. Sie brauchte noch mehr Blau. Mit blauen Händen lief sie durch die Wohnung und schlug gegen die Wände. Überall flatterte der Eisvogel. Sie griff ihn fast im Vorhang, auf der Sessellehne. Blau, blau, dauernd entkam er ihr, und sie mußte immer noch danach greifen. Dann verlor sie diesen Vorwand, und in ihr war nur noch Toben und Geschrei.

Ein freundliches Arztgesicht erschien über ihr, und eine Hand schob den Ärmel ihres Hemdes hoch.

»Ich werde Ihnen jetzt eine Spritze geben, damit Sie schlafen können. Wir wollen ja nicht, daß Ihre Seele sich einfach davonmacht. Nicht wahr, das wollen wir doch nicht?«

Als sie erwachte, waren die Vorhänge zugezogen, und die Deckenlampe aus weißem Milchglas brannte. Eine Krankenschwester trat ins Zimmer und fragte, ob sie etwas essen wolle. »Nein, danke«, sagte sie matt. Ihr Mund war ausgetrocknet. Sie mußte vor allem etwas trinken. Die Schwester brachte ihr ein Glas Mineralwasser, führte es an ihre ledrigen Lippen. Sie ließ sich zurücksinken. Ich bin in einem Krankenhaus, dachte sie. Es war ein Zimmer mit zwei Betten, das andere war unbenutzt. Neben ihr auf dem Nachttisch stand ein Blumenstrauß in einer häßlichen grünen Keramikvase. »Von dem Herrn, der Sie hergebracht hat«, sagte die Schwester. »Morgen nachmittag, wenn Sie aufgestanden sind, wird er Sie besuchen.«

Die Schwester verließ das Zimmer, mit der energischen Art sich zu bewegen, die sie als ein Wesen einer anderen Welt erscheinen ließ, zu der sie nur eine unsichere, schwache Verbindung hatte. Als die Tür sich schloß, riß die Verbindung ab. Nebel füllte ihren schmerzenden Kopf, und innen im Nebel war eine Höhle voller zuckender Schatten und einem unaufhörlichen Stampfen, das eine bekannte Musik war. Jemand faßte ihr Handgelenk. Eine andere Schwester stand neben ihrem Bett und fühlte ihren Puls, schien sich geräuschlos wieder aufzulösen. Sie hörte das ferne Klingeln an der Wohnungstür, hartnäckig, ein fordernder Rhythmus, hörte Clemens Nadlers lautes Klopfen und Rufen und sah sich durch ihre verwüstete Wohnung laufen. Es war, als flöge sie ohne Arme und Beine, unfähig etwas zu berühren, in einer pausenlosen, unbeweglichen Eile.

Die folgenden Tage verbrachte sie in wattiger Umnebelung. Nur mühsam und in kurzen klareren Phasen war sie fähig zu denken. Sie wußte inzwischen, daß Clemens Nadler sie in ihrem Haus gefunden hatte, völlig verwirrt und mit blauer

Farbe beschmiert. Er hatte sie hierher gebracht und dafür gesorgt, daß sie ein eigenes Zimmer bekam. Täglich am frühen Nachmittag erschien er und machte mit ihr einen langsamen Rundgang durch den Park, stellte dabei seine behutsamen Fragen. Auf seine Bitte hatte sie ihm ihren Schlüssel gegeben, denn er wollte ein wenig Ordnung im Haus machen. Sie war damit einverstanden, obwohl es ihr nicht wichtig war. Auch ihr Malzeug wollte er ihr bringen. Der Arzt, der dabei stand, fand, das sei eine gute Idee. Sie wehrte es ab. Sie konnte nicht gleich wieder mit dem Malen beginnen.

Auf den Korridoren, in den Aufenthaltsräumen und im Park begegneten ihr schlurfende Gestalten mit erloschenen Gesichtern und blicklosen oder starrenden Augen. Sie war auf der anderen Seite des Lebens, die die Glücklichen nicht kannten, sie war im Dunkeln. Doch ihre Angst war verschwunden, als sei sie durch sie hindurchgelaufen und in eine Zone der Ruhe gelangt. Sie mußte an den frühen Tod ihres Vaters denken und an die banalen Briefe, die ihre Mutter bis vor einem Jahr, als sie auch gestorben war, jede Woche geschrieben hatte. Auch die Eltern waren nicht so glücklich gewesen, wie sie verzweifelt geglaubt hatte. Glück und Unglück hatten sich in ihrem Leben unentwirrbar vermischt. Es hatte eine Zeitlang unverständliche Ausbrüche gegeben und dann allmählich eine lange, bedrückende Stille. Doch was immer es gewesen sein mochte – es war ein getilgtes Geheimnis. Sie war allein.

Ja, das mußte sie festhalten. Davon mußte sie jetzt ausgehen. Es war nicht das Schlimmste, allein zu sein.

Wenn Clemens Nadler sie besuchte, hatte sie Gewissensbisse wegen dieses Gedankens, und um so freundlicher ging sie dann mit ihm um. Auch er wird sterben, dachte sie, und empfand eine zärtliche Sorge für ihn, die nichts mehr mit ihren eigenen Ängsten zu tun hatte. Oft war sie auch weit weg mit ihren Gedanken, während sie mit ihm ihren Rundgang durch den Park machte und sie sich oberflächlich unterhielten.

Am letzten Tag ihres Aufenthaltes in der Klinik küßte sie am Parktor seine leblosen Wangen.
»Ich danke Ihnen«, sagte sie, »ich danke Ihnen für alles.«
»In Zukunft werde ich mehr auf Sie achtgeben«, antwortete er.
»Das wird aber gar nicht nötig sein«, sagte sie, »bestimmt nicht.«
Und um ihn nicht zu kränken, brachte sie ein Lächeln hervor. Sie schaute ihm nach, wie er davonging, steif aufgerichtet, mit der starren Mechanik seiner kurzen Altmännerschritte, und wunderte sich, daß dieser Mann sie liebte. Denn das tat er wohl auf seine Weise, obwohl er nie ein Wort darüber sagen würde.
Sie hatte Lust, noch spazierenzugehen und wanderte in der entgegengesetzten Richtung um das Klinikgebäude herum. Ich liebe vor allem mich selbst, dachte sie. In echohaftem Erstaunen wiederholte sie es: Ich liebe mich selbst! War ihr das bisher nicht bewußt gewesen? Jetzt, da sie es zugab, erfüllte es sie mit frischer Kraft. Nur, wenn man mit sich einig war, konnte man sich auf das Leben einlassen. Und das wollte sie. Sie wollte viel wagen und ausprobieren. Ja, dachte sie, erstaunt über diesen Vorsatz, der so plötzlich in ihr entstanden war, und während ihres ganzen Spazierganges hielt sie das fest als ein Versprechen, das sie sich selbst gegeben hatte.
Am Abend in ihrem Zimmer flaute diese Stimmung ab. Vielleicht war sie nur erschöpft. Aber sie fühlte sich ängstlich und dachte besorgt an all die Dinge, die zu tun waren, wenn sie morgen in ihr Haus zurückkehrte. Sie schlief unruhig und erwachte, als es gerade hell wurde. Die Nachtschwester hatte ihren morgendlichen Rundgang noch nicht begonnen, und die Kranken schliefen, betäubt von Medikamenten, in erstickter Raserei. Ich will hier weg, dachte sie heftig und wollte aus dem Bett springen, zwang sich aber liegenzubleiben und das kahle, weißgestrichene Zimmer mit dem Farbholzschnitt an der Wand gegenüber noch einmal anzusehen. Langsam be-

gann sie mit beiden Händen über ihren Körper zu streichen, sich vergewissernd, daß sie lebte. Mal fester, mal sanfter rieb sie über Schenkel, Bauch und Brüste und spürte, wie sie sich entspannte. Es war angenehm, die Glätte der Haut zu fühlen und in der eigenen Wärme zu liegen, und jetzt wollte sie an etwas Schönes denken, an hohes Sommergras, über das ein leichter lauer Wind strich, und an einen Waldrand in der Mittagshitze, die blühenden Brombeerbüsche, summend von Insekten, und an langsam fließendes Wasser, in dem sich, blau und wolkenlos, der Himmel spiegelte. Vielleicht saß der Eisvogel im Ufergebüsch und sah sie an mit seinem kreisrunden Auge, bevor er plötzlich wegflog, flach über das Wasser hin. Vielleicht sollte ich verreisen, dachte sie, und sah die Brandung flach auf einen Strand laufen und einen weißen Schaumrand hinterlassen. Und nun waren es nur noch Linien und Schwünge und Bewegungen von lautloser Schönheit, auf die sie zuging.
Schritte kamen an ihrer Tür vorbei: – die Nachtschwester, die in den Zimmern am Ende des Korridors ihren Rundgang begann. Ich kann ja schon aufstehen und meine Sachen packen, dachte sie, auch wenn ich erst nach der Visite weggehen kann. Sie war so begierig, einen Anfang zu machen, anzufangen mit dem Anfang all des Unbekannten, Unabsehbaren, auf das sie sich einlassen wollte. Fast war dieses Verlangen zu mächtig für sie, zu drängend und erschreckend – aber sie war es ja selbst.

Die Frau auf dem Balkon

1986

Da – es fängt wieder an. Ich höre die Musik, die aus seinem geöffneten Fenster kommt. Inzwischen glaube ich, daß es ein Tango ist, obwohl man nicht danach tanzen könnte. Es ist ein Konzerttango, eine musikalische Phantasie. In den tieferen Tonlagen herrscht der Rhythmus der Zupf- und Schlaginstrumente, dazwischen lärmt ein Bandoneon, reißt ruckartig einen grellen Klangfächer auf, und immer wieder schnellen die Geigen zu hysterischer Höhe hoch. Es klingt wie ein dunkles, forderndes Begehren, aus dem erregte Schreie hervorbrechen. Ich habe diese Musik noch nie bei anderer Gelegenheit gehört. Es ist, als sei sie allein für diese Szene bestimmt, die sich seit Anfang des Sommers von Woche zu Woche wiederholt. Ich muß schnell auf meinen Beobachtungsposten auf dem Speicher, muß das Fenster der Dachgaube öffnen, ohne ein Geräusch zu machen, das die beiden warnen könnte. Den Fenstergriff und die Angeln der Fensterflügel habe ich geölt. Das war nötig, weil hier oben unter dem Dach alles verrottet ist. Früher wurde der Speicher zum Trocknen von Wäsche benutzt. Inzwischen kommt niemand mehr herauf außer mir. Zwei Stockwerke tiefer in dem Anbau sehe ich das geöffnete Fenster, aus dem die Musik kommt. Er steht nie direkt am Fenster, sondern ein oder zwei Schritte davon entfernt, zurückgezogen in die Tiefe des Zimmers, das im Gegensatz zu der Helligkeit draußen wie eine dunkle Höhle wirkt. Ich ahne ihn mehr, als daß ich ihn sehe, ahne seinen besessenen Blick. Er steht reglos da und schaut zu ihrem Balkon hinüber, wo sie gleich erscheinen wird. Die Musik ist das Zeichen, daß er auf sie wartet. Sie kommt nie sofort. Es vergehen immer einige Minuten, bevor ihre Balkontür sich öffnet und sie hervortritt, seltsam ruhig und langsam, als sei sie benommen. Hier in der Dachgaube bin ich nur wenige Meter oberhalb ihres Balkons, denn das Haus, in dem sie wohnt, hat ein zusätzliches Obergeschoß. Es handelt sich nicht um einen richtigen Balkon, sondern um einen durch Trennwände unterteilten Gang vor den hinter die Hausfront ein Stück zurückgesetzten Wohnungen. Ihr Balkon ist der mittlere. Er unterscheidet sich von dem der beiden Nachbarwohnungen dadurch, daß sein Gitter nicht mit einer Blende verkleidet ist. Ich nehme an, das war immer so. Sie hat es nicht extra so eingerichtet, damit er sie sehen kann. Eher kann ich mir vorstellen, daß sie gleichgültig gegen fremde Blicke war oder sich unbeobachtet fühlte, und eine Zeitlang wird er dort hinter seinem Fenster zu ihr hinübergeschaut haben, ohne daß sie es wußte. Irgendwann muß ihm eingefallen sein, diese Musik zu ihr hinüberzuschicken, und vielleicht ist sie dann auf den Balkon getreten, um der Musik zu lauschen. Ich stelle mir vor, beim zweitenmal hat sie ihn bemerkt, wie er in seinem Zimmer stand und zu ihr herüberstarrte, und eine Eingebung hat ihr zugeflüstert, so zu tun, als ahne sie nichts. Sie ist ein paar Minuten auf dem Balkon geblieben, und die ganze Zeit hat sie gewußt, daß sie betrachtet wird. Vielleicht hat sie nichts gemacht beim erstenmal, hat nur dort in der Nähe der Trennwand am Geländer gestanden und über die Garagenhöfe hinweggeblickt, aber in ihr muß etwas geschehen sein, eine ihr selbst unverständliche Veränderung. Sie wollte sich diesem Blick aussetzen und begann ihm standzuhalten. Sie muß gespürt haben, wie sie deutlicher wurde, aufgeladen durch diese fremde Kraft, die nicht von ihr abließ, solange sie dort stand. Dann, plötzlich, hat sie sich abgewandt und ist hineingegangen, und gleich danach, so stelle ich mir vor, ist die Musik abgebrochen. Er hat ihr auf diese Weise mitgeteilt, daß es die Musik ihres Auftrittes war, und von da an hat er sie damit gerufen. Ich stelle mir vor, daß sie erschrak, als sie einige Tage später die Musik wieder hörte. Sie hat einen Augenblick mit sich gekämpft, und dann ist sie hinausgetreten, bis dicht an das Balkongitter. Und diesmal wird sie eine Bewegung gemacht haben, eine dieser unauffälligen und bannenden Gesten, mit denen sie sich zeigt. Vielleicht hat sie mit beiden Händen ihre Haare zurückgestrichen und ihre Hände im Nacken verschränkt, und so, in dieser Haltung, hat sie zu ihm hinübergeblickt. Er dagegen ist nicht hervorgetreten aus dem Dunkel seines Zimmers, so daß er für sie ein regloser Schatten blieb. Er ruft sie mit der Musik, und sie kommt und zeigt sich ihm für einige Minuten, und kurz bevor das Musikstück endet, geht sie wieder weg. Sie ist wie eine Schauspielerin, die genau weiß, wie lange ihr Auftritt dauert. Seit ich der heimliche Zeuge der beiden bin, ist sie kühner geworden. Einmal hat sie ihm ihre nackten Brüste gezeigt, ein anderes Mal hat sie, auf einem Hocker sitzend, ihre Beine für ihn geöffnet. Es sah aus, als träume sie, aber es war auch ein Zeichen von unverhüllter Eindeutigkeit. Es ist nie vorauszusagen, was sie tun wird. Manchmal streicht sie sich bloß mit den Fingerspitzen über Wangen, Ohrmuscheln und Hals, oder sie wendet sich von ihm ab und dreht ihm eine Weile ihren Rücken zu. Sie ist immer anders gekleidet, doch noch nie hat sie sich ihm nackt gezeigt. Vielleicht wird sie das eines Tages tun. Ich weiß inzwischen, daß sie verheiratet ist und Kinder hat, bin ihr auch schon mehrmals auf der Straße mit ihrem Mann begegnet. Sie ist eine hübsche, unauffällige Blondine, vielleicht vierzig Jahre alt, er ein etwas dicklicher, schnauzbärtiger Mann, den ich schon im Park beim Joggen gesehen habe.

Lange habe ich nicht herausgefunden, wer in dem Zimmer des Anbaus wohnt, aus dem die Musik kommt, und ich kann nicht recht glauben, was man mir erzählt hat, als ich mich vorsichtig danach erkundigte. Es soll ein Schüler sein, sechzehn Jahre alt, vielleicht der schmale, braunhaarige junge Mann, den ich einmal in das Haus hineingehen sah. Ich weiß es nicht. Ich weiß auch nicht, ob sie weiß, wer dort steht und zu ihr herüberstarrt. Er hält sich zurück im Dunkeln, sein Gesicht bleibt unerkennbar. Vielleicht kann sie ihn von ihrem Balkon aus besser sehen und weiß inzwischen, wer er ist. Vielleicht hat sie den schmalen, braunhaarigen Jungen als ihren Zuschauer erkannt. Aber wenn er dort steht und die Musik zu ihr hinüberschickt, ist er ein anderer als auf der Straße, wo sie ihn nicht beachten würde. Und auch sie ist in den Minuten, in denen sie sich ihm zeigt, nicht mehr die durchschnittlich hübsche, verheiratete Frau, die dort in ihrer Wohnung mit Mann und Kindern lebt. Sobald sie, gerufen von der Musik, auf den Balkon tritt und sich seinem Blick darbietet, überschreitet sie eine Schwelle und gerät in einen Traum. Ihre und seine Wünsche sind vereint in diesem Spiel, und auch meine heimlichen sind hineingemischt. Ja, ich bin ihr stiller Partner, ich, ein alter Mann, schmarotze an ihrem Überfluß. Wenn die ersten Takte der Musik ertönen, eile ich auf meinen Beobachtungsposten in der Dachgaube und spähe aus meinem Versteck zu ihrem leeren Balkon hinüber. Heute liegt er in hellem Sonnenlicht. Es strahlt von der weißgestrichenen Hauswand zurück und blinkt auf den geschlossenen, gardinenverhangenen Fenstern ihrer Wohnung. Wird sie kommen, wird sie ausbleiben? Vielleicht kommt sie heute nicht. Er und ich müssen immer damit rechnen. Es liegt in ihrer Macht, uns warten zu lassen, aber sie könnte auch verhindert sein. Ich spüre, wie mein Herz schlägt, wie mich ihr Zögern unterwirft, mich, der ich nichts tun kann und hoffe, daß der andere nicht aufgibt und sie weiter mit dieser Musik bestürmt. Mehrere Minuten sind inzwischen verstrichen, ungefähr die Hälfte des Stücks, und jetzt, verspätet vielleicht, erkenne ich, daß sie hinter der Scheibe der Balkontür steht. Sie muß einen roten Rock tragen. Ihre Arme scheinen nackt zu sein. Sie scheint zu warten. Vielleicht hat sie hinter sich in der Wohnung ein Geräusch oder eine Stimme gehört. Aber ich stelle mir vor, sie braucht Zeit für den schwierigen Übergang, in dem sie sich verwandeln wird. Jetzt kommt sie, langsam, als ginge sie gegen einen Widerstand an. Ja, sie trägt einen roten Rock und ein schwarzes ärmelloses Oberteil, dazu eine dicke silberne, vermutlich mexikanische Kette. Sie raucht, was ich noch nie bei ihr gesehen habe. Es ist wie eine einstudierte Filmszene: Eine Frau tritt auf ihren Balkon, um eine Zigarette zu rauchen. Sie denkt an etwas, das nicht hier ist. Ihr Blick schweift über die Szenerie hinweg. Nicht nur von mir, auch von ihrem Beobachter dort im Anbau scheint sie nichts zu wissen. Ich stelle mir ihren Blick versunken vor, leer. Die Hand mit der brennenden Zigarette hat sie vor sich auf das Geländer gestützt, und so, zur Ruhe gekommen oder erstarrt, hat ihre Gestalt die ungeschützte Sichtbarkeit eines Gegenstandes. Sie kann jetzt allen Blicken standhalten, denn sie hat sie erfüllt, und für Augenblicke, es können nur Augenblicke sein, sind sie und ihr Beobachter und ich, der geheime Zeuge, in ein Gleichgewicht gebannt. Nun tut sie doch etwas. Es sind zwei Bewegungen, die auseinander hervorzugehen scheinen: Sie schaut hinüber zu dem geöffneten Fenster des Anbaus, wo sie ihn vielleicht erkennen kann, und langsam schließt sie die Hand, die an ihrem Schenkel herabhängt, und rafft den roten Stoff ihres Rocks zu einem knautschigen Ballen zusammen. Der Saum ihres Rocks wird dabei schief gezogen und rutscht ein Stück über ihr Knie an ihrem Schenkel hoch. Sie wartet, sie rührt sich nicht. Sie läßt ihrem Zuschauer Zeit zu hoffen, daß sich die Bewegung wiederholen wird. Dann spreizen sich die Finger und raffen mehr Stoff zusammen, pressen die rote Fülle immer gewaltsamer und rücksichtsloser, bis der ganze Schenkel entblößt ist und sie den hochgezogenen Rock als einen

Wulst an ihrer Hüfte hält. Unentwegt hat sie dabei zu dem geöffneten Fenster des Anbaus hinübergeschaut. Ich habe nicht gesehen, was sie dort gesehen hat, denn ich habe auf ihre Hand mit dem zusammengepreßten roten Stoffballen und ihren nackten Schenkel geblickt, auch noch, als sie so stehen blieb und auf das Ende der Musik wartete, als sei sie selbst gebannt von ihrer eigenen Entblößung und müsse warten, bis alle sie gesehen haben, nicht nur er, ihr Zuschauer, sondern alle, die hier wohnen, und alle, die ihre Träume verbergen, und sie genötigt haben, es auch zu tun. Und vielleicht blieb sie auch so stehen, weil sie nicht wußte, wie sie wieder dahin zurückkehren sollte, woher sie vor einigen Minuten gekommen war. Aber dann, ohne Ankündigung, hat sie ihren Rocksaum fallen gelassen und ist in ihre Wohnung gegangen.

Die Bühne ist leer, die Musik verstummt. Das Fenster drüben im Anbau ist geschlossen worden. Auch ich werde mich zurückschleichen in meine kleine Wohnung und hoffe, daß keiner der Hausbewohner mich dabei bemerkt. Ich weiß, sie sind wachsam, sie lauern, sie wittern überall Geheimnisse, in denen sie wühlen können. Deshalb schließe ich mich fast ganz gegen sie ab. Es ist nicht einfach, die Einsamkeit zu ertragen und immer zu warten, ob die Musik mich wieder auf meinen Posten ruft und erneut für einige Minuten das Spiel beginnt: er und sie und ich, ihr versteckter Beobachter, die wir uns nie berühren werden, verbunden zu einem einzigen Traum. Hoffentlich dauert dieser Sommer noch lang.

Dieter Wellershoff
Blick auf einen fernen Berg

Leinen

»... eine sehr persönliche und zugleich exemplarische Annäherung an das furchtbare Geheimnis des Todes und ein Eingeständnis, immer wieder der verführerischen Hoffnung des Lebenstraums zu erliegen.« *Paul Kersten, Die Zeit*

»Die Lektüre dieses Buches war eine große Erfahrung meines inneren Lebens, Erfahrung als ein Erkennen und Erkennen als ein Erlebnis.« *Christian Linder, Süddeutsche Zeitung*

». . . das neue Buch von Dieter Wellershoff, sprachsicher, ehrlich, meisterhaft in der Schilderung innerer subtiler Vorgänge . . .« *Anton Krättli, Neue Zürcher Zeitung*

». . . die Größe und eben auch die literarische Qualität des Buches besteht darin, daß sich der Leser hier nicht wie ein Voyeur fühlen muß, der einem fremden Privatschicksal zusieht, sondern daß er schon bald zu spüren meint, daß es hier um seine eigene Sache geht.«

Jürgen P. Wallmann, Der Tagesspiegel

»Wer sich auf diese Lektüre eingelassen hat, wird von dem *Blick auf einen fernen Berg*, der auch den Tod umfaßt und symbolisiert, nicht loskommen.«

Peter Jokostra, Rheinische Post

Dieter Wellershoff
Pan und die Engel

Ansichten von Köln
Mit zahlreichen Zeichnungen des Autors

Leinen

»Wellershoffs Beschreibungen sind, obgleich sie Kritik nicht aussparen, Liebeserklärungen, und in Köln wird man sie gern hören und lesen. Ob man sein Buch *Pan und die Engel* auch anderswo und weit weg zur Lektüre empfehlen soll? Gewiß, seine literarische Qualität fordert dazu auf.«

Hans Bender, Süddeutsche Zeitung

»Zweifellos ist Wellershoffs Köln-Buch eine Liebesreklärung an die Stadt, eine so intime wie scheue, distanzierte – also eine, die mit lokalpatriotischem Überschwang nichts gemein hat. Das macht sie sympathisch und stellt sie in eine Reihe mit bedeutenden literarischen Köln-Darstellern unserer Tage – von Heinrich Böll bis Hans Mayer.«

Dieter Wellershoff
Die Sirene

Eine Novelle

KiWi 285

Dieses Buch erzählt die Geschichte einer ungewöhnlichen Verführung. Ein Mann wird von einer Frau angerufen, die er nie gesehen hat. Allmählich verfällt er dem hypnotischen Bann dieser »Stimme« ...

Dieter Wellershoff
Die Arbeit des Lebens

Autobiographische Texte

Gebunden

»Dieter Wellershoffs autobiographischer Prosaband *Die Arbeit des Lebens* führt hin auf Voraussetzungen und Bedingungen seines Realismus, seiner bewußt realistischen Schreibweise: In ihr wird, ebenso neugierig wie offen für anderes, Wirklichkeit entdeckt, werden Menschen in ihrer Einzigartigkeit aufgesucht.«

Stephan Reinhardt, Süddeutsche Zeitung

Kiepenheuer & Witsch

Dieter Wellershoff
Das geordnete Chaos

Essays zur Literatur

Leinen

Die Essays, die Dieter Wellershoff in den letzten Jahren geschrieben hat, setzen den Diskurs über Literatur fort, der auch ein Diskurs über das menschliche Leben ist.

Dieter Wellershoff
Der Roman und die Erfahrbarkeit der Welt

Gebunden

»Hier liest, wie ein Architekt die Baupläne der Architekturgeschichte, ein Kollege der großen Erzähler die Grundrisse ihrer Kunst- und Musterstücke. Seine Lust am Text verrät immer dreierlei, nicht nur Lust am Lesen und Lust am Machen, Kennerschaft also und Könnerschaft, sondern vor allem Neugierde für den nie ganz aufklärbaren Zusammenhang zwischen beidem.« *Reinhard Baumgart, Die Zeit*

»Wellershoff hat ein sehr schönes und sehr wichtiges Buch vorgelegt, Produkt einer lebenslangen sensiblen und kundigen Leseerfahrung und einer neuerlichen Lektüre fast aller bedeutenden Werke der letzten 150 Jahre.«
Volker Neuhaus, Kölner Stadt-Anzeiger

Dieter Wellershoff
Studien zu seinem Werk

Herausgegeben von Manfred Durzak,
Hartmut Steinecke und Keith Bullivant

Leinen

Wie sehr Wellershoff in mehr als 30 Jahren literarischer Produktivität den Begriff von Literatur in der Praxis wie Theorie erweitert hat, belegen die vorliegenden Arbeiten von in- und ausländischen Literaturwissenschaftlern.

Kiepenheuer & Witsch